KiWi
1767

DAS BUCH

Zwei Jungen entdecken in den letzten Tagen des Zweiten Weltkriegs in einem verlassenen Tunnel einen Zug, randvoll mit Kunstschätzen. Vor allem das Gemälde mit den geheimnisvollen blauen Pferden fasziniert sie – doch dann kommt es zur Katastrophe. Und Franz Marcs Der Turm der blauen Pferde verschwindet für immer. Oder ...?

Sprung in die Gegenwart: Die Münchner Kunstdetektei von Schleewitz erhält einen neuen Auftrag. Marcs legendäres Gemälde, von den Nazis zur »entarteten Kunst« erklärt und anschließend in Görings Privatbesitz gewandert, soll wieder aufgetaucht sein. Ein steinreicher, kunstsammelnder Industrieller behauptet, das Bild auf verschlungenen Wegen von einem Unbekannten gekauft zu haben. Handelt es sich wirklich um das Original? Es wäre eine Weltsensation. Das Team der Detektei beginnt zu ermitteln. Rupert von Schleewitz, Klara Ivanovic und Max Müller führen nicht nur äußerst unterschiedliche Privatleben – von Töchtern in Teenagerkrisen über unvorsichtige Affären mit Verdächtigen bis zu einem Vater, der als alternder Aktionskünstler in der bayerischen Provinz für mächtig Ärger sorgt –, sie haben auch sehr individuelle Ermittlungsmethoden. Schnell geraten die drei Detektive in ein Gewirr aus Fälschungen, mysteriösen Todesfällen und einem hollywoodreifen Kunstdiebstahl. Und plötzlich scheint es ein halbes Dutzend Exemplare des Turms der blauen Pferde zu geben. Welches ist das echte Gemälde? Oder ist das Original vielleicht gar nicht dabei? Die Grenzen zwischen Authentizität und perfektem Imitat verschwimmen ...

DER AUTOR

Bernhard Jaumann, geboren 1957 in Augsburg, arbeitete nach dem Studium als Gymnasiallehrer. Zurzeit lebt er in Bayern und Italien. Er schrieb mehrere Krimiserien, für die er vielfach ausgezeichnet wurde, u. a. mit dem Friedrich-Glauser-Preis für den besten deutschsprachigen Kriminalroman 2003 und für die beste Kurzgeschichte 2008. Für seinen Roman Die Stunde des Schakals erhielt er 2011 den Deutschen Krimipreis.

BERNHARD JAUMANN

DER TURM DER BLAUEN PFERDE

KRIMINALROMAN

EIN FALL DER KUNSTDETEKTEI VON SCHLEEWITZ

Kiepenheuer & Witsch

Aus Verantwortung für die Umwelt hat sich der *Verlag Kiepenheuer & Witsch* zu einer nachhaltigen Buchproduktion verpflichtet. Der bewusste Umgang mit unseren Ressourcen, der Schutz unseres Klimas und der Natur gehören zu unseren obersten Unternehmenszielen.

Gemeinsam mit unseren Partnern und Lieferanten setzen wir uns für eine klimaneutrale Buchproduktion ein, die den Erwerb von Klimazertifikaten zur Kompensation des CO_2-Ausstoßes einschließt.

Weitere Informationen finden Sie unter:
www.klimaneutralerverlag.de

FSC www.fsc.org
MIX
Papier aus verantwortungsvollen Quellen
FSC® C083411

Verlag Kiepenheuer & Witsch, FSC® N001512

1. Auflage 2021

Verlag Galiani Berlin

Umschlaggestaltung Rudolf Linn, Köln, nach dem Originalumschlag von Manja Hellpap und Lisa Neuhalfen, Berlin
Lektorat Wolfgang Hörner
Gesetzt aus der Minion von Robert Slimbach und der Bourton von Kimmy Kirkwood
Satz Buch-Werkstatt GmbH, Bad Aibling
Druck und Bindung CPI books GmbH, Leck
ISBN 978-3-462-00148-8

Erkennt, meine Freunde, was Bilder sind:
das Auftauchen an einem anderen Ort.

(Franz Marc: *Briefe, Aufzeichnungen, Aphorismen*,
hg. v. Günther Meißner, Leipzig 1980, S. 160)

BERCHTESGADENER LAND

5. Mai 1945

Jemand anderer als er selbst zu sein, hätte Ludwig Raithmaier nicht schlecht gefallen, aber ob er zum Werwolf taugte, wusste er nicht.

»Was sind eigentlich Werwölfe genau?«, fragte er. Xaver hatte ihm nur erzählt, was er im Radio gehört hatte. Dass die Werwölfe mithelfen würden, den Endsieg zu erringen. Dass sie zusammen mit den Wunderwaffen des Führers die Wende erzwingen würden. Auch wenn der Führer in heldenhaftem Kampf gefallen war, würde das deutsche Volk niemals untergehen. Es würde sich in seiner uneinnehmbaren Alpenfestung verschanzen und Widerstand leisten, bis Russen und Amerikaner sich gegenseitig abschlachteten.

Xaver starrte auf das schwarze Loch des Eisenbahntunnels hundert Meter vor ihnen und sagte: »Werwölfe sind Männer, die sich in der Nacht in reißende Wölfe verwandeln.«

Es war noch nicht Nacht, und auch wenn die Sonne schon hinter den Bergen verschwunden war, zerfloss das Tageslicht nur langsam. Ludwig schaute zu den Gipfeln auf, über denen zerfetzte Wolken Richtung Osten jagten, als hätten sie ein Ziel. Aus dem Blau der Nordhänge schimmerten abgezehrte Restschneefelder hervor. Über die schwarzen Wälder weiter unten liefen kaum merkliche Wellen dahin, nur hier in der Nähe beugten die Fichten ihre Wipfel unter dem harten Wind. An der Wetterseite hatte Moos die Stämme besetzt. Aus dem Schotter zwischen den Eisenbahnschwellen spross Unkraut.

»Werwölfe schlagen nachts hinter den feindlichen Linien zu, und tagsüber sehen sie völlig harmlos aus«, sagte Xaver.

Seit gestern befanden er und Ludwig sich hinter den feindlichen Linien. Ohne auf größeren Widerstand zu treffen, waren Amis und Franzosen in Berchtesgaden einmarschiert. Voll Verachtung hatte Xaver erzählt, dass seine Mutter den Ofen in der Stube mit den Seiten von *Mein Kampf* gefüttert hatte, während sein Vater ein weißes Bettlaken aus dem Fenster gehängt hatte. Da hatte Xaver seine HJ-Uniform angezogen und war trotz strikten Verbots abgehauen. Um Ludwig kümmerte sich eh keiner. Er war als Kostgänger auf dem Huber-Hof untergebracht, und wenn er nicht da war, gab es halt einen weniger, mit dem man die dünne Suppe teilen musste.

»*Wir* sind Werwölfe«, sagte Xaver, »und wir werden das deutsche Volk bis zum Letzten verteidigen.«

Wahrscheinlich waren die Amis bereits zum Berghof des Führers auf dem Obersalzberg vorgestoßen, doch den Zug hier im Tunnel hatten sie noch nicht entdeckt. Seit Wochen stand er im Berg, geschützt vor Luftangriffen und rund um die Uhr von SS-Männern bewacht. Bis gestern. Sie waren spurlos verschwunden, als die Amis sich näherten. Nur der Zug war noch da. Acht Waggons, die – wie man munkelte – von Reichsmarschall Göring persönlich hierherbefohlen worden waren. Über die Ladung wusste man nichts, doch Xaver vermutete, dass es sich um Wunderwaffen des Führers zur Verteidigung der Alpenfestung handelte. Die SS habe den Zug nicht zum Spaß vor aller Augen abgeschirmt!

»Aber die SS lässt doch die Wunderwaffen nicht einfach so zurück«, hatte Ludwig eingewandt.

»Das sind dreckige Verräter. Die gehören aufgeknüpft«, hatte Xaver gesagt und an das Werwolfmotto aus dem Radio erinnert: *Hass ist unser Gebet, und Rache ist unser Feldgeschrei.* Es galt, rücksichtslos durchzugreifen. Schwäche war Verrat. Der Endsieg stand unmittelbar bevor. Unbeugsamer Widerstand, eiserner Wille, Wunderwaffen, Werwölfe. Worte, die Taten werden wollten. Und dann hatte Xaver gesagt: »Wenn wir die Wunderwaffen hätten …«

Ludwig hatte genickt, weil er nicht gewusst hatte, was ein Werwolf sonst hätte tun sollen. Aus der Werkstatt von Xavers Vater hatten sie ein Brecheisen und zwei Taschenlampen mitgehen lassen, und nun hockten sie seit Stunden hier am Waldrand und beobachteten den Tunneleingang. Sie konnten fast sicher sein, dass sich niemand mehr dadrinnen aufhielt. Fast sicher. Xaver richtete sich auf, doch Ludwig hielt ihn am Arm zurück. »Warte noch!«

Ludwig legte den Zeigefinger über die Lippen. Keine noch so ferne Stimme war zu hören, kein Geschützdonner, keine Gewehrsalven. Auch kein Vogel schlug an, nur der Wind ließ die Fichten rauschen. Ein an- und abschwellendes Summen, das einen verrückt machen konnte, wenn man sich darauf konzentrierte. Vielleicht war es auch gar nicht der Wind, sondern das Blut, das unerbittlich in Ludwigs Ohren pochte und ihm in einer fremden Sprache Geheimnisse zuflüsterte. Vor seinen Augen spannten unsichtbare Spinnen allmählich Zwielicht zwischen den Bäumen aus. Die Dämmerung, in der reißende Wölfe geboren wurden. Ludwig zog sich seine Joppe enger um die magere Brust.

»Los, wir schauen nach!« Xaver griff nach dem Brecheisen, trat aus dem Schutz der Bäume heraus und stapfte parallel zum Bahngleis los. Ludwig tappte hinterher. Er war weder ein Feigling noch ein Verräter. Er zweifelte nicht am Endsieg. Dass er eine Gänsehaut hatte, lag nur an der Kälte. Oder verwandelte er sich gerade in ein anderes Wesen? Würde ihm ein Wolfsfell aus der Haut sprießen, sobald er in die Nacht des Tunnels eintauchte? Ludwig versuchte sich vorzustellen, wie sich eine solche Verwandlung anfühlte. Ein Reißen, ein Ziehen, wenn sich die Muskelstränge verdickten und die Klauen aus den Tatzen sprossen? Ein Knurren in der Kehle, und im Kopf statt Gedanken nur Blutrausch? Ludwig fragte sich, ob ein Werwolf noch wusste, dass er eigentlich ein Mensch war.

Als sie die Tunnelöffnung erreicht hatten, hörte der Wind schlagartig auf. Nur ein leicht modriger Hauch schien ihnen aus dem Stollen entgegenzuströmen. Ein Geruch wie vom Fell ertränkter junger Katzen. Auch Xaver war stehen geblieben. Er schaltete seine Taschenlampe ein und ließ den Strahl über die Rundung der Tunneldecke wandern. Ein Tropfen Wasser löste sich und fiel durch das Licht nach unten. Ludwig hörte ihn nicht aufschlagen. Er rief halblaut ins Dunkel: »Ist da wer?«

»Da ist keiner mehr, glaub mir doch!«, zischte Xaver.

Da war keiner mehr, da war nur ein Bahngleis, das im Schwarz verschwand, und aus der Decke tropfte Wasser, und darüber türmte sich ein Berg auf, der dich zermalmen und so endgültig begraben konnte, dass sie dich nicht einmal beim Jüngsten Gericht wieder ans Tageslicht brachten. Wenn es überhaupt ein Jüngstes Gericht gab. Wenn der Pfarrer nicht bloß Schmarrn erzählte. Wenn nicht alle bloß Schmarrn erzählten. Ludwig knipste seine Taschenlampe an. Der Lichtkegel strich an den Schienen entlang. Ludwig folgte Xaver mit ein paar Schritten Abstand. Ein deutscher Junge hatte keine Angst. Schwäche war Verrat. Ein Werwolf kämpfte für den Endsieg. Und wenn die ganze Welt auseinanderbrach, war es unterm Berg auch nicht schlimmer als anderswo.

Fünfzig Meter weiter stand der erste Waggon. Es war ein Viehwaggon ohne Fenster. An der Seite waren mit Kreide Zahlen und Abkürzungen aufgezeichnet, deren Bedeutung Ludwig nicht verstand. Geheimcodes für die Wunderwaffen? Ludwig ahnte, dass etwas nicht stimmte. Eigentlich stimmte gar nichts. Alles, was da war, war falsch, und was richtig war, das gab es nicht.

»Keine Menschenseele, siehst du?«, sagte Xaver lauter, als nötig gewesen wäre. Er rüttelte an der Schiebetür des Waggons. Sie war verschlossen.

»Leuchte mal hierher!« Xaver setzte das Brecheisen an, drückte, knirschte mit den Zähnen, warf sich mit seinem ganzen Gewicht gegen das Werkzeug. Ein Ächzen, ein Splittern, ein Krachen, als wäre ein Riss durch die Welt gegangen, und dann sprang die Tür auf. Das Brecheisen fiel auf den Schotter. Xaver bückte sich, hob es auf und wog es in der Hand wie der Brunnhuber in der Schule den Tatzenstock.

»Schau her!«, sagte er und grinste. »So sieht ein Werwolf aus. Jetzt wird den Amis das Lachen vergehen.«

Er zog sich hoch und kletterte in den Waggon. Ludwig folgte ihm. Der Schein der Taschenlampen wanderte über Kisten und große, aus Sperrholzplatten zusammengenagelte Transportbehälter. Im Nu hatte Xaver den ersten aufgebrochen. Unter dem Holz fand sich ein gut zwei auf anderthalb Meter messendes Ding, das in Packpapier eingewickelt war.

Xaver riss einen Streifen heraus und schabte mit dem Brecheisen nach, als eine zweite Lage auftauchte. Die Papierfetzen segelten nach unten. Xaver drehte sich um und sagte: »Verdammt, das ist bloß ein Bild.«

»Wie, ein Bild?« Ludwig kam näher.

»Ein Scheißgemälde«, zischte Xaver. Er legte seine Taschenlampe auf den Boden, richtete sie auf eine kleinere Kiste aus und machte sich wieder mit dem Brecheisen ans Werk. Ludwig blickte auf die Leinwand unter dem Loch im Packpapier. Im Schein der Lampe leuchtete ihm goldenes Gelb entgegen. Nach oben wurde es begrenzt von einer Art Regenbogen, dessen Farben in überirdischem Licht zu zerfließen schienen. Die Rundung ging in kräftige blaue Pinselstriche über. Nach rechts oben flohen weiße und rote Schatten, und aus einer mit groben Linien begrenzten Raute blickte ein Auge ins Nichts. Das war ein Pferdekopf. Da hatte jemand ein blaues Pferd gemalt.

Blau? Ludwig hatte schon einen Apfelschimmel gesehen, dessen Fell ein klein wenig bläulich schimmerte, und wenn auf einen frisch gestriegelten Rappen das Sonnenlicht in einem bestimmten Winkel einfiel, mochte man auch denken, dass sich etwas Blau ins Schwarz gemischt hatte. Aber das hier war ein ganz anderer Farbton, viel stärker, viel tiefer. Vielleicht wie der von Kornblumen? Nein, auch das traf es nicht, das Blau wirkte metallischer, geheimnisvoller und irgendwie fremd. Wie nicht von dieser Welt.

Das Brecheisen schlug irgendwo auf Holz. Xaver fluchte.

Ludwig riss das Packpapier nach unten hin auf. Ein weiterer Pferdekopf und noch einer. Köpfe und Kruppen von vier blauen Pferden drängten sich in- und übereinander, als wären sie eins, ein zugleich kraftvolles wie scheues Wesen. Stilisiert und doch lebendig, hart in den Konturen und doch in weichen, wie vor Energie schwingenden Rundungen sich selbst beseelend. Zu einem Turm aus geballtem Leben schichteten sich die Pferde auf, zu einem tiefblauen Leben, das sich selbst genügte und alle anderen Farben an den Rand drängte. Ludwig folgte dem Blick der Pferde nach links, wo Gelb, Grün, Rot, Violett, Weiß und Braun durcheinanderstürzten. Eine Gebirgslandschaft nach einem Erdbeben? Eine Stadt im Bombenhagel? Von unten schienen Flammen hochzuschlagen und …

»Verdammt«, sagte Xaver weit hinten, »da ist eine Madonna drin.«

… und rechts waberte roter Nebel. Den Pferden, die aus ihm emporwuchsen, konnte er nichts anhaben. Vielleicht waren das gar keine Pferde, sondern etwas anderes. Verwandelte Menschen zum Beispiel. Wie bei den Werwölfen, nur umgekehrt. Beim ersten Morgenlicht verwandelten sich die durch die Nacht irrenden Menschen womöglich in blaue Pferde. Ludwig wünschte sich, dass sie die Hälse wenden und ihn ansehen sollten. Er hätte sich nicht gewundert, wenn sie zu sprechen begonnen hätten. Aber das geschah natürlich nicht. Das war genauso unmöglich wie … wie … ein Turm aus blauen Pferden.

Und da spürte Ludwig, dass das Leben jetzt erst begann. Sein Leben. Jetzt war er plötzlich sicher, dass zutraf, was er in letzter Zeit dunkel geahnt hatte: dass das, was draußen in der Welt gerade in sich zusammenbrach, alles Schwachsinn und Lüge gewesen war. Was immer sie im Radio von Sieg oder Untergang herumbrüllen mochten, ihn ging das alles nichts an. Und ob die Amis die Nazis an die Wand stellen würden, ging ihn auch nichts an. Er blickte auf das körnige Blau über den Nüstern des vordersten Pferds und fühlte sich, als sei er gerade neu geboren worden. Hier, in einem Viehwaggon unter der Erde, vor einem Gemälde, das er nicht recht begriff. Nur eins hatte er verstanden. Die blauen Pferde sagten ihm, dass alles ganz anders war, als er gedacht hatte. Es gab einen Sinn, es gab eine Wahrheit. Sie versteckte sich tief unter der sichtbaren Oberfläche der Welt und hatte eine Farbe, die man nicht vorherahnen konnte. Er würde danach suchen.

»Los, wir schauen im nächsten Waggon«, sagte Xaver. »Irgendwo müssen die Wunderwaffen ja sein.«

»Nein«, sagte Ludwig.

»Was nein?«

»Du siehst doch, dass hier keine Wunderwaffen sind. Wahrscheinlich gibt es gar keine.«

»Spinnst du? Der Führer …«

»Der Führer ist tot, der Krieg ist verloren.«

»Hör auf, Ludwig, das ist Hochverrat!«

»Jetzt beginnt eine neue Zeit. In der gibt es keine Werwölfe, da gibt es nur …«

»Was?«

»Blaue Pferde.« Ludwig wies auf das Gemälde neben sich.

Xaver kam heran, warf einen Blick auf das Bild, schüttelte den Kopf. »Das ist entartet. Hässlich, lächerlich. Jetzt halt das Maul und komm mit! Wir holen uns die Wunderwaffen und …«

»Nein!«

»Zum letzten Mal. Du weißt, was Verrätern blüht. Zwing mich nicht …!« Xavers Faust ballte sich um das Brecheisen. Ludwig hatte keine Angst. Jetzt nicht mehr. Er kicherte bloß, als Xaver auch mit seiner zweiten Hand zupackte und das Brecheisen zum Schlag erhob. Werwölfe, was für ein Schmarrn! Wenn Xaver die Wahrheit nicht sehen konnte, dann war er genauso zum Untergang bestimmt wie die alte

Zeit. Da konnte er sich nicht herausprügeln. Und außerdem, er würde es nicht tun. Sie waren Freunde, Xaver und er. Zumindest waren sie es bis gerade eben gewesen.

»Schlag mich doch!«, sagte Ludwig spöttisch und leuchtete Xaver mitten ins Gesicht. Dessen Pupillen verengten sich, er wandte den Kopf etwas zur Seite. Um seinen Mundwinkel zuckte es. Über der Schulter zitterte das Brecheisen. In seinem gerundeten Ende klaffte ein keilförmiger Spalt. Wunderwaffen und Hochverrat, dachte Ludwig und begriff plötzlich, dass Xaver tatsächlich zuschlagen würde. Aus Enttäuschung und hilfloser Wut und aus der dumpfen Ahnung der eigenen Verblendung.

»Nein!«, schrie Ludwig. Nicht auf ihn würde Xaver eindreschen.

»Das ist mein Bild!«, brüllte Ludwig, und dann schlug er mit aller Kraft zu, traf Xaver mit der Taschenlampe an der Schläfe. Etwas splitterte, das Licht erlosch, aus Xaver brach ein dumpfer, fast tierischer Laut heraus, und das Brecheisen polterte auf Holz hinab. Im Widerschein der zweiten Lampe, die irgendwelche Kisten im hinteren Teil des Waggons beleuchtete, sah Ludwig Xaver gegen das Gemälde taumeln. Seltsam verkrümmt presste er sich dagegen, die rechte Hand schien sich in der Mähne des zweiten blauen Pferds festkrallen zu wollen. Langsam öffneten sich seine Finger und glitten über Kopf, Hals und Brust des vordersten Pferds nach unten. Fast so, als wolle er das Tier liebkosen.

»Xaver?«

Xaver lag zusammengesunken am Boden. Dort, wo die Beine des Pferds im Höllenrot verschwammen.

»Xaver!«

Er antwortete nicht, er stöhnte nicht, er rührte sich nicht. Ludwig brauchte sich nicht hinabzubeugen, um zu wissen, dass Xaver tot war. Von ihm erschlagen. Er blickte auf das Gemälde und entdeckte eine dunkelblaue Mondsichel auf der Brust des vordersten Pferds. Es war Notwehr gewesen. Ludwig hatte nur das Leben der blauen Pferde verteidigt. Seiner blauen Pferde.

STARNBERGER SEE

Sommer 2017

Der Blick von der Terrasse der Villa war beeindruckend. In der Ferne schimmerte die Kette der Alpengipfel, und unten auf dem Starnberger See kreuzte eine Unmenge weißer Segelboote. Klara Ivanovic versuchte sich vorzustellen, dass das scheinbar ziellose Hin und Her einem geheimen Sinn folgte. Wenn die Spuren der Boote auf dem gleißenden Wasser sichtbar blieben, könnte man womöglich ein Muster erkennen, Schriftzeichen, die sich zu einer Botschaft formten. Zumindest für jemanden, der sie zu deuten verstand.

Egon Schwarzer, der Hausherr, hatte Klara und Rupert die Plätze mit dem besten Blick auf den See angeboten. Vielleicht aus Höflichkeit, vielleicht auch, weil es ihm im Blut lag, zu zeigen, was er besaß. Mein Grundstück, meine Villa, mein Panorama. Alles solide zusammengeschraubt, hatte Rupert auf der Herfahrt vom Münchner Büro gesagt. Das war wörtlich zu nehmen, denn Egon Schwarzer hatte sein Vermögen mit Schrauben gemacht, Flachkopf-, Rundkopf-, Senkkopf-, Vierkant-, Sechsrund-, Kopfschlitzschrauben. Irgendwann hatte er sein Unternehmen verkauft und sich mit prall gefüllten Taschen dem Kunstbetrieb zugewandt.

Inzwischen nannte er die bedeutendste Privatsammlung der klassischen Moderne in Deutschland, wenn nicht in Europa sein Eigen.

»Echt schön haben Sie es hier«, sagte Rupert. Da er für die Kundenbetreuung zuständig war, verzichtete Klara auf einen Kommentar und lächelte freundlich. Schönheit und Echtheit waren schillernde Konzepte, doch leider gingen sie viel seltener Hand in Hand, als man glaubte. Klara blickte auf den See hinab. Das Falsche an Postkartenidyllen war, dass kein Makel die Schönheit störte. Den Makel gab es aber immer. Man musste sich nur in die Idylle hineinbewegen, um ihn zu spüren.

»Kunstdetektei von Schleewitz«, las Schwarzer von Ruperts Karte ab, als wüsste er nicht genau, wen er zu beauftragen gedachte. Er schob die Sonnenbrille wieder über die Augen und fragte: »Alter Adel? Irgendwo aus dem Osten?«

»Schlesien«, sagte Rupert, »aber da waren wir nur ein paar Jahrhunderte. Bis 1945.«

»Ja, die Russen«, sagte Schwarzer.

»Ist lange her«, sagte Rupert.

»Sie wissen natürlich, dass die damals ordentlich geplündert haben, auch was Kunst anging?«

»Sollen wir das Bernsteinzimmer für Sie finden?« Rupert lachte und ging dann in einen geschäftsmäßigen Ton über. »Wir sind keine Schatzsucher. Die Detektei ist auf Provenienzforschung spezialisiert. Wir arbeiten Kanzleien zu, die Restitutionsforderungen im Bereich Raubkunst vertreten, und übernehmen durchaus auch die Feldarbeit, wenn es um die Entlarvung von Fälschungen geht, aber …«

»Kommen Sie!« Schwarzer stand ruckartig auf. Ohne sich nach seinen Gästen umzusehen, ging er auf die offene Terrassentür zu.

Der Salon wurde durch Fenstertüren erhellt, deren Sprossen harte Schatten auf das Eichenparkett warfen. Der große Raum war nur spärlich möbliert. Ein Sekretär, ein kleiner Wandtisch mit Spiegel, ein Sofa und ein paar Stühle, die nicht so wirkten, als habe schon einmal jemand darauf gesessen. Alles war in klaren, elegant reduzierten Formen gehalten und passte perfekt zusammen. Wiener Werkstätte, schätzte Klara, und angesichts des Schwarzer'schen Vermögens wahrscheinlich Originale vom Anfang des 20. Jahrhunderts. Das galt auch für die meist kleinformatigen Bilder an den Wänden. Da links, das war unverkennbar ein Kandinsky. Daneben hingen zwei in Form und Farbpalette typisch plakative Landschaften Gabriele Münters, gefolgt von einem expressiven weiblichen Akt, der von Jawlensky stammen könnte.

Schwarzer ging zielstrebig auf eine Staffelei an der hinteren Wand des Raums zu. Er wartete, bis Rupert und Klara zu ihm aufgeschlossen hatten, nahm die Sonnenbrille ab, steckte sie in den Hemdausschnitt und zog mit einer fast achtlosen und gerade deswegen großspurig wirkenden Bewegung die Decke von dem Gemälde auf der Staffelei.

»Das ist doch ...«, sagte Rupert.

»Franz Marc, *Der Turm der blauen Pferde*«, sagte Schwarzer. »Seit Kriegsende verschollen. Ich habe es letzten Dienstag gekauft. Für drei Millionen. Ein absolutes Schnäppchen, wenn es echt ist. Ist es Ihrer Meinung nach echt?«

»Ich ...« Für einen Moment schien es selbst Rupert die Sprache verschlagen zu haben. »Ich bin da eher Laie. Für derlei Fragen ist meine Kollegin, Frau Ivanovic, zuständig.«

Klara starrte auf das Bild. *Der Turm der blauen Pferde,* eine Ikone der klassischen Moderne. In Bildbänden, auf Postkarten und Kalenderblättern war sie wahrscheinlich zehntausendfach reproduziert worden. Die blauen Pferde hingen in Versicherungsbüros und Rentnerküchen, sie prangten auf Porzellanvasen und stritten sich mit Justin-Bieber-Postern um die Vorherrschaft in Mädchenzimmern. Zweifelsohne war Marcs Gemälde im Massengeschmack angekommen. Und dadurch für eine authentische, um neue Erfahrungen ringende Kunst verloren, wie Klaras Vater sagen würde. Nur noch historisch interessant!

Dass es 1913 bei der überwiegenden Mehrheit des Publikums Hohn, ja Empörung ausgelöst hatte, schien heute unvorstellbar. Doch das lag nur daran, dass die Revolution, die damals ausgerufen worden war, auf ganzer Linie gesiegt hatte. Die Maler der *Brücke* und des *Blauen Reiters* hatten genau das geschafft, was die heutigen Künstler anstrebten: die Sehweisen radikal zu verändern. Die bittere Ironie dieses Siegs war offensichtlich. Je mehr man sich an blaue Pferde und abstrakte Kompositionen gewöhnte, desto mehr ging der Revolution die Luft aus. Bis ihre gemalten Protestschreie als hübsche Wanddekoration endeten. Und doch hatte dieses Bild auf der Staffelei da etwas an sich! Ein Geheimnis, das durch die unzähligen Reproduktionen nicht ganz zerstört worden war.

»Halten Sie es für echt, Frau Ivanovic?«, fragte Schwarzer.

Mein Gott, dachte Klara. Das war ja, als würde man von einem Lebensmittelchemiker verlangen, aus ein paar Metern Entfernung ein salmonellenbefallenes Ei zu identifizieren. Sie sagte: »Das müssen die Spezialisten entscheiden. Ohne genauere Untersuchung …«

»Ich habe schon Baumgartner zugezogen, aber mich würde Ihre Meinung interessieren. Keine Angst, ich lege Sie nicht darauf fest. Mir geht es um den unmittelbaren Eindruck, den das Bild auf Sie macht.«

Klara blickte auf das Bild, versuchte den Duktus der Pinselstriche nachzuempfinden. Wenn es eine Fälschung war, dann eine sehr gute. Natürlich war das möglich. Nicht erst seit Beltracchi wusste man, dass begnadete Fälscher über Jahre hinweg die ganze Fachwelt zum Narren halten konnten. Der unmittelbare Eindruck, mein Gott! Nichts konnte mehr täuschen. Fakt war, dass *Der Turm der blauen Pferde* seit siebzig Jahren vermisst wurde. Da sollte man bei seiner wundersamen Wiederauffindung lieber einmal zu viel als einmal zu wenig zweifeln.

Schwarzer verlor die Geduld. »Es ist das Original, sagt Baumgartner. Zu neunundneunzig Prozent. Und auf das eine Prozent Unsicherheit verzichtet er nie. Das steht sozusagen in seinen allgemeinen Geschäftsbedingungen.«

Dr. Anian Baumgartner war die unbestrittene Franz-Marc-Koryphäe, Herausgeber des Werkverzeichnisses und Autor zahlloser Studien. Schwarzer wäre auch schön blöd gewesen, drei Millionen auf den Tisch zu legen, ohne sich bei einem Spezialisten rückzuversichern.

»Trotzdem«, sagte Schwarzer, »hätte ich gern eine lückenlose Provenienzgeschichte. Bekannt ist ja, dass die Nazis das Bild beschlagnahmt haben und Göring höchstpersönlich es 1937 in Besitz nahm. Doch wo befand es sich zwischen 1945 und heute? Können Sie das für mich herausfinden?«

»Eher, als halb Europa nach dem Bernsteinzimmer umzugraben«, sagte Rupert. »Von der juristischen Seite muss ich Sie aber darauf hinweisen, dass seit dem Washingtoner Abkommen Nazi-Raubkunst …«

»… von staatlichen Stellen zu restituieren ist.« Schwarzer winkte ab. »Nun bin ich zwar keine staatliche Stelle, aber ich weiß natürlich um meine Verantwortung. Die Berliner Nationalgalerie hat den *Turm der blauen Pferde* 1919 angekauft.

Sie ist die rechtmäßige Eigentümerin, und der werde ich das Bild selbstverständlich zurückgeben. Ich will mich bloß nicht blamieren und mit großem Tamtam eine Fälschung überreichen.«

»Gut«, sagte Rupert, »dann schießen Sie mal los! Wer hat Ihnen das Bild angeboten?«

Dass ein van Gogh nach hundert Jahren auf einem Dachboden entdeckt wurde oder eine für fünf Euro auf dem Flohmarkt erworbene Leinwand einen übermalten Rembrandt preisgab, konnte man immer wieder lesen, doch die Geschichte, die Schwarzer erzählte, klang noch unglaublicher. Er hatte einen Vortrag im Franz-Marc-Museum in Kochel besucht. Als er nach Hause fahren wollte, stand auf dem Parkplatz neben seinem Mercedes ein kleiner Lieferwagen, bei dem ein Mann wartete. Etwa dreißigjährig, ein Meter fünfundsiebzig groß, blond, untersetzt, in Jeans und T-Shirt. Er sprach Schwarzer mit Namen an und bat ihn mit starkem bayerischen Dialekt, einen Blick in den Laderaum zu werfen. Dort lag *Der Turm der blauen Pferde*. Schwarzer dachte an einen Scherz à la *Vorsicht Kamera* und sah sich nach einer versteckten Filmcrew um. Ungerührt bot ihm der Mann das Gemälde zum Kauf an, für drei Millionen Euro.

»In kleinen, gebrauchten Scheinen, nehme ich an«, hatte Schwarzer halb belustigt, halb verärgert gesagt.

Der Mann hatte genickt. »Und keine Fragen!«

»Hören Sie, Herr …«

»Beilhart. Josef Beilhart.«

»Ich habe meine Zeit nicht gestohlen, Herr Beilhart, und nun einen schönen Tag!«, hatte Schwarzer gesagt. Erst zu Hause war ihm der Gedanke gekommen, möglicherweise einen Fehler begangen zu haben. Mochte die Wahrscheinlichkeit auch noch so gering sein, vielleicht war das Bild tatsächlich echt. Dann hatte Schwarzer die einmalige Chance verpasst, ein verloren geglaubtes, ideell unschätzbares nationales Kulturgut zu retten. Er hatte kurz überlegt, die Polizei einzuschalten, aber was, wenn dieser Beilhart – wie fast sicher anzunehmen war – sich doch nur als harmloser Spaßvogel entpuppte? Ihn selbst ausfindig zu machen, schien Schwarzer unmöglich. Nicht einmal die Autonummer hatte er sich gemerkt.

Doch das war auch nicht nötig gewesen. Ein paar Tage später hatte Beilhart ihn angerufen und gefragt, ob er das Geld beisammenhabe. So, als sei der Handel schon beschlossen gewesen. In dem Moment, behauptete Schwarzer, habe er gespürt, dass an der Sache etwas dran war. Instinkt, auf seinen Instinkt könne er sich verlassen. Am Telefon hatte er taktiert und versucht, mehr Informationen herauszukitzeln. Ohne jeglichen Erfolg, doch im entscheidenden Punkt war er unnachgiebig geblieben. Nach langem Hin und Her hatte Beilhart seiner Forderung zugestimmt, dass ein Fachmann zugezogen werden müsse.

Die Begutachtung hatte am vergangenen Dienstag unter konspirativen Umständen stattgefunden. Schwarzer hatte den Marc-Experten Baumgartner und – so sicher war er sich inzwischen schon – einen Koffer mit Geldscheinen in seinen Wagen geladen. Sie kurvten stundenlang durchs Voralpenland, meist über kleinste Nebenstraßen und immer dirigiert durch Handy-Anweisungen Beilharts, der vermutlich überprüfen wollte, ob die Polizei eingeschaltet war. Endlich wurden sie zu einem Landgasthof gelotst. Dort warteten sie in einem Nebenzimmer etwa eine Viertelstunde lang, bis Beilhart mit dem Bild eintraf. Er lehnte den *Turm der blauen Pferde* so achtlos gegen die holzgetäfelte Wand, als handle es sich um eine Kreidetafel mit den Tagesspezialitäten.

Baumgartner hatte sich Zeit gelassen. Mit der Lupe studierte er die Pinselführung und die Craquelierung in der obersten Malschicht. Auch die Rückseite der Leinwand inspizierte er genau. Dann nahm er Schwarzer beiseite und flüsterte ihm sein Urteil ins Ohr. Schwarzer zögerte keinen Moment. Im schlimmsten Fall hätte er halt ein paar Millionen in den Sand gesetzt. Na und? Er überreichte den Geldkoffer. Beilhart füllte das Geld in zwei Aldi-Plastiktüten um, zählte aber nicht nach. Dann wünschte er viel Vergnügen mit dem Bild und machte sich davon.

»Jetzt steht es hier«, schloss Schwarzer seinen Bericht. »Und Sie sollen herausfinden, wo es die letzten siebzig Jahre war.«

Zu Klaras Überraschung nahm Rupert den Auftrag sofort an. Er fragte nur bei ein paar Details nach, handelte die Tagessätze plus eine Erfolgsprämie von 30 000 Euro aus und unterschrieb eine von Schwarzer vorbereitete Geheimhaltungsverpflichtung. Klara merkte, dass er es eilig hatte, die Villa zu verlassen. Erst als sich das Elektrotor hinter ihrem Wagen geschlossen hatte, fragte sie, ob er diese Geschichte wirklich glaube.

»Wieso?«

»Dich spricht einer auf dem Parkplatz an, zeigt dir kurz ein Bild, und zwei Wochen später fährst du mit drei Millionen in bar durch die Gegend, um es zu kaufen?«

»Es ist ja nicht irgendein Bild.«

»Nein«, sagte Klara, »und deswegen liegt es auch nicht in Lieferwägen und Dorfwirtschaften herum.«

»Wir werden das nachprüfen.«

»Wenn dieser Beilhart das Gemälde auf irgendeinem Dachboden gefunden hätte, hätte er kein Geheimnis daraus machen müssen. Also ist er entweder auf kriminellem Weg rangekommen oder er hat eine Fälschung verhökert. Würdest du dich mit drei Millionen im Köfferchen von Kriminellen irgendwohin bestellen lassen? Ohne Absicherung?«

»No risk, no fun. Ich hätte mir so eine Gelegenheit auch nicht entgehen lassen.« Rupert fuhr mit mindestens sechzig an den Tempo-30-Schildern vorbei und bremste nur vor den Bodenschwellen kurz ab. »Ich frage mich eher, warum einer wie Schwarzer nicht versucht, sich ein solches Gemälde selbst unter den Nagel zu reißen.«

»Das stinkt doch alles zum Himmel. Beilhart hat Dreck am Stecken, und das Bild ist gefälscht. Da kann Baumgartner sagen, was er will.«

»Idiot!« Rupert fuhr dicht auf eine dicke Limousine auf, die langsam vor ihm herzockelte. Mit seinen achtunddreißig Jahren mochte er nach Recht und Gesetz als erwachsen gelten, aber manchmal schien da immer noch ein kleiner Junge auf Abenteuersuche durch den Stadtpark zu streifen. Egal, was er vorher behauptet hatte, er würde natürlich nach dem Bernsteinzimmer suchen, wenn er nur den Hauch einer Spur hätte.

»Wir sollten die Finger davon lassen und die Polizei einschalten«, sagte Klara.

Rupert drückte auf die Hupe, scherte aus und überholte.

»Muss das sein?«, fragte Klara. »Hier ist Tempo 30.«

»Weißt du, was dein Problem ist, Klara? Du bist so abgeklärt, geradezu ekelhaft vernünftig. *Der Turm der blauen Pferde,* stell dir das mal vor! Einmal im Leben kreuzt etwas Aufregendes deinen Weg, und du drehst dich weg und rufst nach der Polizei. Lass dich doch einfach drauf ein!«

»Danke für den Tipp«, sagte Klara, doch Rupert war mit seinen Gedanken schon wieder ganz woanders.

»Nationales Kulturgut, wie komisch!«, sagte er und gab

Gas. »Der Schraubenkönig vom Starnberger See entdeckt sein Herz für die Allgemeinheit.«

Rupert brachte Klara nach Haidhausen. Da in ihrer Straße kein freier Parkplatz zu finden war, hielt er in zweiter Reihe und schaltete die Warnblinkanlage ein. Wie immer fragte er, ob er noch mit hochkommen solle, doch während Klara die ritualisierte Anmache sonst nur mit einem Lächeln quittierte, erinnerte sie ihn diesmal daran, dass sie leider ekelhaft vernünftig war. Es klang harscher, als sie gewollt hatte.

Rupert breitete die Arme aus und sagte: »Na gut, dann nehme ich das *vernünftig* halt zurück.«

Klara warf ihm eine Kusshand zu und schloss die Haustür auf. Im Treppenhaus war es vergleichsweise kühl. Fast wie in einer Gebirgsschlucht oder in einer ausladenden Grotte tief unter der Erde. Klara mochte die großzügige Anlage, die breiten, ausgetretenen Holzstufen und das Geländer mit dem abgerundeten Handlauf zu jeder Jahreszeit, aber erst in einem heißen Sommer zeigte sich, dass der Architekt um die Jahrhundertwende keineswegs sinnlos Platz verschwendet hatte. Ein Neubautreppenhaus hätte sich schon längst aufgeheizt. Auch in der Wohnung war die Temperatur erträglich. Trotzdem konnte sich Klara jetzt kaum etwas Angenehmeres vorstellen, als Hitze und Schweiß des Tages abzuspülen. Nur noch schnell den Knöterich auf dem Balkon gießen! Und ihren Vater anrufen. Klara ließ es achtmal klingeln, aber niemand nahm ab. Vielleicht saß er draußen und hörte das Telefon nicht. Oder Agnieszka begleitete ihn auf einem Spaziergang durchs Dorf.

Unter der Dusche drehte Klara dann doch nicht ganz kalt auf, sondern schob den Regler so weit in die Mitte, dass sie gerade angenehm fröstelte. Sie schloss die Augen und spürte dem Wasser nach, das über ihre Haut nach unten rann. Abgeklärt, geradezu ekelhaft vernünftig hatte Rupert sie genannt. Kein Grund, sich aufzuregen. Er war eben so, wie er war. Da durfte man nicht jedes Wort auf die Goldwaage legen. Erstaunlich blieb aber, wie unkritisch er Schwarzers Erzählung aufgenommen hatte. Nein, das war nicht ganz richtig. Rupert traute dem Mann durchaus Halbwahrheiten und Intrigen zu. Nur schien er felsenfest davon überzeugt, dass er wirklich vor dem originalen *Turm der blauen Pferde* gestanden hatte. Als ob das Bild gerade ihn gesucht hätte, um nach siebzig Jahren seine Auferstehung zu feiern. Klara stellte das Wasser ab und warf sich ein Badetuch über.

Rupert war Feuer und Flamme, und die Rolle des ungläubigen Thomas blieb ihr vorbehalten. Wunder mochten sich manchmal ereignen, aber im Kunstbetrieb doch eher selten. Sehr selten sogar. Klara schaltete den Computer ein und las im Internet nach, was über den *Turm der blauen Pferde* bekannt war.

Franz Marc hatte das Bild Anfang 1913 in Sindelsdorf gemalt. Zum ersten Mal öffentlich ausgestellt wurde es im selben Jahr auf Herwarth Waldens *Erstem deutschen Herbstsalon* in Berlin. Nach Marcs Kriegstod 1916 erbte seine Witwe Maria das Gemälde und verkaufte es 1919 für 20 000 Reichsmark an die Nationalgalerie Berlin. Im dortigen Kronprinzenpalais war es öffentlich ausgestellt, bis die Nazis 1937 Franz Marc zum unerwünschten Künstler erklärten und seine im Besitz der Nationalgalerie befindlichen Bilder beschlagnahmten. *Der Turm der blauen Pferde* und vier andere Marc-Werke wurden in der Münchner Schmähausstellung »Entartete Kunst« gezeigt, nach Protesten des Deutschen Offiziersbunds aber schon einen Tag später abgehängt. Die Herren wollten einen bei Verdun gefallenen Frontkämpfer des Ersten Weltkriegs nicht in einer Reihe mit Juden und Kommunisten präsentiert sehen. Dann krallte sich Hermann Göring das Bild und ließ es nach Berlin bringen. Dort wurde es nach Ende des Zweiten Weltkriegs noch zweimal gesichtet, bevor sich seine Spur endgültig verlor.

Natürlich war das der Nährboden, aus dem Fälschungen wuchsen. Nichts bot sich dafür besser an als ein Bild, das lange genug verschollen, aber nicht zweifelsfrei zerstört worden war. Ein Bild, dessen Aussehen zwar bekannt war, aber bei der farblichen Unzuverlässigkeit der frühen Fotografien genügend Spielraum für eine kreative Neugestaltung ließ. Hatte sich Beltracchi nicht auch von Werken inspirieren lassen, die in alten Katalogen abgebildet oder beschrieben waren? Was machte der Mann eigentlich jetzt, nachdem er seine Gefängnisstrafe abgesessen hatte?

Klara googelte und fand eine Fernsehserie mit dem Titel *Der Meisterfälscher.* In jeder Folge porträtierte Beltracchi darin einen Prominenten im Stile eines anderen Künstlers, zum Beispiel Ferdinand Hodlers oder Otto Dix'. Klara sah sich ein paar Ausschnitte auf Youtube an. Der Meister kokettierte mit seiner Kunstfertigkeit und dem Mythos der Verruchtheit, die Porträtierten versuchten, sich zumindest verbal als ebenbürtig zu erweisen. Mit Kunst hatte das alles rein gar nichts zu tun. Es blieb eine mehr oder weniger unterhaltsame Show, deren einziges Verdienst darin lag, dass sie gar nicht versuchte, Authentizität vorzutäuschen. Der Fälscher wusste genau, dass er als Mensch nur interessierte, weil er die Manier eines wirklichen Künstlers erfolgreich imitierte. Sein Ureigenes bestand darin, ein anderer zu sein. Und da sich die Prominenten seinen Bemühungen bereitwillig auslieferten, galt das für sie ebenso. Besonders deutlich wurde das, wenn sie das Endergebnis betrachteten. Man mochte kaum entscheiden, was falscher war, das entstandene Porträt oder der Mensch, der es kommentierte.

Klara fuhr den Computer herunter. Die Flecken, die ihre nassen Sohlen auf den Dielen hinterlassen hatten, waren noch nicht ganz verdunstet. Im Schlafzimmer zog sie sich etwas Leichtes an. Dann entkorkte sie eine Flasche Verdicchio, schenkte sich ein und stellte die Flasche in den Kühlschrank zurück. Klara öffnete die Balkontür, setzte sich aber nicht hinaus. Die paar Minuten, bis die Abendsonne hinter dem gegenüberliegenden Haus verschwunden sein würde, konnte sie auch in der Küche bleiben. Aus dem Innenhof drangen die Stimmen spielender Kinder herauf. Klara versuchte vergeblich, den Sprachfetzen zu entnehmen, ob sie Fangen, Verstecken oder sonst etwas ihr Bekanntes spielten. Für einen Moment war sie versucht nachzusehen, aber so wichtig war es ja nicht. Sie nippte an ihrem Weißwein.

Abgeklärt, geradezu ekelhaft vernünftig, hatte Rupert gesagt. Wieso brachte Klara das nicht aus ihrem Kopf heraus? War sie wirklich so? Und wenn, was sollte daran verwerflich sein? Klara bemühte sich eben, ihr Leben im Griff zu behalten. Das hatte nichts mit Konventionen zu tun, nichts mit Bausparverträgen oder einem Bündel an überflüssigen Versicherungen. Ein Mindestmaß an Kontrolle und von ihr aus auch Selbstkontrolle brauchte sie einfach. Dass sie analytisch denken konnte und die beiden Seiten einer Sache zu sehen vermochte, wusste Rupert sonst ja durchaus zu schätzen. Vielleicht sollte sie ihm mal erklären, dass man dafür Distanz benötigte.

Distanz, Abstand, sich nie so weit in etwas hineinziehen zu lassen, dass sie nicht mehr herausfand, das hatte sie sich hart erarbeitet. Sie hatte ja auch keine andere Wahl gehabt in der Künstlerfamilie, in die sie wohl nur hineingeboren war, weil ihre Eltern zu bekifft gewesen waren, um zuverlässig zu verhüten. Nicht, dass sie drangsaliert worden wäre. Ganz im Gegenteil, so viel Freiheit wie sie hatte seit Pippi Langstrumpf niemand genossen. Wenn sie mit elf oder zwölf Jahren ein paar Tage lang abgehauen wäre, hätten ihre Eltern das wahrscheinlich gar nicht bemerkt. Zu sehr waren sie mit sich und ihren Projekten beschäftigt. Und natürlich damit, sich gegenseitig die Hölle heißzumachen. Dabei war jeder willkommen, der sich als Verbündeter im Ehekrieg missbrauchen ließ, seien es Künstlerkollegen, irgendwelche obskuren Freunde oder Schmarotzer, die sich gern mal für ein paar Wochen bei ihnen einquartierten. Auch Klara sollte dauernd gegen Papa oder Mama in Stellung gebracht werden, als wäre sie ein mausgraues Feldgeschütz. Himmel, was hatte sie gelitten! Was hätte sie nicht darum gegeben, einmal, nur ein einziges Mal einen Familienausflug zu erleben, der die Bezeichnung verdiente. An irgendeinen See fahren, spazieren gehen, ein Eis essen, miteinander reden, ohne sich in einer Tour anzugiften. Welches Glück darin gelegen hätte, konnte sich einer wie Rupert gar nicht vorstellen.

Ekelhaft vernünftig. Was meinte er eigentlich damit? Dass sie nicht auf jeden Unsinn hereinfiel, dass sie misstrauisch blieb, wenn Misstrauen geboten war? Oder eher, dass es ihr an Spontaneität mangelte? An unreflektierten Ausbrüchen aus dem Alltag? Lass dich doch einfach drauf ein, hatte er gesagt. Es stimmte schon, sie war einen unspektakulär geraden Weg gegangen, zumindest nachdem sie dem Chaos ihrer Kindheit entkommen war. Nach dem Abitur hatte sie brav studiert, hatte ihren Abschluss gemacht, hatte als Praktikantin und dann als feste Freie bei einer Kunstzeitschrift gearbeitet, bis Rupert sie abgeworben hatte. Keiner hatte sie zu ihrem

Weg gezwungen, sie hatte sich dafür entschieden, und das war richtig gewesen. Sie mochte nun mal, was sie tat, sie genoss, dass sie dabei weitgehend unabhängig war. Wieso sollte sie ausbrechen wollen, warum sich in einem Fass die Niagarafälle hinabspülen lassen oder auch nur in einem voll besetzten Fußballstadion nackt auf den Rasen rennen?

Wer solche adrenalingesteuerten Fluchten suchte, belog sich selbst und merkte es nicht einmal. Dagegen wirkte sogar ein Beltracchi halbwegs authentisch. Ob es stimmte, dass noch Dutzende seiner Fälschungen in anerkannten Museen hingen und Tag für Tag die bewundernden Blicke der Besucher auf sich zogen? Oder strickte er nur an seinem eigenen Mythos? Klara ging zum Kühlschrank und holte die Flasche Verdicchio.

Gefälschte Bilder ließen sich entlarven, wenn man sie nur genau genug untersuchte. Für gefälschte Leben existierten keine allgemein anerkannten Analysemethoden. Doppelt schwer fiel es, wenn man für sich selbst beantworten wollte, ob man ein Leben aus erster Hand führte. Ob man war, wer man war. Klara kippte den Wein hinab und schenkte sich nach. Herrgott, sie sollte mal *ich* sagen statt *man.* Führte sie ein authentisches Leben? Doch. Sie war ziemlich zufrieden mit sich. Um nicht zu sagen, glücklich. Nur jetzt gerade fühlte es sich nicht ganz so an. Das mochte am Wein liegen oder an sonst etwas. Jedenfalls führst du genau das Leben, das du führen willst, dachte sie. Ich, dachte sie, ich bin, was ich sein will. Authentischer ging es nicht. Oder?

Oder machte auch sie sich etwas vor? Vielleicht hatte sie mit ihrer ganzen Abgeklärtheit nur eingemauert, was tief in ihr pochte und schrie. Sie erinnerte sich, mit welchem Schauder sie in Rom zum ersten Mal Caravaggios *Judith und Holofernes* betrachtet hatte. Die Unmittelbarkeit der Enthauptungsszene hatte sie tief verstört und gleichzeitig fasziniert. Später hatte sie begriffen, dass Caravaggio nur ein extremes Beispiel für das war, was sie an den bedeutenden Malern insgesamt interessierte: der neue, unerhörte Blick auf die Welt, der Tabubruch, der Wille zum Unbedingten. Erst jetzt fragte sie sich, ob ihr die ganze Geschichte der Malerei etwa nur das ersetzte, was sie sich nicht zu leben traute.

Draußen hatte die Dämmerung vom Innenhof Besitz ergriffen. Die Kinder waren verschwunden. Klara setzte sich mit Weinflasche und Glas auf den Balkon hinaus. Der Stuhl strahlte noch die Hitze des Tages ab.

Hüttenbrechtshofen war wohl immer ein lausiges Bauernkaff gewesen. Völlig ruiniert worden war es durch das Pech, nur fünf Fahrminuten von der Autobahn München–Garmisch entfernt zu liegen. Die vergleichsweise günstige Verkehrsanbindung hatte zur Ausweisung eines Neubaugebiets geführt, das den alten Ortskern an Fläche übertraf. Äcker hatten sich in Bauland verwandelt, Pflugscharen in klingende Euromünzen. Die Profite waren anscheinend dafür verwendet worden, jeden einigermaßen ansehnlichen Bauernhof mit Glasbausteinen und Doppelgaragen zu verunstalten, und die Reihenhaussiedlung war so hässlich, wie Reihenhaussiedlungen eben sind. Man konnte darauf wetten, dass sie überwiegend von Pendlern bewohnt wurde, die sich in München keine Wohnung leisten konnten und das gern mit dem Satz umschrieben, dass es für die Kinder doch besser sei, in der Natur aufzuwachsen.

Mal abgesehen davon, dass die Natur hier hauptsächlich aus Maisfeldern bestand, mochte das sogar stimmen. Zumindest, solange die Kinder nicht an Geigenstunden, Karatekursen, Eisdielen, schnellem Internet, Clubs oder sonstigen

Vergnügungen interessiert waren. In Orten wie Hüttenbrechtshofen fieberten schon die Dreizehnjährigen der Führerscheinprüfung entgegen, und wenn sie den Schein dann endlich hatten und besoffen aus der Disco zurückrasten, legte die Hälfte von ihnen Papas Wagen mit Karacho aufs Dach. In einem Maisfeld natürlich, wo die Rettungssanitäter den verderblichen Einfluss des Menschen auf die Natur studieren könnten, wenn sie auf dem langen Weg dorthin nicht mit leerem Tank liegen bleiben würden.

Rupert von Schleewitz hatte drei Jahre seines Lebens in einem Internat auf dem Land gelitten. Er wusste, wie das so lief. Er wusste auch, dass in einem solchen Kaff praktisch alles Ungewohnte Gesprächsstoff bot. Sein grasgrünes VW Beetle Cabrio zum Beispiel. Vor allem, wenn es im Schritttempo an der Kirche vorbeizuckelte und auf dem verwaisten Parkplatz vor dem Gasthaus »Zum Hirschen« stoppte. Sicher war auch ein sündteurer Mercedes-Van mit Starnberger Kennzeichen nicht unbemerkt geblieben. Wenn Rupert an Beilharts Stelle gewesen wäre, hätte er das Gemälde eher an einem Autobahnparkplatz übergeben.

Rupert machte sich nicht die Mühe, den Wagen abzuschließen. Er nahm seine Lederhaube ab und fuhr sich mit den Fingern durch die Haare. Dann betrat er die Wirtschaft. Aus dem breiten Flur des »Hirschen« schlug ihm miefiger Geruch entgegen. Im Halbdunkel stand ein Kicker herum. Rupert war versucht, eine Münze einzuwerfen, nur um nach langen Jahren wieder das Geräusch zu hören, mit dem die Bälle in die Ausgabeschiene fielen. Doch wahrscheinlich waren sie schon längst aus dem antiken Gerät geklaut worden. Rupert öffnete die Tür zum Gastraum. Unter einer niedrigen Decke empfingen ihn Tische und Stühle aus schwerem, nachgedunkeltem Holz. Zwischen den kleinen Fenstern hingen naiv bemalte Schützenscheiben an der Wand. Bis auf drei ältere Männer am Stammtisch war der Raum leer.

Entweder hatten sich die Stammtischbrüder schon den ganzen Vormittag angeschwiegen oder ihr Gespräch abrupt unterbrochen, weil sie ganz damit gefordert waren, den Neuankömmling anzustarren. Rupert schmetterte ein fröhliches »Grüß Gott« in ihre Richtung und fragte nach dem Wirt. Einer der Männer stand auf und schlurfte zur Theke vor. Rupert überreichte seine Geschäftskarte, setzte eine bedeutungsvolle Miene auf und redete von einem Haftpflichtfall nicht unbeträchtlicher Größenordnung, bei dem noch Klärungsbedarf bestünde. Letzten Dienstag hätten doch zwei Herren ein großes Gemälde hinausgetragen …

»Dienstag? Warten's, da kann Ihnen vielleicht meine Tochter helfen. Lisa!« Der Wirt rief Richtung Küche, drehte Rupert den Rücken zu und hatschte zum Stammtisch zurück.

Als die Schwingtür von der Küche aus aufgestoßen wurde, musste Rupert seine Meinung über Hüttenbrechtshofen relativieren. Das Kaff hatte doch eine Attraktion aufzuweisen. Dass diese Lisa einen silbernen Augenbrauenring trug, mochte ja noch angehen, aber sich das Kopfhaar gänzlich abrasieren zu lassen, das musste hier ungefähr genauso verwerflich sein, wie ins Weihwasser zu pinkeln. Rupert konnte sich die Kommentare zwischen »Mei Madl, wo du so schöne Haar hättst« und »Spinnerte Kuh!« lebhaft vorstellen. Er fragte: »Die Tochter des Hauses?«

»Worum geht's?« Sie trocknete sich die Hände an ihrem T-Shirt ab. Rupert sagte die Geschichte auf, die er schon ihrem Vater gegenüber begonnen hatte. Die junge Frau hörte zu und sagte dann spöttisch: »So, ein Haftpflichtfall!«

Wenn man sich das Piercing wegdachte, hatte sie ein schönes, perfekt proportioniertes Gesicht. Große dunkle Augen, über die man romantische Gedichte schreiben könnte, in denen sich Waldsee auf Sternschnuppenweh reimte. Doch Rupert war alles andere als ein Romantiker. Immerhin musste er zugeben, dass auch ihre Figur ziemlich schnittig war. Hätte sie sich nicht kahlrasiert, würden ihr sämtliche Burschen des Schützenvereins die Bude einrennen. Und sie hätte sich heraussuchen können, an wessen Seite sie versauern wollte. Genau darauf war sie wohl nicht scharf. Die wollte keinen von denen, die wollte bloß eins: Raus hier! Möglichst weit weg von Hüttenbrechtshofen. Weiß der Himmel, warum sie nicht längst schon abgezischt war.

»Ja, Haftpflicht«, sagte Rupert. »Genauer gesagt, geht es um den sachgerechten Transport und die Übergabe des Gemäldes.«

»Nun, die waren die ganze Zeit im Nebenzimmer. Der Typ kam extra ein paar Tage vorher vorbei und hat es für Dienstagnachmittag angemietet. Ich habe mich schon gefragt …«

»Was?«

»Na ja, die wollten wohl ihre Ruhe haben.«

»Kannten Sie den Mann, der das Bild angeschleppt hat?«

»Nie gesehen, aber warte mal, ich habe bei der Reservierung den Namen aufgeschrieben.« Lisa wandte sich um, zog eine Schublade auf und beugte sich nach unten. Am Nackenansatz trug sie ein Tattoo. Irgendein chinesisches Schriftzeichen. Wenn Rupert jetzt einen bis über beide Ohren verknallten Schützenvereinsburschen neben sich hätte, würde er ihm raten, mit dem Zeigefinger an den Linien des Schriftzeichens entlangzustreichen und sich sanft zu erkundigen, was das bedeutete.

Mit einem dicken Kalender in der Hand tauchte Lisa wieder auf. »Hier. Walter Goldschnigg. Dienstag, 14 Uhr bis

20 Uhr. Er ist aber gegen 18 Uhr gegangen, und die anderen beiden mit dem Bild gleich danach.«

»Ach, da steht ja auch eine Telefonnummer dabei. Darf ich mal?« Rupert notierte sich Handynummer und Namen. Walter Goldschnigg alias Josef Beilhart. Nun ja, wahrscheinlich waren beide Namen falsch. Immerhin schien Schwarzers Übergabegeschichte den Tatsachen zu entsprechen.

»Das soll ein Haftpflichtfall sein, und du kennst die Namen der Beteiligten nicht?«, fragte Lisa.

»Reine Routine«, sagte Rupert.

»Jetzt komm, sag schon, worum es hier geht!«

»Du bist eine ganz Schlaue, was?« Unwillkürlich war auch Rupert zum Du übergegangen. Er sah ihr in die Augen. »Was machst du eigentlich in so einem Kaff?«

»Warten.«

Auf den Märchenprinzen, der sie zu sich auf einen prächtigen Schimmel hob, um am Meeresstrand der Abendsonne entgegenzureiten? Rupert fragte: »Worauf denn?«

»Auf den Weltuntergang«, sagte Lisa. »Wenn alles auseinanderbricht und in Flammen aufgeht. Das muss hier besonders schön sein.«

»Lisa, bringst uns noch drei Weißbier?«, fragte es vom Stammtisch her. Schweigend sah Rupert zu, wie Lisa die Flaschen öffnete und mit routiniertem Schwung die Gläser füllte. Sie brachte sie zum Stammtisch und kam mit drei leeren Gläsern zurück. Das Tablett stellte sie auf der Theke ab.

»Bevor die Welt untergeht«, sagte Rupert, »könntest du mir noch den Raum zeigen, in dem die Übergabe stattgefunden hat?«

Im *Stüberl* fragte er Lisa weiter aus. Ihre Beschreibung des Bildlieferanten entsprach der von Schwarzer. Ob dieser angebliche Walter Goldschnigg in einem Lieferwagen gekommen war, wusste sie nicht, denn er hatte anscheinend nicht direkt am Wirtshaus geparkt. Dass er mit einem Auto unterwegs gewesen sein musste, war klar. Wie kam man sonst nach Hüttenbrechtshofen? Und hier aus der Gegend stammte er Lisas Überzeugung nach nicht. Schon seine Dialektfärbung habe das verraten.

»Ja, dann danke für deine Hilfe!«, sagte Rupert. »Und viel Glück!«

»Gibst du mir noch deine Handynummer?«, fragte Lisa. Rupert blickte sie an. Schnittig oder nicht, das konnte er gerade überhaupt nicht brauchen. Sie hob den kahlgeschorenen Kopf fast ein wenig herausfordernd und schaute mit ihren großen dunklen Augen zurück. Dann sagte sie: »Falls mir noch etwas Wichtiges einfällt.«

Bevor Rupert in seinen Wagen stieg, wählte er die Telefonnummer, die dieser Walter Goldschnigg hinterlassen hatte. Eine angenehme Telekomstimme vom Band sagte, dass ihr diese Nummer nicht bekannt sei. Aber man könne den Anrufer gern an die Auskunft weiterleiten.

Die Kaffeemaschine brummte und schaltete sich aus. Klara nippte an ihrem fast kalten Cappuccino und betrachtete den Druck der *Blauen Pferde,* den sie im Büro aufgehängt hatte. Trotz des Glanzpapiers wirkten die Farben gedeckter und wiesen darüber hinaus einen leichten Rotstich auf. Die Oberflächentextur war natürlich überhaupt nicht mit dem möglichen Original in Schwarzers Villa vergleichbar.

»Dein Fahndungsplakat?«, fragte Klaras Kollege Max Müller, als er kurz von seinem Computerbildschirm aufsah.

Gesucht wird …? Mit sachdienlichen Hinweisen wenden Sie sich bitte an …? Darum ging es nicht. Eher schon darum, sich die Aufgabe vor Augen zu halten. Das Mangelhafte verlangte nach dem Vollkommenen, es schrie geradezu nach seinem authentischen Urbild. Eine Reproduktion ersetzte eben kein Original. Genauso wenig, wie ein Fahndungsfoto oder eine Phantomzeichnung identisch mit der gesuchten Person war, die es zu finden galt oder deren Schicksal aufgeklärt werden sollte. Klara vermutete, dass auch in den entsprechenden Abteilungen der Kriminalpolizei Fotos der Vermissten an der Wand hingen, selbst wenn die Beamten deren Gesichtszüge längst auswendig kannten.

Überhaupt existierten jede Menge Parallelen zwischen Menschen und Gemälden. Beide alterten, bekamen Risse und Falten, beide waren einzigartig unter ihresgleichen, wurden dafür geliebt, geschmäht oder ignoriert, beide blieben unverwechselbar sie selbst, obwohl sich ihre Rolle und ihre Bedeutung in der Welt stetig wandelten. Die Lebensgeschichten beider hingen von Zufällen, ökonomischen Interessen und historischen Ereignissen ab. Klara stellte sich eine solche Geschichte gern als Seil vor, das mal straff gespannt, mal knotenreich und in verschlungenen Windungen durch den Nebel der Zeit reichte.

Wenn Schwarzers *Turm der blauen Pferde* echt war, hatten sie in diesem Fall das Glück, beide Enden des Seils in der Hand zu halten. Vor ein paar Tagen erst war das Gemälde wieder aufgetaucht. Es galt einerseits, den Verkäufer ausfindig zu machen und sich beharrlich in die Vergangenheit zu hangeln. Wie lange hatte er das Bild besessen und woher hatte er es bekommen? Wo hatte es sich zuvor befunden? Andererseits konnte man seine Geschichte auch von der Entstehung an verfolgen und versuchen, über den letzten nachgewiesenen Verbleib hinaus nach vorn zu forschen. Irgendwo würden sich die Wege treffen, falls es sich wirklich um ein und dasselbe Seil handelte.

Den zweiten Weg hatte Max Müller eingeschlagen. Rupert hatte ihn eingestellt, weil er eine Bibliothekarsausbildung abgeschlossen hatte und somit als Wühlmaus der Detektei prädestiniert erschien. Zwar jammerte Max immer, wenn er sich tagelang in Archiven vergraben musste, doch darin bestand nun mal ein wichtiger Teil ihrer Arbeit. Vorerst sichtete Max jedoch nur die Informationen, die das Internet hergab. Er fand einiges mehr heraus als Klara bei ihrer Kurzrecherche am Abend zuvor.

Nach seinem kurzzeitigen Auftritt bei der Münchner Ausstellung 1937 wurde *Der Turm der blauen Pferde* nach Berlin transportiert und mit anderen Gemälden in einem ehemaligen Getreidespeicher deponiert. Im November desselben Jahres wurde das Bild unter der Nummer 14126 in einer Liste beschlagnahmter »entarteter« Kunst inventarisiert. Dort stach es Reichsmarschall Hermann Göring ins Auge. Zusammen mit zwölf anderen Meisterwerken ließ er es beiseiteschaffen und übergab diese seinem Bevollmächtigten Josef Angerer mit dem Auftrag, sie zu Geld zu machen. Angerer legte später eine Abrechnung über sieben ins Ausland verkaufte Bilder vor. *Der Turm der blauen Pferde* war jedoch nicht darunter. Auch für die folgenden Jahre gab es keinen Hinweis darauf, dass Göring das Gemälde weiterveräußert hätte. In der großen Luzerner Auktion am 30. Juni 1939, bei der die Nazis Meisterwerke der verachteten Moderne gegen Devisen losschlugen, wurden die *Blauen Pferde* nicht angeboten. Noch 1942 tauchte in der Harry-Fischer-Liste der mehr als sechzehntausend beschlagnahmten Kunstwerke »RM Göring« als aktueller Besitzer des Werks auf. Daran dürfte sich bis 1945 nichts geändert haben.

Wo sich das Bild während dieser Jahre befunden hatte, war unklar. Ob es in Görings Landsitz Carinhall, im Preußischen

Staatsministerium oder im Reichsluftfahrtministerium aufbewahrt wurde, ob es dem Depot »entarteter« Kunst in Schloss Schönhausen zugeführt oder während des Kriegs in einen Berliner Bunker ausgelagert wurde, blieb Spekulation. Schon 1943 ließ Göring jedenfalls einen Teil seiner zusammengeraubten Schätze ins österreichische Salzbergwerk Altaussee bringen. Kurz vor Kriegsende folgten drei weitere Sonderzüge, die bis in die Berchtesgadener Gegend gelangten. Vollständige Inventarlisten der Transporte existierten nicht mehr, und unter den von den Amerikanern sichergestellten Kunstschätzen aus Görings Sammlung fanden sich neben Plastiken, Glasfenstern, antiken Möbeln und Teppichen zwar 1375 Gemälde, nicht aber *Der Turm der blauen Pferde*.

So weit, so schlecht. Allerdings gab es eben die Aussagen zweier Zeugen, die das Gemälde noch in Berlin gesehen haben wollten. Der eine 1945 direkt nach Kriegsende im Haus am Waldsee, das in der NS-Zeit dem stellvertretenden Präsidenten der Reichsfilmkammer als Dienstvilla gedient hatte. Göring hatte sich dort des Öfteren ansonsten verbotene amerikanische Filme vorführen lassen. Noch 1945 wurde das Haus dem Bezirksamt Zehlendorf für kulturelle Zwecke übertragen, im Januar 1946 die erste Ausstellung mit Werken von Käthe Kollwitz und Ewald Vetter eröffnet. Wer im Berlin der Nachkriegszeit mit zeitgenössischer und bis kurz zuvor als »entartet« geltender Kunst zu tun hatte, traf sich im Haus am Waldsee. In ein solches Umfeld hätte *Der Turm der blauen Pferde* gut gepasst. Auch der Zeuge, Edwin Redslob, hatte als Kunsthistoriker und ehemaliger Reichskunstwart der Weimarer Republik durchaus Gewicht. Während der Nazizeit spielte er zwar eine umstrittene Rolle, doch seine Expertise als Fachmann war unbestritten. Auf eine billige Kopie wäre er kaum hereingefallen.

Örtlich passte dazu auch der zweite Hinweis, nach dem sich das Gemälde im Winter 1948/1949 in einem Zehlendorfer Jugendheim gleich neben dem Haus am Waldsee befunden hatte. Der Zeuge, ein in späteren Zeiten bekannter Journalist, hatte sich zu einem Pfadfinderwochenende dort aufgehalten. Er habe damals Kunstpostkarten gesammelt und den *Turm der blauen Pferde* sofort erkannt. Das durch zwei circa zwanzig Zentimeter lange Schnitte beschädigte Bild habe in der Treppengalerie gestanden. Dass es das Original gewesen sein müsse, sei ihm erst Jahre danach klar geworden. Natürlich hätte er sich schon damals fragen können, woher eine Kopie in den Originalmaßen 200 mal 130 Zentimeter zu der Zeit hätte kommen sollen. Spätere Nachforschungen im Jugendheim seien dann ergebnislos geblieben.

Ein Ort, eine Spur, zwei Zeugen. Wenn man ihnen trauen konnte, hatte das Bild zumindest bis Ende 1948 in Berlin überlebt. Es war nicht dem Bombenkrieg zum Opfer gefallen, nicht in den Wirren der letzten Kriegstage verschollen, nicht von untertauchenden Nazigrößen nach Argentinien oder von heimkehrenden Rotarmisten nach Nowosibirsk entführt worden. Natürlich könnte es auch 1949 noch von den Alliierten beschlagnahmt worden sein, aber kaum, ohne dass sich das in Akten niedergeschlagen hätte. Dafür lief die Verwaltungsmaschinerie der westlichen Besatzungsmächte zu gut, und die Russen hatten auf Zehlendorf ja keinen Zugriff mehr. Dass das Bild bewusst oder aus Unkenntnis heraus zerstört worden war, schien dreieinhalb Jahre nach Kriegsende ebenfalls eher unwahrscheinlich. Nicht zuletzt im Haus am Waldsee wurden die vordem verfemten Maler bekannt gemacht und gefeiert. Selbst einer, der die expressionistische Malerei aus tiefstem Herzen ablehnte, musste da schon begriffen haben, dass Marcs Meisterwerk ein Vermögen wert war. Und genau deshalb hatte wohl ein Besucher oder Angestellter des Jugendheims zugegriffen.

Nur war das leider siebzig Jahre her. Beide Augenzeugen waren bereits gestorben, und selbst die fittesten Pfadfinder von damals waren heute wahrscheinlich meist alterssenil. Dennoch, wo sonst sollte man den Faden wiederaufnehmen, wenn nicht in Zehlendorf? Es galt, die Personalakten des Jugendheims zur fraglichen Zeit ausfindig zu machen, die Besuchergruppen aufzulisten und möglichst viele noch erinnerungs- und aussagefähige Zeugen zu befragen. Klara stellte die Cappuccinotasse ab und fragte über den Schreibtisch zu Max hin: »Kennst du Berlin eigentlich gut?«

»Das meinst du nicht im Ernst, oder?«, fragte Max. »Wie ich dir vielleicht schon mal erzählt habe, habe ich eine Frau, die ich liebe, und zwei Töchter, die ich auch liebe. Das ist nicht wie bei Rupert und dir. Meine Familie ist völlig intakt, und so kleinbürgerlich und antiquiert das auch klingen mag, ich hätte gern, dass das so bleibt. Monique hat einen Auftritt in ihrer Ballettschule, und Madeleine …«

»Berlin ist eine Reise wert«, sagte Klara.

»Dann fahr doch du!«

»Komm schon, Max, sind doch bloß ein paar Tage.«

»Das kann sich Jahre hinziehen, und die Suche ist so gut wie hoffnungslos. Glaubst du, da hat noch keiner nachgeforscht? Soll ich dir mal ausdrucken, wer alles ein Leben lang nach dem *Turm der blauen Pferde* gesucht hat?«

»Aber du bist der Beste, Max!«

»Zu billig, Klara, viel zu billig.« Max fuhr den Computer herunter und stand auf. »Kürzlich hat mich einer gefragt, ob es nicht gefährlich sei, in einer Detektei zu arbeiten. Weißt du, was ich geantwortet habe?«

»No risk, no fun?«, fragte Klara zurück.

»Lebensgefährlich, hab ich gesagt, weil es so überaus spannend ist, in Einwohnermeldeakten herumzublättern. Davon musst du praktisch einen Herzinfarkt kriegen. Dann liegst du halbtot herum und weißt, dass in den nächsten vierzig Jahren genauso viele Leute zu deinem Archivarbeitsplatz kommen werden wie in den vergangenen vierzig Jahren. Nämlich keiner.«

»Was willst du eigentlich? Spannende Außeneinsätze oder ein kleinbürgerliches Familienleben mit abendlichen Ballettschulenbesuchen?«, fragte Klara.

»Ich ... ach, ihr dreht es doch immer so hin, wie es euch passt! Ich glaube, ich mache jetzt besser Schluss für heute.« Max stand auf, warf einen Blick auf den Kunstdruck an der Wand und wünschte Klara fröhliches Schaffen. Noch bevor er die Tür erreichte, kam Rupert herein.

»Falsche Namen, sonst habe ich nicht viel herausgefunden«, sagte er. Dann wandte er sich an Max: »Hast du schon deinen Flug nach Berlin gebucht?«

Die A 8 bis zur Ausfahrt Irschenberg, und dann noch ein paar Nebensträßchen. Bei normalem Verkehr brauchte Klara vierzig Minuten, um das Bauernhaus in Berbling zu erreichen. In der Berblinger Dorfkirche hatte Wilhelm Leibl über drei Jahre lang seine *Drei Frauen in der Kirche* gemalt, doch das hatte Klaras Vater wenig interessiert. Mit dem Realismus des 19. Jahrhunderts hatte er nie etwas am Hut gehabt. Den Hof hatte er vor zwanzig Jahren nur gekauft, weil er günstig angeboten wurde und genug Platz für die Entwicklung seiner Projekte bot.

Er hatte die ehemalige Scheune in jahrelanger Arbeit zum Atelier umgestaltet, ein work in progress, bei dem er nie wirklich fertig geworden war. Im mehr als stattlichen Wohnhaus nutzte er nur einen verschwindend kleinen Teil. Wo einst die Kinderschar eines Großbauern plus Mägden und Knechten Dach und Bett gefunden hatten, lagerten nun die Sammlungen Vladimir Ivanovics. Eigene Gemälde und Skulpturen, Relikte vergangener Kunstaktionen, aber auch Werke der wenigen Künstlerkollegen, die er nicht in Bausch und Bogen verdammte. Zwei Zimmer waren vollgestopft mit Wurzelstöcken, seltsam verkrümmten Astgabeln und was er in früheren Zeiten sonst noch aus dem nahen Wald angeschleppt hatte.

Gerümpel, sagten die Dorfbewohner hinter nicht allzu sorgsam vorgehaltener Hand. Mit denen hatte sich Ivanovic schnell verkracht. Ignorantentum, hatte er mal beim Oberwirt verkündet, werde nicht dadurch erträglicher, dass es sich im Weißwurstzuzeln selbst feiere. Andererseits wollte er nicht mehr von hier weg. Trotz seiner Krankheit hatte er im Atelier junge Kunstinteressierte auf den seiner Meinung nach richtigen Weg gebracht. Die Kurse hatten erstaunlichen Anklang gefunden, vor allem wenn man bedachte, dass er mit vernichtender Kritik garantiert nicht gespart hatte. Klara wusste, wovon sie sprach. Seine Jünger – wie er seine Schüler wenig bescheiden nannte – hatten sich daran nicht gestört und hätten ihm wahrscheinlich bis heute die Treue gehalten. Er hatte selbst Schluss gemacht, als ihn vor etwa einem halben Jahr ein neuer schwerer Schub ereilte. Klara hatte eine Polin engagiert, die im Obergeschoss einzog und ihrem Vater zur Seite stand.

Agnieszka achtete verlässlich darauf, dass er sein L-Dopa-Präparat einnahm, schwor darüber hinaus aber auf die Wunderwirkung stinknormaler Kräutertees. Wie sie es geschafft hatte, Klaras Vater davon zu überzeugen, blieb ihr Geheimnis. Jedenfalls akzeptierte er es klaglos, wenn bei jedem von Klaras Besuchen eine Kanne aufgebrüht wurde. So auch jetzt. Agnieszka goss zwei Tassen voll, stellte die Kanne auf das Stövchen und zog sich zurück. Der Tee hatte eine blässlich grüne Farbe, die Klara schon beim Hinschauen krank machte.

»Zucker?«, fragte ihr Vater. Klara schüttelte den Kopf. Selbst als Kind hatte sie keinen gesüßten Tee getrunken, aber solche Kleinigkeiten hatte ihr Vater nie zur Kenntnis genommen. Dafür war er zu sehr mit Gott, der Welt und dem eigenen Ich beschäftigt gewesen, wobei sich diese drei Kategorien bei ihm schwer auseinanderhalten ließen. Über allem hatte natürlich die Kunst gestanden. Begonnen hatte er mit Happeningaktionen, bei denen Blut und Farbe spritzten. Klara hatte die Ausläufer dieser Phase als kleines Mädchen noch miterlebt. Die heftigsten Aktionen hatten sie angewidert, aber das vorherrschende Gefühl, an das sie sich erinnerte, war das der Peinlichkeit. Wie sehr hatte sie sich geschämt und die Freundinnen beneidet, deren Väter jeden Morgen um 7 Uhr mit Anzug und Aktentasche in ein Büro aufbrachen!

Später hatte sich das geändert. Vladimir Ivanovic hatte sich auf Land Art verlegt, auch wenn er die Etikettierung immer entrüstet zurückgewiesen und sich über das Schubladendenken mokiert hatte. Jahr für Jahr war er bekannter geworden, war es ihm leichter gefallen, Sponsoren für seine immer ambitionierter werdenden Projekte zu finden. Und während Klaras Freundinnen nun gegen ihre Sparkassenfilialleiterväter rebellierten, saugte sie jedes Wort ihres Vaters begierig auf. Der Worte waren viele gewesen, denn das Theoretisieren über »seine Sachen« war ihm vielleicht noch dringender erschienen als ihre Realisierung. Mehr als zuzuhören war Klara freilich nicht gestattet. Dass Ivanovic ihre Ansicht ernst genommen hätte, war praktisch nie vorgekommen, auch wenn sie noch so verzweifelt um seine Anerkennung gekämpft hatte. Na ja, tempi passati! Sie hatte es überlebt, und nun war er auf sie angewiesen.

Gott sei Dank war Ivanovic im Kopf immer noch klar, obwohl er manchmal eine Weile brauchte, um seine Gedanken zu formulieren. Schlimm war das andauernde Zittern. Ruhe-, Halte- und Bewegungstremor, typisch für Morbus Parkinson. Eigentlich wollte Klara nicht zusehen, doch sie konnte die Augen nicht abwenden, als ihr Vater die Zuckerdose rüttelnd über die Tischplatte zog. Er griff nach dem Teelöffel, krampfte die Finger darum wie ein Kleinkind. Die Rundung des Löffels schlug gegen die Teetasse und wackelte auf die Zuckerdose zu. Wenn Klara ihre Hilfe anböte, würde ihr Vater ausflippen. Sie sagte: »Ein Klient glaubt, den *Turm der blauen Pferde* angekauft zu haben. Das Original. Wir sollen die Provenienz überprüfen.«

Der Löffel grub sich in die Zuckerkristalle. Auf den zehn Zentimetern Luftlinie bis zur Tasse rieselte ein Gutteil herab. Klara musste Agnieszka beauftragen, in Zukunft Würfelzucker zu kaufen. Mit den Fingern würde es doch leichter gehen, oder?

»Franz Marc«, sagte ihr Vater, »das war auch so einer. Sucht nach dem Sinn, will das Unsichtbare ausgerechnet mit Farben zeigen. Und dann zieht er begeistert Feldgrau über, um sich im Weltkrieg abschlachten zu lassen.«

Der zweite Löffel Zucker. Brauner Rohrzucker. Rund um die Teetasse sah es aus wie in einer Sandwüste. Klara fiel ein, wie sie als Siebzehnjährige ihren Vater nach Tunesien begleitet hatte. Auf einem ausgetrockneten Salzsee hatte er sein Projekt *Erdtangente* verwirklicht. Ausgehend von einem Tangentialpunkt wurden im Abstand von je einem Kilometer Markierungen aufgestellt. Deren Höhe zeigte den Abstand der gedachten Tangente von der Oberfläche und somit die Erdkrümmung. Nichts Geringeres als die Welt war der Rohstoff, an dem sich Vladimir Ivanovic damals künstlerisch abarbeitete.

»Original oder nicht, letztlich ist doch alles falsch«, sagte er langsam. Mit beiden Händen umgriff er die Tasse und zitterte sie auf seinen Mund zu. Seine Gesichtszüge blieben starr. Vermindertes Muskelspiel, Maskengesicht, Hypomimie aufgrund von Akinese. Es wurde nicht besser, wenn man die Symptome benennen konnte.

»Na ja«, sagte Klara, »in dem Fall lässt sich der Unterschied auf mindestens dreißig Millionen Euro beziffern. Aber es stimmt schon, Herrn Schwarzer geht es nicht um das Geld.«

»Scheiße«, sagte ihr Vater, als er beim Abstellen die Tasse umkippte. Auf dem dunklen Holz der Tischplatte wirkte die Teelache farblos. Die Zuckerkristalle lösten sich nur langsam auf.

»Ich hole einen Lappen«, sagte Klara und stand auf. Als sie aufwischte, saß ihr Vater mit nach vorn gekrümmtem Oberkörper da und sah ihr zu.

»Dreißig Millionen Euro«, sagte er. Dann lachte er. Das Lachen kam von ganz unten heraus, so, als sei es tief in den Eingeweiden eingesperrt gewesen. »Dreißig Millionen. Dafür könnte man jede Menge Teebeutel kaufen, was?«

»So viele, dass du den ganzen Starnberger See aufbrühen könntest.« Auch Klara versuchte zu lächeln.

»Schenkst du mir nach?«

»Natürlich.« Klara füllte seine Tasse zur Hälfte. Ihr graute vor dem, was sie gleich mit ansehen müsste. Das Gewackel, das Schlagen des Löffels gegen die Dose, den rieselnden Zucker, das Gesabber, Teepfützen und die Erinnerung an Salzseen, die mühsame Entschlossenheit ihres Vaters, nicht zur

Kenntnis zu nehmen, was unübersehbar war. Klara würde es nicht länger aushalten.

Sie hasste sich für den Gedanken, für das Gefühl. Es entsprach genau dem, was ihre Mutter gesagt hatte, bevor sie zurück nach Italien floh. Keine Sekunde länger würde sie es mit Ivanovic aushalten. Das war am Tag nach Klaras fünfzehntem Geburtstag gewesen. Klara sei jetzt alt genug, um sich selbst zu entscheiden, hatte ihre Mutter gesagt. Für sie oder für Ivanovic. Beide zusammen, das ginge einfach nicht, nicht mehr. Klara war aber nicht alt genug gewesen. Sie hatte sich nicht entscheiden können, und deswegen war sie da geblieben, wo sie sich ein bisschen weniger unsicher fühlte. Sie war dann in den Schulferien fast immer zu Mama gefahren. Manchmal hatten sie sich auch ganz gut verstanden, solange Klara nicht fragte, warum ihre Mutter sie im Stich gelassen hatte. Ihren Vater hätte sie so etwas gar nicht zu fragen brauchen. Der lebte in anderen Sphären.

Klara sagte: »Ich muss dann mal los. Hab noch zu arbeiten.«

»*Der Turm der blauen Pferde?*«

»Ja.«

»Merk dir eins, mein Augenstern: Das wirklich Wichtige kannst du nicht sehen. Das existiert nur im Kopf. Die Kunst kann dir höchstens zeigen, dass du es nicht sehen kannst, aber auch nur, wenn sie gut ist.«

»Ja, klar.«

»Bloß ist heute alles Schrott oder aufgewärmter Käse von anno dazumal.«

»Sobald es geht, komme ich wieder«, sagte Klara und küsste ihn auf die Stirn. Erst auf der Autobahn fiel ihr ein, dass sie vergessen hatte, Agnieszka wegen des Würfelzuckers zu instruieren. Egal, sie würde von zu Hause aus anrufen.

Sie fuhr aber nicht nach Hause, sondern ins Mariandl am

Beethovenplatz. Dort gab es wie fast jeden Abend Live-Musik, und auch wenn Klara nicht wusste, was sie erwartete, würde sie es auf jeden Fall leichter ertragen, als allein auf ihrem Balkon zu sitzen und die Gedanken an ihren Vater zu verscheuchen. Auf die Bühne kam dann eine Gruppe von Zwanzigjährigen, die sich an fünfzig Jahre altem Soul von Otis Redding und Aretha Franklin versuchten. Zum Mitwippen reichte es. Klara bestellte einen Gin Tonic.

Erst beim zweiten begann sie sich langsam wohlzufühlen. Der Laden war jetzt voll, die Jungs auf der Bühne gaben auf sympathisch amateurhafte Weise ihr Bestes, und irgendwie gelang es ihnen sogar, die Stimmung anzuheizen. Klara musste sich nicht sonderlich zwingen mitzugehen. Es konnte durchaus schön sein, sich zugehörig zu fühlen, solange niemand mehr von ihr verlangte, als »Sitting on the dock of the bay« vor sich hin zu trällern. Solange man ein namenloses Teilchen einer anonymen Masse bleiben durfte.

Jetzt entspann dich mal, dachte Klara, deswegen bist du doch hier. Als die Band eine Pause machte, sah sie sich um und nahm das eine oder andere Gesicht wahr. Dort drüben, der mittlere der drei Typen schien auf sie aufmerksam geworden zu sein. Er sah ganz sympathisch aus. Vielleicht ein wenig zu sehr nach Sozialarbeiter, aber zumindest wie einer, der sich noch nicht in Zynismus geflüchtet hatte. Wie alt mochte er sein? Dreißig, zweiunddreißig vielleicht? Auf jeden Fall lachte er nett. Offen. Seine Augen und das ganze Gesicht machten dabei mit.

Ein paar Blickkontakte später kam er zu Klara her und sagte: »Hi.«

»Hi«, sagte Klara.

»Nicht schlecht, die Musik, was?« Der Typ zeigte in Richtung Bühne.

Die Musik? Klara musste jetzt sagen, dass sie eigentlich eher auf experimentelle Sachen stand, und er würde nachfragen, was sie darunter verstand, und dann so tun, als ob das genau sein Geschmack sei, oder aber vorsichtig einwenden, dass Musik seiner Ansicht nach direkt ins Blut gehen solle. Sie würden über Konzerterlebnisse sprechen, über die besten Clubs in München, über Reisen, Hobbys und sonst was. Er würde versuchen, sie zum Lachen zu bringen, und ihr noch einen Gin Tonic bestellen. Dann würden sie der Band zuhören und sich zwischendrin in die Augen schauen. Und wenn hier die Stühle auf die Tische gestellt würden, würde er sie fragen, ob sie nicht zusammen noch etwas unternehmen sollten. Klara sagte: »Eigentlich stehe ich mehr auf experimentelle Sachen.«

»Was denn zum Beispiel?«

Klara lächelte ihn an. Er hatte braune Augen und ein kleines Muttermal auf der rechten Wange. Seine Wuschelhaare zu zerzausen, könnte Spaß machen. Zu dir oder zu mir, darauf lief es hinaus. Sollte sie oder sollte sie nicht? Von Liebe auf den ersten Blick konnte wahrlich keine Rede sein, aber so ein leichtes Kribbeln im Bauch spürte Klara schon. Sie strich mit dem Zeigefinger an der Rundung ihres Glases entlang. Lass dich doch einfach drauf ein, hatte Rupert gesagt. Wie er wohl reagieren würde, wenn er wüsste, dass sie seine Ratschläge auf fremde Männer anwandte? Oder zumindest darüber nachdachte. Aber warum eigentlich nicht? Nur, zu Klaras Bedingungen, das musste von Anfang an klar sein. Sie sagte: »Ich heiße Klara, bin allein hier und würde dich heute Nacht zu mir mitnehmen, wenn du versprichst, beim Frühstück nicht mehr da zu sein.«

»Äh … ja … cool. Ich bin Jens«, sagte der Typ und drehte sein Weißweinglas in den Händen. »Vielleicht erzählst du mir erst was über dich?«

»Klar.« Klara fühlte sich plötzlich leicht und beschwingt. Fast wie in der Schule, wenn ihre Banknachbarin einen Lachanfall bekommen hatte und sie selbst angesteckt wurde, ohne zu wissen, worum es eigentlich ging. Klara zwang sich zu einer einigermaßen ernsten Miene und sagte: »Meine Eltern sind bei einem Flugzeugabsturz ums Leben gekommen, als ich sechs war. Deshalb bin ich bei meinem Onkel aufgewachsen. Der war Berufsoffizier bei der Luftwaffe, aber eigentlich ein herzensguter Mensch, der keiner Fliege was zu Leide tun konnte. Hat Aquarelle gemalt und mich mit seiner Begeisterung für Kunst angesteckt. Ich habe dann trotzdem Astrophysik studiert, wegen der Berufschancen hauptsächlich und auch, weil ich die Sache mit dem Urknall so faszinierend fand. Jetzt arbeite ich bei der ESA, der Raumfahrtbehörde, du weißt schon. War ein paar Jahre in Paris und bin seit zwei Wochen zurück in München.«

Jens schaute Klara mit seinen großen braunen Augen an. »Echt?«

»Na komm«, sagte Klara, »ist das wirklich wichtig?«

Es war gar nicht so einfach gewesen, Dr. Anian Baumgartner zu einem Treffen zu bewegen. Rupert hatte Schwarzer einschalten und ihm klarmachen müssen, dass jeder zu befragen war, der den Verkäufer des *Turms der blauen Pferde* zu Gesicht bekommen hatte. Von seinem Verdacht, dass diese ganze Franz-Marc-Geschichte zum Himmel stank, hatte er natürlich nichts verlauten lassen. Schwarzers Intervention hatte die Tür zu Baumgartners Schwabinger Altbauwohnung letztlich geöffnet.

Da stand nun der Hausherr und wirkte wie die Karikatur eines Privatgelehrten. Ein schmächtiges Männchen mit hoher Stirn und zu langen weißen Haaren, die sich am Hemdkragen stauten. Rupert stellte Klara und sich vor. Baumgartner nickte ihm kurz zu, widmete Klara aber deutlich mehr Aufmerksamkeit. Sie sah auch nicht übel aus in ihrem knapp knielangen schwarzen Kleid. Dennoch, ein bisschen mehr Contenance konnte man von so einem Kulturopa doch erwarten.

»Dr. Ivanovic?«, fragte Baumgartner. »Ich habe Ihre Promotion über Carlo Crivelli gelesen. Sehr interessant.«

»Danke«, sagte Klara.

»Eine universitäre Karriere haben Sie nicht in Erwägung gezogen?«

»Es hat sich anders ergeben«, sagte Klara.

»Die Wege des Herrn sind unergründlich«, sagte Baumgartner.

»Dem Herrn sei Dank! Frau Ivanovic ist meine beste Mitarbeiterin«, sagte Rupert, um dezent darauf hinzuwiesen, dass er der Boss des Ladens war. Und dass man allmählich zur Sache kommen sollte. »Würden Sie uns ein paar Fragen beantworten?«

»Gehen wir in die Bibliothek!«, sagte Baumgartner.

Ach, da waren sie noch gar nicht? Rupert musterte die überquellenden Bücherregale im Wohnungsflur und folgte Baumgartner. In der Bibliothek bot sich ein ähnliches Bild. Die Wände waren bis zur Decke mit Büchern gepanzert, nur der Erker zur Straße hin blieb ausgespart. Dort stand ein Ledersessel neben einem kleinen Schreibtisch. Baumgartner murmelte etwas Unverständliches und brachte von draußen zwei Klappstühle an. Er forderte Klara und Rupert auf, Platz zu nehmen, mochte sich selbst aber noch nicht entschließen. Suchend ging er an seinen Regalen entlang. Bevor er irgendein abstruses Werk über Carlo Crivelli herausziehen konnte, begann Rupert: »Also, Franz Marc, *Der Turm der blauen Pferde.* Waren Sie nicht ziemlich überrascht, als das verschollene Meisterwerk unter solchen Umständen wieder auftauchte?«

»Überrascht ist nicht das richtige Wort«, sagte Baumgartner und setzte sich endlich. Er sei äußerst skeptisch gewesen. Gerade bezüglich dieses Werks habe es ja in den letzten Jahrzehnten genügend Präzedenzfälle gegeben. Mal behauptete ein anonymer Spaßvogel, es in einem Züricher Banktresor aufzubewahren, mal sei es angeblich in Kalifornien, in Toronto, in Litauen gesichtet worden. Wenn man nachgeprüft habe, habe es sich immer um Wichtigtuer gehandelt, um äußerst plump hingespachtelte Fälschungen oder um schlichte Verwechslungen. Man sollte nicht glauben, dass jemand Marcs *Eselsfries* für einen Pferdeturm halten könne, doch genau das sei geschehen. Jedenfalls habe er, Baumgartner, letzte Woche Ähnliches erwartet, und dieses ganze Herumdirigiertwerden in Schwarzers Auto habe sein Misstrauen nicht gerade verringert.

Ins Grübeln habe ihn allerdings das seltsame Verhalten des Verkäufers gebracht. Der Modus Operandi. Ein gefälschtes Bild werde seiner Erfahrung nach immer mit einer mehr oder weniger glaubwürdigen Herkunftsgeschichte ausgestattet, und wenn es nur der berühmte Flohmarktfund sei. Dieser Herr Beilhart habe sich dem glatt verweigert. Es gehe niemanden etwas an, woher er das Bild habe. Fast, als sei es ihm egal, ob man ihm glaube, dass er das Originalwerk besitze. Er sei auch nicht der Typ gewesen, der Fälschungen dieses Kalibers normalerweise an den Mann bringe. Dafür würden sich Fälscher eine gewandte und distinguierte Persönlichkeit suchen, vorzugsweise mit akademischem oder adligem Hintergrund.

Baumgartner blickte Rupert an. »So jemanden wie Sie. Oder auch Frau Ivanovic.«

»Oder wie Sie.« Rupert lächelte. Neben ihm schlug Klara ihre Beine übereinander.

»Oder wie mich, genau.« Baumgartner nickte. »Jedenfalls nicht einen nachlässig gekleideten, maulfaulen Burschen, der offensichtlich von einem Bauernhof in der tiefsten bayerischen Provinz stammte.«

»Und das hat Sie dazu bewogen, das Bild für echt zu erklären?«

»Wie kommen Sie darauf?« Nun wirkte Baumgartner wirklich überrascht. »Das habe ich nie getan. Ich habe nur gesagt, dass es keine offensichtliche Fälschung ist. Wohlgemerkt, dem ersten Augenschein nach! Stilkritisch hatte ich durchaus Bedenken. Zur Invention hätte ich nur etwas sagen können, wenn es sich um eine neue Komposition gehandelt hätte. Aber so? Einen bekannten Marc zu kopieren, das schafft doch jeder einigermaßen begabte Kunsterzieher. Und solange die Provenienz völlig unklar ist und keine sorgfältige Materialprüfung vorliegt, wäre ich verrückt, wenn … Hat Schwarzer das etwa behauptet?«

»Mit neunundneunzigprozentiger Sicherheit echt, hätten Sie ihm ins Ohr geflüstert.«

»Unsinn, völliger Unsinn. Ich habe ihn gewarnt. Unter den gegebenen Umständen könne kein Mensch eine verlässliche Aussage über die Authentizität machen. Ich habe ihm angeboten, meine Kontakte zum Doerner Institut spielen zu lassen, damit er nicht ewig auf eine Materialprüfung warten muss.«

»Aber er hat trotzdem sofort sein Geldköfferchen über den Tisch geschoben?«

»Schwarzer war doch von Anfang an wild entschlossen. Die Gier nach dem Schnäppchen. Haben Sie schon mal beobachtet, wie die Leute beim Beginn des Sommerschlussverkaufs auf die Wühltische zustürzen?«

Zu neunundneunzig Prozent echt oder keine verlässliche Aussage möglich, nach harmlosem Missverständnis klang das nicht. Rupert fragte sich, wer von beiden log. Schwarzer mochte mehr Geld haben, als er je ausgeben konnte, doch er war keiner, der angesichts eines Sonderangebots das Denken einstellte. Also Baumgartner?

Er könnte inzwischen Angst vor der eigenen Courage bekommen haben. Jahrzehntelang hatte er hart gearbeitet, studiert, publiziert, um sich endlich als der ultimative Franz-Marc-Experte durchzusetzen. In seinem Geschäft war Reputation alles. Ein vorschnell herausgeschossenes Urteil, noch dazu bei einem so berühmten Werk, und sein Ruf war über Nacht ruiniert. Wahrscheinlich sah Baumgartner seine potentiellen Nachfolger bereits an den Artikeln feilen, in denen sie sich hämisch fragten, wie man auf eine so billige Fälschung hereinfallen konnte. Keiner würde ihn mehr mit gut dotierten Gutachten beauftragen. Vielleicht sah er sich schon seinen ganzen Bücherschatz ins Antiquariat tragen und in der leeren Bibliothek an trocken Brot herumkauen. Einmal im falschen Moment »echt« gesagt, und schon landest du in der Gosse? Es gab jedenfalls sicherere berufliche Positionen.

»Wenn Ihr Urteil Schwarzer nicht interessierte, wieso hat er Sie dann mitgenommen?«, fragte Klara.

Und garantiert ein nettes Honorar dafür bezahlt. Es war eine gute Frage. Klara war Ruperts beste Mitarbeiterin, hatte er doch gesagt.

»Warum fragen Sie ihn nicht selbst?«, fragte Baumgartner. »Und richten Sie ihm bei der Gelegenheit aus, dass ich den Teufel tun werde, sein Bild öffentlich zu legitimieren. Daran braucht er gar nicht zu denken!«

»Aber Sie würden auch nicht ausschließen, dass das Bild echt ist?«, fragte Klara.

»Ich … weiß … es … nicht.« Seine Stimme klang nur mühsam beherrscht.

Rupert stellte noch ein paar Fragen nach dem Verkäufer, doch Baumgartner schien die Lust am Gespräch verloren zu haben. Er antwortete äußerst einsilbig und signalisierte mit jeder Faser, dass er seine Gäste am liebsten gehen sähe. Rupert tat ihm den Gefallen. Er bedankte sich freundlich und zog mit Klara ab. Auf dem Weg zur U-Bahn-Station Münchner Freiheit fragte er, was sie von dem Expertengott hielt.

»Götter irren manchmal«, sagte Klara, »aber sie zweifeln nicht. Vor allem nicht an sich selbst.«

»Also ist er kein Gott?«

»Ist dir aufgefallen, dass es ihn kaum zu interessieren scheint, ob sich das Bild als echt erweist? Er, der das letzte Wort in Sachen Franz Marc beansprucht! Eigentlich müsste er am Tor von Schwarzers Villa darum betteln, weitere Untersuchungen vornehmen zu dürfen.«

»Du meinst, er glaubt schon zu wissen, ob es echt oder gefälscht ist?«, fragte Rupert. Klara wäre auch seine beste Mitarbeiterin, wenn er zehnmal mehr Leute beschäftigen würde.

»Aber warum sagt er es dann nicht?«, fragte Klara.

Von Anfang an hatte Rupert gespürt, dass an der Sache etwas faul war. Gut, der Auftrag bestand nur darin, die Herkunft eines Gemäldes zurückzuverfolgen. Ob es echt war oder nicht, konnte ihm eigentlich egal sein. War es aber nicht. Und schon gar nicht mochte er für dumm verkauft werden. Weder vom Schraubenkönig Schwarzer noch vom Franz-Marc-Gott Baumgartner. Oder von beiden?

Ruperts Blick glitt an Klara hinab. Er sagte: »Hübsches Kleid übrigens.«

BERCHTESGADENER LAND 2. Januar 1948

Trudis Wangen waren gerötet, und ihre blonden Zöpfe standen wie gefroren unter der Pudelmütze hervor. Sie keuchte weiße Atemwölkchen in die klirrende Kälte. Vielleicht waren sie zu schnell aufgestiegen, aber Ludwig hatte sich einfach nicht bremsen können. Zu sehr hatte er sich gefreut, dass sie mitgekommen war. Jetzt würde er sich trauen, es ihr zu sagen.

»Schau, wie schön!«, sagte er und wies talwärts. Die Spur ihrer Fußstapfen zog sich im Zickzack an der rechten Seite des Hangs hoch. Sonst glitzerte die weiße Decke unberührt in der Sonne. Sanft rundete halbmeterhoher Schnee die Felsbrocken auf der Almwiese, fast, als hätte jemand hier und da ein Federbett frisch aufgeschüttelt. Der Wald weiter unten stand weiß und schweigend. Auf den Ästen hatte sich der Neuschnee in dichten Reihen niedergelassen, und auch wenn die Last schwer wiegen mochte, schienen die Fichten ihren Schmuck stolz zur Schau zu stellen. Unten im Tal schmolzen die letzten Nebelfelder unter dem Sonnenlicht dahin. Es fiel nicht schwer, sich vorzustellen, dass die auftauchenden Gehöfte nur Kleckse waren, die Wege und Zäune und Bäche nur Linien, die jemand auf ein leeres Blatt gekrakelt hatte, einfach so, ohne etwas darstellen zu wollen, und plötzlich zeigten sie doch ein Bild, das man sich nicht zu erträumen gewagt hätte.

»Ludwig«, sagte Trudi, »ich muss mittags wieder zu Hause sein.«

»Wir sind schon da.« Ludwig stapfte auf die Almhütte zu, die sich unter ihrer Schneedecke an den Hang schmiegte. Ursprünglich hatte er sein Bild hinter dem Gerümpel in Birners Schuppen versteckt gehabt. Erst als der alte Birner im November starb und die Gefahr bestand, dass die Erben aufräumten, hatte er es auf den Berg geschleppt. Vor dem Almauftrieb im Sommer kam niemand hierher, und bis dahin würde ihm schon einfallen, wo er es sicher verwahren konnte. Ludwig öffnete die Hüttentür. »Warte und mach die Augen zu!«

Durchs Halbdunkel tastete er sich bis zum Matratzenlager im hinteren Raum, zog das Bild unter dem klammen Stoff hervor und wickelte es aus der Plane, mit der er es geschützt hatte. Vorsichtig trug er es bis zur Tür, wischte auf der Holzbank draußen den Schnee weg und stellte es ins Sonnenlicht. »Jetzt kannst du schauen!«

Trudi öffnete die Augen.

»Ich habe es noch niemandem gezeigt«, sagte Ludwig. »Du bist die Erste und Einzige. Ich … ich weiß, dass du zwei Jahre älter bist als ich, aber das ist mir egal. Ich habe auch nichts, außer dem Bild. Noch nicht, doch ich hab zwei Hände und kann hart arbeiten. Ich glaub auch, es ist gar nicht so wichtig, dass man reich ist. Du musst jemanden haben, der so fühlt wie du und …«

»Das sind blaue Pferde«, sagte Trudi.

»Ja, schon«, sagte Ludwig, »aber schau mal genau hin! Es ist noch viel mehr. Es ist Geheimnis und Leben und Liebe und … Findest du es nicht schön?«

»Doch«, sagte Trudi.

Ludwig wartete. *Doch,* das konnte nicht alles sein. *Doch* war zu wenig. Trudi musste einfach sehen, was er sah. Was er vom ersten Augenblick an gespürt hatte. Wer, wenn nicht Trudi?

»Ludwig«, sagte Trudi, »in der Silvesternacht hat mir der Clive gesagt, dass er in drei Monaten zurück nach Amerika muss. Er hat mich gefragt, ob ich mitkommen will. Nach Florida. Das ist am Meer, und da ist das ganze Jahr Sommer.«

Die vier blauen Pferde schauten nach links ins Tal. Täuschte sich Ludwig, oder hatten sie gerade die Köpfe geschüttelt? Er fragte: »Und du? Was hast du gesagt?«

»Der Clive ist ein netter Junge.«

Wie hatte Ludwig sich so irren können? Wieso, um Himmels willen, hatte er ihr sein Bild überhaupt gezeigt? Er blickte auf Regenbogen, Halbmond und Sterne, auf die blaue Unschuld der Kreatur. An seinem Bild lag es nicht. Es war rein, es war vollkommen. Aber vielleicht sprach es nur von der Idee der Schöpfung und hatte mit dem alltäglichen Leben nichts zu tun. Der Schnee glitzerte weiter in der Sonne, als wäre nichts gewesen, doch darunter lag nur Dreck. Ohne Trudi anzusehen, sagte Ludwig: »Ich bleibe noch eine Weile da. Du findest auch allein zurück. Einfach den Spuren nach!«

»Ludwig!«

»Und noch eins: Wenn du irgendwem sagst, was du hier gesehen hast, dann … Ich schwör dir, dann bringe ich dich um.«

MÜNCHEN Sommer 2017

Über München lag brütende Hitze. Für den Nachmittag waren Gewitter vorhergesagt, doch noch war draußen kein einziges Wölkchen am Himmel zu entdecken. Am Flaucher konnte man wahrscheinlich trockenen Fußes übers Wasser gehen, wenn man die Köpfe der Badenden als Brücke benutzte. Nur war Klara nicht an der Isar.

Rupert hatte es aufgegeben, jemanden zu finden, der heute noch die defekte Klimaanlage im Büro reparierte. Er hatte am Telefon gebettelt, geflucht und sarkastisch gefragt, ob wenigstens für Mitte Januar ein Termin möglich wäre. Alles vergeblich. Jetzt philosophierte er der Frage nach, ob man den ganzen Kunstbetrieb nicht in den Sommermonaten aussetzen könne. Eine feierliche Saisoneröffnung beim ersten Schneefall wäre doch etwas Schönes. Kombiniert mit Glühweinausschank. Schließlich sei es die vornehmste Aufgabe der Kunst, das Herz zu erwärmen. Oder etwa nicht?

»Nein«, sagte Klara.

»Ach ja, ich vergaß. Es geht gar nicht um Trost, um Erquickung, um Freude, um Spaß. Es geht darum, dass dir ein Kunstwerk das Wasser im Schädel zum Kochen bringt.«

»So dass dir der heiße Dampf aus dem Mund strömen kann.« Klara nickte. »Hast du Schwarzer schon angerufen?«

Rupert hatte. Schwarzer war unbeeindruckt geblieben, als er von Baumgartners Vorbehalten gehört hatte. Er wisse genau, was ihm der Experte bei der Bildübergabe gesagt habe. Und wie dessen anfängliches Misstrauen bei der Untersuchung echter Euphorie Platz gemacht habe. *Der Turm der blauen Pferde* sei übrigens gestern schon ins Doerner Institut eingeliefert worden. Sobald das positive Ergebnis der Materialprüfung feststehe – und daran zweifelte Schwarzer offensichtlich nicht im Geringsten –, werde Baumgartner als Erster herausschreien, dass er die Authentizität des Werks sofort erkannt habe. Was ja auch stimme, aber nicht vergessen machen könne, dass er halt ein rechter Hosenscheißer sei.

»Absolut cool, unser Schraubenkönig«, sagte Rupert. Er fuhr sich mit dem Handrücken über die schweißnasse Stirn. »Ich gehe jetzt rüber in den Englischen Garten und stecke den Kopf in den Schwabinger Bach. Nein, ich springe ganz rein. Hast du Lust auf Nacktbaden?«

Klara schüttelte den Kopf.

»Jetzt sei halt nicht so zickig!«

Konnte Rupert nicht einfach mal akzeptieren, was sie wollte oder eben nicht wollte? Klara sagte: »Ich war auf einer Nonnenschule. Sich nackt zu zeigen galt den Schwestern als schlimmste aller Todsünden. In anderen Dingen waren sie fast liberal. Wir durften sogar Mandalas malen, obwohl das ja wirklich nichts Katholisches ist.«

»Seit wann warst du auf einer Klosterschule?«

»Seit meine Mutter bei einer Lourdeswallfahrt eine Erscheinung hatte. Muss ganz großes Theater gewesen sein, so mit Engelschören und überirdischem Licht. Und kaum war sie zurück, musste ich die Schule wechseln. Mir ist nie erklärt worden, wieso die Muttergottes das befohlen hatte. Vielleicht hat sie deinen Vorschlag vorausgesehen und wollte mich frühzeitig gegen die Versuchung des Nacktbadens immunisieren. So gesehen bist du schuld, dass ich meine Jugend mit dem Ausmalen von Mandalas vergeudet habe.«

Rupert tippte sich an die Stirn und machte sich davon. Klara fuhr den Computer hoch. Sie wollte die Zeit nutzen, um zu recherchieren, ob andere verschollene Bilder aus Görings Sammlung wieder aufgetaucht waren. Und wenn ja, wo und bei wem. Es wäre ein Fehler, sich allein auf die Jahre 1948/1949 zu konzentrieren, nur weil *Der Turm der blauen Pferde* da zum letzten Mal bezeugt war. Spätestens bei Kriegsende musste das Gemälde ja aus den Schatzkammern des Reichsmarschalls in die Hände eines Dritten gelangt sein. Vielleicht zusammen mit anderen Werken. Wenn Klara erfahren könnte, wer eins davon später auf den Markt gebracht hatte, hätte sie eine neue Spur. Auf diese Weise könnte sich die Lücke zwischen 1937 und 1948 schließen lassen oder zumindest geklärt werden, wie das Bild nach Zehlendorf gelangt war.

Zusammen mit dem *Turm der blauen Pferde* hatte Göring auch Marcs *Drei Rehe* und die *Hirsche im Walde* für sich abgezweigt. Klara hatte gerade herausgefunden, dass auch diese Werke bis heute verschollen waren, als Max sich aus Berlin meldete. Wie gewöhnlich, nörgelte er erst einmal herum, mit welchen stupiden Tätigkeiten er seine Zeit verschwenden musste, doch Klara hörte die heimliche Befriedigung aus seiner Stimme heraus. Er sagte: »Was nützen dir Milliarden Informationen im Internet, wenn die Hälfte davon falsch ist? Vor allem, wenn du nicht weißt, welche Hälfte vertrauenswürdig ist.«

»Also, was hast du?«, fragte Klara. Sie notierte mit, obwohl Max' Bericht alles andere als spektakulär klang.

Es ging um den Zeitpunkt der zweiten Sichtung im *Haus der Jugend,* das als solches erst im Sommer des Jahrs 1949 eröffnet wurde. Das Pfadfindertreffen, bei dem der Zeuge den *Turm der blauen Pferde* gesehen haben wollte, hatte also vermutlich noch nicht zum Jahreswechsel 1948/1949 stattgefunden. Belegt waren solche Wochenendübernachtungen sogar erst ab Anfang der 1950er Jahre. Max hatte drei ehemalige Wölflinge der Pfadfinderstämme *Schwarzer Drache* und *Die Geusen* ausfindig gemacht, die das bestätigten.

»Und das so fix«, sagte Klara. »Sehr fleißig, Max!«

»Einer der Tattergreise konnte sich sogar an Schmelzer, diesen Journalisten, erinnern, allerdings nicht an ein zwei Meter hohes Gemälde mit blauen Pferden. Es befand sich aber mindestens ein Jahr länger in Zehlendorf, das ist klar«, sagte Max. »Und zwar genau dort, im Haus der Jugend, Argentinische Allee 28.«

Max begann zu erläutern, dass die Nachbarvilla, in der das Bild zum ersten Mal gesichtet worden war, bis Juli 1945 von den Sowjets besetzt war, den Sommer über für Kulturveranstaltungen genutzt und im November 1945 an das Kulturamt Zehlendorf übergeben wurde, bevor im Januar 1946 die erste Kunstausstellung und dann im raschen Wechsel weitere stattfanden. Da herrschte immer Betrieb, und bei dem kunstsinnigen Publikum wäre *Der Turm der blauen Pferde* nie unbemerkt geblieben. Also war er wohl schon im Frühsommer 1945 ins Nebenhaus transportiert worden.

Wie dieses bis 1949 genutzt wurde, blieb ungewiss. Max hatte Zeugen aufgetan, die erst von einem russischen Pferdestall, dann von einem GI-Club der Amerikaner sprachen. Andere behaupteten, dass ein Pastorenehepaar darin gewohnt habe, und dritte sprachen von Filmvorführungen, bei denen die Fenster mit alten Filmrollen aus dem Nazifundus abgedunkelt worden waren.

»Bleib dran!«, sagte Klara.

»Reicht das nicht? Wenn ich jetzt gleich zurückfliege, könnte ich heute Abend zum Ballett …«

»Viel Erfolg!« Klara legte auf. Ballett. Sie hatte schon durchaus annehmbare Aufführungen gesehen, allerdings nie bei Jahrespräsentationen irgendwelcher Ballettschulen. Keine Ahnung, warum Max so scharf darauf war, seine Tochter im Tütü herumhüpfen zu sehen. Bei Leibesübungen auf Zehenspitzen.

Die Tür zum Büro öffnete sich. Die Frau, die hereinkam, sah nicht wie eine typische Kundin der Detektei von Schleewitz aus. Kahlrasierter Kopf, ein Piercing, ein schwarzes T-Shirt mit der Aufschrift *Fuck you,* ausgefranste Shorts, und vor allem war sie viel zu jung. Ohne zu grüßen, fragte sie: »Ist Rupert da?«

Klara schüttelte den Kopf. »Kann ich etwas ausrichten?«

»Er hat gesagt, ich soll mich melden, wenn mir noch etwas einfällt, aber er hat mir die falsche Telefonnummer gegeben. Aus Versehen, nehme ich mal an.«

»Ja, das passiert ihm manchmal«, sagte Klara. Ob die Kleine was mit Rupert gehabt hatte? Dann war es wohl nicht so erfreulich abgelaufen, wenn er ihr eine falsche Nummer gegeben hatte und sie für das Wiedersehen ein solches T-Shirt auswählte. Klara fragte: »Worum handelt es sich denn?«

Es stellte sich heraus, dass die junge Frau in der Gaststätte arbeitete, wo der *Turm der blauen Pferde* übergeben worden war. Sie hatte in ihrem Dorf herumgefragt und herausgefunden, dass der Verkäufer in einem Mercedes Sprinter unterwegs gewesen war, einem Leihwagen der Firma Buchbinder.

Das Kennzeichen hatte sie allerdings nicht in Erfahrung gebracht. Immerhin, die Information konnte hilfreich sein. Klara googelte schnell nach der Firma. Buchbinder verfügte über hundertvierzig Verleihstationen in Deutschland plus weiterer in Österreich, Ungarn, Norditalien und der Slowakei. Selbst wenn die einem Auskunft gäben, wer am fraglichen Tag einen Sprinter ausgeliehen hatte, wäre es ein ziemlich aufwändiges Unterfangen, den richtigen Mieter zu identifizieren.

»Wann kommt Rupert denn zurück?«, fragte die Kleine. T-Shirt hin oder her, sie schien noch nicht ganz mit ihm abgeschlossen zu haben.

»Er ist beim Nacktbaden im Englischen Garten«, sagte Klara, »in der Schwabinger Bucht. Falls du ihn nicht gleich erkennen solltest, er ist der mit dem großen Ego.«

»Du magst ihn wohl nicht, was?«

»Ich liebe ihn voll und innig.«

Die Kleine verzog den Mund. Ihr Blick schweifte durchs Büro, glitt über Computer und Klaras Bücherregal hinweg und blieb auf dem Poster mit dem *Turm der blauen Pferde* hängen. Sie pfiff durch die Zähne. »Darum geht's also.«

Worum es ging, ging das Fräulein überhaupt nichts an. Klara wünschte viel Spaß auf der Liegewiese.

»Nur nicht eifersüchtig werden!« Und schon war die Kleine verschwunden.

Eifersucht war eine Haltung, die Klara ziemlich fernlag. Vor allem, wenn sie sich auf Rupert bezog. Tag für Tag mit ihm zusammenzuarbeiten, das deckte Klaras Bedürfnis nach Nähe zu ihm völlig ab. Sollte er sich doch vergnügen, wie und mit wem er wollte. Das tat sie ja auch. Sie wandte sich wieder dem Computer zu, doch es gelang ihr nicht recht, sich auf die verschollenen Gemälde aus der Göring-Sammlung zu konzentrieren. Es war einfach zu heiß.

Als sie in einem klimatisierten Café nahe der Uni vor einem Eiskaffee saß, sprangen ihre Gehirnzellen wieder an. Sie dachte über Max' Recherchen in Berlin nach. Dieser Pfadfinderjournalist hatte das Bild frühestens um den Jahreswechsel 1949/1950 herum oder sogar noch später gesehen. Es hatte sich also volle fünf Jahre in Zehlendorf befunden, entweder im Haus am Waldsee oder – wahrscheinlicher – im Jugendheim nebenan. Fünf Jahre waren eine lange Zeit, und das Bild war alles andere als unauffällig. Da müssten sich doch mehr als zwei Augenzeugen ausfindig machen lassen! Klara rief Max an und fragte noch einmal nach.

Max gab sich leicht verschnupft. »Ich tu mein Bestes, das kannst du mir glauben.«

Im Hintergrund bat jemand mit genervter Stimme um Ruhe. Klara fragte: »Wo bist du gerade?«

»Auf Recherche. Ich habe auch schon eine Menge Leute interviewt, aber nach fast siebzig Jahren hat man halt einiges vergessen. Und wer sich noch erinnern kann, ist damals anscheinend mit Tomaten auf den Augen durch die Gegend gelaufen.«

»Oder auch nicht«, sagte Klara.

»Was?«

»Vielleicht erinnert sich niemand, weil es nichts zu sehen gab. Fünf Jahre und ganze zwei Zeugen! Irgendetwas stimmt doch da nicht.«

»Du meinst, die beiden haben sich einfach getäuscht? Das ist …« Max wurde unterbrochen. Die empörte Stimme im Hintergrund fragte, was er eigentlich in einer Bibliothek zu suchen habe, wenn er nicht lesen könne. Dort stehe doch klar und deutlich: Ruhe bitte!

»Vielleicht hat sich das Bild nie in Zehlendorf befunden«, sagte Klara.

»Einen Moment«, sagte Max und flüsterte dann Unverständliches. Die empörte Stimme bombardierte ihn mit eindeutig bayerischen Kraftausdrücken.

»Max?« Natürlich war nichts dagegen zu sagen, dass er mal in einer Bibliothek recherchierte. Und warum sollte nicht auch in Berlin zufällig ein Bayer neben ihm sitzen? Andererseits hatte sich Max mit Händen und Füßen gegen den Berlintrip gesträubt. Möglicherweise war er gar nicht geflogen. Statt vor Ort Zeugen ausfindig zu machen, blätterte er lieber durch, was andere aufgeschrieben hatten. Dann saß er wohl gerade ein paar Hundert Meter entfernt im Lesesaal der Bayerischen Staatsbibliothek.

»Abteilung kehrt, marsch! Ich werde mal schauen, was ich über die Glaubwürdigkeit unserer beiden angeblichen Zeugen herausfinde«, flüsterte Max. »Aber dazu brauche ich wirklich nicht in Berlin herumzuhängen.«

»Die Familie, ja, ich weiß«, sagte Klara. Für dumm brauchte Max sie allerdings nicht zu verkaufen. Sie fragte: »In welchem Hotel bist du eigentlich abgestiegen?«

»So eine Klitsche halt«, sagte Max. »Warum?«

»Hat die auch einen Namen?«

»Äh, ja, klar«, sagte Max, »das heißt, es ist so eine Billigkette, na … Mercure, genau.«

»Du bist gar nicht in Berlin.«

»Natürlich bin ich«, sagte Max empört, »aber nicht mehr lange. Ich nehme den nächsten Flieger nach Hause.«

»Mach das mit Rupert aus, der ist schließlich der Chef!«

»Ich halte dich auf dem Laufenden.«

Klara beendete das Gespräch und bestellte einen trockenen Weißwein. Max sollte sich doch herumtreiben, wo er wollte. Viel wichtiger war, dass sich die Spur des *Turms der blauen Pferde* bereits 1937 verlief, wenn man sich auf die beiden

Zeugen nicht verlassen konnte. Das bedeutete, dass das Bild in den Kriegswirren sonst wo gelandet sein könnte, falls es sie überhaupt überstanden hatte und Schwarzer nicht doch einer Fälschung aufgesessen war. Man konnte wieder ganz von vorn anfangen.

Klara rief Rupert an, erreichte ihn aber nicht. Über WhatsApp bat sie, möglichst rasch zurückzurufen, auch wenn das im Moment ungelegen kommen mochte. Sie überlegte kurz, ob sie den letzten Halbsatz löschen sollte. Nein, Rupert konnte eine kleine Spitze durchaus vertragen. Sie tippte auf Senden, bezahlte ihre Rechnung und rief ihren Vater an. Sie würde es nicht mehr schaffen, heute vorbeizukommen. Zu viel Arbeit. Dann ging sie doch noch baden. An der Isar, nicht im Englischen Garten.

Max hätte genauso gut zu Hause arbeiten können. Die Bücher, die er im Zentralinstitut für Kunstgeschichte zu Rate gezogen hatte, waren wenig hilfreich gewesen. Einige strotzten sogar vor Ungenauigkeiten und Widersprüchen. Nur weil sie als wissenschaftliche Werke firmierten, waren sie auch nicht brauchbarer als das, was man im Internet finden konnte. Das galt vor allem, wenn die Aktenlage dünn war und die Autoren sich auf die Erinnerungen ehemals Beteiligter stützen mussten. Menschen irrten, sie vergaßen und füllten die Lücken mit phantasievollen Erfindungen, an die sie selbst bald glaubten. Die Vorstellung, aus ein paar halbtoten Greisen verlässliche Details von vor siebzig Jahren herauszukitzeln, war lächerlich. Deswegen nach Berlin zu fliegen, wäre vergebliche Liebesmüh gewesen.

Abgesehen davon hatte Max eine Familie, die ihn in München festhielt. Monique befand sich gerade in einer schwierigen Phase. Das war bei einer Fünfzehnjährigen nicht außergewöhnlich, aber als Vater wollte Max präsent sein, wenn sie ihn brauchte. Auf ihren Ballettauftritt am Abend fieberte sie seit Wochen hin. Ihn zu versäumen, nur weil Rupert sich überflüssigerweise eine Recherche in Berlin einbildete, wäre Max fast wie Verrat an seiner Tochter vorgekommen. Er griff zum Handy, um sie kurz anzurufen, ließ es aber sein, als ihm sein Nachbar im Lesesaal ein empörtes Räuspern entgegenschoss. Vielleicht war es sowieso besser, Monique jetzt ihre Ruhe zu lassen. Max wandte sich dem Laptop zu und überflog seine Notizen zu den beiden Zeugen, die den *Turm der blauen Pferde* angeblich in Zehlendorf gesehen hatten.

Das erste Bündel von offenen Fragen betraf Edwin Redslob, den Mann, der 1945 im Haus am Waldsee über Marcs Werk gestolpert sein wollte. Er hatte später ausgesagt, dass er im Auftrag der Sowjets dort gewesen sei, um »nach dem Rechten« zu sehen. Aber wieso gerade in diesem Haus? Was hatte er da zu suchen gehabt? Und warum hatten die Russen gerade ihn, den ehemaligen Reichskunstwart, damit beauftragt? Hatten sie vielleicht einen Hinweis bekommen, dass dort wertvolle Gemälde aufbewahrt wurden, und wollten das durch einen Fachmann überprüfen lassen? Gefunden hatte Redslob allerdings nichts. Mit Ausnahme des *Turms der blauen Pferde,* den er eindeutig identifiziert habe. Und dann sollte er gar nichts unternommen haben?

Er war doch in quasi offizieller Mission unterwegs, er hatte Autorität, er hätte das Bild sicherstellen können. Aber nichts dergleichen, er schwieg und gab erst viele Jahre später zu Protokoll, dass er das Gemälde gesehen habe. Seltsam war auch, dass in seinem reichhaltigen Nachlass kein Hinweis zu finden war. Redslobs Tagebucheinträge aus der fraglichen Zeit, seine Briefe, seine Reden zu Ausstellungseröffnungen waren alle schon ausgewertet worden. Nirgendwo fand sich ein Wort zu

Marcs Bild, obwohl er sich sonst nach Kräften bemühte, auf die lange verfemte expressionistische Moderne aufmerksam zu machen. Hätte er es sich wirklich entgehen lassen, in die Welt hinauszuschreien, dass er über den *Turm der blauen Pferde* gestolpert war?

Für Max sah das verdammt nach nachträglicher Legendenbildung aus.

Auch der andere, dieser Journalist Schmelzer, hatte seine Beobachtung erst im Jahr 1961 weitergegeben, und zwar einem Redakteur des *Tagesspiegel* gegenüber. Vor diesem Zeitpunkt wollte er nicht gewusst haben, dass das Bild vermisst wurde, obwohl er sich doch so für moderne Kunst interessierte. 1961 war er aus dem Pfadfinderhemd schon eine Weile herausgewachsen und befand sich beruflich auf dem Weg nach oben. Zu der Zeit konnten Auskünfte über den Verbleib des Marc'schen Bilds durchaus Schlagzeilen produzieren. Hatte sich Schmelzer auch nur wichtiggemacht?

Der Zeitsprung gab Max am meisten zu denken. Fünfzehn Jahre lang hatte niemand behauptet, dass der *Turm* je in Zehlendorf war. Dann erst tauchten zwei sehr fragwürdige Zeugen auf. Kein Dritter konnte ihre Sichtungen bestätigen, obwohl das Bild fünf Jahre dort gewesen sein sollte. Max murmelte vor sich hin: »Das ist doch alles Quatsch.«

Berlin-Zehlendorf konnte er schlicht vergessen, und was die beiden wirklich gesehen hatten, wer wusste das schon? Einen Kunstdruck vielleicht? Nur hätte zumindest ein Experte wie Redslob den kaum mit dem Original verwechselt. Hatten die Zeugen also bewusst die Unwahrheit gesagt, als sie ihre angebliche Entdeckung später spektakulär aufgeblasen hatten? Nur um sich in den Vordergrund zu spielen? Aber wieso sonst? Was trieb jemanden dazu, fälschlicherweise zu behaupten, ein verschollenes Meisterwerk gesehen zu haben?

Max glaubte an das Schlechte im Menschen, doch in diesem Fall fiel ihm beim besten Willen kein nachvollziehbares Motiv ein.

Also umgekehrt vorgehen! Was wäre anders, wenn *Der Turm der blauen Pferde* im Sommer 1945 und noch viereinhalb Jahre danach tatsächlich in Berlin zu sehen gewesen wäre? Nun, zumindest wäre bewiesen, dass das Bild den Krieg heil überstanden hatte. Das konnte zum Beispiel für jemanden, der eine Fälschung verkaufen wollte, von großem Vorteil sein. Noch wichtiger war der zweite Aspekt. Wer dem Original nachspüren wollte, musste logischerweise in Zehlendorf zu suchen beginnen. Wie Max es ja auch getan hatte. Nur führte von Zehlendorf keine Spur weiter, weil dort eben der falsche Ausgangspunkt war. Das Gemälde hatte sich zu der Zeit längst anderswo befunden.

Wer das wusste oder auch nur vermutete, konnte ein Interesse daran haben, andere in die Irre zu führen! Weil er den Ruhm einstreichen, das Meisterwerk selbst auffinden oder es gar für sich behalten wollte. Ja, das war ein Szenario, das zu Max' Menschenbild passte. Ein Kunsthistoriker und ein anerkannter Journalist verfügten über Verbindungen. Beide hatten ihre Quellen, sie konnten um das Jahr 1961 herum Hinweise zum Verbleib des Gemäldes erhalten haben. Sie machten sich auf die Suche, wollten aber um jeden Preis verhindern, dass ihnen ein anderer zuvorkam. So erfanden sie ihre Geschichten, um mögliche Konkurrenten in die Wüste zu schicken. Nach Zehlendorf. Inzwischen konnten sie ungestört dort nachforschen, wo es sich wirklich lohnte.

Aber das bedeutete wohl, dass die beiden zusammengearbeitet hatten. Zwei Erinnerungen traute man mehr als einer. Zwei Sichtungen waren glaubwürdiger als eine, noch dazu, wenn sie in zwei benachbarten Häusern erfolgt waren. Redslob und Schmelzer hatten sich abgesprochen, auch wenn jeder seine Geschichte individuell ausstaffiert hatte. Der Grundton war der gleiche: Wollt ihr den *Turm der blauen Pferde* finden, geht nach Zehlendorf!

Es war nur eine Theorie, doch Max hielt sie für ziemlich überzeugend. Klara und Rupert würden Augen machen, wenn er ihnen seinen Gedankengang darlegte. Er packte seine Sachen zusammen und schmetterte dem Querulanten am Nebentisch ein fröhliches »Auf Wiedersehen« zu. Monique musste eine Stunde vor Aufführungsbeginn vor Ort sein. Es wurde Zeit aufzubrechen, wenn er sie noch zu Hause antreffen wollte.

In der S-Bahn hielt sein Hochgefühl unvermindert an, doch damit war es vorbei, sobald er daheim im Flur stand. Max hatte noch nicht einmal seine Schuhe ausgezogen, als Miriam aus der Küche kam. Ein Blick in das Gesicht seiner Frau genügte, um zu erkennen, dass die Kacke am Dampfen war. Max fragte, was los sei.

»Monique«, sagte Miriam, »sie will nicht zum Ballett gehen.«

»Was? Wieso?«

»Sie sagt, sie hat keine Lust.«

»Jetzt plötzlich? Sie hat doch wochenlang …«

»Sie war schon die ganze Zeit so seltsam, nicht mehr richtig sie selbst«, sagte Miriam. »Kannst du nicht mal mit ihr sprechen?«

Max ging die Treppe hoch und klopfte an der Tür von Moniques Zimmer. Keine Reaktion. Er drückte die Klinke herab, stellte fest, dass von innen abgesperrt war. »Monique?«

»Ich mache mir Sorgen«, sagte Miriam von unten.

»Monique, machst du bitte mal auf!«, rief Max. An der Tür hing ein Blatt aus einem Zeichenblock. Monique hatte ihren

Namenszug mit glitzernden Sternchen daraufgeklebt, aber das war schon ein paar Jahre her. »Monique!«

»Lasst mich in Ruhe!« Moniques Stimme klang dumpf. So, als hätte sie sich unter der Bettdecke vergraben.

»Komm, mach auf! Erzähl schon, was los ist!« Max wartete ein paar Sekunden, rief noch einmal, doch nichts rührte sich. Monique antwortete nicht, geschweige denn, dass sie aufgesperrt hätte. Na gut, dann sollte sie halt zu Hause bleiben. Die würden die Aufführung auch ohne sie hinkriegen.

»Ich muss dir was zeigen«, sagte Miriam von unten. Max stieg die Treppe hinab und grüßte kurz Madeleine, die im Wohnzimmer fernsah. Miriam saß am Küchentisch und hielt Max ihr Smartphone entgegen. Sie hatte eine Seite aus einem linierten Heft abfotografiert. Nur drei Zeilen waren beschrieben, wohl mit einem schwarzen Filzstift. Max las:

James Bond: Jeder Mensch braucht ein Hobby.

Silva: Welches ist Ihres?

James Bond: Die Auferstehung.

»Das ist aus Skyfall, glaube ich«, sagte Max.

»Das ist aus Moniques Tagebuch«, sagte Miriam.

»Du hast in ihrem Tagebuch gestöbert?«

»Eigentlich ist es kein Tagebuch, mehr eine Sammlung von Zitaten und Songtexten. Ab und zu ist eine Seite ganz schwarz ausgemalt oder vollgekritzelt, und dazwischen finden sich dann solche Sätze.« Miriam wischte kurz auf ihrem Handy.

Gedanken sind Drachen. Du kannst sie fliegen lassen oder einfangen. Und wenn du ein Ritter bist, kannst du sie töten.

»Monique ist fünfzehn«, sagte Max. »Da interessiert man sich für solche Sachen, da hat man auch seine Geheimnisse. Ich glaube nicht, dass du das Recht hast …«

»Es gibt keinen Eintrag, der nicht irgendwie mit dem Sterben zu tun hat. Mit Gräbern und Kreuzen, mit Verwesung und dem Leben nach dem Tod, mit Mord. Und mit Selbstmord.«

Max sagte nichts.

»Ich mache mir ernsthaft Sorgen«, sagte Miriam. »Wer weiß, was Monique da oben gerade anstellt?«

»Monique doch nicht«, sagte Max. Er holte sich ein Bier aus dem Kühlschrank und setzte sich zu Madeleine vor den Fernseher. Sie schaute irgendeinen japanischen Zeichentrickschund an. Max sah die Bilder vorbeiflimmern, ohne etwas von der Handlung zu begreifen. Monique war in der Pubertät, sie musste sich selbst finden, sich abnabeln, das war doch ganz normal. Als Eltern waren sie bisher nur zu verwöhnt gewesen, weil alles so glatt lief. Sicher, manchmal gab es kleine Reibereien, aber grundsätzlich hatten sie nichts falsch gemacht. Zumindest nichts, was irgendwie rechtfertigte, dass seine ältere Tochter … Lauter Einträge zu Tod und Selbstmord. Gedanken waren Drachen, und wenn Monique doch …

Max ging noch einmal zu ihr hoch und hämmerte gegen die Tür. Er musste drohen, sie aufzubrechen, bis er endlich hörte, wie sich der Schlüssel im Schloss drehte. Monique stand im Trainingsanzug vor ihm, hielt die Finger der linken Hand gespreizt. Anscheinend hatte sie sich gerade die Nägel lackiert. Pechschwarz. Sie sagte: »Und wenn du dich auf den Kopf stellst, ich geh nicht zum Ballett.«

Dann knallte sie die Tür zu.

Den Nachmittag über verbrachte Klara mit gegenläufigen Fluchtbewegungen am Isarstrand. Sobald strampelnde Kinderbeine oder quiekende Teenager sich bedrohlich näherten, rettete sie sich aus dem überraschend kalten Wasser auf eine

Kiesbank. Von dort floh sie, kaum aufgeheizt, vor einem Typen namens Chris, der gar nicht genug Details zu ihrer ad hoc erfundenen Lebensgeschichte erfahren konnte. Einmal in Fahrt gekommen, trug Klara dick auf und spachtelte knallige Farben mit großer Lust am Missklang übereinander. Heraus kam das dramatische Schicksal des Freifräuleins Klara von Schleewitz, die so nah mit der russischen Zarenfamilie verwandt war, dass sie Erbansprüche begründen konnte. Heldenhaft kämpfte sie für die Wiedererrichtung des Zarenreichs und wurde deswegen von Putins Schergen gnadenlos durch die Welt gejagt. Mordanschläge inklusive.

»Echt? Erzähl!«, sagte dieser Chris.

»Zu gefährlich. Für dich ist am besten, wenn du gar nichts davon weißt«, sagte Klara und ging ins Wasser, einer Bande verhaltensgestörter Grundschüler entgegen.

Unter solchen Umständen war es ziemlich schwer, einen klaren Gedanken zu fassen, geschweige denn die Fakten und Widersprüche um den *Turm der blauen Pferde* in sinnvolle Arbeitshypothesen zu überführen. Selbst als Klara gegen Abend vom Marienplatz Richtung Norden bummelte, brachte sie noch keine Ordnung in ihren Kopf. Am Odeonsplatz blieb sie stehen und sah sich um. Hofgarten, Kultusministerium, Feldherrnhalle. Bei der tiefstehenden Sonne und den langen Schatten erinnerte die Szenerie an eins von De Chiricos *Piazza-Italia*-Bildern. Nur hatten sich zu viele Leute hineinverirrt. Und sie hielten nicht still, irrten geschäftig herum, ohne zu wissen, dass sie nur Bestandteile eines irritierenden Gemäldes waren. Selbst wenn sie wollten, würden sie nicht mehr aus ihm hinausfinden. Da half es auch nicht, sich aufzuplustern, als ginge es um ein paar Sendeminuten in einer Dokusoap von RTL 2. Eines dieser Formate, in denen sich angebliche Leben vor schenkelklopfenden Zuschauern als schlecht gemachter Fake erwiesen, zusammengesetzt aus einer Prise Triebgesteuertheit, einem Schuss Ahnung, dass die Wahrheit eh niemanden interessierte, und ganz viel Borniertheit.

Mit dieser Welt hatte Klara nichts gemein und mit den vielen anderen meist ebenso wenig. Dennoch waren die Momente selten, in denen sie sich absolut fremd, allein und fast wie aus dem Universum gefallen fühlte. Sie kamen ohne ersichtlichen Anlass, beim Frühstück, bei der Arbeit oder bei einem Gang durch die Stadt wie jetzt. Und sie vergingen genauso schnell, wie sie entstanden waren. Manchmal genügte es, den Kopf zu heben. Klara blickte nach oben. Ins Blau. Von Gewitterwolken war nichts zu entdecken. E il cielo è sempre più blu. Das war ein Lieblingssong ihrer Mutter gewesen. Lange her, doch der Himmel war immer noch blau. Blauer Himmel, blaue Blume der Romantik, blaue Pferde, Forelle blau, eine Fahrt ins Blaue, blaumachen. Blau, blau, blau sind alle meine Kleider.

Als Klara zu Hause war, setzte sie sich mit einer halb vollen Flasche kalten Weißweins auf den Balkon. Er war winzig, bot gerade mal einem Stuhl und einem Abstelltischchen Platz, doch Klara saß gern hier. Halb versteckt hinter dem Knöterich, der sich ein Gitter an der Brüstung hochrankte, blickte sie auf den Hinterhof hinab. Die alte Frau Sedlmayer aus dem zweiten Stock hatte erzählt, dass dort früher manchmal ein Leierkastenmann für die Leute aus den umliegenden vier Mietshäusern gespielt hatte. Man hatte ihm dann aus dem Fenster ein paar Pfennige zugeworfen, sorgsam in ein Blatt Zeitungspapier eingewickelt. An solch vergangene Zeiten erinnerte nur noch die seit Jahrzehnten ungenutzte Teppichstange. Heute standen Fahrräder und Kinderwägen darunter.

Auf dem angrenzenden Rasen bolzten manchmal Jungs herum, bis sie von einem meckernden Rentner vertrieben wurden. Unter den beiden Buchen hatte irgendwer ein paar ausrangierte Gartenmöbel aufgestellt. Außer den ständig wechselnden WG-Bewohnern von schräg gegenüber saß nie jemand dort. Trotzdem kontrollierten die Spatzen regelmäßig, ob nicht doch ein paar Brotkrumen auf dem Tisch liegen geblieben waren. Manchmal lauerte ihnen eine dicke getigerte Katze auf. Klara wusste nicht, wem die gehörte. Mit Namen kannte sie sowieso nur die wenigsten der Anwohner.

Ein paar unverbindliche Worte im Treppenhaus, mehr Kontakte brauchte und wollte Klara nicht. Sie genoss es aber, von ihrem Balkon aus Fetzen fremden Lebens aufzuschnappen. Am besten funktionierte das an warmen Sommerabenden, wenn sich die Fenster öffneten, wenn Stimmen und Geräusche gedämpft durch den Hinterhof schwirrten. Das Klappern von Geschirr mischte sich mit dem Geballere aus irgendeiner TV-Actionserie, ein Kind quengelte gegen die Ermahnungen seiner Mutter an, jetzt endlich die Zähne zu putzen und ins Bett zu gehen. Bei Beziehungsknatsch oder feuchtfröhlichen Happy-Birthday-Chören konnte es auch mal lauter werden. Dann hallte das Echo von den Mauern zurück und versank langsam im Geviert des Hofs.

Heute war es vergleichsweise ruhig. Irgendwo klingelte ein Telefon, eine Stimme rief etwas auf Türkisch, was vielleicht »Gehst du ran?« bedeutete, und Klara malte sich aus, wie in einem ostanatolischen Dorf jemand ungeduldig den Hörer ans Ohr presste. Dass es ein wichtiger Anlass war, glaubte Klara schon an der Art des Klingelns erkannt zu haben. Ein Kind war geboren, eine alte Tante gestorben oder ein Cousin verhaftet worden. Klara wartete auf die Reaktion des Angerufenen, doch sie konnte keinen Laut mehr vernehmen.

Vielleicht handelte es sich um ein Geheimnis, über das man sich nur flüsternd verständigen konnte.

Klara griff nach ihrem Smartphone. Rupert hatte sich noch nicht gemeldet. Wahrscheinlich beanspruchte die Kleine vom Dorf seine volle Aufmerksamkeit. Vielleicht schaffte er es im Laufe der Nacht ja irgendwann, eine Hand freizubekommen, um eine Nachricht zu schicken. Klara legte ihr Handy neben dem Aschenbecher ab, den sie für die Raucher unter ihren gelegentlichen Gästen hier deponiert hatte. Manchmal, wenn sie gut drauf war, nahm sie auch selbst einen Zug. Jetzt lagen zwei Kippen drin, Selbstgedrehte mit Filter. Die Hinterlassenschaft von Jens aus dem Mariandl. Klara würde den Aschenbecher am nächsten Morgen ausleeren.

Sie blickte auf die gegenüberliegende Hausfront und versuchte, eine Regelmäßigkeit im Muster der dunklen und erleuchteten Fenster auszumachen. Vom Stockwerk über ihr war leicht verzerrt die Erkennungsmelodie der Tagesthemen zu hören. Klara wollte sich ein letztes Glas Wein einschenken, doch die Flasche war schon leer.

Tatsächlich hatte es wenig Sinn, in Berlin nach ehemaligen Pfadfindern zu suchen, wenn Max' Theorie stimmte. Dennoch stellte Rupert ihn wegen seines eigenmächtigen Rückflugs zur Rede. Max hätte zumindest fragen müssen, ob das in Ordnung gehe.

»Ich habe doch Klara gesagt …«

Rupert unterbrach ihn. »Fragen, nicht sagen. Und dann entscheidet der Chef.«

Max sagte nichts.

»Hat es sich wenigstens gelohnt?«, fragte Rupert.

»Was?«

»Na, die Ballettaufführung.«

»Es ging nicht um die Aufführung, es ging um meine Tochter«, sagte Max. »Und ja, es hat sich gelohnt. Als Monique gemerkt hat, dass ich doch unter den Zuschauern saß, ist sie vor Glück und Stolz fast über die Bühne geschwebt. Ich bin erst kurz vor Ende der Pause eingetroffen …«

»Aus Berlin, klar«, sagte Klara dazwischen.

»… und das auch nur«, fuhr Max fort, »weil ich dem Taxifahrer ein fürstliches Trinkgeld versprochen habe, wenn er auf die Tube drückt. So James-Bond-mäßig, versteht ihr?«

»Toll«, sagte Rupert so ironisch wie möglich, doch Max war anscheinend wild entschlossen, sich nicht mehr bremsen zu lassen. Gnadenlos erzählte er, dass er nach der Aufführung mit seiner ganzen Familie zum Italiener essen gegangen war. Sie hatten Pizza bestellt, zweimal Margherita und einmal Napoli. Nur Monique hatte sich auf einen großen Salat beschränkt. Es war recht spät geworden, vor allem für Madeleine, der normalerweise spätestens um halb zehn die Augen zufielen. Doch an so einem besonderen Abend dürfe man schon mal alle fünfe gerade sein lassen.

»Auf jeden Fall«, sagte Rupert, obwohl er weder begriff, wodurch eigentlich alle fünfe gerade gelassen worden waren, noch, was an einem Abend in der Pizzeria besonders sein sollte. »Könntest du jetzt wieder ein wenig arbeiten, Max?«

»Ich bin doch dabei.« Max schaute von seinem Bildschirm auf. »Ich suche nach irgendeiner Verbindung zwischen dem Kunsthistoriker Redslob und dem Journalisten Schmelzer. Sieht aber nicht so aus, als ob da im Netz was zu finden wäre.«

»Und du?«, fragte Klara zu Rupert her. »Wie war dein Abend so?«

Wahrscheinlich interessierte es sie eher, wie die Nacht gewesen war. Genauer, ob er sie mit Lisa verbracht hatte. Doch das ging Klara wirklich nichts an. Rupert sagte: »Heiß. Ein Gewitter hätte gutgetan.«

»Zumindest hat es heute etwas abgekühlt«, sagte Klara.

»Findest du?«, fragte Rupert. Was Lisa betraf, war er zwiegespalten. Einerseits hatte er sich schon mit deutlich uninteressanteren Frauen abgegeben. Andererseits spürte er, dass sie viel mehr mit sich herumschleppte, als sie merken ließ. Probleme, Enttäuschungen, Wünsche, Ambitionen, Illusionen, er hatte keine Ahnung, was genau, und er wollte es auch nicht wissen. Wenn sie nur die Hälfte davon bei ihm ablud, konnte er schauen, wie er sich aus dem Berg wieder herauswühlte. Er fragte sich, ob ein kleines Abenteuer das Risiko wert war.

Auf einem ganz anderen Blatt stand, dass Lisa unzweifelhaft etwas auf dem Kasten hatte. Sie hatte seine Haftpflichtnummer sofort durchschaut, und die Sache mit dem geliehenen Mercedes Sprinter, Respekt! Eigentlich hätte Rupert ja auch selbst auf die Idee kommen können, die Hüttenbrechtshofener Fenstergucker auszufragen. Vielleicht hatte er deswegen nicht gleich abgewunken, als Lisa angeboten hatte, sich bei der Autovermietung Buchbinder umzuhören. Rupert hatte nur wissen wollen, ob sie sonst nichts zu tun habe. Und was sie sich davon verspreche.

»Wie wäre es mit einem Erfolgshonorar?«, hatte Lisa gefragt. »Ich finde diesen Walter Goldschnigg für dich, und du zahlst mir, was es dir wert ist.«

»Er heißt nicht wirklich Walter Goldschnigg. Manchmal gibt er sich als Josef Beilhart aus. Leider ist der Name auch falsch.«

»Also, gilt der Deal?«

»Mach, was du willst! Ich kann dich ja schlecht in deinem Kaff festbinden«, hatte Rupert gesagt und eingewilligt. Ihm gefiel Lisas höchst unkonventionelle Art, einen Teilzeitjob an

Land zu ziehen. Dass es ihr nur um ein Honorar ging, bezweifelte er allerdings. Vielleicht witterte sie das große Abenteuer, vielleicht erhoffte sie sich, dass er sie aus dem Sumpf ihrer Dorfwirtschaft herauszog und in der großen weiten Welt der reichen Von-und-zu-Erben niedersetzte. Das konnte sie sich aber aus dem Köpfchen schlagen.

Max nahm wieder Fahrt auf und plapperte weitere Gähnszenen aus seinem Familienalltag aus. Manchmal dachte Rupert, dass er das aus Bosheit Klara und ihm gegenüber tat. Je weniger sie sich dafür interessierten, desto penetranter schwärmte Max von seinen Töchtern. Madeleine, die ja schon wunderbar Blockflöte spielte, wollte nun gern Cellostunden nehmen. Nicht Geige oder Klavier, wie sonst die Mädchen in ihrem Alter, sondern Cello. Zufälligerweise war das auch Max' Lieblingsinstrument, aber niemand sollte denken, dass er Madeleine beeinflusst habe. Nein, das sei ganz allein ihr Wunsch gewesen.

Klara gab nicht zu erkennen, ob sie überhaupt zugehört hatte, und so erbarmte sich Rupert. »Na ja, wenn sie das schafft neben Schule und Ballett, warum nicht?«

»Monique macht Ballett! Habe ich doch gerade erzählt. Monique ist die Ältere. Sie tanzt, und meine Jüngere, Madeleine, will Cello spielen!«

»Ach so, ja.«

Max stierte verbissen in seinen Computer. O Gott, nun war er auch noch beleidigt!

»Komm, man kann doch mal die Namen verwechseln«, sagte Rupert begütigend.

»Was sind schon Namen?«, fragte Max. »Wie hieß jetzt gleich der Kunsthistorikerzeuge, Schmelzer oder Beilhart? Oder Redslob alias Goldschnigg? Hauptsache, wir wissen, dass wir nach dem *Pferd der blauen Türme* fahnden.«

»Alles klar«, sagte Rupert, »Monique tanzt, Madeleine will Cello spielen.«

Max kniff die Lippen aufeinander.

»Jetzt hab dich nicht so!«, sagte Rupert. Es gab Schlimmeres, als zwei Mädchen durcheinanderzubringen, noch dazu bei zwei so idiotisch affektierten französischen Vornamen. Zu allem Überfluss hatte Max ihnen den treudeutschen Familiennamen Müller vererbt. Gegen Müller war an sich nichts einzuwenden, eine Menge guter Fußballer hieß so, nur mussten halt dann die Vornamen entsprechend gewählt werden, Thomas, Gerd, Dieter, und bei den Frauen … Na, war ja auch egal, jedenfalls nicht Monique Müller und Madeleine Müller. Das klang doch bestenfalls nach Mecklenburg-Vorpommern.

Max hatte seine Qualitäten, aber ganz eindeutig fehlte es ihm an Stil. An ästhetischem Instinkt. Wie konnte man die eigene Tochter mit dem Namen Monique Müller ins Leben schicken! Ja, wenn die Familie Goldschnigg oder Beilhart heißen würde, könnte man über Monique diskutieren. Oder? Monique Goldschnigg?

Goldschnigg?

Was war denn das für ein Name? Gab es den überhaupt? Wie kam jemand auf die Idee, sich als Walter Goldschnigg auszugeben? Und Josef Beilhart war auch kein Allerweltsname wie, ja, Müller zum Beispiel. Der Verkäufer des Bilds hätte sich doch stinknormal und deutlich unauffälliger Max Müller nennen können. Vielleicht bedeuteten ihm die Falschnamen etwas. Rupert war kein Profiler, aber zwei Namen in Google eingeben, das konnte er schon.

Der Name Beilhart brachte 18 500 Ergebnisse, auf der ersten Seite seltsamerweise nur US-Amerikaner mit den Vornamen Leah, Stacy und Jacob. Goldschnigg erzielte 423 Treffer. Zusammen tauchten die Namen nur zwölfmal auf, und alle Treffer verwiesen auf dasselbe Internetportal, nämlich auf *stayfriends*. Dort konnte man ehemalige Schulkameraden finden und zu ihnen Kontakt aufnehmen. Oder sich überlegen, ob es nicht genug Gründe gab, warum man den Kontakt zu ihnen verloren hatte. Doch das war jetzt nicht der Punkt. Viel eher schon, dass die Herren Goldschnigg und Beilhart im Gymnasium Berchtesgaden 2008 ihr Abitur gemacht hatten. Die Vornamen stimmten zwar nicht, die falschen Nachnamen mussten auch nicht miteinander in Verbindung stehen. Vielleicht bedeutete das alles gar nichts, aber …

Rupert stand auf und ging zur Kaffeemaschine. Während er auf seinen Espresso wartete, fragte er: »Was für einen falschen Namen würdest du wählen, Max?«

»Was?«

»Überleg dir mal einen Falschnamen für dich!«

»Ich hab keine Lust auf Spielchen. Du hast selbst gesagt, dass ich arbeiten soll. Also lass mich gefälligst auch arbeiten!«

»Bitte, Max, es ist wichtig!« Rupert trug die Espressotasse zum Schreibtisch. »Also?«

»Strelecky«, sagte Max, »Roman, nein, Hubertus Strelecky.«

»Wunderbar«, sagte Rupert. »Und jetzt sag mir, wie du auf den Namen gekommen bist!«

»Keine Ahnung, ich hab mir halt einen ausgedacht und …«

Rupert drehte Max' Schreibtischstuhl vom Computer weg, so dass er ihm in die Augen schauen konnte. »Kennst du im wirklichen Leben einen Strelecky?«

»Na ja, kennen!«, sagte Max. »Einer meiner … einer der ehemaligen Pfadfinder, die ich in Berlin befragt habe, hieß Strelecky, allerdings mit Vornamen Konrad.«

»Sehr gut, Max!« Rupert schüttete seinen Espresso in einem Zug hinunter. Na also. Niemand erfand aus dem Nichts heraus einen falschen Namen. Man kramte in seinen Erinnerungen, blieb da und dort hängen, verwarf Namen aus dem engeren Freundeskreis, weil man ja nicht auf sich aufmerksam machen wollte. Stattdessen griff man zu weiter entfernt liegenden Bekanntschaften. Max hatte den Namen eines Manns gewählt, den er nur einmal kurz getroffen hatte. Und das in Berlin, also weit weg von hier und von sich. Man konnte die Distanz aber nicht nur räumlich schaffen, sondern auch zeitlich. Indem man zum Beispiel an Schulkameraden vergangener Zeiten dachte.

Der Verkäufer des *Turms der blauen Pferde* hatte das Gymnasium Berchtesgaden besucht. Vielleicht hatte er die Schule 2008 abgeschlossen, vielleicht auch kurz vorher oder nachher. Jedenfalls kannte er den Jahrgang, in dem Goldschnigg und Beilhart gewesen waren. Rupert überflog die Schulfreunde beider auf *stayfriends,* obwohl er nicht glaubte, dass der Gesuchte dort zu finden wäre. Dann hätte er die Namen kaum verwendet. Nein, er war mit den beiden nicht sehr eng befreundet gewesen, er hatte sie nur gut genug gekannt, um sich acht oder zehn Jahre später an sie zu erinnern. Zur Sicherheit hatte er seine geliehenen Identitäten mit anderen Vornamen ausgestattet, die vielleicht von weiteren Mitschülern stammten.

Nach dem Schulbesuch zu schließen, musste der Mann also um das Jahr 1989 herum geboren sein. Dies deckte sich mit den Altersschätzungen Lisas und Schwarzers. Wichtiger war, dass er im Einzugsbereich des Gymnasiums Berchtesgaden aufgewachsen war oder zumindest eine Zeitlang dort gelebt hatte. Wenn Schwarzer die Telefongespräche aufgezeichnet hätte, könnte ein Fachmann das wahrscheinlich sogar an der Dialektfärbung nachweisen. Rupert teilte seine Überlegungen Klara und Max mit.

»Berchtesgaden?«, fragte Max.

»In Berchtesgaden sind 1944/1945 insgesamt drei Züge mit Görings Kunstschätzen eingetroffen«, sagte Klara. »Wenn wir davon ausgehen, dass das Bild nach dem Krieg nicht mehr in Berlin war, muss es ja spätestens um diese Zeit irgendwohin gebracht worden sein.«

»Bleiben wir beim Abiturjahrgang 2008«, sagte Rupert. »Wir bräuchten zuerst die Schülerlisten des Gymnasiums.«

»Soweit ich weiß«, sagte Klara, »wurde mindestens einer der Göring-Züge geplündert. Unter reger Beteiligung der ortsansässigen Bevölkerung.«

»Jahrgang 2008 und ein paar davor beziehungsweise danach«, sagte Rupert. »Wir klappern den männlichen Teil der ehemaligen Schüler ab, machen Fotos und legen sie Schwarzer zur Identifizierung vor.«

»Das können Hunderte sein«, wandte Klara ein.

»Wäre doch eine Aufgabe für Max!«

»Was?«, fragte Max.

»Wolltest du nicht schon immer mal nach Berchtesgaden?«, fragte Rupert.

»Moment mal, ich hab es gleich.« Max klickte auf seinem Computer herum.

»Dort ist es wirklich schön«, sagte Rupert und konnte es sich nicht verkneifen, anzufügen: »Und außerdem familienfreundlich. Während du recherchierst, könnte deine Frau mit den Töchtern, äh, mit Monique und Madeleine eine kleine Bergwanderung auf die Reiter Alpe unternehmen. Oder per Schiff über den Königssee.«

»Wusste ich es doch«, sagte Max. »Schmelzer, dieser Journalist, ist 1962 bei einem Bergunfall ums Leben gekommen. Und jetzt ratet mal, wo?«

»In der Nähe von Berchtesgaden?«

»Genau«, sagte Max. »Das könnte natürlich ein Zufall sein.«

Es könnte aber auch sein, dass Schmelzer dort nicht nur seinen Urlaub verbracht hatte. Vielleicht hatte er bei der Gelegenheit auch nach dem *Turm der blauen Pferde* gesucht. Nachdem er aller Welt kundgetan hatte, dass das Bild unmöglich in einem von Görings Zügen gewesen sein konnte, weil er es ja noch 1949 in Berlin gesehen hatte.

»Was ist mit Redslob?«, fragte Klara. »Gibt es bei dem auch eine Beziehung zu Berchtesgaden?«

»Null«, sagte Max. »Genauso wenig wie zu Schmelzer.«

Na gut, man konnte nicht alles verlangen. Möglicherweise hatte Redslob sein Nachkriegsmärchen vor Schmelzer und unabhängig von ihm erfunden. Als Doyen des wiederentdeckten Expressionismus hatte er an seinem persönlichen Mythos gebastelt und substanzlos vor sich hin schwadroniert. Der Journalist hatte von dieser Geschichte Wind bekommen und die Chance gesehen, noch etwas daraufzusetzen. Er hatte sich eine passende zweite Nachkriegssichtung ausgedacht, die Öffentlichkeit auf die falsche Fährte geführt und sich selbst auf die Suche begeben. Zeitlich stimmte das perfekt zusammen. Schmelzer, der Journalist, war entscheidend. Der hatte dem Gemälde nachgespürt, und zwar dort, wo die Göring-Züge 1945 ausgeräubert wurden und wo zwei Typen Abitur gemacht hatten, deren Namen sich der Verkäufer des *Turms der blauen Pferde* ausgeliehen hatte. In den Berchtesgadener Alpen.

Rupert sagte: »Auf geht's, Koffer packen!«

BERCHTESGADENER LAND Oktober 1957

Des einen Leid, des anderen Freud, hatten sie im Dorf gesagt. Bei dem, was sie wussten und vor allem nicht wussten, konnte man das so sehen. Denn wenn der letzte verbliebene Sohn des Huber-Bauern aus russischer Gefangenschaft zurückgekehrt wäre, hätte natürlich er den Hof geerbt. Doch Ende 1953 war die Nachricht eingetroffen, dass ihn irgendwo weit hinter dem Ural die Grippe weggerafft hatte. Die Bäuerin war schon an gebrochenem Herzen gestorben, als ihre beiden älteren Söhne im Krieg gefallen waren, und nun war auch dem alten Huber der letzte Rest an Lebenssinn vergangen. Wozu die ganze Plackerei, hatte er gefragt. In der Stube, in der ihm die Geister seiner Toten herumspukten, ja, auf dem ganzen Hof hatte er es nicht mehr ausgehalten. Bevor er in die Stadt gezogen war, hatte er Ludwig Raithmaier seinen Besitz überschrieben. Gegen eine bescheidene Leibrente, die er allerdings gerade mal ein gutes Jahr bezogen hatte, als sein letztes Stündlein schlug.

Des einen Leid, des anderen Freud. So war Ludwig vom Kostgänger und Knecht zum Herrn des Huber-Hofs aufgestiegen. Bald darauf hatte er Franziska geheiratet. Sie war schwanger geworden und hatte ihm einen gesunden Sohn geschenkt. Es hatte ihr geschmeichelt, dass Ludwig für den Erstgeborenen den Namen Franz aussuchte, und er hatte ihr verschwiegen, dass er dabei an den heiligen Franz von Assisi gedacht hatte, weil der mit den Tieren reden konnte. Und natürlich auch an Franz Marc, dessen blaue Pferde zu Ludwigs Sohn hoffentlich einmal genauso sprechen würden wie zu ihm selbst.

Was immer die Leute im Dorf sagen mochten, Ludwig wusste besser, wem er sein Glück zu verdanken hatte. Einzig und allein seinem Bild. Von Anfang an hatte es ihm eine bessere Zukunft verheißen, als sie vorgezeichnet schien. Es hatte ihm zugeflüstert, dass man die Welt nur anders betrachten müsse, damit sie auch anders würde. *Der Turm der blauen Pferde* war der handgreifliche Beweis, dass Träume Realität werden konnten. Ein gemalter, zwei Meter auf ein Meter dreißig großer Beweis. Unendlich schade war nur, dass Ludwig das Gemälde vor aller Welt verstecken musste. Nicht einmal seiner Frau hatte er es bisher gezeigt.

Ludwigs Entscheidung fiel an einem schönen Oktoberabend. Er trat vor die Tür, um zuzusehen, wie die letzten Strahlen der Sonne das Tal verzauberten. Goldenes Licht lag über den Wiesen. Jeden einzelnen Grashalm schien es zu umhüllen, als wolle es gerade an ihm den Glanz der Schöpfung herausmodellieren. Geschmeichelt verneigten sich die Halme unter dem kühler werdenden Abendwind. Aus dem Schutz des Waldrands trat ein Reh auf das sanft wogende, flimmernde Meer hervor. Das Tier blieb stehen, spitzte die Ohren, witterte nach links und rechts. Statt den Kopf zu senken und zu fressen, blickte es nun unverwandt in Ludwigs Richtung.

»Du musst keine Angst haben«, sagte er leise zu sich selbst.

Er äugte zu dem Reh hinüber und hätte schwören können, dass es rot war. Sein Fell leuchtete in einem satten Karminrot, wie es der Widerschein der untergehenden Sonne kaum hervorbringen konnte. Statuengleich stand das Reh am Waldrand, und von irgendwoher flog Ludwig die Gewissheit zu, dass Tiere die Hüter einer anderen Welt waren. Einer Welt, die tief in der alltäglichen verborgen lag und deren Existenz ein Mensch nur in seltenen, glücklichen Momenten erahnen konnte.

Ludwig staunte das Reh eine kleine Ewigkeit an, obwohl in Wirklichkeit nur ein paar Minuten vergangen sein mochten, bis die Sonne endgültig verschwunden war. Plötzlich zuckte das Tier zusammen, wie von einem namenlosen Schrecken getroffen. Zwei schnelle Sprünge, und schon war es im Dickicht untergetaucht. Auch das Gras war im Schatten erblasst, die Erde darunter schien auszuatmen, und langsam stieg ein schüchternes Blau in den Senken auf.

Als Franziska zum Abendessen rief, ging Ludwig ins Haus zurück. Die Stube war so niedrig, dass das Bild fast vom Boden bis zur Decke reichen würde. Platz fände es nur zwischen den beiden Fenstern an der Ostseite. Dort hatten die gerahmten Fotos der Huber-Söhne gehangen, wie drei hellere Rechtecke an der Wand verrieten. Sie würden unter Ludwigs Bild verschwinden, wie so manch andere Erinnerung. Doch noch war es nicht an der Zeit.

Bei seinem nächsten Besuch im Ort betrat Ludwig die Buchhandlung in der Nähe des Marktplatzes. Sie führte auch Schreibwaren und Kunstpostkarten, die in einem Karteikasten alphabetisch sortiert waren. Unter den Augen der Verkäuferin blätterte Ludwig geduldig von A bis M durch, so, als suche er nichts Bestimmtes. Endlich zog er die Fotografie seines Gemäldes hervor. Die Farben waren zu dunkel, manche Details in dem Kleinformat kaum zu erkennen, und doch schlug Ludwigs Herz bis zum Hals. Er sagte: »Das ist schön.«

»Franz Marc, *Der Turm der blauen Pferde*«, sagte die Verkäuferin, als sie einen Blick darauf warf.

»Das nehme ich«, sagte Ludwig. Die nächsten Wochen trug er die Postkarte immer mit sich herum. Beim Kirchgang, auf dem Wochenmarkt, in der Wirtschaft, er zeigte sie jedem, egal, ob der sie sehen mochte oder nicht. Zugute kam ihm, dass er sowieso schon als Sonderling verschrien war. Da wunderte sich keiner über Gebühr, wenn er nun plötzlich ein seltsames Gemälde in den Himmel lobte, als habe er das achte Weltwunder entdeckt. Nach einiger Zeit begann Ludwig laut darüber nachzudenken, dass er das Bild gern in echt besäße.

»Wie, in echt?«, wurde er gefragt.

»In Originalgröße und mit richtigen Farben gemalt.« Ludwig wurde nicht müde, seinen Wunsch zu wiederholen, bis Franziska sagte, dann solle er es halt in Gottes Namen malen lassen. Sie würden es sich selbst schenken, und dafür bekomme an den nächsten beiden Weihnachten eben nur noch der Kleine etwas. Ludwig fragte im Dorf herum und erfuhr über drei Ecken den Namen eines Kunstmalers in Rosenheim, der froh über jede Auftragsarbeit war, die ihm Brot und Butter für die nächsten Wochen sicherte. Ludwig handelte ihn auf fünfundsiebzig D-Mark herunter.

Es wurde Januar, bis das Bild fertiggestellt und so weit getrocknet war, dass man es transportieren konnte. Ludwig hätte das auch allein geschafft, aber er nahm den Schmiedinger und den jungen Karrer mit nach Rosenheim. Nur für alle Fälle sollten sie bezeugen können, dass das Bild tatsächlich von der Staffelei des Kunstmalers kam. Mit dem Zug brachten sie es nach Berchtesgaden, und vom dortigen Bahnhof mit dem Pferdeschlitten über die verschneiten Wege zum Huber-Hof hinauf. Dann hängten sie es in der Stube auf. Im Ofen knackte das Holz. Ludwig gab eine Runde Obstler aus.

»Also ich weiß ja nicht«, sagte der junge Karrer mit abschätzigem Blick auf das Gemälde.

»Ich finde es schon ganz schön«, sagte Schmiedinger wenig überzeugend.

Es war grässlich. Äußerlich glich es Ludwigs *Turm der blauen Pferde* zwar, wenn man von einigen kleinen Ungenauigkeiten absah, aber eben nur an der Oberfläche. Dieses Bild hatte keine Seele, kein Geheimnis, es sprach nicht und versprach nichts, es war genauso tot, wie das echte lebendig war. Doch Ludwig wusste, dass nur er so empfand. Die anderen würden keinen Unterschied erkennen. Er schenkte noch einen Obstler ein. »Für den Weg! Und vergelt's Gott!«

In der Nacht lag Ludwig schlaflos neben Franziska. Um zwei Uhr stand er auf und trug das Bild aus der Stube in den Schuppen. Bei klirrender Kälte löste er den billigen Sperrholzrahmen ab und nagelte ihn um das echte Gemälde. Dann hängte er es in der Stube auf. Morgen würde er schauen, wie es sich da machte. Von nun an hatte er alle Zeit der Welt, um es so lange und so genau zu betrachten, wie er wollte. Ganz offen. Ohne Angst, dabei ertappt zu werden.

Ludwig ging noch einmal hinaus in den Schuppen. Das neue, das falsche, das grässliche Bild musste weg. Es hatte seine Schuldigkeit getan. Jede weitere Minute, die es existierte, beleidigte das Original und schürte in ihm selbst einen immer stärker werdenden Groll. Er trug das falsche Bild in den Schnee hinaus und schüttete Benzin darüber. Das erste Streichholz erlosch, beim zweiten schlugen die Flammen hoch. Es roch nach giftigem Lack.

Das Schlafzimmerfenster ging auf, und Franziska beugte sich heraus. »Was machst du da?«

»Abfall verbrennen.«

»Jetzt?«, fragte sie.

»Ja«, sagte Ludwig.

BERBLING

Sommer 2017

Dass Klaras Vater von sich aus bei ihr anrief, war ungewöhnlich genug. Noch ungewöhnlicher war sein unumwundenes Eingeständnis, dass es ihm schlecht ging. Es fehlte nicht viel, und er hätte seine Tochter ausdrücklich gebeten, ihn zu besuchen. Klara verlangte Agnieszka zu sprechen. Obwohl die mit ihrem gemütlich klingenden osteuropäischen Satzbau versicherte, dass alles in Ordnung sei und »Mann Ivanovic vielleicht nur ist müde etwas«, hätte Klara keine Sekunde Ruhe gefunden. Die anderen sollten schon mal nach Berchtesgaden fahren. Sie würde auf dem Weg in Berbling nach dem Rechten sehen und nachkommen, sobald es möglich war.

Eine knappe Stunde später traf sie auf dem Hof ihres Vaters ein. Er saß draußen. Im Schatten der Spalierbäume an der Hauswand, auf der Bank neben der Tür. Den Kopf hatte er nach hinten an die Mauer gelegt, die Augen geschlossen. Für einen Moment dachte Klara, dass er gestorben sei, doch dann sah sie seine Hände vor sich hin zittern. Durch die offene Haustür war Agnieszka zu hören. Sie klapperte in der Küche mit Geschirr herum und sang dazu etwas Dunkelvokaliges. Von der Melodie her klang es nach einem Wiegenlied. Klaras Vater machte die Augen auf.

»Ach, du bist es, Klara. Das trifft sich gut«, sagte er, als hätte er nicht gerade erst einen kaum verhohlenen Notruf an sie abgesetzt. »Ich muss dir etwas zeigen.«

»Was ist los?«

»Ich habe wieder zu arbeiten angefangen.«

»Ich dachte, dir geht es schlecht«, sagte Klara. »Gesundheitlich.«

»Mir geht es auch nicht besser, wenn ich nicht arbeite. Jetzt hilf mir hoch und komm mit rein!«

Er dirigierte sie nicht zum Atelier, das seit seinen letzten Kunstkursen verstaubte, sondern in die Küche. Agnieszka grüßte freundlich. Sie ließ sich beim Abwasch nicht stören, auch als Klaras Vater grummelte, ob sie das nicht später erledigen könne. Umständlich klappte er das Notebook auf dem Küchentisch auf und schaltete es ein. Während er wartete, begann er zu erklären, wieso er mit Land Art aufgehört hatte. Nämlich, weil das pseudoobjektive Scheiße sei. Löcher graben, Zäune aufstellen, Vermessungen durchführen, Erddrehungsgeschwindigkeiten berechnen, Tangenten simulieren und so weiter und so fort. Selbst wenn es einem gelänge, die Welt als Objekt fassbar zu machen, was wäre denn damit gewonnen? Die Wahrheit liege doch einzig und allein im eigenen Kopf.

Seine Hand wackelte furchterregend auf dem Touchpad herum. Dazu fluchte er so verbissen, als könne er damit seine Finger zwingen, ihre Aufgabe zu erfüllen. Agnieszka fragte von der Spüle her, ob sie helfen solle. »Aber nicht schlechte Wörter sagen, Ivanovic!«

»Ich hab den verdammten Dreck doch gleich«, zischte er.

Klara bereute es bereits, sich nicht draußen zu ihm auf die

Bank gesetzt zu haben. Sie könnten jetzt zusammen den Vögeln zuhören und beobachten, wie die Schatten der Kastanienbäume wanderten. Ivanovic deklamierte inzwischen weiter. Er wolle nicht behaupten, wieder zu seinen Fluxus-Anfängen zurückgekehrt zu sein. Das sei damals eine völlig andere Zeit gewesen, die völlig andere Anforderungen an die Kunst gestellt habe. Aber ein Prinzip gelte nach wie vor: Der ernsthafte Künstler müsse sich voll und ganz persönlich einbringen, hundertprozentig, nein, hundertzehnprozentig. Wer vor radikaler Selbstentblößung zurückscheue, solle lieber Modelleisenbahn spielen oder sonst was. Hingabe, Preisgabe, Subjektivität, auch wenn es schmerze, gerade wenn es schmerze, seien der einzige Schlüssel zu einer authentischen Äußerung. Darauf habe er sich wieder besonnen, und dieser Computer hier sei echt ein verfickter Scheißapparat!

Agnieszka trocknete sich die Finger an der Schürze ab, trat heran, wischte kurz auf dem Touchpad, tippte zweimal und fragte: »Starten, Ivanovic?«

»Starten!«, sagte er, und Agnieszka drehte das Notebook ein wenig, damit Klara besser sehen konnte.

Das Video war mit starrer Kamera und deutlicher Obersicht aufgenommen. Etwa ein Drittel des Bildausschnitts wurde von der Platte des Küchentischs eingenommen, der Rest zeigte Kopf und Oberkörper von Klaras Vater, der nah am Tisch saß. Vor ihm standen eine Teekanne, eine offene Dose mit Streuzucker und eine leere Tasse, neben der ein kleiner Löffel lag. Noch bevor es losging, wusste Klara, was sie erwartete. Auf dem Bildschirm ruckelte die Hand ihres Vaters zittrig auf die Teekanne zu.

Schweigend schaute Klara zu. Obwohl sie jedes quälende Detail genau registrierte, schaffte sie es, eine innere Distanz zu bewahren. Als wären das alles nur Bilder, die sie nichts angingen. Der Trick bestand darin, gleichzeitig an etwas anderes zu denken. Sich zum Beispiel zu fragen, ob ihr Vater beim letzten Besuch gemerkt hatte, wie schwer sie mit seinem körperlichen Verfall umgehen konnte. Ob er sie zwingen wollte, sich damit auseinanderzusetzen? War sie dann Auslöser und Hauptadressat dieser Selbstzerfleischung? Eine Art Muse der Ivanovic'schen Parkinsonkunst?

Er hat etwas Vampirisches an sich, er saugt alle aus, die er zu fassen bekommt, hatte ihre Mutter mal gesagt, als Klara sie in Urbino besucht hatte. Normalerweise war Ivanovic kein Thema zwischen ihnen. Sie habe mit ihm endgültig abgeschlossen, versicherte Klaras Mutter regelmäßig. Dass das höchstens die halbe Wahrheit war, verriet ihre Bitterkeit, falls doch mal das Gespräch auf ihn kam. Klara fragte sich, was sie von diesem Video ihres Ex halten würde.

Am Ende des Films glich der Tisch einem Schlachtfeld. Kragen und Hemd ihres Vaters waren mit Kräutertee besabbert. Endlich erlosch das Bild. Klara starrte weiter auf den Monitor.

»Sieben Minuten zweiunddreißig«, sagte ihr Vater. »Präsentieren will ich es natürlich in Endlosschleife. Als Titel habe ich an *Ivanovic trinkt Tee* gedacht. Meinst du, ich soll noch eine Tonspur darunterlegen? Etwas pathetisch Klassisches vielleicht? Die *Götterdämmerung?*«

»Hör auf, Papa!«

»Du findest es nicht gut?«

Klara tat ihm Unrecht, wenn sie unterstellte, dass er sie nur unter Vorspiegelung falscher Tatsachen hergelockt hatte. Es ging ihm wirklich schlecht, sauschlecht sogar. Aber was konnte sie tun? Sich erkundigen, ob er regelmäßig seine Tabletten nahm? Klara sagte: »Das ist nicht radikal subjektive Kunst, im Gegenteil.«

»Was soll das heißen?«

»Du hast die Krankheit abgefilmt, nicht dich«, sagte Klara.

»Die … Krankheit … ist … ich«, sagte er.

»Nein«, sagte Klara. »Das Video zeigt nur Symptome. Reine Oberfläche. Ich halte es für künstlerisch unzulässig, Komplexität auf eine solche Weise zu reduzieren und damit zu banalisieren.«

Er schwieg ein paar Augenblicke, dann sagte er: »Schuld ist dieses verfluchte Kunstgeschichtestudium. Du warst immer schon groß im Theoretisieren, aber die Uni hat dich total verdorben. Warum hast du eigentlich selber nie was gemacht? Ich meine, etwas Kreatives?«

Vielleicht erinnerte er sich wirklich nicht daran, dass sie ihm die ersten zwanzig Jahre ihres Lebens praktisch dauernd irgendetwas vorgelegt hatte, von Strichmännchenzeichnungen über Kohleporträts und abstrakte Landschaften in Öl, bei denen sie Sand und Blütenblätter verarbeitet hatte, bis hin zu Schwarz-Weiß-Fotografien von menschenleeren Tankstellen und Wartehäuschen. Nett, hatte er im besten Fall gesagt, und sie hatte augenblicklich gespürt, dass das alles in seinen Augen weniger als nichts war. Sie hatte sich jedes Mal geschworen, ihm nie mehr einen ihrer Versuche zu zeigen, aber dann trat sie zwei Wochen später doch wieder in sein Atelier, zitternd und hoffend, bis er den Blick hob, und schon stürzte ihre Welt von neuem ein. Klara sagte: »Ich bin eben nicht du.«

»Du bist mein Augenstern«, sagte er.

»Soll ich machen Tee für Fräulein Ivanovic?«, fragte Agnieszka.

Wie üblich, war auf der A 8 Richtung Salzburg eine Menge los. Obwohl Rupert normalerweise gern schnell fuhr, störte ihn der mühsam fließende Verkehr heute kaum. An einem schönen Tag auf der äußersten rechten Spur dahinzuzockeln, das hatte durchaus etwas. Wenn er nicht zwischen Abgase spotzenden LKWs eingekeilt gewesen wäre. Der Fluch eines Cabrios! Schon bei der Ausfahrt Hofolding fuhr Rupert von der Autobahn ab.

»Romantische Landpartie?«, fragte Lisa spöttisch. Rupert hätte auch Schwarzer oder Dr. Baumgartner mitnehmen können, die dem Verkäufer des Gemäldes ja ebenfalls von Angesicht zu Angesicht gegenübergestanden hatten, doch die beiden hatten wahrscheinlich genug anderes zu tun. Außerdem – keine Ahnung, warum – traute er Lisa eher zu, den Gesuchten zu identifizieren. Mal ganz abgesehen davon, dass sich so ein alter Sack auf dem Beifahrersitz eines grasgrünen Cabrios ästhetisch nicht besonders machte. Man hatte ja einen Ruf zu verlieren!

Lisa hatte sich ein kariertes Tuch auf eine seltsam altertümliche Art um den Kopf gebunden. Trotz des Piercings erinnerte sie damit ein wenig an eine junge italienische Reisbäuerin, entsprungen aus einem Neorealismusfilm der 1950er Jahre. Dazu trug sie ein deutlich zu großes Leinenhemd, das im Wind flatterte, und die üblichen blauen Shorts. Nichts passte wirklich zusammen. Selbst ihre Beine waren viel zu weiß für ein Mädchen, das in der gesunden Luft eines von freier Natur umgebenen Hüttenbrechtshofen aufgewachsen war. Als Rupert merkte, dass sie seine Seitenblicke bemerkte, fragte er schnell: »Interessierst du dich eigentlich für Kunst?«

»Sollte ich?«, fragte Lisa.

Wo Kunst war, war auch Geld. Und darauf war sie doch auf jeden Fall scharf, oder? Rupert sagte: »Na ja, schon.«

»Ich interessiere mich für die Welt«, sagte Lisa. »Ich würde gern reisen, je weiter weg, desto besser. Afrika, Südamerika und so.«

»Aber nur zum Spaß, nicht etwa als Entwicklungshelferin?«

»Doch, für mich selbst«, sagte sie ernsthaft.

»Wie wär's mit Argentinien?« Rupert begann zu erzählen, wie er für seinen ersten großen Auftrag nach Buenos Aires gereist war. Sein Adelstitel und ein paar Weiterempfehlungen hatten ihn in die richtigen Kreise geführt, und obwohl er damals von der Materie kaum Ahnung hatte, gelang es ihm, den gegenteiligen Eindruck zu erwecken. Er wurde von der Jewish Claim Conference damit beauftragt, nach den Nachkommen einer jüdischen Familie zu suchen, die während des Dritten Reichs gerade noch rechtzeitig entkommen war. Schon um die Reichsfluchtsteuer zahlen zu können, hatten sie ihre Kunstsammlung zu Geld machen müssen. Wenn arische Schnäppchenjäger diese Zwangslage ausgenutzt hatten, konnten die Erben auf Restitution oder zumindest Entschädigung hoffen. Tatsächlich war es Rupert gelungen, nicht nur die Familie ausfindig zu machen, sondern auch alte Dokumente auszugraben, die keiner aus der spanischsprachigen dritten Generation mehr lesen konnte. Darunter fand sich auch ein Kaufvertrag aus dem Jahr 1937. Er bewies eindeutig, dass Bilder und Skulpturen weit unter Wert veräußert worden waren.

»Dann bist du also nicht nur ein Von und zu, sondern auch einer von den Guten«, sagte Lisa.

»Für meine Herkunft kann ich nichts. Du kannst mir glauben, ich habe viel dafür getan, mich mit meiner Verwandtschaft zu verkrachen.«

»Aber das Von ist dir geblieben?«

»Das ist seit 1919 kein Titel mehr, sondern Bestandteil des Namens«, sagte Rupert. Trotzdem hätte er sich im Alltag auch nur Schleewitz nennen können. Dass er auf dem Namenszusatz beharrte, hatte rein berufliche Gründe. Manchmal brauchte man einfach einen Türöffner, den andere nicht vorweisen konnten. Rupert steuerte auf unverfängliches Terrain zurück. »Jedenfalls, wenn du mal nach Buenos Aires kommst, solltest du unbedingt …«

Lisa legte ihre Hand auf sein Knie. Rupert blickte nach rechts, dann auf ihre Hand, dann wieder vor sich auf die Straße, die kerzengerade durch einen dichten Nadelwald führte. Rotkäppchenlandschaft. Nur war Rupert aus Märchenwelten schon eine Weile herausgewachsen. Er sagte: »Hör mal …!«

»Hm?«

»Was soll das?«

»Ich hatte Lust, meine Hand auf dein Knie zu legen. Stört's dich?«

Es störte Rupert eigentlich gar nicht, nur war das nicht das Problem. Die richtige Frage war, was die Kleine eigentlich von ihm wollte. Und wie viel. Vielleicht hätte er doch lieber Schwarzer mitnehmen sollen, da wären die Fronten klar gewesen. Rupert sagte: »Um das in aller Deutlichkeit zu sagen …«

»… wir haben eine rein geschäftliche Beziehung«, fiel ihm Lisa ins Wort. Sie zog ihre Hand zurück und strich dabei wie unabsichtlich an Ruperts Oberschenkel entlang. »Und das soll auch so bleiben, da sind wir uns absolut einig. Denn du hast wahrscheinlich gerade eine große Enttäuschung hinter dir und bist noch nicht bereit, dich auf neue Erfahrungen einzulassen, und ich interessiere mich sowieso nicht für Männer.«

»Wirklich?« Rupert glaubte ihr kein Wort.

»Auch nicht für Frauen, wenn du das meinst. Außer für mich selbst natürlich.« Lisa lachte und streckte beide Arme nach oben in den Fahrtwind. Die Ärmel ihres Männerhemds rutschten über die Ellenbogen herab, so dass der Flaum an ihren Unterarmen sichtbar wurde. Die Straße stieg nun in sanften Serpentinen an. Rupert schaltete in den dritten Gang zurück und gab ein wenig mehr Gas.

Auf der weiteren Fahrt durchs kitschig idyllische Voralpenland sprachen sie nicht mehr viel. Wenn Lisa etwas fragte, bezog es sich auf den aktuellen Auftrag. Ohne viel darüber zu wissen, traf sie dabei die entscheidenden Punkte. Ob das aufgetauchte Gemälde tatsächlich der echte *Turm der blauen Pferde* sei. Wie dieser angebliche Walter Goldschnigg in dessen Besitz gelangt sein könne. Ob der Käufer das Bild einfach so behalten dürfe. Und warum er Millionen dafür zahle, ohne sichere Beweise für die Echtheit zu haben.

Rupert ließ Lisa am Flughafen Salzburg aussteigen, wo sich die nächstgelegene Verleihstation der Firma Buchbinder befand. Er selbst fuhr die fünfundzwanzig Kilometer nach Berchtesgaden weiter und begab sich direkt zum dortigen Gymnasium, einem modernen Bau, der hinter seiner harmlosen Funktionalität geschickt verbarg, welche Tragödien sich drinnen abspielen mochten. Die Schaukästen im Eingangsbereich zeigten Wasserfarbenarbeiten von Fünftklässlern. Vielarmig um sich schießende Roboter neben verschnörkelten Wolken aus Hellblau und Rosa, ein auf einer Sternenstraße aufwärts sprintender Schlafwandler, ein zerbrochenes Herz, aus dem Tränen tropften. Das alles stand unter dem mit bunten Violinschlüsseln verzierten Motto *Mein Lieblingssong wird Farbe.* Na gut, im Grunde waren blaue Pferde auch kein sonderlich originelles Motiv.

Trotz der Schulferien war das Sekretariat besetzt. Rupert startete eine Charmeoffensive, die Sekretärin zickte herum. Adressenlisten ehemaliger Schülerjahrgänge könne sie aus

Datenschutzgründen nicht herausgeben. Und was war mit den Jahresberichten des Gymnasiums? Die waren schließlich durchaus für die Öffentlichkeit bestimmt und enthielten keine sensiblen Daten. Schließlich gelang es Rupert, die Sekretärin zur Herausgabe der Jahrgänge 2002 bis 2010 zu überreden. Zur Sicherheit blätterte Rupert das Heft des Schuljahrs 2007/2008 durch. Ja, da waren sowohl die Namenslisten der einzelnen Klassen als auch deren Fotos abgedruckt. Einschließlich des Abiturjahrgangs, der aus etwa siebzig oder achtzig Schülerinnen und Schülern bestanden hatte. Dass sich Josef Beilhart und Walter Goldschnigg in der Liste der Abiturienten fanden, überraschte Rupert nicht. Er fragte die Sekretärin, ob sie die beiden auf dem Foto identifizieren könne. Sie musterte ihn, als hätte er sich soeben als Päderast geoutet, und sagte vorwurfsvoll, dass sie sich doch nicht jeden Schüler von vor x Jahren merken könne.

Draußen stieg Rupert ins Auto, um Lisa wieder am Flughafen abzuholen. Sie war schon fertig. Über den fraglichen Tag hinweg hatten zwei Personen einen Mercedes Sprinter in Salzburg ausgeliehen. Es handelte sich zwar um zwei Männer, doch keiner von ihnen wohnte in der näheren Umgebung. Zumindest der eine war wohl sogar mit dem Flugzeug angereist. Lisa zeigte Kopien der Buchbinder-Mietverträge vor, aus denen Adresse und Kontaktdaten der Kunden ersichtlich waren. Sie könne die beiden natürlich genauer überprüfen, doch sie glaube nicht, dass der Gesuchte dabei sei.

Das glaubte Rupert auch nicht. Interessiert hätte ihn aber, wie Lisa an ihre Informationen gekommen war. Vorsichtig bemerkte er, dass es Buchbinder mit dem Datenschutz wohl nicht so genau nehme.

»Du willst jetzt nicht wissen, ob ich irgendeinem Typen dadrinnen die Hand aufs Knie gelegt habe?«, fragte sie.

»Hast du?« Rupert traute ihr alles zu.

»Nicht direkt.« Lisa lächelte ihn an.

»Sondern?«

»Ich tu nur meinen Job. Fahren wir?«

Rupert hätte durchaus Lust verspürt, sich die Typen am Buchbinderschalter mal genauer anzusehen, aber er war schließlich nicht Lisas Erziehungsberechtigter. Und schon gar nicht ihr Lebensabschnittspartner. Er machte die Beifahrertür auf, drückte Lisa den Jahresbericht des Gymnasiums aus dem Jahr 2008 in die Hand und sagte: »Rein geschäftlich gesehen, könntest du mal schauen, ob du unter den Abiturienten den Typen findest, der das Gemälde in deinem Kaff angeschleppt hat?«

Lisa holte ihr Handy hervor und betrachtete mit dessen Lupe das Foto. Wenn sie ein Gesicht erkannte, sollte es keine größeren Schwierigkeiten bereiten, auch den richtigen Namen zuzuordnen. Man musste nur einen der anderen Abiturienten in Berchtesgaden ausfindig machen und ihn danach fragen. Lisa studierte Gesicht für Gesicht und schüttelte den Kopf.

»Komm«, sagte Rupert, »das ist gerade mal neun Jahre her. Zwischen neunzehn und achtundzwanzig verändert man sich doch nicht von Grund auf.«

»Er ist nicht dabei«, sagte Lisa. Während Rupert Richtung Berchtesgaden fuhr, machte sie sich über die anderen Jahrgänge her und musterte die Fotos mit der gleichen geduldigen Genauigkeit wie zuvor. Und mit demselben negativen Ergebnis. Sie konnte niemanden finden, der in Frage gekommen wäre.

»Vielleicht war er gerade krank, als das Foto gemacht wurde«, sagte Rupert ohne große Überzeugung. Vielleicht erkannte ihn Lisa einfach nicht wieder. Vielleicht war auch

Ruperts schöne Theorie falsch, und der Kerl hatte das Gymnasium Berchtesgaden nie betreten. Er konnte von Gott weiß woher stammen und hatte nur aufs Geratewohl ein Telefonbuch aufgeschlagen, um sich zwei Falschnamen auszusuchen. Das wäre ein harter Schlag. Rein geschäftlich gesehen. Rupert bog in die Einfahrt des Hotels ein, in dem er Zimmer vorbestellt hatte.

Schon am Morgen war es warm genug, um auf der Terrasse des Hotels zu frühstücken. Max hatte sich von allem aufgeladen, was das Buffet zu bieten hatte. Er aß vor sich hin, anscheinend ohne recht wahrzunehmen, was er gerade in sich hineinstopfte. Rupert vertilgte mit Appetit seine Spiegeleier mit Speck, nur Klara beschränkte sich auf einen großen schwarzen Kaffee.

»Nimm wenigstens ein wenig Früchtequark!«, sagte Rupert.

»Sehr fürsorglich«, sagte Klara. »Gestern an der Rezeption habe ich übrigens mitbekommen, dass du vier Zimmer gebucht hast.«

»Stimmt«, sagte Rupert.

Klara deutete auf ihn, auf Max und auf sich selbst. »Eins, zwei, drei.«

»Lisa ist auch da«, sagte Rupert.

»Aha.«

»Sie hat den Verkäufer des Bilds zweimal getroffen, und da dachte ich …«

»Schon klar«, sagte Klara.

»Eine neue Kollegin?«, fragte Max kauend. »Wieso sagt mir eigentlich nie jemand was?«

Rupert beachtete ihn nicht. »Wir beide können gern ein Doppelzimmer nehmen, Klara. Wäre doch nett, oder? Und dann sind es bloß drei Zimmer. Oder geht es dir gar nicht um die Spesenrechnung?«

»Du kannst vögeln, mit wem du willst«, sagte Klara, »aber halt das aus dem Job heraus! Das geht nicht gut.«

»Sei nicht so verkniffen, Klara!« Rupert tunkte den gebratenen Speck ins Eigelb.

»Ja«, sagte Max, »und wo ist sie jetzt, die neue Kollegin?«

»Was weiß denn ich?«, sagte Rupert. »Wahrscheinlich schläft sie noch.«

»Aber du bist fit, oder?«, fragte Klara. »Dann können wir ja jetzt arbeiten gehen.«

»Ich rufe nur noch schnell zu Hause an«, sagte Max.

Sie teilten sich die Aufgaben auf. Rupert wollte sich um Beilhart und Goldschnigg kümmern. Letzteren ausfindig zu machen erwies sich als völlig unproblematisch. Walter Goldschnigg war der ortsbekannte Inhaber eines Antiquitätenladens nahe des Marktplatzes. *Kunst und Krempel* stand in goldfarbenen Klebebuchstaben über der Tür, doch was im Schaufenster an Objekten feilgeboten wurde, fiel eigentlich ausschließlich in die Kategorie Krempel. Bierkrüge mit bayerischen Sinnsprüchen standen neben alten Milchkannen. Ein aufgeklappter Fächer verdeckte zur Hälfte ein verstaubt wirkendes Teeservice und ein Ölgemälde, das den Watzmann über dem Königssee zeigte. Ein wenig Hoffnung schöpfte Rupert aus der Tatsache, dass Goldschnigg im weitesten Sinn mit Kunst handelte. Das war immerhin eine Gemeinsamkeit zwischen ihm und dem Verkäufer des *Turms der blauen Pferde.* Vielleicht erklärte das sogar, warum sich der Unbekannte gerade diesen Falschnamen ausgesucht hatte.

Walter Goldschnigg ließ sich nicht lange bitten, als ihm Rupert unter dem Siegel der Verschwiegenheit anvertraute, dass er verschwundenen Kunstwerken aus dem Besitz Hermann

Görings auf der Spur sei und dazu seine Hilfe benötige. Bereitwillig ordnete er den Gesichtern auf dem Abiturfoto die entsprechenden Namen zu. Josef Beilhart kannte er natürlich, wusste auch, dass der zum Studium – »irgendetwas Technisches« – nach München gezogen war. Viel zu tun habe er mit ihm allerdings nicht gehabt. Nein, auch von einem gemeinsamen Freundeskreis könne keine Rede sein.

Trotzdem unterstrich Rupert in den Jahresberichten des Gymnasiums die männlichen Schüler, mit denen Goldschnigg am meisten Kontakt gehabt hatte. Mit einem Kreuz markierte er all diejenigen, die sich Goldschniggs Erinnerung nach besonders für Kunst interessiert hatten. Er selbst hatte allerdings nicht dazugehört. Das Antiquitätengeschäft habe er nur übernommen, weil sein Vater zu spinnen angefangen habe. Erst eine Thailänderin per Katalog bestellen, sich dann in sie verlieben und mit ihr nach Südostasien abhauen, weil es hier angeblich zu kalt sei! Das sei ihm nach siebenundfünfzig Lebensjahren aufgefallen! Inzwischen habe er zwei weitere Söhne in die Welt gesetzt und ganz nebenbei halb Thailand in Besitz genommen. Import-Export. Wahrscheinlich tausche er Kuckucksuhren gegen Buddhastatuen. Habe man dafür Worte?

Offensichtlich hatte er genug davon. Rupert versuchte noch, ihm mit der Personenbeschreibung, die er von Lisa und Schwarzer erhalten hatte, auf die Sprünge zu helfen, doch Goldschnigg hörte kaum mehr zu. Viel hatte sich Rupert sowieso nicht davon versprochen. Ein Foto, ja, eine Phantomzeichnung, vielleicht, aber wann hatte man je davon gehört, dass eine Person aufgrund einer verbalen Beschreibung erkannt worden wäre? Ein Bild sagte eben mehr als tausend Worte. Nur hatte Rupert keines, und so machte er sich auf die Suche nach dem zweiten Namensspender, Josef Beilhart.

Klara saß inzwischen vor einer weiteren Tasse Kaffee. Sie hatte sich am Tag vorher telefonisch angemeldet und war prompt eingeladen worden. Seit einiger Zeit besaß ja praktisch jeder Ort in Bayern einen Lokalhistoriker, dessen Ehrgeiz darin bestand, eine Chronik zu verfassen, die zweihundert Seiten länger war als die der Nachbargemeinde. In Berchtesgaden hieß der Mann Schumberger. So dünn auch sein Kaffee war, er selbst erwies sich als reichhaltige Informationsquelle.

Ja, die Göringzüge, die Plünderungen. Schumbergers Darstellung nach hatten sich alliierte Soldaten das meiste unter den Nagel gerissen. Verantwortlich dafür war nicht zuletzt der unsinnige Wettstreit zwischen Amerikanern und Franzosen, zuerst Hitlers Berghof auf dem Obersalzberg zu erreichen. Eine reine Prestigesache, die aber dazu führte, dass das 7. Infanterieregiment der 5. US-Division, die 101. Airborne Division und die Franzosen des 3. Bataillons des 5. Régiment de marche du Tchad unkoordiniert und überstürzt vorrückten. Die notwendigen Maßnahmen zur Aufrechterhaltung von Sicherheit und Ordnung wurden dabei vernachlässigt. So wurden die beiden in Berchtesgaden stehenden Züge schon am 4. und 5. Mai 1945 hauptsächlich von französischen Soldaten geplündert. Die einheimische Bevölkerung soll sich daran beteiligt haben, aber Schumberger bezweifelte, dass sich unter den Augen des soeben einmarschierten Feindes ein Berchtesgadener getraut habe, Wertgegenstände zu entwenden.

Etwas anders präsentierte sich die Lage bezüglich des dritten Zugs. Der wurde von den Alliierten auf einen Hinweis von Görings Kunstberater Walter Andreas Hofer hin entdeckt und sichergestellt. Hofer ergab sich den Amerikanern aber erst am 9. Mai 1945, was bedeutete, dass der Zug volle fünf

Tage unbewacht in einem Eisenbahntunnel stand. Die ortsansässige Bevölkerung wusste natürlich davon. Da mochte vielleicht schon der eine oder andere Bauer lange Finger gemacht haben.

Der eine oder andere vielleicht, sagte Schumberger, doch der Zug sei keineswegs geleert gewesen. Die allermeisten Kunstwerke seien sichergestellt worden. Schon am 10. Mai richtete die 101. Airborne im ehemaligen Erholungsheim der deutschen Luftwaffe eine Sammelstelle ein, am 14. Mai kam der amerikanische Kunstschutzoffizier James Rorimer in Berchtesgaden an, und dann stellten die berühmten *Monuments Men* alles auf den Kopf. Schumberger fragte: »Sie kennen doch den Film?«

Klara nickte. Erst jetzt wurde ihr bewusst, warum ihr dieses Wohnzimmer seltsam vorgekommen war. Es fehlte ein Fernseher. Eine Stereoanlage war da, CD- und Bücherregale, eine geschnitzte und bemalte meterhohe Madonna, ein niedriger Tisch mit Perlmutteinlagen inmitten der Polstergarnitur, aber kein Fernseher.

»Ich kann Ihnen versichern«, fuhr Schumberger fort, »die *Monuments Men* haben die geplünderten Gegenstände sorgfältig wieder eingesammelt. Jedem ihrer eigenen Soldaten und jedem Berchtesgadener haben die Daumenschrauben angesetzt, bildlich gesprochen natürlich. Jedes Haus haben die durchsucht. Ich selbst kann mich nicht daran erinnern, ich war erst vier Jahre alt, aber meine Mutter hat mir erzählt, dass sie auch bei uns alles durchwühlt haben. Dass in irgendwelchen Abstellkammern bis heute Schätze aus Görings Zügen herumstehen, halte ich für extrem unwahrscheinlich. Nein, das ist reine Folklore. Die Leute reden halt gern.«

»Haben die Leute mal von einem Gemälde Franz Marcs gesprochen?«, fragte Klara.

»Nicht, dass ich wüsste«, sagte Schumberger. »Noch einen Kaffee?«

Klara lehnte dankend ab und stand auf. Sie fragte: »Die Madonna dort, die ist gotisch, nicht?«

»Was? Nein. Die hat mein Großvater mütterlicherseits geschnitzt.«

Klara trat näher heran. Die Madonna stand auf einer Mondsichel, unter der sich Wolken ballten. Auf dem rechten Arm trug sie das Jesuskind, in der linken Hand hielt sie einen Apfel. Der Faltenwurf des Gewands und die Gesichtszüge sprachen für den späten weichen Stil. Klara sagte: »Ich hätte sie auf Mitte des 15. Jahrhunderts geschätzt.«

Schumberger lachte etwas bemüht auf. »Schön wär's. Wahrscheinlich hat sich mein Großvater von gotischen Vorbildern inspirieren lassen.«

»Dann war er ziemlich begabt«, sagte Klara. So begabt, dass sein Werk einer aufwändigen Restaurierung für würdig befunden worden war. Der rechte Arm des Jesuskinds sowie Teile der vergoldeten Krone Mariens waren jedenfalls später ergänzt worden. Der Rest sah verflucht nach gotischem Original aus. In Görings Kunstsammlung hatten sich jedenfalls diverse spätmittelalterliche Madonnen befunden. Wenn Klara sich richtig erinnerte, galten einige davon als verschollen. Vielleicht hatten die *Monuments Men* doch nicht so erfolgreich gearbeitet.

»Ja, dann …«, sagte Schumberger, »ich begleite Sie zur Tür.«

Eigentlich hatte er Klara noch den Tunnel zeigen wollen, doch jetzt schien er es eilig zu haben, sie loszuwerden. Gut, dann würde sie sich eben allein anschauen, wo ein Zug voller Kunstschätze im Mai 1945 fünf Tage lang zum Selbstbedienungsladen geworden war. So verlockend nah, dass es fast ein Verbrechen gewesen wäre, sich dort nicht mit dem einen oder anderen Sonderangebot einzudecken, sei es eine gotische Madonna oder *Der Turm der blauen Pferde.*

Die Neonröhre im Aktenkeller der Berchtesgadener Polizei flackerte. Max hatte sich als Biograph des berühmten Journalisten und unbestechlichen Chronisten Thorsten Schmelzer vorgestellt, der – wie sicher bekannt sei – im Jahr 1962 hier bei einem Bergunfall ums Leben gekommen war. Um das letzte Kapitel der Lebensbeschreibung wasserdicht zu machen, hatte Max gesagt, wäre es sehr hilfreich, die Akten von damals einsehen zu können. Offensichtlich hatte der Dienststellenleiter ihn als harmlosen Irren und fünfundfünfzig Jahre alte Unfallberichte als nicht sonderlich relevant eingeschätzt. Max hatte seinen Personalausweis hinterlegen müssen und war im Keller zu den Regalen geführt worden, auf denen das Gesuchte irgendwo gelagert sein musste. Kaum zwei Stunden später wurde er fündig.

Nach dem Abschlussbericht hatten zwei Kinder die Leiche Schmelzers am 16. Mai 1962 entdeckt. Der Tote lag am Fuß eines circa fünfzig Meter hohen Felsabbruchs unterhalb des Großen Rauhenkopfs. Wie und warum er abgestürzt war, konnte nicht zweifelsfrei rekonstruiert werden, doch vermutlich hatte seine wenig bergtaugliche Ausrüstung eine Rolle gespielt. Die Inventur seiner sichergestellten Besitztümer zählte neben einer goldenen Armbanduhr, einer Brieftasche mit Ausweis und siebenhundertfünfzig D-Mark in bar auch Halbschuhe, einen grauen Zweireiher und einen schwarzen Regenschirm auf.

Die gerichtsmedizinische Untersuchung stellte eine Schädelfraktur fest, die todesursächlich gewesen sei. Als er aufgefunden wurde, war Schmelzer laut dem Befund schon etwa vier Tage tot gewesen. Dies deckte sich mit der Zeugenaussage eines Bauern, der ihn am 12. Mai gegen 11 Uhr wohl als Letzter gesehen hatte. Auf seine Warnung, bei dem herrschenden schlechten Wetter weiter Richtung Gipfel aufzusteigen, hatte Schmelzer anscheinend nicht gehört. Viel mehr war den Akten nicht zu entnehmen. Zur Sicherheit fotografierte Max alles mit seinem Handy ab.

Beim Verlassen der Polizeistation erkundigte er sich nach dem Weg zum Großen Rauhenkopf. Er wolle für sein Schlusskapitel etwas Atmosphäre schnuppern und vielleicht auch den Unglücksort dokumentieren, an dem sich das Leben dieser herausragenden Persönlichkeit erfüllt habe. Bevor sich Max auf den Weg machte, telefonierte er mit Miriam und erfuhr, dass es an der Töchterfront zumindest teilweise Entwarnung gab. Die Sache mit dem Aufführungsboykott hatte sich geklärt. Monique hatte sich mit ihrer Ballettkollegin und ehemals besten Freundin Ines verkracht. Worum es dabei ging, hatte sie nicht verraten, nur, dass sie diese blöde Zicke nie mehr sehen wolle.

»Und das Tagebuch?«, fragte Max.

»Ich habe sie noch nicht darauf angesprochen«, gestand Miriam.

»Du wirst sehen, das ist alles halb so wild«, sagte Max.

»Ich weiß nicht«, sagte Miriam. »Sie hat sich wieder in ihrem Zimmer eingesperrt. Davor hat sie noch gebrüllt, dass sie am liebsten überhaupt niemanden mehr sehen wolle.«

»Das darfst du doch nicht wörtlich nehmen«, sagte Max. »So redet man halt daher, wenn man wütend ist.«

»Kommst du bald zurück?«, fragte Miriam.

»Sobald wir hier fertig sind.« Max marschierte los. Er schlug ein schnelleres Tempo an, als es seine Kondition erlaubte. Der Weg wurde steiler, und bald war Max am Keuchen. Obwohl seine Lunge brannte, tat ihm das Aufsteigen gut. Er ging, ohne eine Pause einzulegen, wich nur manchmal vom Pfad ab, um einen besseren Blick auf einen zurückweichenden Hang zu bekommen. Die Stelle, an der Schmelzer abgestürzt war, konnte er jedoch nicht mit Sicherheit identifizieren. Jemanden nach einem nicht näher zu bestimmenden Felsabsturz zu fragen, hätte wohl wenig gebracht, mal abgesehen davon, dass Max auf kaum jemanden traf. Es schien beliebtere Wandergegenden zu geben als das Gebiet hier am Rauhenkopf. Max verbrachte einen wenig ertragreichen Nachmittag und traf erst beim Abendessen im Hotel wieder auf Klara und Rupert. Sie berichteten kurz und fragten dann Max, wie es bei ihm gelaufen sei.

»Ging so«, sagte er und fragte sich, ob Monique sich immer noch in ihrem Zimmer verbarrikadierte.

»Ist irgendwas?«, fragte Klara.

Anscheinend hatte sie gemerkt, dass Max nicht recht bei der Sache war. Er überlegte, ob er ihnen von den Problemen mit Monique erzählen sollte. Nein, das war eine Familienangelegenheit. Das ging niemanden etwas an. Schon gar nicht die beiden, die keinen Schimmer hatten, was eine Familie bedeutete. Und Rupert hätte nicht einmal gewusst, von welcher seiner Töchter er überhaupt redete. Max sagte, dass alles bestens stünde, und kam auf seine Recherchen zu sprechen.

In aller Breite schilderte er, was der Unfallbericht im Aktenkeller der Polizei hergegeben hatte. Für den Sachverhalt spielte es keine Rolle, dass er den Namen des Bauern erwähnte, der den Journalisten Schmelzer zuletzt lebend gesehen hatte. Doch Max erwähnte ihn eben. »Dieser Ludwig Raithmaier hat ihn noch vor dem Anstieg in die Berge gewarnt. War ja auch lebensgefährlich mit den Schuhen und …«

»Was?«, fragte Rupert. »Wer?«

»Na, der Zeuge aus dem Polizeibericht.«

»Ludwig Raithmaier?« Rupert blätterte in einem der Jahresberichte, dann in einem zweiten, bis er einen mit einem Kreuz gekennzeichneten Namen fand. »Ludwig Raithmaier hat ein Jahr nach Goldschnigg und Beilhart Abitur gemacht. Und er ist mir als einer der Schüler genannt worden, die sich sehr für Kunst interessiert hatten.«

»Stopp!«, sagte Klara. »Wenn er 2009 Abitur gemacht hat, kann er unmöglich 1962 ein erwachsener Zeuge gewesen sein.«

Trotzdem, der Name stellte eine Querverbindung her. Er verwies auf die falschen Identitäten, derer sich vor kurzem der Verkäufer des *Turms der blauen Pferde* bedient hatte, und auf einen Mann, der 1961 behauptet hatte, das Werk nach Kriegsende in Berlin gesehen zu haben. Wie alles zusammenhing, blieb noch unklar, doch irgendein Zusammenhang musste bestehen. Da war sich Max genauso sicher wie die beiden anderen. Sie waren am richtigen Ort, zweifellos. Klara durchsuchte mit ihrem Smartphone das Telefonbuch. Kein Ludwig, aber ein Franz Raithmaier war verzeichnet, die Adresse angegeben. Klara ließ sich von Google Maps den Weg dorthin anzeigen.

»Franz, na gut«, sagte Rupert. »Vielleicht hat er einen circa siebenundzwanzigjährigen Sohn mit Vornamen Ludwig.«

»Du meinst, der Polizeizeuge war der Großvater?«, fragte Max.

»Ludwig, Franz, Ludwig, klingt nach bayerischer Thronfolge«, sagte Rupert.

»Die Raithmaiers wohnen außerhalb, Richtung Untersberg«, sagte Klara. »Anscheinend auf einem Berghof. Der liegt – wartet mal – unterhalb des Rauhenkopfgipfels.«

»Der Große Rauhenkopf?«, fragte Max. »Genau da ist Schmelzer tödlich verunglückt.«

»Ich wette, dass Ludwig Raithmaier unser Mann ist.« Rupert warf das Besteck in den halb leeren Teller. »Los geht's! Wir besuchen mal die Familie.«

»Jetzt?«, fragte Max. Er musste dringend mit zu Hause telefonieren.

Auch Klara war der Meinung, dass es eher ungeschickt wäre, die Raithmaiers in dunkler Nacht zu überfallen. Das würde sie sicher alarmieren. Am nächsten Vormittag könnte man unauffälliger ins Gespräch kommen und sie vielleicht dazu bringen, freiwillig aus der Familiengeschichte zu erzählen. Zum Beispiel, was aus den letzten Tagen des Zweiten Weltkriegs überliefert worden war. Rupert stimmte unwillig zu und bestellte einen Obstler.

»Wo ist eigentlich deine Lisa abgeblieben?«, fragte Klara.

»Sie ist nicht meine Lisa«, sagte Rupert.

BEI BERCHTESGADEN 12. Mai 1962

Obwohl es schon 11 Uhr geschlagen hatte, war der Tag noch nicht erwacht. Der Nieselregen fiel gleichmütig auf die Zufahrt herab. Das Gras am Wegrand stand grau und schwer, und schon der Zaun der Pferdekoppel war nur noch schemenhaft zu sehen. Tal und Berge, selbst der Anstieg zum Rauhenkopf, schienen wie ausgelöscht. Wenn Ludwig Raithmaier nicht gewusst hätte, dass sie existierten, hätte er vermuten müssen, dass sein Hof auf einer kleinen Insel im Nichts schwebe. Er wandte sich vom Fenster ab.

Selbst sein Bild wirkte heute verändert. Dass das Blau im Dämmerlicht weniger strahlte, war ganz normal. Das hatte Ludwig schon oft erlebt. Doch nun schienen ihm die Pferde selbst wesenhaft verwandelt. Wenn er an anderen Tagen in den vier Köpfen die unergründliche Vielfalt des Lebens zu erkennen glaubte, so zeigten sie jetzt nur einen einzigen, alle anderen Regungen überlagernden Ausdruck. Mit namenloser Angst blickten sie nach links, einer unsichtbaren Bedrohung außerhalb des Bilds entgegen. Worin sie auch bestehen mochte, sie musste schrecklich genug sein, um die Pferde den Weltuntergang vorausahnen zu lassen.

Da nützte es kaum, dass sie sich Schutz suchend aneinander- und übereinanderdrängten. Der sonst machtvoll wirkende Turm, zu dem sie sich vereinigt hatten, erschien Ludwig nun fast wie der zu Babel. Und zwar in dem Moment, als ein eifersüchtiger Gott einschritt und die Gemeinschaft zerstörte, indem er ihre Sprache verwirrte. Flüsterten die Tiere nicht sogar miteinander? Nein, sie wieherten, schnaubten, blökten, keuchten, meckerten, schrien in Todesangst, ohne sich zu verstehen. Waren es überhaupt noch Ludwigs Pferde? Der eine Kopf dort schien eher einem Esel zu gehören, der andere gar einem Schaf.

Langsam zerfaserte unter Ludwigs Blick auch die Gebirgslandschaft am linken Bildrand. Wenn es denn eine Gebirgslandschaft war. Immer deutlicher schälte sich die Silhouette eines Mannes aus ihr heraus. Er trug einen roten Schnurrbart und richtete einen Dolch, ja fast eine Art Kurzschwert gegen die Pferde. Die Bedrohung war nun ganz nah. Keine Frage, Ludwigs blaue Pferde waren in unmittelbarer Gefahr.

Als es plötzlich an der Tür klopfte, zuckte Ludwig zusammen. Er atmete tief durch und ging öffnen. Den aufgespannten Regenschirm tief ins Gesicht gezogen, stand ein Mann draußen. Mit der anderen Hand hielt er die Anzugjacke am Kragen geschlossen. Er mochte etwa so alt wie Ludwig sein oder vielleicht ein paar Jahre älter, und ganz offensichtlich war er fremd hier. Bevor sie den Kleinen in die Schule gebracht hatte, hatte Franziska erzählt, dass schon vorgestern einer im Ort herumgefragt hatte. Ludwig war sich sicher gewesen, dass er über kurz oder lang auftauchen würde. Und nun war er da.

»Grüß Gott«, sagte der Mann. Vom Rand seines Schirms fielen dicke Tropfen herab. »So ein Scheißwetter!«

Am liebsten hätte Ludwig ihm unwirsch gesagt, dass er halt nach Hause fahren solle, wenn es ihm hier nicht gefiele, aber das hätte ja nichts geholfen. Ganz im Gegenteil, es hätte nur Verdacht erregt. Nein, Ludwig musste herauskriegen, was der Mann wirklich wusste. Er sagte: »Dann kommen Sie halt herein!«

»Sehr freundlich, vielen Dank!« Umständlich klappte er seinen Schirm zusammen und lehnte ihn an den Türstock. Dann stellte er sich als Thorsten Schmelzer aus Berlin vor, schüttelte Ludwigs Hand und trat an ihm vorbei in die Stube. »Gemütlich haben Sie es hier!«

Dieser Schmelzer tat so, als würde er sich umsehen, doch eigentlich achtete er vom ersten Augenblick an nur auf das Bild. Ein paar Minuten redete er vom schönen Berchtesgadener Land, diesem Paradies, in dem leider das Wetter nicht sehr paradiesisch sei. Obwohl er im Flachland aufgewachsen sei, liebe er die Berge, wobei er keinen Ehrgeiz habe, irgendwelche schwierigen Gipfel zu bezwingen. Er ziehe es vor, gemütlich von Hütte zu Hütte zu wandern, auch weil man da mit Bergbauern und Sennern in Kontakt komme. Da seien ja oft sehr interessante Charaktere dabei.

»Setzen Sie sich doch!«, sagte Ludwig und wies auf einen Stuhl, der mit dem Rücken zu seinem Bild stand.

Schmelzer zögerte, stützte sich mit einer Hand auf der Stuhllehne ab und sagte: »Also hier zum Beispiel. Ich möchte Ihnen nicht zu nahe treten, aber wer erwartet in einem Berghof jottwehdeh schon ein solches Franz-Marc-Gemälde? Das ist doch ein Marc, oder?«

»*Der Turm der blauen Pferde*«, sagte Ludwig. Er blickte auf die Stelle, an der er vorher den Mann mit dem Dolch erkannt hatte. Obwohl er die Umrisse immer noch sah, wusste er, dass er sich geirrt hatte. Gefahren drohten nur von außen.

Sie konnten nicht in sein Bild eindringen, schon allein, weil es vollkommen war. Deswegen konnte auf ihm auch kein Mann zu sehen sein, denn Menschen waren alles andere als vollkommen. Weder mit dem Verstand noch mit dem Gefühl begriffen sie, was zählte. Und genauso gedanken- und herzlos handelten sie auch. Vielleicht war das manchmal sogar nötig, wenn sie etwas miteinander abzumachen hatten. Doch Ludwigs Bild ragte weit über solche Alltagshändel hinaus. Selbst er hatte nur das Recht, es anzuschauen, wenn er das mit dem Staunen eines Kinds tat, dem sich ein unerklärliches Wunder eröffnet. Sein Fehler war gewesen, seine Angst hineinzutragen, seine Vorahnungen, sein Schaudern vor dem, was passieren würde. Nur hatte sein Bild damit nichts zu schaffen. Es war dem Ablauf der Zeit enthoben. Wie in allem Vollkommenen verschmolzen in ihm Gegenwart und Ewigkeit.

»Ja, genau, *Der Turm der blauen Pferde*«, sagte Schmelzer. Er war ganz nahe an das Bild herangetreten.

»Es hat mir halt gefallen«, sagte Ludwig, »da habe ich es malen lassen. Nach einer Kunstpostkarte.«

»Schön«, sagte Schmelzer, »sehr, sehr schön.«

Wenn er sich im Ort erkundigt hatte, dann musste er bereits erfahren haben, dass Ludwig vor fünf Jahren ein Bild hatte anfertigen lassen. Schmelzer hatte sich trotzdem bei Regen und Kälte hier heraufbemüht. Er hatte von Anfang an nicht an die Geschichte von der nachgemalten Postkarte geglaubt, und so selbstvergessen, wie er jetzt das Bild studierte, zweifelte er weniger denn je, den echten Franz Marc vor sich zu sehen.

»Wissen Sie was?«, fragte Schmelzer, als sei ihm gerade eine Idee gekommen. »Ich würde Ihnen das Bild gern abkaufen.«

»Ich kann Ihnen die Adresse des Malers in Rosenheim geben«, sagte Ludwig.

»Ich bin nicht der Geduldigste«, sagte Schmelzer, »und muss dann auch wieder nach Berlin zurück. Was haben Sie für das Bild gezahlt? Zweihundert, dreihundert Mark? Ich gebe Ihnen fünfhundert. Dann können Sie sich ein neues malen lassen und haben noch einen schönen Gewinn gemacht.«

Natürlich konnte Ludwig nein sagen. Dann würde Schmelzer sein Angebot erhöhen, und wenn das immer noch nicht reichte, würde er vielleicht eines Nachts mit ein paar Helfershelfern einbrechen. Oder auch nur die Polizei verständigen. Oder die Leitung der Berliner Gemäldesammlung. Jedenfalls würde Schmelzer nicht einfach vergessen, was er gesehen hatte. War das Wissen erst einmal in der Welt, konnte es nie mehr rückgängig gemacht werden.

»Haben Sie sich das gut überlegt, Herr Schmelzer?«, fragte Ludwig. Sein Bild war vollkommen, doch er war nur ein Mensch.

»Fünfhundert Mark, bar auf die Hand.«

Ludwig sagte: »Schauen Sie dort unten im Rot! Woran erinnert Sie das?«

»Was denn?« Schmelzer beugte sich nach unten.

Sein Haarschopf war blond, wenn auch vielleicht nicht ganz so blond wie damals. In der Stube war es dunkel, wenn auch vielleicht nicht ganz so dunkel wie damals im Waggon. Ludwigs Hand griff nach der alten Taschenlampe am Fenster. Doch, es war das gleiche Semmelblond, es war die gleiche Finsternis, und der Mann war viel jünger als gedacht, und er trug eine HJ-Uniform, und das bewies ja wohl, dass er gar nicht wirklich sein konnte, sondern sich aus einer völlig falschen, längst untergegangenen Welt hierhergestohlen hatte, ein Feind hinter den Linien, ein Werwolf, der das Bild zu verschlingen drohte und vor dem die blauen Pferde voll Entsetzen scheuten. Nur Ludwig konnte sie beschützen. Er holte aus und schmetterte die Taschenlampe auf den Schädel unter sich.

BERCHTESGADEN Sommer 2017

Der Huber-Hof hieß zwar so, gehörte aber schon in der zweiten Generation der Familie Raithmaier. Ludwig Raithmaier senior, Jahrgang 1931, war 2005 gestorben. Sein Sohn Franz, der jetzige Besitzer des Hofs, war 1956 geboren, der Enkel Ludwig 1989. Ludwig, Franz, Ludwig, so weit stimmte alles. Der Mittlere der drei saß Klara und Rupert gerade gegenüber und sprach von seinem Vater.

Viel hatte der alte Ludwig seinem Sohn über die letzten Kriegstage nicht erzählt. Nur, dass ein gewaltiges Durcheinander geherrscht habe. Er selbst sei todfroh gewesen, als der Nazispuk zu Ende ging. Von einem Tag auf den anderen sei ihm klar geworden, dass das Leben nun erst richtig beginne. Was er damit gemeint habe? Franz Raithmaier zuckte mit den Achseln. »Keine Ahnung, der Vater war ein wenig eigen.«

»Eigen?«, fragte Klara. Sie dachte an ihren eigenen Vater, der sich in grimmiger Selbstverachtung beim Versabbern von Tee filmte.

»Na ja, man kam nicht so richtig an ihn ran. Als lebe er in einer Welt, zu der er sonst niemandem Zugang gewährte.«

Auch das Gefühl kannte Klara von Kindesbeinen an. Nur dass ihr Vater seine Kunstwelt nicht vor ihr verschlossen hatte. Im Gegenteil, er hatte Klara mit Gewalt hineingezerrt und ihr gleichzeitig das Gefühl vermittelt, dass sie doch nie begreifen werde, wo sie da gerade herumirrte. Der Effekt war der gleiche wie bei Franz Raithmaier. Stopp! Klara rief sich zur Ordnung. Sie brauchte sich nicht mit diesem Mann zu solidarisieren, nur weil er zwei nachvollziehbare Sätze gesagt hatte. Und ihre eigenen Erinnerungen spielten hier überhaupt keine Rolle. Zum Glück war Rupert ungeduldig genug, um ohne Umschweife zur Sache zu kommen.

»Zurück zum Mai 1945«, sagte er. »Als die Nazis aus Berchtesgaden abhauten, standen doch Görings Züge herrenlos herum. Hat Ihr Vater davon mal gesprochen?«

Franz Raithmaier schüttelte den Kopf. Auf Klara wirkte er aufrichtig, doch das musste nicht viel bedeuten. Sich angebliche Wahrheiten so zurechtzubasteln, dass man selbst daran glaubte, war keine allzu schwierige Übung. Vielleicht wusste der Mann es auch nicht besser. Ludwig senior konnte ihm durchaus verschwiegen haben, dass er den *Turm der blauen Pferde* aus einem der Eisenbahnwaggons gestohlen hatte. Doch wenn das Szenario so stimmte, wenn Ludwig senior das Bild in seiner Familie weitervererbt hatte, bis sein Enkel Ludwig auf die Idee kam, es zu Geld zu machen, dann war kaum vorstellbar, dass die dazwischenliegende Generation, Franz und seine Frau, gar nichts von dem Bild mitbekommen hatte.

Rupert hatte wohl dasselbe gedacht. Er zog eine Abbildung des Franz-Marc-Gemäldes hervor und legte sie Raithmaier unter die Augen. »Und das hier, kennen Sie das?«

»Seltsam«, sagte Raithmaier und schob die Reproduktion seiner Frau zu. »Erst gestern war eine Schulfreundin unseres Sohns da und hat sich nach dem Bild erkundigt.«

»Das arme Mädel«, sagte Raithmaiers Frau.

»Das ist doch kein Zufall, oder?«, fragte Raithmaier.

»Wissen Sie«, sagte seine Frau, »manchmal frage ich mich, was Gott sich dabei denkt, wenn er so einem jungen Ding so eine Krankheit schickt. Ich bete jedenfalls dafür, dass ihre Chemotherapie erfolgreich ist.«

»Lisa?«, fragte Rupert zu Klara her.

Natürlich Lisa, wer sonst? Die Kleine war abgebrüht genug, um ihre abrasierten Haare mit einer Mitleid heischenden Geschichte zu erklären, falls sie sich davon etwas erhoffte. Nur was versprach sie sich genau? Warum hatte sie sich im Alleingang auf die Suche gemacht? Und wie war sie überhaupt auf den Huber-Hof und die Familie Raithmaier gestoßen? Klara fragte: »Hast du sie gestern gesehen? Oder heute Nacht?«

»Nicht gesehen, nicht gesprochen, keine SMS, keine WhatsApp-Nachricht, gar nichts«, sagte Rupert.

»Worum geht es hier eigentlich?«, fragte Franz Raithmaier. Sein Ton war nun deutlich reservierter als vorher.

»Sie arbeitet mit uns«, beeilte sich Klara zu sagen und fuhr mit einem Seitenblick auf Rupert fort: »Aber da hat es wohl Abstimmungsprobleme gegeben. Vielleicht wären Sie so freundlich, uns noch einmal zu bestätigen: Sie kennen das Bild?«

»Klar, ich bin ja damit aufgewachsen. Solange ich mich zurückerinnern kann, hing es da an der Wand.« Raithmaier deutete zwischen zwei Fenster, wo jetzt zwei kleinformatige Drucke aufgehängt waren. Kolorierte Holzschnitte, die Alpenblumen zeigten. »Wir haben es abgenommen, als mein Vater starb. Es war viel zu groß, hat den Raum richtiggehend erschlagen.«

Klara und Rupert sahen sich an. Der verschollen geglaubte *Turm der blauen Pferde* hatte sich jahrzehntelang in dieser

Bauernstube befunden? Zwischen Holzstühlen mit einem ausgeschnittenen Herzen in der Lehne, neben einer blauweiß karierten Tischdecke über dem Ecktisch, einem schräg hängenden Kruzifix im Herrgottswinkel? Das war eine Sensation, doch Franz Raithmaier schien sich dessen nicht im Geringsten bewusst zu sein.

»Bevor Sie auf falsche Ideen kommen«, sagte er, »es war natürlich nicht das Originalgemälde von Franz Marc. Hol doch mal die Sachen, Marie!«

Wie sich herausstellte, hatten sie schon am Tag zuvor für Lisa Dokumente und Fotos zusammengesucht. Das älteste, schon etwas vergilbte war hinten mit Bleistift auf »Weihnachten 1961« datiert. Es zeigte den kleinen Franz neben einem etwa gleich großen, mit Lametta geschmückten Weihnachtsbaum und rechts davon – etwas verschwommen, doch in der Komposition unverwechselbar – das Marc-Gemälde an der Wand. Auch das Foto aus dem Jahr 1966 war noch schwarzweiß. Franz, in einen etwas zu engen Trachtenjanker gezwängt und die Erstkommunionkerze krampfhaft senkrecht haltend, stand diesmal zentral vor dem Gemälde, das bis zur Höhe des obersten Pferdekopfes klar erkennbar war. Aus späteren Jahren existierten Farbfotos, anlässlich verschiedener Geburtstage, Taufen, Silvesterfeiern, einer Faschingsgesellschaft in Ringelhemden und bunten Papphütchen. Vom *Turm der blauen Pferde* war mal mehr, mal weniger zu sehen, aber immer hing er an derselben Stelle.

Die Raithmaier'schen Familienfotos hätten den Verbleib des Werks über Jahrzehnte hinweg eindrucksvoll dokumentiert, wenn da nicht diese Quittung vom 9. Januar 1958 gewesen wäre. Auf ihr bestätigte ein Rosenheimer Kunstmaler, fünfundsiebzig D-Mark für die Anfertigung einer Kopie des *Turms der blauen Pferde* in Originalgröße erhalten zu haben. In Klara zuckte die Idee auf, dass vielleicht mit dieser unscheinbaren Quittung etwas nicht stimmte, aber das war natürlich reines Wunschdenken. Gewiefte Kriminelle mochten so ein Stück Papier fälschen, um die Echtheit eines Kunstwerks zu belegen, doch niemand machte sich diese Mühe, weil er das Gegenteil beweisen wollte. Es wäre eben zu schön gewesen!

Stumm hörte Klara zu, wie Franz Raithmaier von seiner ebenfalls verstorbenen Mutter erzählte. Immer wenn es um den Sturkopf ihres Manns ging, hatte sie an die harte Zeit erinnert, als fünfundsiebzig D-Mark ein Vermögen war und Ludwig sich unbedingt das Bild malen lassen wollte, statt etwas Sinnvolles anzuschaffen. So lange hatte er gegrummelt und gebockt, bis sie eben in Gottes Namen eingewilligt hatte, weil – wie sie kopfschüttelnd zu sagen pflegte – wenn sich so ein Mannsbild mal etwas in den Kopf setze, dann helfe weder Glockenläuten noch Weihwasser. Von den beiden Freunden, mit denen sein Vater die Auftragsarbeit in Rosenheim abgeholt hatte, hatte Franz Raithmaier Ähnliches erfahren. Der eine lebte sogar noch unten im Ort.

Die Sache war wasserdicht. Die Kunstwelt musste weiter auf eine Sensation in Sachen *Der Turm der blauen Pferde* warten. Immerhin war der Auftrag im Großen und Ganzen erfüllt, auch wenn Schraubenkönig Schwarzer sicher auf ein anderes Ergebnis gehofft hatte. Die Provenienz des von ihm gekauften Gemäldes konnte als geklärt betrachtet werden. Nur war es eben 1958 in Rosenheim entstanden und nicht 1913 von Franz Marc gemalt worden. Natürlich mussten sie der Vollständigkeit halber noch den Verbleib des Bilds nach dem Tod des Großvaters dokumentieren. Klara erwartete dabei allerdings keine Überraschungen mehr. Sie fragte: »2005 hat dann Ihr Sohn Ludwig das Gemälde bekommen?«

»Wir waren froh, dass wir es los hatten, und er hat es immer gemocht.«

»Wann könnten wir denn mit Ihrem Sohn sprechen?« Ihn zu finden war unumgänglich, um die letzten zwölf Jahre zu klären. Klara war bewusst, dass das noch problematisch werden konnte. Immerhin war nun bewiesen, dass der junge Raithmaier drei Millionen für eine Fälschung einkassiert hatte. Er hatte allen Grund, sich zu verstecken.

»Ich schreibe Ihnen Adresse und Telefonnummer gern noch einmal auf«, sagte Frau Raithmaier.

»Noch einmal?«, fragte Rupert.

»Das kranke Mädel wollte sie auch. Ich habe mich nicht zu fragen getraut, aber vielleicht hat sie nicht mehr lange zu leben und will ihre alten Freunde zum letzten Mal …«

»Ich glaube, so schlimm steht es nicht«, sagte Klara. Sie blätterte den Stapel Familienfotos durch. Die Raithmaiers hatten nur diejenigen herausgesucht, auf denen der falsche *Turm der blauen Pferde* zu erkennen war. Sicher gab es auch andere, doch so wirkte das Bild wie der heimliche Fixpunkt der Familie über Generationen hinweg. Während im Vordergrund unterschiedlich zusammengesetzte Gruppen feierten, während Menschen neu auftauchten, alterten, verschwanden und vergessen wurden, während sie lachten, aßen und trauerten, wachten hinter ihnen unerschütterlich die immer gleichen blauen Pferde. Fast, als seien sie das Wesentliche, vor dem die für so wichtig gehaltenen Familienfeiern als belanglose und austauschbare Episoden erschienen, obwohl sie ja der Anlass der Aufnahmen waren.

Vielleicht war das der wahre Grund, warum Franz Raithmaier das Bild abgehängt hatte. Es hatte nicht nur den Raum erschlagen, sondern auch die Zeit. Genauer gesagt, die vor der Beständigkeit der blauen Pferde umso deutlicher verblassenden Erinnerungen. Sollten sie es nicht sein, die einem vom eigenen Leben blieben? Und nun wusste man kaum mehr den Namen der längst verstorbenen Urgroßtante, doch diese Fünfundsiebzig-Mark-Kopie hing immer noch an derselben Wand wie damals. Durfte ein falsches Bild so triumphieren?

Klara fiel Wolfgang Beltracchi ein. Der hatte einige seiner Fälschungen mit einer passenden Provenienz ausstaffieren wollen. Dazu hatte er seine Frau in ein Kostüm aus den 1940er Jahren gesteckt und sie in einer entsprechend nachgebauten Kulisse mit alter Technik fotografiert. So wollte er vortäuschen, dass die hinter ihr aufgehängten Werke schon mehr als sechzig Jahre existierten. Eine Frau, die ihre eigene Großmutter darstellte, ein vorgespiegelter Erinnerungsmoment in einem frei erfundenen Zuhause, ein gefälschtes Leben als Beleg für die Echtheit eines gefälschten Bildes! Sicher, Beltracchis Inszenierung war nicht mit der Situation im Hause Raithmaier vergleichbar, und doch wurde Klara den Eindruck nicht los, dass es letztlich auf Ähnliches hinauslief. Hier verwies das falsche Bild auf einstmals echte Leben, die aber im Lauf der Zeit immer unwirklicher geworden waren und höchstens noch bruchstückhaft existierten. Vielleicht waren sie sogar nie etwas anderes gewesen als billige Kopien ihrer selbst.

»Sindelsdorf?«, fragte Rupert, als ihm Frau Raithmaier den Zettel mit der Adresse ihres Sohns reichte. »Ludwig wohnt in Sindelsdorf?«

Klara fand aus ihren Gedanken zurück. In Sindelsdorf hatte Franz Marc den originalen *Turm der blauen Pferde* gemalt! Und dorthin war Ludwig Raithmaier junior gezogen? Das war in der Tat bemerkenswert.

»Ludwig arbeitet da auf einem Pferdehof. Er könnte ja viel

mehr aus sich machen, aber wenn er damit zufrieden ist …« Frau Raithmaier zögerte kurz. »Wissen Sie, wir hoffen immer noch, dass er mal den Hof übernimmt.«

»Ist er das?« Klara drehte das Foto einer Familienfeier zu Frau Raithmaier hin und deutete auf einen etwa dreizehnjährigen Jungen.

»Genau, da sitzt er neben seinem Opa. Das war, als wir dessen Siebzigsten gefeiert haben. Hier bin ich, und Franz steht am Kopfende des Tischs und hält gerade die Geburtstagsrede. Ich weiß gar nicht mehr, wer das Foto eigentlich gemacht hat.«

»Haben Sie vielleicht ein aktuelles Foto Ihres Sohns, das Sie uns überlassen könnten?«, fragte Rupert.

»Wozu denn das?«, fragte Franz Raithmaier unwirsch. Er schien nicht zu ahnen, dass Ludwig junior die Franz-Marc-Kopie als echtes Meisterwerk für ein Heidengeld verhökert hatte.

Während Rupert nach harmlosen Erklärungen für seine Bitte suchte und sich immer auswegloser in Fadenscheinigem verstrickte, betrachtete Klara das Foto der Geburtstagsfeier. Genauer gesagt, die Gesichter der beiden Ludwigs. In das des Großvaters hatte sich das Leben mit harten Falten eingeschnitten. Seine Augen lagen tief, fast, als wollten sie unter der Haut verschwinden. Welche Farbe sie hatten, war nicht zu erkennen. Der Enkel starrte dagegen mit wasserblauen Augen in Richtung der Kamera. Sein blondes Haar war mit Kamm, Gel und wohl einiger Mühe gebändigt worden, nur eine störrische Strähne schien vom Widerstand des Jungen gegen die lästige Prozedur zu zeugen. Im Vergleich mit dem ledrigen Braun des Alten wirkte seine Haut fast kränklich blass. So eine Art Egon-Schiele-Ton, nur ohne die Anmutung existentieller Verlassenheit. Nein, das war einfach ein Jugendlicher, der sich unter lauter Erwachsenen ein wenig langweilte.

Klara ließ ihren Blick über die anderen abgebildeten Personen gleiten. Irgendetwas stimmte nicht an diesem Bild. Sie kam nur nicht darauf, was es war.

Noch auf der Rückfahrt Richtung München ging Klara das Foto im Kopf herum. Um auf andere Gedanken zu kommen, schaltete sie das Radio an, und bald gewann der Ärger über das hemmungslos fröhliche Geplapper der Moderatoren die Oberhand. Da auch noch ein Stau am Irschenberg durchgesagt wurde, entschloss sie sich, bei der Ausfahrt Bad Aibling von der Autobahn abzufahren. Statt sich weiter im Schritttempo von gut gelaunten Dummschwätzern quälen zu lassen, konnte sie genauso gut ihren Vater besuchen. Der war wenigstens verlässlich schlecht drauf und quälte in erster Linie sich selbst. Sie hatte Berbling noch nicht ganz erreicht, als ihr Handy klingelte. Eine unbekannte Nummer. Klara fuhr rechts ran. »Ivanovic.«

»Hallo Klara? Jens hier, du weißt schon, von neulich. Ich … ich wollte nicht einfach so bei dir auftauchen, und so habe ich mir deine Handynummer besorgt. War gar nicht so leicht, aber … na, egal, jedenfalls würde ich dich gern wiedersehen.«

Auch das noch! Jens, der Wuschelhaarige aus dem Mariandl. Klara war der Meinung gewesen, sich deutlich genug ausgedrückt zu haben. Wie kam er dazu, ihr nachzuspionieren!

»Wenn du Lust hast, könnten wir …«

»Sie müssen mich mit jemandem verwechseln«, sagte Klara. »Wahrscheinlich haben Sie die falsche Nummer.«

»Nein, Klara, ich …«

»Ich heiße Emilie Ivanovic, bin fünfundfünfzig Jahre alt,

habe einen Mann, drei Kinder und eine Enkelin. Aber die heißt auch nicht Klara.«

»Jetzt komm, ich wollte doch nur ganz harmlos was trinken gehen.«

»Seit fünfunddreißig Jahren arbeite ich im Tabakkiosk am Hauptbahnhof«, sagte Klara. »Schlecht bezahlt, aber ich mach's gern, weil man da so viel mit Leuten zu tun hat. Jeden Tag lernt man Hunderte kennen. Gut, die allermeisten sieht man nie wieder, das ist halt am Bahnhof so, aber ...«

»Ich hab schon verstanden«, sagte Jens. »Falls du es dir anders überlegst, heute, morgen oder sonst wann, meine Nummer hast du ja jetzt.«

»Heute, morgen oder sonst wann habe ich leider schon was vor, aber danke für das Angebot.« Klara legte auf. Sie überlegte, ob sie ihn vor lauter Panik, in etwas Ernsteres hineinzugeraten, zu hart angegangen hatte. Schließlich war es ja eine durchaus schöne Nacht gewesen. Doch Regeln blieben eben Regeln. Beim Fußball hängte man auch nicht einfach eine dritte und vierte Halbzeit dran, nur weil das Spiel ganz ansehnlich verlaufen war.

Klara schaltete ihr Handy aus und fuhr weiter zum Hof ihres Vaters. Wenn sie später noch ausgehen wollte, dann vielleicht besser nicht ins Mariandl. Aber wahrscheinlich würde sie sowieso zu Hause bleiben. Ein paar Sachen recherchieren, in dem neuen Bildband über Benozzo Gozzoli blättern, ein falsches Facebookprofil der Tabakladenverkäuferin Emilie Ivanovic anlegen oder bloß im Dunkeln auf dem Balkon sitzen und zuhören, wie die über ihr sich ums Fernsehprogramm stritten. Niemand brauchte zu glauben, dass sie sich nicht einen Abend lang selbst beschäftigen konnte.

Als sie die Tür zum Haus ihres Vaters aufstieß, wurde ihr unversehens klar, was sie auf dem Raithmaier'schen

Familienfoto gestört hatte. Die Sitzordnung. Hätte beim siebzigsten Geburtstag des alten Ludwig nicht sein einziger Sohn neben ihm Platz nehmen müssen? Aber dort saß der Enkel, während Franz Raithmaier fast ans andere Ende der Tafel verbannt war.

Als Rupert die Detektei gegründet hatte, hatte er nicht bewusst darüber nachgedacht, wohin ihn der neue Job führen würde. Hätte man ihn gefragt, hätte er wohl auf London und New York, eventuell auch auf Hamburg, Düsseldorf und Köln getippt. Auf Städte eben, in denen das große Geld saß und wichtige Kunstmessen oder Auktionen stattfanden. Im Großen und Ganzen waren das auch die Ziele seiner bisherigen beruflichen Reisen gewesen. Zusätzliche exotische Destinationen wie Buenos Aires hatten nur unterstrichen, dass er in der Welt des Kunst-Jetsets und der Vielfliegerprogramme angekommen war.

Nun jedoch schien er ebenso meilenweit davon entfernt wie ein Sennerbub von der Lufthansa-Platinkarte. Schwarzers Auftrag hielt Rupert eisern in der tiefsten bayerischen Provinz gefangen. Erst Hüttenbrechtshofen, dann Berchtesgaden, der noch abgelegenere Huber-Hof, und jetzt Sindelsdorf! Rupert tuckerte die Hauptstraße entlang, die wahrscheinlich so hieß, weil man sie als solche sonst nicht erkannt hätte. Das Navi zeigte ihm, wo er in die Franz-Marc-Straße abzubiegen hatte.

Natürlich hätte er auch Klara herschicken können. Die würde den jungen Ludwig Raithmaier wahrscheinlich eher zum Reden bringen als er selbst. Doch es gab ja noch andere offene Fragen zu klären, für die Klara denkbar ungeeignet war. Als Rupert laut überlegt hatte, ob Lisa möglicherweise wirklich krebskrank war, hatte Klara ihn erst mitleidig angeschaut und dann gefragt, wieso er eigentlich auf jedes berechnende Biest hereinfalle, solange es weiblich und unter dreißig sei. Vielleicht hatte sie mit ihrer Einschätzung sogar Recht, auch wenn Rupert das nicht glauben mochte. Gut, Lisa reagierte nicht, sie meldete sich nicht, sie ging auf eigene Faust vor und behielt wichtige Informationen für sich. Zum Beispiel die, dass sie den Verkäufer des Gemäldes sehr wohl in einem der Jahresberichte erkannt haben musste. Einen ehemaligen Mitschüler Ludwig Raithmaiers in Berchtesgaden ausfindig zu machen, ihm das Foto zu zeigen und zu fragen, wer der Dritte von rechts in der zweiten Reihe von oben sei, das hatte Lisa auf jeden Fall drauf. Anders konnte sie nicht vor ihnen auf die Familie Raithmaier und den Huber-Hof gestoßen sein.

Lisa hätte Rupert darüber aufklären müssen, doch aus diesem Versäumnis war nicht automatisch zu schließen, dass sie ein berechnendes Biest war. Ehrgeizig, das ja. Sie wollte Erfolg haben, sie wollte beweisen, was sie konnte, wollte einen entscheidenden Beitrag leisten oder auch nur Rupert beeindrucken. Er selbst war wohl nicht ganz unschuldig daran. Er hatte sie ins Boot geholt und sich vielleicht ein wenig mehr auf sie eingelassen, als er sich anfangs vorstellen konnte. Er hatte ihr eine neue Welt aufgeschlossen, in die sie jetzt mit aller Macht hineindrängte. Wer konnte ihr das verdenken? Wer konnte das irgendjemandem verdenken, der befürchten musste, für alle Zeiten in einem Kaff wie Hüttenbrechtshofen festzusitzen?

Nicht, dass Sindelsdorf viel besser wäre! Hier sahen die Häuser alle frisch geweißelt aus, und die Geranienkästen an den Holzbalkonen wurden garantiert zweimal täglich examiniert, auf dass sich nichts Verblühtes in ihnen halte, doch konnte die propere Oberfläche keinesfalls über die dumpfe

Depression dahinter hinwegtäuschen. Sindelsdorf war genauso tot wie Hüttenbrechtshofen, nur auf eine etwas ansehnlichere Art. Da half es wenig, sich mit dem verblichenen Franz Marc zu schmücken. Sie hatten einige Informationstafeln aufgestellt und zu einem *Sindelsdorfer Malerweg* verbunden, wohl in der Hoffnung, so ein paar Kulturtouristen zum Spaziergang durch ihr trauriges Dorf verführen zu können. Bei Rupert hatten sie damit kein Glück.

Er hatte nur zufällig bei Station 3 des Malerwegs geparkt. Dort war die Laube zu sehen, in der Marc und Kandinsky angeblich die Idee für den *Blauen Reiter* entwickelt hatten. Sie maß wenige Quadratmeter und bestand aus schräg angenagelten Holzlatten zwischen den tragenden Pfosten. Durch die breiten Zwischenräume konnte man den Bretterboden und eine einfache Eckbank erkennen. Irgendein Schlingpflanzengewächs wuchs in sorgsam gebändigter Romantik über den Eingang hinweg. Zum Lattentürchen führte ein gepflasterter Weg, der links und rechts von gestutztem Buchsbaum begrenzt war. Sehr ordentlich und genauso mehr Schein als Sein wie der restliche Ort! Immerhin räumte die Informationstafel ein, dass die Laube ursprünglich an einem anderen Platz gestanden hatte, dass sie renoviert und neu aufgestellt worden war. Ob überhaupt eine Holzlatte original war, blieb ungewiss. Wenn Rupert berufliche Maßstäbe anlegte, müsste er einen klaren Fall von Fälschung konstatieren.

Er hatte sowieso nie recht verstanden, was manche Leute an den Entstehungsort eines berühmten Kunstwerks pilgern ließ. Ein Bild wurde schließlich weder besser noch schlechter durch die Tatsache, dass es in Sindelsdorf, München, Paris oder sonst wo gemalt worden war. Vielleicht hoffte der eine oder andere Besucher auf eine Art Pfingsterlebnis und betete, dass der Genius Loci über ihn komme. Vielleicht glaubte er ein Werk besser verstehen zu können, wenn er sah, was der Künstler gesehen hatte. Dabei zählte doch allenfalls, *wie* dieser es gesehen hatte. Dass hier, gegenüber von Station 3 des Malerwegs, ausgerechnet eine Pferdeweide lag, war wahrscheinlich ein netter Zufall oder entsprang einer zweifelhaften Idee des lokalen Tourismusbeauftragten. Aber selbst wenn die Weide schon zu Franz Marcs Zeiten existiert haben sollte, brachte es für das Verständnis seiner blauen Pferde überhaupt nichts, den Tieren hier beim Grasen zuzusehen.

Rupert interessierte sich trotzdem dafür. Natürlich nicht für die Weide oder die Pferde, sondern für den Reiterhof, zu dem sie gehörten. Dort sollte nämlich Ludwig Raithmaier junior wohnen und arbeiten. Als Rupert sich nach ihm erkundigte, sagte er gleich von sich aus, dass gestern wahrscheinlich schon eine junge Frau mit dem gleichen Anliegen vorgesprochen habe. Er hatte sich eine eher vage Erklärung zurechtgelegt, die einen geplanten Kunsthandel andeutete. Lisa hätte dabei vorbereitende Gespräche führen sollen, bevor er selbst die Sache zum Abschluss brachte. Die Besitzerin des Reiterhofs, eine Frau Stürer, wollte aber gar nichts davon wissen. Sie könne Rupert nur das Gleiche mitteilen wie dem Mädchen gestern: Ludwig Raithmaier habe vor kurzem seine Stelle gekündigt und sei Knall auf Fall ausgezogen. Sie bedaure das sehr, denn er sei zuverlässig gewesen und habe eine gute Hand für Pferde gehabt.

Rupert fragte nach dem genauen Datum seines Auszugs. Raithmaier hatte exakt einen Tag vor dem Verkauf des *Turms der blauen Pferde* seine Habseligkeiten in einem Lieferwagen weggeschafft. Das war fast zwei Wochen her, aber seine Eltern auf dem Huber-Hof schienen bis gestern nichts davon geahnt zu haben. Ohne große Hoffnung erkundigte sich Rupert nach einer neuen Adresse. Frau Stürer zuckte mit den Achseln. Es sah ganz so aus, als wäre Raithmaier gezielt untergetaucht. Kein Wunder, bei ergaunerten drei Millionen!

»Gibt es hier im Ort jemanden, der vielleicht Kontakt zu ihm hat?«, fragte Rupert.

»Nicht, dass ich wüsste. Er lebte sehr zurückgezogen.«

»Keine Besucher, keine Freunde, keine Freundin?«

»Vielleicht in München«, sagte Frau Stürer. »Da ist er öfter mal hingefahren.«

»Aber Genaueres wissen Sie nicht?«

»Das geht mich ja auch nichts an.«

»Wissen Sie, es geht um eine Kopie dieses Gemäldes.« Rupert zeigte einen postkartengroßen *Turm der blauen Pferde* vor. »Allerdings in Originalgröße, zwei Meter auf eins dreißig. Das Bild haben Sie doch sicher mal in seiner Wohnung gesehen.«

»Nein«, sagte Frau Stürer, »bei ihm hing überhaupt kein Gemälde.«

Rupert musterte das einstöckige Häuschen etwas abseits von Hauptgebäude und Ställen. Möglicherweise hatte Raithmaier dort gewohnt. Rupert überlegte, wie er die Frau dazu überreden könnte, ihn einen Blick hineinwerfen zu lassen. Wahrscheinlich gar nicht. Er sagte: »Kaum zu glauben, dass er das einfach so aufgibt. In Sindelsdorf lebt es sich doch wie Gott in Frankreich. Und hier auf dem Hof, mit den Pferden, das ist ja die reine Idylle.«

»Wenn man nicht arbeiten muss, schon.«

»Seine Wohnung ist wohl noch frei?«, fragte Rupert.

»Wollen Sie hier vielleicht als Stallbursche anfangen?«

»Ich dachte eher an einen Rückzugsbereich für gelegentliche Wochenenden kreativer Entspannung. So wie Franz Marc damals.«

»Sie wollen eine Frau nach der anderen anschleppen? Beziehungsweise zwei gleichzeitig? Nein danke.«

Frau Stürer schien ein eher gebrochenes Verhältnis zum kulturellen Erbe ihres Kaffs zu haben. Rupert sagte: »Ich wollte ja nur mal …«

»Und ich müsste dann wieder an die Arbeit«, sagte Frau Stürer, »Sie finden ja heutzutage keine Mitarbeiter mehr, zumindest keine zuverlässigen. Und wenn dann einer ausfällt …«

»Das ist ein Problem«, pflichtete Rupert bei.

»Wenn sonst nichts mehr ist …« Frau Stürer wandte sich schon von ihm ab.

»Eins noch, etwas ganz anderes.« Rupert zögerte einen Moment. »Meine Mitarbeiterin gestern, wirkte die auf Sie irgendwie … krank?«

Frau Stürer drehte sich wieder um, schaute Rupert in die Augen und formulierte mit Bedacht. »Ich habe noch nie jemanden erlebt, der mitten in einer Chemotherapie so hellwach und, ja, zukunftsorientiert wirkte. Als wolle sie den Krebs durch Missachtung besiegen.«

»Ein tapferes Mädchen«, sagte Rupert, und Frau Stürer nickte. Lisa schien sie wirklich beeindruckt zu haben, denn plötzlich hatte sie wieder Zeit zu reden. Und so erfuhr Rupert Dinge über Lisa, die diese vorgestern wahrscheinlich selbst noch nicht gewusst hatte. Zum Beispiel über ihren Plan, in Afrika zu sterben, falls die Therapie nicht anschlage. Dort würde sie auf dem Rücken eines Pferdes einfach in die Wildnis hinausreiten. Vorher wollte sie allerdings zusammen mit Ludwig Raithmaier nach Paris reisen, um die Mona Lisa zu sehen. Eine Nacht mit dem Zug hin, den Tag im Louvre verbringen und wieder zurück. Mit Ludwig habe sie sich schon in der Kunst-AG ihrer Schule gut verstanden. Sie hätten beide gern Tiere in Prozessen der Veränderung gemalt. Schlangen, die sich häuteten, Schmetterlinge, die sich aus ihrer Puppenhülle schälten, tropische Anemonenfische, die ihr Geschlecht wechselten. Könne Rupert sich vorstellen, wie man einen Fisch darstellen solle, der gerade sein Geschlecht wechsle?

»Ludwig Raithmaier hat gemalt?«, fragte Rupert zurück. »Sagten Sie nicht, dass …«

»Ich habe nie ein Bild bei ihm gesehen und schon gar nicht von ihm«, sagte Frau Stürer, »aber doch, ich glaube, er hat da drüben manchmal gemalt.«

Vielleicht hätte Max seine Tochter nicht auf das Tagebuch ansprechen sollen. Monique war in die Luft gegangen und hatte ihm Worte an den Kopf geworfen, die man einem Vater gegenüber einfach nicht sagt. Da war er natürlich auch laut geworden. Monique hatte hysterisch zu heulen begonnen und sich in die Arme ihrer Mutter geflüchtet. Eine halbe Stunde später hatte ihm Miriam mitgeteilt, dass die Eintragungen in dem ominösen Heft gar nicht auf Moniques eigene Initiative zurückgingen. Es handelte sich um ein Schulprojekt im Deutschunterricht. Die Schüler sollten ein sogenanntes Sudelbuch führen, in dem sie festhielten, was ihnen an Zitaten, Beobachtungen und Gedanken bemerkenswert erschien. Max war erleichtert und fühlte sich zugleich wie der letzte Idiot. Er war zu Hause zurückgeblieben, als Monique von Miriam zum Trost für all die Aufregung zum Shoppen ausgeführt wurde.

Der Familie wegen hatte er selbst darauf bestanden, vorzeitig aus Berchtesgaden abzureisen. Jetzt ärgerte ihn, dass Rupert und Klara sofort und bereitwillig zugestimmt hatten. So, als ob Max sie eh nur stören würde. Dabei hätte gerade er es verdient gehabt, auf dem Huber-Hof dabei zu sein. Wer hatte denn den Namen Raithmaier überhaupt ins Spiel gebracht? Einzig und allein er, Max. Sonst würden die beiden anderen immer noch blöd durch Berchtesgaden rennen. Selbst jetzt hatten sie bloß herausbekommen, dass dort im Berghof jahrzehntelang eine Kopie des Gemäldes gehangen hatte.

Immerhin musste Max nicht im Büro herumhängen, sondern konnte zu Hause arbeiten. Nebenan spielte Madeleine auf der Blockflöte. Irgendetwas von Bach oder Mozart wahrscheinlich, es war meistens Bach oder Mozart. Soweit Max das beurteilen konnte, spielte Madeleine absolut fehlerfrei. Sie übte auch wie eine Besessene.

Max fuhr den Computer hoch und überspielte von seinem Handy die Fotos, die er im Keller der Berchtesgadener Polizei aufgenommen hatte. Er wollte sich die Akten zum Tod Schmelzers noch einmal in aller Ruhe durchsehen. Inzwischen war sich Max sicher, dass Schmelzer damals nicht zufällig an Ludwig Raithmaiers Hof vorbeigekommen war. Der Journalist war schließlich extra nach Berchtesgaden gereist, um nach dem *Turm der blauen Pferde* zu suchen. Er hatte sich erkundigt und erfahren, dass ein solches Gemälde in Raithmaiers Stube hing. Selbst wenn man ihm gesagt hatte, dass es nur eine Kopie war, lag doch nichts näher, als sich das Ding mal anzuschauen. Also war er zum Huber-Hof hinaufgewandert und hatte dort angeklopft.

Ob Schmelzer das Bild gleich als Kopie erkannt, ob er es überhaupt gesehen oder ob Raithmaier ihn nicht schon an der Tür abgefertigt hatte, konnte niemand wissen. Wie auch immer, eigenartig war, was danach geschah. Wieso stieg Schmelzer zum Rauhenkopf auf, statt in den Ort zurückzukehren? Noch dazu bei Regenwetter? Vielleicht, weil er Raithmaier nicht den wahren Grund seines Besuchs sagen wollte? Er spielte ihm den harmlosen Bergwanderer vor und ging dann eben weiter Richtung Gipfel, solange Raithmaier ihn noch beobachten konnte. Aber wer sich eine solche Geschichte ausdachte, würde sich doch besser vorbereiten! Selbst Anfang der 1960er Jahre ging niemand als begeisterter Gipfelstürmer durch, der mit Halbschuhen, Anzug und Regenschirm antanzte.

Max studierte das Foto der Inventarliste. Nicht zu vergessen die siebenhundertfünfzig D-Mark in bar, die Schmelzer bei sich getragen hatte! Das war zu der Zeit sicher eine Menge Geld gewesen. Interessehalber googelte Max nach den Einkommen im Jahr 1962. Der durchschnittliche Wochenlohn eines Arbeiters betrug damals hundertachtundvierzig D-Mark, das machte circa sechshundert im Monat. Mehr als einen Monatslohn steckte garantiert keiner für eine Bergwanderung ein. So viel trug man überhaupt nicht mit sich herum, wenn es keinen speziellen Grund dafür gab. Eine größere Anschaffung zum Beispiel. Nach Lage der Dinge kam dafür nur *Der Turm der blauen Pferde* in Betracht. Was sonst sollte jemand wie Schmelzer zwischen Huber-Hof und Großem Rauhenkopf erwerben wollen? Zwei Tonnen Hüttenkäse?

Das bedeutete aber, dass Schmelzer glaubte, das echte Franz-Marc-Gemälde dort finden zu können. Max versuchte sich in ihn hineinzuversetzen. Hätte er sich von Raithmaier abweisen lassen und wäre dann, nur um den Schein zu wahren, Richtung Gipfel marschiert? Nein, er hätte einen verstauchten Fuß oder sonst etwas vorgetäuscht, um Einlass zu finden und das Bild zu sehen. Und wenn er dann festgestellt hätte, dass es sich nicht um das Original handelte, wäre er enttäuscht und mit durchweichten Halbschuhen in den Ort zurückgekehrt. Es gab doch keinen Grund mehr, Raithmaier etwas vorzuspielen. Wieso also dieser verfluchte Aufstieg zum Großen Rauhenkopf, der Schmelzer dann das Leben kostete?

Madeleine begann zum dritten Mal dasselbe Stück. Sie spielte es genauso gut wie die ersten beiden Male, und es klang ja auch sehr nett. Doch musste man einen Bach oder Mozart oder wen auch immer, den man perfekt beherrschte, wirklich so oft üben? Max rief Richtung Tür: »Super, Madeleine! Das hast du großartig gespielt.«

Die Flötentöne brachen ab, ein paar Momente herrschte Ruhe, und dann begann die bekannte Melodie wieder von vorn. In diesem Blockflötenton. Ein Cello klänge irgendwie dezenter, zumindest in den tieferen Lagen. Max starrte in den Polizeibericht.

Der Große Rauhenkopf also. Was wollte Schmelzer dort? Es wirkte fast, als sei er nur hochgestiegen, um über eine Felskante zu stürzen. Hatte er sich vielleicht umgebracht? Aus Verzweiflung darüber, dass er nicht das Originalbild gefunden hatte? Quatsch, so plemplem war keiner, nicht einmal in diesem wahrlich verrückten Kunstzirkus. Max lud den Obduktionsbericht auf den Bildschirm und rief: »Könntest du mal eine Weile aufhören, Madeleine? Ich muss arbeiten.«

Die Melodie brach ab, ein paar Momente herrschte Ruhe, dann knallte eine Tür.

»Madeleine!«, rief Max. Herr im Himmel, jetzt fing die auch noch an!

Max konzentrierte sich auf den Obduktionsbericht. In aller Ausführlichkeit wurde die tödliche Verletzung beschrieben. Soweit Max dem Medizinerslang folgen konnte, war die Schädeldecke unter einem heftigen Aufprall gesplittert, und verschiedene Teile des Gehirns waren schwer geschädigt worden. Exitus. Bei einem Sturz über fünfzig Meter auf nackten Fels konnte man auch nichts anderes erwarten. Oder?

Doch! Bei einem solchen Sturz konnte man mehr erwarten. Andere Wunden, Abschürfungen, Rippen- und Beinbrüche. Man konnte zumindest erwarten, dass einer, der fünfzig Meter fiel, zum Schutz instinktiv die Arme nach vorn riss und sich entsprechende Verletzungen zuzog. Im Obduktionsbericht stand davon nichts. Kein einziges Wort. Entweder hatte der Gerichtsmediziner großzügig darüber hinweggesehen und sich nur auf die Beschreibung der letalen Verwundung beschränkt oder …

Plötzlich wurde sich Max bewusst, wie still es in der Wohnung war. Geradezu unheimlich still.

Die zweite Möglichkeit war, dass gar keine sekundären Verletzungen existierten. Aber dann war Schmelzer auch nicht fünfzig Meter in die Tiefe gestürzt. Er musste auf andere Weise zu Tode gekommen sein. Zum Beispiel durch einen herabfallenden Felsbrocken. Hatte der Regen eine Steinlawine ausgelöst? Aber das wäre im Unfallbericht sicher erwähnt gewesen. Oder hatte ein anderer Schlag die tödliche Verletzung hervorgerufen? Ein Schlag mit einem harten Gegenstand. Ein Schlag, der von hinten oder so überraschend kam, dass das Opfer zu keiner Abwehrreaktion mehr fähig war. Vielleicht war Schmelzer heimtückisch angegriffen worden. Dann wäre es Mord!

Max pfiff durch die Zähne. Aber warum waren der Gerichtsmediziner und die Polizisten damals nicht zur gleichen Schlussfolgerung wie er gelangt? Vielleicht, weil sie sich gar keine Fragen gestellt hatten. Alles schien so klar und eindeutig. Ein bergunerfahrener und sträflich schlecht ausgerüsteter Tourist war seinem Leichtsinn zum Opfer gefallen, ein arroganter Preuße noch dazu, der jede Warnung in den Wind geschlagen hatte. Er lag so überzeugend am Fuß dieser Felswand, dass man den Sturz fast noch zu sehen glaubte. Der Leiche, die nach vier Tagen wahrscheinlich schon stank, wollte man sich möglichst schnell entledigen, und falls doch jemand überlegt hatte, ob denn nicht eine Gewalttat denkbar sei, steckte da ja noch eine gut gefüllte Brieftasche in der Jacke des Toten. Eine solche Summe hätte ein Mörder kaum verschmäht.

Hatte er aber! Es war ihm nicht ums Geld gegangen, er hatte aus einem ganz anderen Grund gemordet. Vielleicht hatte er nach der Tat sogar sein Opfer durchsucht und die Brieftasche bewusst stecken lassen. Denn nur so konnte er den angeblichen Todessturz glaubhaft inszenieren. Und plötzlich fügte sich für Max eins zum anderen. Schmelzer war nicht verunglückt, er war wahrscheinlich nicht einmal zum Rauhenkopf aufgestiegen. Er war schon tot, als ihn sein Mörder dorthin geschleppt hatte, um ihn an einer geeigneten Stelle abzulegen.

Also war der Täter wohl ein Einheimischer, der die Gegend wie seine Westentasche kannte.

Also war der letzte Ort, den Schmelzer erwiesenermaßen lebend gesehen hatte, der Huber-Hof gewesen.

Also hatte der Zeuge Ludwig Raithmaier gelogen, als er ausgesagt hatte, dass Schmelzer trotz Warnung zum Rauhenkopf weitergewandert sei. Und wieso hatte er so eine Geschichte erfunden? Doch nur, weil sie erklärte, wieso man Schmelzer später tot dort finden würde. Und woher hatte er das wissen können?

Wen zuerst benachrichtigen, Rupert oder Klara? Max entschied sich für den Chef. Wahrscheinlich hätte er es spannend machen sollen, damit Rupert nicht gleich wieder vergaß, wem er die sensationellen Erkenntnisse zu verdanken hatte, doch dann platzte es einfach aus Max heraus. »Schmelzer ist nicht abgestürzt. Ludwig Raithmaier senior hat ihn ermordet!«

Rupert reagierte verblüfft, dann ungläubig. Schritt für

Schritt legte Max ihm seine Beweiskette dar. Rupert blieb skeptisch. Das könne sich auch ganz anders abgespielt haben.

»Herr Gott, Rupert«, zischte Max, »genauso war es! Der alte Raithmaier ist ein Mörder!«

»Und selbst wenn«, sagte Rupert. »Der Alte ist vor elf Jahren gestorben. Den bringt keiner mehr vor Gericht.«

»Aber die historische Wahrheit muss doch ...« Max brach ab. Die Wahrheit interessierte anscheinend nur, wenn sie nützlich war. Solange sie zum Beispiel dazu beitrug, ein echtes von einem gefälschten Bild zu unterscheiden. Max fragte: »Seid ihr sicher, dass *Der Turm der blauen Pferde* im Huber-Hof nur eine Kopie war?«

»Sieht absolut so aus«, sagte Rupert.

»Bis auf die Tatsache, dass Ludwig Raithmaier senior einen Menschen umgebracht hat, der ihn wegen dieses Bilds aufgesucht hat.«

Am anderen Ende war es still.

»Würdest du einen erschlagen, weil er entdeckt hat, dass bei dir eine Kopie für fünfundsiebzig Mark an der Wand hängt?«, fragte Max.

»Ich weiß nicht.«

»Nein, würdest du nicht«, sagte Max bestimmt.

»Ich meine, vielleicht verrennst du dich da in eine Idee ...«

»Ich hab es dir jedenfalls gesagt.« Max beendete das Gespräch. Fast augenblicklich klingelte sein Handy wieder. Seine Frau erkundigte sich, was er denn um Himmels willen mit seiner Tochter angestellt habe. Madeleine sei ja völlig aufgelöst.

MÜNCHEN September 1967

Da war es, Franz Marcs *Blaues Pferd 1*. Ludwig schob seinen Sohn Franz etwas näher heran. Die Museumsführerin erläuterte, dass das Bild durch die großzügige Schenkung Bernhard Koehlers in den Besitz des Lenbachhauses gelangt sei. Dessen Vater habe Franz Marc schon in frühen Zeiten mit einer monatlichen Apanage unterstützt und im Laufe der Jahre wohl die bedeutendste Sammlung von Werken des Künstlers erworben.

Ludwig wusste nicht, was das Wort Apanage bedeutete, doch er traute sich nicht nachzufragen. Außer Franz und ihm standen nur bessere Leute im Halbkreis um das Bild herum. Vor denen wollte er sich nicht blamieren. Er überlegte, wie es wohl wäre, wenn sein Bild hier an der Wand hinge und die Führerin von einer großzügigen Schenkung Ludwig Raithmaiers sprechen müsste. Sie würde erzählen, dass er es im Krieg gerettet und über Jahrzehnte sicher bewahrt hatte. Die reichen Leute würden dazu anerkennend nicken. Ludwig legte seine Hand auf Franz' Schulter und blickte auf das Bild.

Das einsame blaue Pferd hatte nur auf den ersten Blick Ähnlichkeit mit denen auf seinem Gemälde. Die Farben waren blasser, der Körperbau runder, die Haltung ganz anders. Das Pferd hier neigte den Kopf und stakste unsicher in einer nebelhaften Welt umher, die es nicht begriff. Fast schien es, als schäme es sich für die Farbe, die ihm aufgetragen worden war, während aus Ludwigs Pferden das Blau von tief innen heraus leuchtete und kein Mensch auf die Idee kommen würde, dass sie auch anders gefärbt sein könnten.

»Gehen wir bald, Vater?«, fragte Franz.

»Sei still!«, flüsterte Ludwig.

Die Führerin sprach nun von vereinfachten Formen, die das Tier – obwohl sichtlich kaum dem Fohlenalter entwachsen – zu statuarischer Monumentalität erhöhten. Zum ersten Mal habe Marc hier ein Pferd ganz in der Farbe gestaltet, die seiner selbst entwickelten Theorie nach das männlich-herbe und geistige Prinzip verkörpere. Die beabsichtigte Typisierung werde durch die extrem stilisierte Landschaft noch weiter akzentuiert, während deren Farbgebung nach dem Prinzip verteilter Komplementärkontraste komponiert sei.

Ludwig verstand höchstens die Hälfte der Begriffe, die ihm um die Ohren geschlagen wurden. Er bezweifelte nicht, dass die Führerin eine Studierte war, die wusste, wovon sie sprach, und doch schien ihm alles, was sie sagte, grundfalsch zu sein. Nein, nicht wirklich falsch, sondern einfach nur unwichtig. Vielleicht redete sie zu viel über Bilder, statt ihnen mal eine Weile still zuzuhören.

»Vater«, zischelte Franz, »du hast mir versprochen, dass wir noch auf die Wies'n gehen.«

Franz konnte auch nicht zuhören. Und ums Sehen war es noch schlechter bestellt. Wahrscheinlich hätte er nicht einmal sagen können, wie viele Pferdeköpfe auf dem Bild daheim in der Stube zu sehen waren. Geschweige denn, dass er auch nur einen Bruchteil dessen erkannte, was ihm die blauen Pferde an Träumen anboten. Als Franz jünger gewesen war, hatte Ludwig gehofft, dass sich das noch geben würde, aber jetzt war der Junge bald zwölf! Ludwig musste sich langsam an den Gedanken gewöhnen, einen stumpfsinnigen Versager großgezogen zu haben. Der würde auch nicht anders werden als die anderen.

Es war ein Fehler gewesen, Franz nach München mitzunehmen. Ludwig war in einer gespannten und gleichzeitig feierlichen Stimmung aufgebrochen, als müsse sich erst entscheiden, ob er auf eine Wallfahrt ging oder doch eher eine gefährliche Dschungelexpedition antrat, die zum Ziel hatte, Exemplare einer fast ausgestorbenen Tierart zu finden. Im Zug hatte er Franz von dem blauen Pferd erzählt, das im Lenbachhaus auf sie wartete, doch der Junge hatte nichts anderes im Kopf gehabt als die gebrannten Mandeln und Kettenkarussells des Oktoberfests. Ludwigs Hoffnung, dass sich wenigstens im Angesicht des Bilds irgendeine Tür bei Franz auftun würde, war völliger Schmarrn gewesen. Ganz im Gegenteil, Ludwigs Enttäuschung über seinen Sohn hatte sich auch auf das Gemälde übertragen. Er fand keinen rechten Zugang zu diesem *Blauen Pferd 1.*

»Wenn Sie mir bitte dort hinüber folgen wollen …«, sagte die Führerin. Einige aus der Gruppe hatten sich sowieso schon abgewandt und ließen flüchtige Blicke über die anderen Bilder im Raum wandern.

»Einen Moment, bitte!«, sagte Ludwig. Er war nun todfroh, dass sich sein Bild nicht hier befand, eingepfercht mit einem Dutzend anderer, den übersättigten Blicken von Besuchern ausgesetzt, die es Sekunden später schon wieder vergessen hätten. Beschmutzt würde es davon, schlimmer verdorben, als wenn einer mit dem Messer darauf einstäche.

»Ja?«, fragte die Führerin.

Plötzlich kam Ludwig die Idee, dass jedes Bild, das etwas wert war, nur für einen einzigen Menschen gemalt worden sein könnte. Was für alle taugte, taugte für niemanden. Und wer sich auf der Straße allen anbot, war nichts anderes als eine Hure. Natürlich brauchte es viel Glück, sich gegenseitig zu finden, doch wenn das geschehen war, dann hatte man in der Öffentlichkeit nichts mehr verloren. Das Bild nicht und der Mensch nicht, für den es bestimmt war. Sie lebten in ihrer eigenen Welt, sie waren sich selbst genug.

»Sie haben noch eine Frage zu Franz Marc?«, fragte die Führerin.

»Nein«, sagte Ludwig, »zu dem Bild hier. Wie lange haben Sie es angeschaut? Insgesamt?«

»Nun …« Die Führerin blickte kurz zum *Blauen Pferd 1* zurück. »Ich mache fast jede Woche eine Führung. Insgesamt habe ich sicher schon fünfzig Mal …«

»Nicht wie oft«, sagte Ludwig, »wie lange?«

»In Stunden und Minuten?«, fragte die Führerin befremdet.

In Monaten und Jahren, hätte Ludwig wissen wollen. Und ob mit Herzklopfen und trockenen Lippen? Ein Bild merkt, wenn es wirklich betrachtet wird. Nur dann zeigt es, was es zu zeigen hat. Nur dann beginnt es zu sprechen. Es war ein großer Irrtum zu glauben, dass ein Bild bloß eine bemalte Fläche war. Ludwig sagte: »Entschuldigen Sie, das war eine blöde Frage.«

Die Führerin lächelte knapp und wandte sich ab. »Und hier sehen Sie von Wassily Kandinsky, dem anderen Mitbegründer des *Blauen Reiters* …«

Franz zerrte Ludwig am Arm. »Darf ich dann auch mit dem Luftgewehr schießen, auf der Wies'n?«

MÜNCHEN Sommer 2017

Es war kurz nach zehn Uhr, als Klara am Haupteingang der Neuen Pinakothek vorbeihastete. Sie wandte sich nach rechts, passierte die Henry-Moore-Plastik und klingelte am Eingang des Doerner Instituts. Als sie ihren Namen nannte, schaute die Frau an der Pforte zu ihr auf und sagte, dass die anderen schon oben seien. Klara lächelte. Die Pförtnerin senkte den Kopf etwas und musterte Klara über den Rand ihrer Brille hinweg. Mehr als missbilligend. Gut, Lächeln reichte nicht. Klara brabbelte etwas von einer Betriebsstörung der U6 daher.

»Hat sich wieder einer vor den Zug geworfen«, sagte die Pförtnerin, als hätte sie das schon mindestens zehnmal beobachtet.

»Schrecklich«, sagte Klara und bekam endlich die Liste zugeschoben. Sie musste sich eintragen und nahm ihren Besucherausweis in Empfang, nicht ohne eindringlich ermahnt zu werden, diesen immer gut sichtbar zu tragen. Und jetzt solle sie dort drüben warten, bis sie abgeholt werde. Die Pförtnerin wies mit einer Geste, die jedweden denkbaren Widerspruch im Keim erstickte, auf eine Reihe von Plastikstühlen.

Was auch immer sonst an Sicherheitsvorkehrungen getroffen sein mochte, diese Frau war ihr Gehalt jedenfalls wert. An der kam kein Unbefugter vorbei.

Klara wartete, bis sie in den ersten Stock geführt wurde. Über einen langen Flur mit holzgetäfelter Decke und dicht gehängten Bildern an den Wänden kam sie ins Direktorenzimmer. Neben dem Schreibtisch stand *Der Turm der blauen Pferde* auf einer Staffelei. Davor saßen Schwarzer, der Marc-Experte Dr. Baumgartner und ein Galerist, dessen Name Klara gerade nicht einfiel. Sie murmelte eine Entschuldigung, doch niemand achtete auf sie. Sie setzte sich in die zweite Reihe neben zwei ältere Herren, die sie nicht kannte.

Schwarzer war nicht irgendein Kunde. Wahrscheinlich hatte er auch ein Vielfaches der üblichen fünftausend Euro für die Materialprüfung auf den Tisch gelegt. Das erklärte, wieso das Ganze nicht vier bis sechs Wochen gedauert hatte, sondern in wenigen Tagen erledigt worden war. Einen genauen Analysebericht würde Schwarzer schriftlich erhalten. Dass er trotzdem auf einer persönlichen Eröffnung bestand, bei der er nachfragen und zusätzliche Erläuterungen einholen konnte, verstand Klara gut. Warum er aber so viel Publikum dabeihaben wollte, blieb ihr absolut unklar. War er sich so sicher, dass er im Triumph und mit einem echten Meisterwerk abziehen würde? Trotz der doch ziemlich eindeutigen Erkenntnisse, die Klara und ihre Kollegen in Berchtesgaden gewonnen hatten? Oder hatte Rupert noch gar nichts verlauten lassen?

»Ja, dann wollen wir mal«, sagte Professor Rosegger, der Direktor des Instituts. Er stellte den für die wissenschaftlichen Untersuchungen verantwortlichen Mitarbeiter vor und hielt es dann für nötig, dem Bericht einige allgemeine Erläuterungen voranzuschicken. Normalerweise müsse man ein paar Wochen mit einem Bild leben, um ein Gefühl dafür zu bekommen. Gleichzeitig sammle man alle verfügbaren Informationen, eruiere den Fundus, den sich das Institut über den fraglichen Maler erarbeitet habe, und ziehe Kunsthistoriker zu Rate. Das sei umso wichtiger, wenn – wie bei dem vorliegenden Gemälde – über die Provenienz gar nichts Gesichertes bekannt sei. Auch für manche materialtechnischen Verfahren, so zum Beispiel für eine Bindemitteluntersuchung, sei die Zeit zu knapp bemessen gewesen. Angesichts des zur Begutachtung stehenden Gemäldes verstehe er natürlich die Ungeduld des Auftraggebers, hätte sich aber dennoch gewünscht, dass …

»Jetzt rücken Sie schon raus mit der Sprache: Es ist echt, nicht?«, fiel ihm Schwarzer ins Wort.

»Die Echtheit«, sagte Rosegger, »kann man sowieso nie nachweisen. Man kann höchstens bestätigen, dass die Untersuchungen nichts ergeben haben, was eine Echtheitsvermutung in Frage stellen würde. Bei Ihrem Objekt ist das aber leider nicht so.«

»Was?«, fragte Schwarzer.

»Es gibt da einige Ungereimtheiten.«

Schwarzer blickte sich um. Der Herr neben Klara hob beschwichtigend die Hände. Schwarzer sagte: »Na, dann lassen Sie mal hören!«

»Bitte!«, sagte Rosegger und überließ seinem Mitarbeiter das Feld. Der rückte sich seinen weißen Laborkittel zurecht und begann vorsichtig. Er stellte heraus, dass er sich zuerst auf zerstörungsfrei arbeitende Verfahren beschränkt habe. Die UV-Untersuchung habe ergeben, dass der Zustand hervorragend sei, fast zu gut für ein Gemälde, das über hundert Jahre auf dem Buckel habe. Im Infrarotbereich seien keinerlei Vorzeichnungen erkennbar gewesen. Das sei bei einem Bild dieses Formats zwar ungewöhnlich, doch könne man keineswegs ausschließen, dass Franz Marc sich der Konstruktion sicher genug war, um sie einfach so hinzuwerfen. Immerhin habe er sich mit dem Sujet ja vorher mehrfach befasst. Man denke nur an die berühmte Postkarte an Else Lasker-Schüler oder an die Bleistiftzeichnung im Skizzenbuch XXVI. Die Leinwand sei ohne auffälligen Befund. Das Röntgenbild lasse zwar vermuten, dass sie schon einmal abgeschliffen worden sei, aber auch das könne Franz Marc selbstverständlich selbst gemacht haben.

»Das erinnert mich an meine Ärzte«, sagte der Alte neben Klara. »Zeigst du denen dasselbe Röntgenbild, will dich der eine sofort notoperieren, der zweite prophezeit dir das ewige Leben, und der dritte schaut in der Gebührenordnung nach, an welchen Folgeuntersuchungen er am meisten verdient.«

Schwarzer lachte. Der Mitarbeiter im Laborkittel verzog keine Miene und fuhr fort: »In der Tat bildete sich ein ziemlich undifferenziertes Grau in Grau ab, was eventuell darauf hinweisen könnte, dass Titanweiß für die Grundierung verwendet wurde. Das hat uns dann bewogen, über die bildgebenden Verfahren hinaus verschiedene Proben aus den weiß gehaltenen Partien der Oberfläche zu entnehmen.«

Der Mann zeigte auf eine weiße Fläche unter dem Auge des vordersten Pferds und auf das obere linke Eck des Gemäldes. Dann hielt er ein fingernagelkleines Kunstharzplättchen hoch, in das die winzige Menge des entnommenen Materials eingegossen worden war, um es überhaupt handhabbar zu machen. Auf zwei Meter Entfernung konnte Klara das Stäubchen in dem transparenten Behältnis höchstens erahnen.

»Die Proben haben wir unter dem Elektronenmikroskop untersucht und mittels des Raman-Spektrums zweifelsfrei Titanweiß festgestellt.«

»Und?«, fragte Schwarzer.

»Das Pigment wurde erst ab 1916 industriell hergestellt. Der erste gesicherte Nachweis in der Malerei …«

»Die Diskussion hatten wir doch schon vor Jahren bei dem Campendonk-Bild«, sagte der Mann neben Klara. »Wie Sie sicher wissen, wurde Titandioxid bereits im 18. Jahrhundert entdeckt und bald darauf für Bootsanstriche verwendet. Und 1908 wurde die Eignung des Pigments für die Ölmalerei in den USA erkannt. Was soll das also beweisen?«

»Franz Marc hat mit Tubenfarben gemalt, und die enthielten nun mal zu der Zeit kein Titanweiß.«

»Waren Sie dabei? Können Sie ausschließen, dass Marc gerade für dieses Bild seine Pigmente selbst angerührt hat? Oder dass ihm ein Hausierer in Sindelsdorf Titandioxid verkauft hat?«, fragte der Galerist.

»Ich …«

»Außerdem«, sagte ein anderer aus Schwarzers Entourage, »hat das Bild bekanntermaßen in einer Berliner Spedition einen Brandschaden erlitten, der dann restauriert wurde. Das war im Februar 1917, als Titanweiß schon erhältlich war.«

»Das Gemälde wurde damals aber nur an der Unterkante beschädigt«, sagte der Mitarbeiter des Instituts.

»Ist doch möglich, dass der Restaurator auch weiter oben Hand angelegt hat, oder?«

»Ich glaube nicht …«

»Glauben heißt nicht wissen«, sagte Klaras Sitznachbar und fragte: »Was ist mit dem Blau? Haben Sie irgendwo Kupferphthalocyanin entdeckt?«

»Nein, nur Preußisch Blau«, sagte der Labormensch. »Das ist in Ordnung, aber …«

»Preußisch Blau nimmt doch heute keiner mehr her.«

»Ein Fälscher kann es sich problemlos besorgen.«

»Und wieso sollte sich ein Profi, der mit solcher krimineller Energie ans Werk geht, nicht auch eine Tube Zinkweiß beschaffen? Als Anwalt kann ich Ihnen sagen: Schlüssig ist das nicht, was Sie hier insinuieren. Überhaupt nicht schlüssig.«

Der Mann im Kittel schaute hilfesuchend zu Professor Rosegger hinüber. Die Stimmung war von Anfang an angespannt gewesen, und jetzt schienen die Funken fast sichtbar durch den Raum zu stieben. Schwarzer saß mit hochrotem Kopf da und starrte auf das Gemälde, dessen Wert gerade von dreißig Millionen auf null zusammenzuschnurren drohte. Den blauen Pferden war das offensichtlich egal. Sie witterten weiterhin nach links, Richtung Fenster hin. Klara musste an den Brief Franz Marcs denken, in dem er sich fragte, wie wohl ein Pferd die Welt um sich herum sehe. Und dass er sich in die Seele des Tiers versenken wolle, um dessen Bildkreis zu erraten.

Professor Rosegger sagte: »Sie werden in unserem Bericht nicht lesen, dass das Bild eine Fälschung ist. Das schreiben wir nie, denn letztendlich kann immer nur ein kunsthistorisches Urteil maßgebend sein. Sehr wohl können wir aber Indizien liefern, die erhebliche Zweifel an der Echtheit begründen. Genau diese Indizien haben wir gefunden, nicht mehr und nicht weniger.«

»Das gibt das Titanweiß nicht her, nie und nimmer«, sagte Schwarzers Anwalt.

Rosegger schob die Brille hoch und sagte: »Wir wissen über die Farbpalette Marcs nicht so genau Bescheid wie zum Beispiel über die von Pechstein, aber was wir wissen, unterscheidet sich doch erheblich von dem, was hier vorliegt. Im Jahr 1913 hat Marc …«

»Das sind doch nur Spekulationen!«, zischte Schwarzers Anwalt.

»Aber das Hauptproblem ist die Craquelierung.« Rosegger zeigte auf das Gemälde. »Verglichen mit dem sonstigen fast perfekten Zustand der Leinwand und der Malschichten gibt es zu viele Risse im Firnis. Und zu gleichmäßige. Deswegen haben wir …«

»Temperaturschwankungen, Luftfeuchtigkeit«, sagte Schwarzers Anwalt. »Sie wissen doch gar nicht, wie das Bild gelagert war.«

»Deswegen haben wir untersucht, was sich in den Rissen abgelagert hat. Hier zum Beispiel.« Rosegger deutete auf eine gelbe Fläche am linken Bildrand. »Was wie gewöhnliche Schmutzpartikel wirkt, hat sich als India Ink erwiesen. Tusche, verstehen Sie?«

Der Labormitarbeiter sagte: »Wir vermuten, dass die Bruchstellen zum Beispiel mit aufgelegten Fäden vorbereitet wurden und das Gemälde im Backofen künstlich getrocknet wurde. Am Schluss hat jemand die entstandenen Risse mit Tinte auf alt getrimmt.«

Und dieser Jemand war sicher nicht Franz Marc gewesen. Und auch keiner, der mit untauglichen Mitteln an einem Original herumrestauriert hatte. Wieso sollte der eine Verschmutzung vortäuschen? Hier war ganz bewusst versucht worden, dem Bild eine hundertjährige Geschichte anzudichten, die es einfach nicht besaß. Die Sache war erledigt, das Gemälde als Fälschung entlarvt. Klara blickte zu Schwarzer vor.

»Die Details können Sie im Bericht nachlesen«, sagte Rosegger. Er hielt Schwarzer ein Geheft entgegen. »Ich muss Sie darauf hinweisen, dass Sie sich eventuell strafbar machen, wenn Sie das Bild als Originalwerk von Franz Marc in den Handel bringen.«

Schwarzer stand langsam auf. Er nahm Rosegger den Bericht aus der Hand und blätterte darin herum. Ohne den

Kopf zu heben, sagte er: »Ich werde das prüfen lassen, darauf können Sie sich verlassen, aber eigentlich interessiert mich dieser ganze wissenschaftliche Kram nur am Rande. Wie Sie selbst sagten, entscheidet letztlich das kunsthistorische Urteil. Baumgartner, sagen Sie ihm, was los ist!«

Dr. Baumgartner hüstelte. »Nun, ich hatte ja von Anfang an meine Zweifel geäußert. Die Pinselführung ist einfach zu unsicher für einen Franz Marc, der 1913 längst auf der Höhe seines Könnens angelangt war. Natürlich kenne ich den *Turm der blauen Pferde* auch nur von frühen fotografischen Reproduktionen, so dass die tatsächliche Farbgebung unsicher bleiben muss. Aber wir haben genügend Vergleichswerke aus dieser Schaffensperiode, die uns ein begründetes Urteil erlauben. Vom Stilkritischen her muss ich leider das Ergebnis der wissenschaftlichen Untersuchung bestätigen.«

»So, müssen Sie?«, fragte Schwarzer wie nebenbei. Er musterte nun das Gemälde auf der Staffelei. Mit dem Untersuchungsbericht fächelte er sich Luft zu, als wäre das alles, wozu das Geheft dienen konnte.

»Das Bild ist gefälscht«, sagte Baumgartner. »Ich hatte Sie gewarnt, aber Sie wollten ja nicht ...«

»Halten Sie die Klappe!« Schwarzer fuhr herum und zeigte auf Baumgartner. »Schauen Sie sich diesen sogenannten Experten an. Erst macht er sich vor Begeisterung fast in die Hose: dieser Strich, diese Farben, ein Wunder, ein Meisterwerk! Und jetzt? Jetzt kneift er die Arschbacken zusammen und furzt mit der Herde mit.«

»Es ist nicht echt«, sagte Baumgartner tapfer.

»Nicht echt? Sie wollen mir sagen, was echt ist? Was glauben Sie, wieso ich eine Villa am Starnberger See habe und Sie in einer Mietswohnung dahinvegetieren? Wieso ich mir die Gemälde kaufen kann, die Sie nur in lumpigen Büchern beschreiben?« Schwarzer hatte keine Argumente mehr, doch das bedeutete nicht, dass er sich geschlagen gab. Schon an seiner unflätigen Wortwahl war zu erkennen, dass Fakten für ihn keine Rolle mehr spielten. Er sah sich nun von Feinden umgeben, die ihn seines Besitzes berauben wollten. Gegen Angreifer setzte man sich zur Wehr, da fuhr man die Krallen aus, da schlug man um sich. Ob Schwarzer sich Baumgartner als Ziel und Opfer ausgesucht hatte, weil er ihn für das schwächste Glied der gegnerischen Front hielt?

Baumgartner lächelte starr. Schwarzer drückte den Untersuchungsbericht seinem Anwalt in die Hand und ging auf die Bücherwand neben der Staffelei zu. Er schob ein paar Ausstellungskataloge zur Seite, blies den Staub vom Regalboden, klopfte auf das Holz und zischte: »Was ist das Ihrer Meinung nach, Baumgartner, hä?«

Baumgartner kniff die Lippen aufeinander.

»Herr Schwarzer …«, sagte Rosegger.

»Was ist das, Baumgartner?«, fragte Schwarzer noch einmal.

»Ein Regal.«

»Nein, ein verdammtes Brett«, brüllte Schwarzer. »Zum Regalteil wird es erst, wenn du es mit anderen zusammenschraubst. Mit Schrauben, wie ich sie mache. Dann kannst du deine verdammten Bücher draufstellen, vorher nicht. Das ist simpel? Ja, aber so ist es. Ich habe das besser begriffen als jeder andere und ich habe mein Geld damit gemacht. Ich weiß, was die Welt zusammenhält, das brauche ich mir von niemandem sagen lassen. Ich weiß auch, ob ein Regal wackelt oder nicht. Da muss ich gar nicht hinschauen, das habe ich im Gespür. Und ich sag euch, eure Theorie ist so billig zusammengestümpert, die wackelt nicht nur, die kracht beim leisesten Lufthauch in sich zusammen.«

»Wir sollten uns jetzt alle mal beruhigen«, sagte Professor Rosegger.

Schwarzer stand mit hochrotem Kopf neben der Staffelei. Vielleicht wurde ihm gerade selbst klar, dass sein cholerischer Ausbruch lächerlich war und nichts verändert hatte. *Der Turm der blauen Pferde*, für den er drei Millionen hingelegt hatte, blieb trotz seiner Heimwerkerweisheiten eine Fälschung. Echt schien bloß Schwarzers tiefe, nur unzulänglich übertünchte Enttäuschung über das Untersuchungsergebnis. In seiner Reaktion hatte sich allerdings auch gezeigt, was hinter der kunstsinnigen Fassade wirklich steckte: ein grenzenlos von sich eingenommener Ignorant, der glaubte, mit seinem Geld alles kaufen zu können, von anderen Menschen über Anerkennung bis hin zur Wahrheit.

Insofern war sein Auftritt durchaus authentisch gewesen. Ein Moment wirklichen Bei-sich-selbst-Seins. Klara fragte sich nicht zum ersten Mal, wieso Authentizität eigentlich so positiv gesehen wurde. Jeder halbseidene Politiker, jeder unbeleckte Youtube-Teeniestar und jeder tumbe Fußballtrainer gierten danach, als gäbe es kein größeres Kompliment. Blieb nicht ein authentisches Arschloch immer noch ein Arschloch?

»Wir werden den Bericht jedenfalls anfechten«, sagte Schwarzers Anwalt.

Schwarzer griff zum Handy und bellte hinein: »Markus, holt das Bild jetzt ab! … Wie, wo? Im Institut natürlich. Lass dir den Weg zeigen!«

Dann rauschte er mit seinem Gefolge grußlos ab. Außer den Leuten vom Institut blieb nur Baumgartner zurück. Er wandte sich Klara zu und fragte: »Was haben Sie denn über die Provenienz herausgefunden?«

»Die führt so wenig zu Franz Marc wie alles andere.«

»Eine Fälschung. Da kann Schwarzer an noch so vielen Schrauben drehen.« Baumgartner nickte und sagte: »Ihm geht es nicht ums Geld und schon gar nicht um Kunst. Er kann bloß nicht verlieren.«

Klara musterte das Gemälde auf der Staffelei. Nach allem, was sie im Raithmaier'schen Berghof herausgefunden hatten, war es keine Fälschung im eigentlichen Sinne, sondern eine Kopie, die ein Rosenheimer Maler 1958 nach einer Kunstpostkarte angefertigt hatte. Und die war überraschend gut gelungen. Der Mann schien handwerklich ziemlich begabt gewesen zu sein. Dass er Titanweiß verwendet hatte, war ihm wirklich nicht vorzuwerfen. Eher schon musste man sich fragen, warum er auf das damals schon ungebräuchliche Preußisch Blau zurückgegriffen hatte. Und woher er wusste, wie man künstliche Alterungsrisse herstellte. Wieso hatte er die überhaupt produziert und mühevoll mit Tusche unansehnlich gemacht, wenn sein Auftraggeber nur ein schönes Bild für die gute Stube wollte? Blendete man die Nazizeit aus, war der echte *Turm der blauen Pferde* ja damals fast zeitgenössisch, galt als Ikone der gerade wiederzuentdeckenden Moderne. Wer wäre denn da auf die Idee gekommen, ein solches Werk auf alt zu trimmen?

Und wenn jemand erst vor kurzem noch einmal Hand angelegt hatte? Aber da war das Gemälde doch schon echt gealtert. Es hatte fast sechzig Jahre auf dem Buckel. Und technisch war das auch unmöglich. Der Trick mit den Bindfäden und dem Backofen funktionierte nur, wenn das Bild noch nicht durchgetrocknet war.

»Fräulein Ivanovic?«, fragte Baumgartner.

»Hm?«, fragte Klara zurück. Sie konnte die Augen nicht von dem Bild wenden. Es mochte eine Fälschung sein, aber es war sicher nicht dasselbe Bild, das in Berchtesgaden zwei ganze Generationen durchs Leben begleitet hatte. Das hier war wenige Jahre, vielleicht nur Monate alt. Wo auch immer Ludwig Raithmaier es aufgetrieben haben mochte, der Provenienzbericht, den die Detektei zusammengestellt hatte, war nur noch fürs Altpapier gut. Und Raithmaier? Dem mussten sie dringend ein paar Fragen stellen.

»*Der Turm der blauen Pferde*«, sagte Baumgartner. »Es wäre zu schön gewesen.«

»Ja«, sagte Klara, »es wäre zu schön gewesen.«

Max hatte extra Brezen geholt, doch die Stimmung beim Frühstück war mehr als unterkühlt. Zumindest seine beiden Töchter schienen sich wie im Kalten Krieg zu fühlen. Misstrauisch, angespannt und jederzeit bereit, bei allem, was sich nur im Geringsten als Provokation interpretieren ließ, mit ihrem gesamten Waffenarsenal zurückzuschlagen. Miriam versuchte sich in unverfänglichem Small Talk, aber Max verspürte fast genauso wenig Lust wie seine Töchter, darauf einzugehen. Er war müde, hatte bis zwei Uhr gearbeitet und danach ziemlich schlecht geschlafen. Er holte sein Handy heraus und schaute, ob er schon eine Antwortmail erhalten hatte.

»Warum fahren wir nicht alle zusammen ein paar Tage weg?«, fragte Miriam. »Schließlich sind Ferien.«

Monique stöhnte, Madeleine fragte: »Wohin denn?«

Die halbe Nacht hatte Max herumüberlegt, nur um zu begreifen, dass er kaum eine Chance hatte, den Mord an Thorsten Schmelzer nachzuweisen. Der Gerichtsmediziner, der den ominösen Obduktionsbericht zu verantworten hatte, war längst gestorben und konnte nicht mehr befragt werden. Zwar existierte das Grab des Journalisten in Berlin noch, aber nach fünfundfünfzig Jahren dürfte kaum mehr genug von der Leiche erhalten geblieben sein, um daran nachzuweisen, dass Schmelzer erschlagen worden war. Mal abgesehen davon, dass nach so langer Zeit und unter den gegebenen Umständen kein Richter eine Exhumierung anordnen würde.

»Letztes Jahr, am Mondsee, da war es doch schön«, sagte Miriam.

»Zum Kotzen langweilig«, sagte Monique.

»Dann packen wir einfach die Campingsachen ein und fahren los. Ans Meer, nach Italien.«

»Ich muss sowieso arbeiten«, sagte Max. Wenn keine physischen Beweise für den Mord auffindbar waren, musste er eben indirekt vorgehen. Könnte er zum Beispiel belegen, dass Schmelzer keineswegs zum Wandern, sondern wegen des *Turms der blauen Pferde* nach Berchtesgaden gereist war, wäre ein wichtiger Schritt getan. Eine mehr als zufällige Verbindung zwischen Täter und Opfer würde die Darstellung des Polizeiberichts erschüttern und ein Mordmotiv plausibel machen. Max hatte sich gefragt, ob es im Nachlass Schmelzers entsprechende Hinweise geben könnte.

»Na komm, du kannst doch ein paar Tage frei nehmen«, sagte Miriam.

»Das ist im Moment wirklich nicht drin«, sagte Max. Er hatte die Mailadresse eines Enkels von Schmelzer ausfindig gemacht und nachgefragt, ob sich schriftliche Überlieferungen des Großvaters aus der fraglichen Zeit erhalten hatten. Schon eine Postkarte aus Berchtesgaden hätte weiterhelfen können. Max hatte seine Verdachtsmomente genau erläutert und lange an den Formulierungen gefeilt, um nicht pietätlos zu erscheinen. Ein Gewaltverbrechen an einem Familienmitglied zu unterstellen war ja kein Pappenstiel. Andererseits sollten gerade die Nachkommen ein Interesse an der Aufklärung haben. Auch wenn die Wahrheit schmerzen mochte, wollte man sie doch ganz erfahren, sobald man nur ein Zipfelchen davon zu fassen bekommen hatte. Oder etwa nicht?

»Wenn Papa nicht kann, fahren wir eben ohne ihn«, sagte Monique.

»Was?«, fragte Max. Gerade noch hatte sie jeden Urlaubsplan abgewehrt, als wolle man sie in ein Straflager schleifen. Und jetzt plötzlich stimmte sie zu, nur weil er keine Zeit hatte? Sie wollte ihn provozieren, das war sonnenklar. Herrgott, was war bloß mit seiner Tochter los? Dass er einmal laut geworden war, konnte doch wirklich kein Grund sein.

»Kommt gar nicht in Frage«, sagte Miriam.

Monique saß Max gegenüber. Sie hatte das Kinn trotzig vorgeschoben, sah aber dennoch unsicher aus. So, als wüsste sie, dass sie sich zu weit vorgewagt hatte. Als erwarte sie geradezu ein Donnerwetter. Aber den Gefallen würde er ihr nicht tun.

»Es geht doch darum, dass wir alle zusammen …«, sagte Miriam.

»Nein, nein«, sagte Max. »Das ist wirklich eine gute Idee von Monique. Ihr fahrt, und wenn ich mich frei machen kann, komme ich einfach nach.«

»Cool, wir fahren ans Meer«, sagte Madeleine und sprang auf. Als sich auch Monique verzogen hatte, versuchte Miriam noch einmal, Max umzustimmen. Er wisse doch, dass Monique das nicht so gemeint habe. Sie würde sich schon wieder einkriegen. Vielleicht müssten sie wirklich nur ein paar Tage raus. So ein Tapetenwechsel wirke manchmal Wunder.

Tapetenwechsel? Bei einem tiefen Riss in der Wand half es wenig, eine Bahn Papier darüberzukleistern. Was für ein Riss? Was dachte Max da überhaupt? Es war ja beileibe nicht so, dass ein Erdbeben seine Familie durcheinandergeworfen hätte. Nein, bei ihnen war die Substanz völlig in Ordnung, da wankte und wackelte nichts. Max würde ja auch gern mitfahren ans Meer, doch diese Sache mit dem unaufgeklärten Mord erlaubte das einfach nicht.

Möglicherweise hätte er sich trotzdem überreden lassen, doch dann meldete sein Handy den Eingang einer E-Mail. Sie kam von Schmelzers Enkel und lautete: *Sie sind ja total krank!! Ich verbitte mir weitere Belästigungen.* Keine Anrede, kein Gruß, keine Unterschrift, keine Erklärungen. Max starrte auf das Display. Genau zehn Worte! Und dafür hatte Max um Formulierungen gerungen und sich die Finger wundgetippt. Für wen machte er das denn? Doch nicht für sich!

»Komm, Max, hör auf zu schmollen!«, sagte Miriam.

Er schmollte nicht, er war wütend. Und er hatte nicht die geringste Lust, sich an irgendeinem verfluchten Adriastrand einen Sonnenbrand zu holen und Familienkriege auszufechten. Er hatte Wichtigeres zu tun.

»Ihr fahrt zu dritt, basta«, sagte er, »und ich muss jetzt in die Arbeit.«

Auf dem Weg zur U-Bahn beruhigte sich Max langsam. Zwar hätte ihn Schmelzers Enkel nicht so brüsk beschimpfen müssen, aber gut, das konnte Max wegstecken. Es änderte nichts daran, dass er einen Mord aufgedeckt hatte und es an ihm lag, das auch zu beweisen. Dann musste er die Wahrheit eben auf andere Weise ausgraben. Er würde ganz Berchtesgaden auf den Kopf stellen. Auch wenn Ludwig Raithmaier senior tot war, einige seiner Altersgenossen lebten garantiert noch. Irgendwelche Zeugen, irgendwelche Indizien würden sich finden lassen.

Sobald Max im Büro angekommen war, begann er, sein Vorhaben Rupert zu erläutern. Der hörte eine ganze Weile stumm zu. Zu stumm. Max kam ins Stocken. Er holte Luft und fragte: »Was hältst du davon?«

»Aber sonst geht's dir gut?«, fragte Rupert zurück.

»Versteh doch, wir kommen nie an einen Beweis, wenn wir nicht …«

»Wir?«, fragte Rupert.

»Ich erledige die Arbeit«, sagte Max, »aber Klara und du, ihr …«

»Du solltest *deine* Arbeit erledigen. Wir sind hier nicht bei *Cold Case,* und du bist kein Serienstar. Wir sollen die Provenienz von Schwarzers *Turm der blauen Pferde* klären und dazu müssen wir Ludwig Raithmaier finden. Den Enkel, nicht den toten Großvater.«

»Ich brauche bloß ein paar Tage. Irgendwem gegenüber hat der Alte garantiert die eine oder andere Bemerkung fallen lassen, die …«

»Max, der ist tot! Willst du seine Knochen vor Gericht stellen lassen?«

»Es könnte einen Mittäter geben. Der alte Raithmaier hat Schmelzer am Hof erschlagen. Es ist eher unwahrscheinlich, dass er die Leiche ganz allein bis unter den Gipfel des Rauhenkopfs geschleppt hat.«

»Mach jetzt deinen Job! Und kein Wort mehr von dem Unsinn!« Rupert beugte sich über die Unterlagen auf seinem Schreibtisch.

Musste sich Max eigentlich wie ein Schuljunge maßregeln lassen? Aber vielleicht hatte Rupert ja Recht. Vielleicht sollte Max sich einfach an seinen Computer setzen und irgendwelchen Bürokram abarbeiten. Vielleicht sollte er glatt vergessen, dass vor fünfundfünfzig Jahren ein Mensch brutal erschlagen worden war. Vielleicht sollte er sich damit abfinden, dass dieser Mord für immer unaufgeklärt bleiben würde. Dass nie jemand die Wahrheit erfahren würde. Er sagte: »Ich nehme ein paar Tage Urlaub.«

Rupert sah auf. »Jetzt?«

»Meine Töchter haben jetzt Ferien«, sagte Max. »Monique und Madeleine heißen sie übrigens. Wir sind eine Familie. Das sagt dir vielleicht nicht viel, doch ich kann dir gern erklären, wieso man da ab und zu etwas gemeinsam unternehmen muss.«

»Max, das geht gerade wirklich nicht.«

»Zwing mich nicht, fristlos zu kündigen!« Max wandte sich um und verließ das Büro. Zu Hause sagte er, dass er mit allen Mitteln versucht habe, sich von der Arbeit loszueisen, doch sein Chef könne im Moment einfach nicht auf ihn verzichten.

Der Eisbach war nur ein paar Hundert Meter entfernt, und im Büro staute sich die Hitze. Die Klimaanlage produzierte außer Surren und Knacken gar nichts, vor allem keine kühle Luft. Rupert briet im eigenen Saft. Max hatte sich gerade selbst beurlaubt, wo Klara sich herumtrieb, wussten die Götter, und Lisa war seit Berchtesgaden wie vom Erdboden verschwunden. Erst hatte sie sich an Rupert herangemacht, als hielte sie ihn für den Leitstern ihres Lebens, und dann absolute Funkstille! Ohne dass irgendein Grund dafür erkennbar wäre. Oder hatte Rupert mal etwas Falsches gesagt? Und wenn schon! Lisa ging ihm nicht ab. Auf Herumgezicke konnte er gut verzichten.

»Scheißding!«, sagte Rupert zur Klimaanlage und schaltete sie aus. Ihm blieb nichts übrig, als die Stellung zu halten, bis er zerfloss. Arbeit gab es genug. Wenn Klara Recht hatte – und daran zweifelte Rupert nicht –, existierten zwei falsche Bilder. Der *Turm der blauen Pferde,* der 1958 in Rosenheim gemalt worden war und jahrzehntelang eine Berchtesgadener Bauernstube geschmückt hatte, und ein weiterer, der erst vor wenigen Monaten entstanden war. Letzterer war Schwarzer von Ludwig Raithmaier jr. angedreht worden. Wieso der Verkäufer nicht auf das seit Langem vorhandene Gemälde zurückgegriffen hatte, wusste Rupert nicht. Vielleicht war es einfach zu schlecht gewesen, um als Original durchgehen zu können. Vielleicht hatte es den jungen Raithmaier aber auf die Idee gebracht, sein Glück mit einer überzeugenderen Fälschung zu versuchen.

Jedenfalls musste die Detektei nun klären, woher dieses zweite Gemälde stammte und wie es seinen Weg zu Schwarzer gefunden hatte. Rupert war sich fast sicher, dass der junge Raithmaier es selbst gefälscht hatte. Nicht nur, weil er nach der Aussage von Frau Stürer im Geheimen gemalt hatte. Von Kindesbeinen an hatte er eine Kopie des Gemäldes vor Augen gehabt, er war davon fasziniert gewesen und hatte sie seinem Vater nach dem Tod des Großvaters abgeschwatzt. Er war auf den Spuren Franz Marcs nach Sindelsdorf gezogen. Dass er sich dort einen Job auf einem Pferdehof gesucht hatte, passte ins Bild. Wo sonst hätte er sein Sujet besser studieren können? Nein, da blieb kein Platz für einen geheimnisvollen Dritten, der ihm die künstlerische Arbeit abgenommen hätte.

Genau das bot die Chance, ihm auf die Spur zu kommen. Irgendwoher musste der Mann ja sein Material bezogen haben. Rupert stellte eine Liste aller Spezialgeschäfte für Künstlerbedarf in München und Umgebung zusammen und rief sie der Reihe nach an. Er gab sich als Ludwig Raithmaier aus und sagte, dass er vor längerer Zeit eine Lieferung Spezialfarben bestellt habe. Da immer noch nichts bei ihm eingetroffen sei, wolle er mal nachfragen. Er befürchte nämlich, dass die Sendung an seine alte Adresse gegangen sei. Vielleicht könne man ja nachschauen, mit welcher Anschrift er in der Kundendatei geführt werde. Raithmaier, ja, mit zweimal »a-i« und einmal »t-h«.

Nach dem vierten Anruf legte Rupert das schweißnasse Telefon auf den Schreibtisch und machte sich einen Espresso mit viel Zucker. Bei diesen Höllentemperaturen wäre ein Eiskaffee entschieden besser gewesen. Wieso gab es eigentlich keine Kaffeemaschinen mit einem Extraprogramm für Jahrhundertsommer? Rupert fluchte und griff wieder zum Telefon, um den Rest seiner Liste abzuarbeiten. Dass man in keinem der Fachgeschäfte etwas von seiner Bestellung wusste, war wenig erstaunlich. Immerhin klang seine Geschichte anscheinend ziemlich glaubhaft. Alle suchten brav in ihren Computern nach dem Namen Raithmaier, nur finden konnte ihn niemand.

Und nun? Sollte Rupert die Suche auf ganz Deutschland und, wenn nötig, das benachbarte Ausland ausweiten? Hatte Beltracchi die Farben für seine Fälschungen nicht in Amsterdam gekauft? Sicher war Rupert nicht, aber er wusste genau, dass er nicht die nächsten Stunden am Telefon verbringen würde. Genau für solche Aufgaben hatte er eigentlich Max eingestellt. Und nicht, um sich in irgendwelchen idiotischen Theorien zu verrennen. Er könnte Max anrufen. Vielleicht war der inzwischen zur Vernunft gekommen. Wenn er sich nicht gerade die Finger wundklatschte, weil die Ballettlehrerin seiner Madeleine eine Solopartie von zwei Komma drei Sekunden Dauer anvertraut hatte. Oder war Monique die Tänzerin? Madeleine und Monique, mein Gott, was für ein Elend!

Rupert stand auf. An der Wand hing der Kunstdruck der *Blauen Pferde*, den Klara aufgehängt hatte. Auftrag hin oder her, es blieb ein idiotisches Bild. Natürlich könnte Rupert eine Stunde lang über das Einzigartige daran herumpalavern, doch wenn er ehrlich war, sagte es ihm gar nichts. Geschweige denn, dass es irgendeine Bedeutung für sein Leben erlangen könnte. Na gut, es war ein Druck, der wahrscheinlich keine zehn Euro gekostet hatte und genauso mickrig aussah. Das Originalbild …

Das Originalbild maß zwei Meter auf eins dreißig! Die Fälschung musste ebenso groß sein und war auf eine mindestens hundert Jahre alte und sorgfältig abgeschabte Leinwand gemalt worden. Woher hatte Ludwig Raithmaier ein solches Monumentalgemälde? Und was war ursprünglich darauf zu sehen gewesen? Ein röhrender Hirsch? Ein Wo-der-Wildbach-rauscht-Idyll? Rupert hätte zu gern gewusst, was Raithmaier gefühlt hatte, als er die ursprünglichen Farbschichten entfernt hatte. Ob er dem Hirsch mit Befriedigung die Augen ausgekratzt hatte? Ob er die Leinwand von all dem Banalen, das sie beschmutzt hatte, befreien wollte? Oder dachte er nur an die Millionen, die sie ihm einbringen sollte?

Zwei Meter mal eins dreißig, Öl auf hundertjähriger Leinwand, wo fand man solch einen Schinken? In einem Auktionshaus, in einer Galerie? Nur, wenn das Bild so viel Qualität hatte, dass es einigermaßen Profit abzuwerfen versprach. Aber Raithmaier wollte keine Qualität, er brauchte nur eine billige alte Leinwand. Da kamen schon eher eBay, ein Flohmarkt, ein Kunst- und Krempelladen wie der von Goldschnigg in Frage. Himmel, das roch nach mehrwöchigen Recherchen mit äußerst ungewissem Ausgang, denn welcher Flohmarktverkäufer führte schon Adressenlisten seiner Kunden? Rupert ging zum Waschbecken und spritzte sich kaltes Wasser ins Gesicht. Dann begann er die Kleinanzeigen in der *Süddeutschen Zeitung* zu überfliegen. *Kunstgemälde, Antiquitäten, Memorabilia Erster Weltkrieg – An- und Verkauf,* das klang doch für den Anfang ganz gut. Rupert wählte die Nummer.

Es meldete sich der Toni.

»Der Toni?«, fragte Rupert.

»Der Toni von der Au«, mümmelte die Stimme, als wären Nachnamen noch nicht erfunden worden.

»Okay«, sagte Rupert, »ich hätte da eine etwas seltsam anmutende Frage: Ich suche ein Bild aus der Zeit um 1900, Öl auf Leinwand, mindestens zwei Meter auf eins dreißig groß. Wo könnte ich so etwas bekommen?«

»Bei mir«, sagte der Toni aus der Au und gab eine Adresse in der Ohlmüllerstraße an. Rückgebäude, sagte er noch, und schon hatte er aufgelegt. Rupert blickte aufs Telefon und dann auf die defekte Klimaanlage. Draußen schien eine leichte Brise aufgekommen zu sein. Warum also nicht einen kleinen Spaziergang machen?

Das Rückgebäude in der Ohlmüllerstraße erwies sich als langgestreckte Lagerhalle. Obwohl sie beachtliche Dimensionen hatte, reichte der Platz innen offensichtlich nicht aus. Aus dem halb offen stehenden Tor schienen die Gegenstände in den Innenhof herausgequollen zu sein. Eine Venus von Milo ließ sich von gipsernen Rehen begutachten, eine Jugendstilgartengarnitur war mit Kohlebügeleisen, Waschzubern und altertümlichen Petroleumlampen zugestellt. Das sah mehr nach Ankauf als nach Verkauf aus. Rupert trat ein und arbeitete sich durch einen der schmalen Gänge ins Labyrinth vor. Die Luft stand heiß und schwül zwischen den Regalen. Alle waren bis oben hin vollgestopft mit Zeugen einer Vergangenheit, die niemand ernsthaft vermissen konnte.

Der Toni von der Au fand sich ganz hinten. Er sah aus, als hätte er sich selbst zum Verkauf freigegeben. Vorausgesetzt, dass er auf einen Sammlermarkt für Gartenzwerge aus der späten Hippiezeit spekulierte. Schulterlange weiße Haare fielen über den Kragen einer roten Samtjacke. Ihre vergoldeten Knöpfe dienten nur zur Zierde, denn schließen lassen hätten sie sich höchstens über dem Oberkörper eines unterernährten Dreijährigen. Von Tonis nackter Brust hingegen quoll graue Putzwolle zwischen den Aufschlägen der Jacke hervor. Die speckige Lederhose und die Motorradstiefel stammten wohl aus dem Kostümfundus von *Easy Rider.* Ob der Joint in Tonis linker Hand wirklich ein Joint oder nur eine schief gedrehte Zigarette war, musste unklar bleiben, solange er das Ding nicht angezündet hatte. Das Feuerzeug in seiner rechten Hand war ein Zippo, wie es Rupert auch einmal besessen hatte. Schönes Gerät, erdenschwer, griffig. Nur war mit an Sicherheit grenzender Wahrscheinlichkeit kein Benzin zur Hand, wenn man es auffüllen musste. Und falls doch, brach garantiert der Feuerstein heraus. Aber daran würde sich Rupert nie mehr stören, die Raucherei gehörte für ihn zur Vor- und Frühgeschichte. Er sagte: »Ich habe vorhin angerufen.«

»Ah, der Fälscher«, sagte der Toni von der Au.

»Wie bitte?«

»Was willst denn machen? Klassische Moderne?« Das Zippo funktionierte. Der Toni zündete sich die Selbstgedrehte an, sog kräftig ein, hustete. Rupert schnupperte. Ein Joint, eindeutig.

»Klassische Moderne?«, fragte Rupert.

»Auf eine Leinwand aus der Zeit um 1900 würd ich keine Renaissancekreuzigung draufmalen, wenn ich du wäre.«

»Das ist ein Missverständnis«, sagte Rupert.

»Ja, klar«, sagte der Toni und inhalierte tief. »Geht mich ja auch nichts an.«

»Ich gehöre zu den Guten«, sagte Rupert. »Ich suche einen mutmaßlichen Fälscher, der sich vor einiger Zeit eine alte Leinwand besorgt hat. Ludwig Raithmaier. Eine Kundenkartei führen Sie wohl nicht, oder?«

Der Toni von der Au hielt den Joint fast senkrecht. Aus halb zugekniffenen Augen musterte er den Aschekegel, der auf der Glut thronte. Dann sagte er: »Ich glaub nicht, dass der Ludwig auf Teamarbeit scharf ist.«

»Sie kennen den Raithmaier?« Rupert konnte es kaum glauben.

»Zefix!« Dem Toni war die Asche vom Joint gefallen. Er fegte mit dem rechten Stiefel drüber. Die Bodenfliesen sahen ein wenig nach ehemaligem Schwimmbad aus. Oder nach Schlachterhalle.

»Haben Sie seine Adresse?«, fragte Rupert.

Der Toni zog am verbliebenen Jointstummel, als wolle er auch den Filter in die Lunge hinabbefördern. Dann hielt er die Luft an. Seine Augen wurden groß, und gerade als Rupert sich fragte, ob er den Notarzt rufen sollte, pustete der Toni hörbar aus und sagte: »Der Ludwig hat ein Atelier draußen in Pasing. Fouque-Straße, glaub ich. Aber wie gesagt, der ist eher so ein lonesome rider.«

»Das ist …«, sagte Rupert.

»Probieren kannst es. Fragen kost' ja nix«, sagte der Toni. Er drückte den glimmenden Filter in einem mannshohen Kerzenleuchter aus.

»Danke, vielen Dank!«, sagte Rupert. Als er sich abwandte, stieß er einen Stapel hölzerner Masken um. Das Zeug purzelte auf die Fliesen. Aus einem langen und viel zu schmalen Holzgesicht starrten zwei leere Augenhöhlen vorwurfsvoll zu Rupert auf.

»Mann, das ist aus Afrika«, maulte der Toni. »Tansania, Rift Valley, die Wiege der Menschheit!«

»Entschuldigung«, murmelte Rupert, stieg vorsichtig über das Chaos am Boden und schaute, dass er wegkam.

»He, was ist jetzt mit deiner Leinwand?«, rief ihm der Toni

von der Au nach. »Ich hab da was, das ist wie gemacht für klassische Moderne.«

Klaras Vater kniete mitten auf der Dorfstraße, keine zwanzig Meter von der Kirche entfernt, in der Wilhelm Leibl jahrelang an seinen *Drei Frauen* gemalt hatte. Vor dem Eingang zum Kirchhof hatte sich ein Großteil der Einwohner Berblings versammelt. Sie hielten die Stufen besetzt, ganz so, als wollten sie das Allerheiligste gegen einen unmittelbar bevorstehenden Sturmangriff verteidigen. Neben ihnen schauten Grabsteine über die Mauer hervor.

Die paar jüngeren Leute auf der gegenüberliegenden Straßenseite stammten offensichtlich nicht aus dem Dorf. Eine Frau mit nachlässig hochgesteckten Haaren filmte die Szene. Sie schwenkte vom Friedhofseingang auf Ivanovic, gerade als der seine Pinselei unterbrach. Er hockte sich auf seine Fersen zurück, fuhr sich mit dem linken Ärmel seines Arbeitsoveralls über die Stirn und brüllte: »Ich brauche Farben. Holt mir vielleicht mal einer neue Farben, verdammt nochmal!«

Ein junger Mann aus der kleineren Gruppe setzte sich in Bewegung. Sein Gesicht kam Klara bekannt vor? War das nicht einer der Nachwuchskünstler, denen ihr Vater früher Unterricht erteilt hatte? Es sah ganz so aus, als hätte Ivanovic seine Fans herbestellt, um sich von ihnen gegen die Ignoranz der Welt und die feindliche Nachbarschaft unterstützen zu lassen.

Ivanovics Overall war über und über mit Blau und Rot bekleckst, und auch im Gesicht bewiesen Farbspritzer, dass er sich mit dem Elan eines Berserkers in sein neues Projekt gestürzt hatte. Es bestand aus krakeligen Linien, die er quer über die Straße gezogen hatte. Eine blaue, eine rote, immer abwechselnd. Die Kriegsbemalung auf dem Asphalt zog sich dreißig Meter den Hang hinab und bog dann in die Einfahrt von Ivanovics Hof ab. Klara trat zu ihrem Vater und fragte, wo Agnieszka sei.

»Hab ich weggeschickt, Tee kaufen«, sagte Ivanovic. Dann rief er in Richtung seiner Unterstützer: »Linie und Fläche, das ist das kleine Einmaleins. Nur ist es grundfalsch. So, wie alles falsch ist.«

Links wurde zustimmend genickt, rechts getuschelt. Die Berblinger vor dem Gittertor rückten enger zusammen. Eine der Frauen rief: »Fräulein, vielleicht können Sie Ihren Vater zur Vernunft bringen.«

»Kümmert euch um euren eigenen Scheiß!«, brüllte Ivanovic zurück.

»Papa, das ist eine öffentliche Straße«, sagte Klara. »Du kannst doch nicht …«

»Wo bleiben die verfluchten Farbtuben?« Ivanovic blickte erst die Straße hinab und dann hinauf. Der Pinsel in seiner rechten Hand zitterte wie bei einem Erdbeben. »Ich muss bis zum Friedhof kommen.«

»Sonst rufen wir die Polizei«, sagte eine der Berblingerinnen aus sicherer Entfernung.

»Habe ich eh schon gemacht«, sagte eine andere.

»Freiheit der Kunst!«, schrie Ivanovic. »Die beschissene Kunst ist verdammt nochmal frei!«

Klara musterte das blaurote Kunstwerk auf der Straße. Zum Teil überlagerten sich die Linien, zum Teil entfernten sie sich voneinander, so dass ein paar Quadratzentimeter jungfräulichen Asphalts dazwischen aufschimmerten. Insgesamt ergab sich eine irrlichternde Fläche, die am ehesten an eine halluzinogene Ästhetik etwa vom Anfang der 1970er Jahre erinnerte. Nur hatte sie sich hier in einem oberbayerischen Bilderbuchdorf breitgemacht. Und das tat der Idylle nicht gut. Das Rot der Geranien auf den Fensterbänken wurde von dem fast farbgleichen Ton auf der Straße regelrecht verhöhnt. Das wettergegerbte Holzgrau der Fassaden und Balkone wirkte gegen das leuchtende Blau plötzlich wie ein misslungener Tarnanstrich, hinter dem farblose Langeweile dahinvegetierte. Das Kirchtürmchen mit seinem zarten Weiß und Gelb schien aus Angst vor der auf ihn zurollenden Farblawine zu schwanken, und selbst an den Gesichtern der Dorfbewohner zerrte eine Ahnung, dass man nicht so sicher auf dem Boden stand, wie man immer geglaubt hatte.

Der junge Mann, den Ivanovic weggeschickt hatte, kam mit zwei Farbtuben in der Hand zurück. Ivanovic richtete sich mühsam auf und knurrte: »Na endlich!«

»Nein«, sagte Klara bestimmt. »Du brauchst jetzt eine Pause. Wir gehen ins Haus, trinken einen Tee, und dabei erklärst du mir, was das hier soll.«

»Das sieht man doch!«, brummte Ivanovic. Er warf den Pinsel auf die Straße, doch zu Klaras Überraschung leistete er keinen weiteren Widerstand. Auf dem Weg zum Hof begutachtete er sein Werk, schüttelte ab und zu den Kopf und fluchte vor sich hin. Die beschissenen Kurven seien das Problem. Wieso könnten die hier keine kerzengeraden Straßen bauen? In New York gehe das doch auch.

Weiter unten hatten ein paar Leute ihre Autos vor dem einmündenden blauroten Band abgestellt und waren ausgestiegen. Sie tuschelten, und dann fragte einer, ob man da drüberfahren könne. Ivanovic ignorierte ihn. Er bog in die Einfahrt seines Hofs und blieb vor der Haustür stehen. Mit seinen zitternden Fingern deutete er auf den ersten hingepinselten Strich – einen roten – und sagte: »Ich wollte freihändig eine möglichst gerade Linie ziehen.«

Die Linie war alles andere als gerade. Sie sah eher wie ein

etwas in die Länge gestrecktes EEG aus, dessen Zacken nichts Gutes über den Zustand des untersuchten Gehirns aussagten. Klara schüttelte den Kopf. »Du hast Parkinson, Papa. Deine Hände gehorchen dir nicht, akzeptiere das endlich! Du kannst keine gerade Linie mehr ziehen. Warum versuchst du dich immer am Unmöglichen?«

»Rot ist das Ich«, sagte Ivanovic, »und blau ist die Kunst. Und jetzt hör mir endlich mal zu!«

Dann schwadronierte er los. Wie immer, wenn er zu viel gleichzeitig im Kopf hatte, begann er nicht am Anfang, sondern mit dem, was ihm am wichtigsten schien. So dauerte es eine Weile, bis Klara begriff, was es mit seinem Projekt auf sich hatte. Im Grunde hatte er nur versucht, neben die erste Linie möglichst passgenau weitere zu setzen. Die Zacken, Fahrer und Ausbuchtungen des vorherigen Strichs sollten dabei aufgenommen werden, ohne einen Zwischenraum zu lassen. Natürlich ließ ihn sein Zittern bei jeder neuen Linie genauso scheitern, wie er schon beim Versuch gescheitert war, anfangs eine Gerade zustande zu bringen.

Dass er auf diese Weise die Krankheit und sein Leiden an ihr sichtbar machen wolle, lehnte er allerdings entrüstet ab. Er sei Künstler, und was er mache, sei Kunst, in diesem Fall Kunst über das Elementare der Malerei wie über die Idiotie des Kunstbetriebs gleichermaßen. Die Linie erweitere sich zur Fläche, indem man andere, vom Anspruch her identisch geformte Linien danebensetze. Zwei Grundfarben, nicht mehr, damit jedem klar werde, was er hier treibe: Er kopiere eine Kopie der Kopie der Kopie einer verdammten Linie, und das immer so fort. Im Gegensatz zu anderen gebe er sein Kopieren wenigstens zu. Dass er es nur unzulänglich hinbekomme, sei gerade der Witz an der Sache. Kein anderer könne das auf die gleiche Weise unzulänglich hinbekommen. Genau darin scheine also das Individuelle auf. Er vermute ja, dass Individualität bloß ein anderer Begriff für die Unzulänglichkeit des Menschen sei. Und der Kunst sowieso. Klara solle sich doch mal umschauen. Die verehrten Kollegendeppen machten auch nichts anderes, als ihre Unzulänglichkeit zu demonstrieren. Aber er gestalte sie bewusst. Und er strebe mit seiner Arbeit nicht nach Ruhm, Unsterblichkeit und Höchstpreisen bei Sotheby's, sondern zum Friedhof hin. Denn alles habe ein Ende, und das sei gut so.

Erschöpft hielt Ivanovic inne und schaute den beiden Polizisten entgegen, die gerade durch die Hofeinfahrt kamen. Den Streifenwagen hatten sie draußen gelassen. Wahrscheinlich waren sie nicht an dem Stau vorbeigekommen, der sich vor dem Kunstwerk gebildet hatte.

»Haben Sie die Straße verunstaltet?«, fragte der ältere.

Ivanovic ließ sich auf die Holzbank neben der Eingangstür fallen. Er sagte: »Sie sollten wenigstens fragen, ob das Kunst ist oder wegmuss.«

»Genau, das muss weg«, sagte der jüngere Polizist.

»Entweder Sie veranlassen das selbst oder die Gemeinde wird Ihnen die Reinigungskosten in Rechnung stellen«, sagte der andere.

»Die Gemeinde soll einen Zaun rummachen und Eintrittsgeld verlangen«, sagte Ivanovic müde. »Fünfzig Prozent gehen an mich. Ich muss Tee kaufen.«

»Sie wollen das also nicht selbst beseitigen?«

»Hier wird überhaupt nichts beseitigt«, sagte Ivanovic. »Freiheit der Kunst, das steht im Dingsda, na, im Grundgesetz.«

»Lassen Sie mich mit ihm reden«, sagte Klara zu den Polizisten. Sie zog ihren Vater hoch und schob ihn ins Haus. Er zischte den Uniformierten zu, dass er notfalls bis zum Verfassungsgericht gehen werde, und knallte die Tür zu. Drinnen lehnte er sich gegen den Türrahmen. Er war fix und fertig. Nicht nur seine Hände zitterten, auch sein Gesicht sah so alt und eingefallen aus, wie Klara es noch nie gesehen hatte. Als hätte er mit dem Leben abgeschlossen. Als dränge ihm das Bewusstsein seines Scheiterns aus allen Poren. Klara sagte: »Sehr schönes Projekt, nur hättest du dir nicht den Friedhof zum Ziel nehmen sollen.«

»Was sonst?«

»Mal ehrlich, hier willst du doch nicht einmal begraben sein.«

Ivanovic verzog kurz den Mundwinkel und sagte: »Lassen wir das. Erzähl lieber, wie es mit deinem *Turm der blauen Pferde* aussieht.«

»Willst du dich nicht lieber ein wenig ausruhen?«

»Das mache ich, wenn ich tot bin.«

Klara berichtete, dass das Marc'sche Original immer noch verschollen blieb. Sie hätten zwar gemeint, auf der richtigen Spur zu sein, wären letztlich aber nur bei einer Kopie aus dem Jahr 1958 gelandet. Was ihr Auftraggeber erworben habe, sei jedoch eine erst jüngst entstandene Fälschung. Nur weigere er sich, das wahrzuhaben.

»Zwei Fälschungen?«, fragte Ivanovic. »Ein einziger Verbrecherhaufen, diese Künstler! Na ja, der Dilettantismus der Sammlerdeppen verdient ja auch nichts anderes.«

Klara malte die Szene aus, die Schwarzer im Doerner Institut hingelegt hatte, aber es gelang ihr nicht, ihren Vater aufzuheitern. Er murmelte: »Ich leg mich doch kurz hin. Bist du nachher noch da?«

»Natürlich«, sagte Klara. Sie half ihrem Vater ins Bett und wartete, bis Agnieszka zurückkam. Die schlug die Hände über dem Kopf zusammen, bekreuzigte sich ein paarmal und schwor bei der heiligen Madonna von Tschenstochau, Mann Ivanovic keine Sekunde mehr allein zu lassen. Klara vergewisserte sich, dass ihr Vater noch schlief, und verabschiedete sich von Agnieszka.

Vor der Kirche draußen drängten sich die Schaulustigen. Ein Einsatzwagen der Freiwilligen Feuerwehr war vorgefahren, ein dicker Schlauch ausgerollt. Ivanovics Fanclub war nun eindeutig in der Minderheit. Falls die Nachwuchskünstler geglaubt hatten, das Projekt des Meisters verteidigen zu können, waren sie schon eines Besseren belehrt worden. Stumm schauten sie zu, wie der Wasserstrahl auf das Kunstwerk einpeitschte und die blauroten Lebenslinien in eine dreckige Brühe verwandelte, die in Strömen den Hang hinabfloss. Ein überforderter Gully am Straßenrand protestierte glucksend. Zwei Jungen in kurzen Hosen stocherten mit Stecken in ihm herum. Vielleicht, um den Weg in die Unterwelt passierbarer zu machen. Die Sonne schien, es war heiß, und die Feuerwehrleute wirkten in ihren Schutzanzügen wie Aliens aus einer weit entfernten Galaxie. Besonders diejenigen, die der Sintflut aus dem Schlauch folgten und mit Schrubbern die verbliebenen Farbreste auslöschten.

»Das geht doch alles ins Grundwasser!«, rief irgendjemand, und Klara dachte, dass ihr Vater bestimmt befriedigt nicken würde, wenn er das gehört hätte.

Die Fouquestraße in München-Pasing hieß tatsächlich Fouquestraße und nicht Fouquéstraße, wie Rupert den Toni von der Au für sich korrigiert hatte. Sie war nicht besonders lang und bot auf den ersten Blick nichts, was zum Flanieren anregen konnte. Insofern überraschte es durchaus, dass sich an einer Einfahrt circa zwei Dutzend meist ältere Leute versammelt hatten. Am Straßenrand parkten Polizei- und Feuerwehrautos. Rupert stellte den Wagen auf dem nächsten freien Parkplatz ab und gesellte sich mit Klara zu der Rentnergruppe vor dem rotweißen Absperrband.

Zwischen dem Einfamilienhaus rechts und einer Ziegelmauer führte ein Steinplattenweg in den Garten. Dort hinten stapften Männer in Overalls über verkohlte Balken und undefinierbare Trümmer. Wenn ihre Stiefel auf zerborstenes Glas traten, hörte man es bis zur Straße vor knirschen. Rupert schwante Übles. Ja, bestätigte ihm einer der Schaulustigen, in dem abgebrannten Gartenhaus habe sich das Atelier eines Künstlers befunden. Ob er Raithmaier heiße, wisse man nicht. Der Mann habe sich von der Nachbarschaft ferngehalten.

»Was ist denn passiert?«, fragte Rupert.

»Meiner Meinung nach war das die Russenmafia.«

»Die Russenmafia?«

»Na, wer sonst?« Der Mann wandte sich wieder nach vorn, wo Kriminaltechniker und Spezialisten der Feuerwehr wohl nach der Brandursache suchten.

Die Nachbarhäuser waren unversehrt, und selbst an den Bäumen im Garten war nur das Blattwerk an der dem Brandherd zugewandten Seite verdorrt. Die Feuerwehr musste schnell genug eingetroffen sein, um ein Übergreifen der Flammen zu verhindern. Vom Gartenhaus selbst war allerdings wenig übrig. Kein Wunder, es hatte seit Ewigkeiten nicht geregnet, das Atelier schien vor allem aus Holz bestanden zu haben und wahrscheinlich waren da Unmengen entzündlicher Lacke gelagert. Da brauchte es nicht viel, um alles in Schutt und Asche zu legen, aber irgendwie musste das Feuer trotzdem ausgebrochen sein. Ein Unfall? Eine achtlos weggeworfene Zigarette? Ein vergessener Gaskocher? Genau zu dem Zeitpunkt, als Rupert die Fälscherwerkstatt endlich ausfindig gemacht hatte? Er sagte: »Man muss ja nicht gleich an die Russenmafia denken …«

»Du meinst, jemand hat Raithmaier das Dach über dem Kopf angezündet?«, fragte Klara.

»Es könnte um die drei Millionen gehen, die er Schwarzer aus der Tasche gezogen hat. Der Brand war vielleicht eine Warnung: Rück das Geld raus, sonst können wir auch ganz anders.«

»Das klingt doch sehr nach Russenmafia«, sagte Klara. »Nein, eher war es Raithmaier selbst.«

»Und warum?« Rupert konnte sich höchstens vorstellen, dass man durch eine Brandstiftung Spuren verwischen und Indizien beseitigen wollte. Abgeschliffene Leinwände, die für eine Fälschung benutzten Farben, der Trockenofen, in dem Raithmaier das Gemälde künstlich hatte altern lassen. Aber musste er dafür zu so einer brachialen Lösung greifen? Rupert starrte zur Brandstelle, wo einer der Männer im Overall gerade einen Blechkanister aus den verkohlten Balken barg. Der könnte gut Benzin oder einen ähnlichen Brandbeschleuniger enthalten haben.

»Ich glaube, Raithmaier sitzt in einem Flugzeug zu den Osterinseln oder sonst wohin«, sagte Klara. »Der will mit seinem Haufen Geld ein ganz neues Leben anfangen. Von seinem alten will er nichts mehr wissen, und so löscht er es eben aus, mit Feuer und Schwert. Vielleicht auch, um sich selbst zu ermahnen, dass es keinen Weg zurück gibt.«

»Eine Art Feuerbestattung der eigenen Vergangenheit?« Rupert war mehr als skeptisch.

»Er sieht sich wie Phönix aus der Asche auferstehen«, sagte Klara. »Aber um Asche zu bekommen, musst du erst einmal ein Feuer legen.«

»Das sind doch bloß Sprachspielereien. Dahinten hat es

aber wirklich gebrannt«, sagte Rupert. Spinner gab es genug auf der Welt, nur gehörte Ludwig Raithmaier nicht dazu. Er war ein Fälscher und Betrüger, der bedacht und rational vorgegangen war. Nein, diesmal war Klara auf dem Holzweg.

Die Schaulustigen streckten die Köpfe vor, als drei der Brandexperten mit durchsichtigen Plastiktüten vom Tatort hertrotteten. Viel von dem, was sie an Beweismaterial eingesammelt hatten, war allerdings nicht zu erkennen. Verkohltes Holz, verrußte Metallteile, verschmorter Kunststoff. Ein paar wundersamerweise kaum angesengte Papiere konnten interessant sein, wenn der Löschschaum sie nicht völlig unleserlich gemacht hatte. In einer anderen Tüte schienen sich Stofffetzen zu befinden. Vielleicht Reste von Leinwänden? Raithmaier hatte sicher Vorstudien zu seiner Fälschung angefertigt, die Farbwirkung ausprobiert. Mit viel Glück war irgendwo ein Teil eines Marc'schen Pferdekopfs zu erkennen.

»Machen Sie mal Platz, bitte!«, sagte einer der Brandexperten, als er mit dem Plastikbeutel in seiner Hand unter dem Absperrband durchtauchte.

Nein, das war keine Leinwand, der Stoff sah schmiegsamer aus, eher nach Resten von Kleidungsstücken. Das schwarze da könnte mal ein T-Shirt gewesen sein, ja, sicher, ein T-Shirt mit Aufdruck. Trotz der Brandspuren waren noch ein paar Buchstaben zu erkennen, ein *U*, ein *C*, ein …

»Moment!«, rief Rupert und griff nach der Plastiktüte.

»He!«, protestierte der Brandexperte.

»Klara, schau!« Rupert ließ nicht los. »Ein schwarzes T-Shirt mit der Aufschrift *Fuck you!*«

»Sind Sie wahnsinnig? Das sind Beweisstücke.«

»Ich kenne die Frau, der das gehört«, sagte Rupert.

Der Brandexperte riss ihm die Tüte aus der Hand. »Wenn

Sie eine Aussage zu machen haben, gehen Sie aufs Kommissariat!«

Genau so ein T-Shirt hatte Lisa getragen, als sie zum ersten Mal zu Rupert nach München gekommen war. Und jetzt tauchte es zwischen den Trümmern von Raithmaiers abgebranntem Atelier auf! Lisa war hier gewesen. Sie hatte Raithmaier auf eigene Faust nachgespürt, sie war Rupert schon auf dem Huber-Hof und in Sindelsdorf zuvorgekommen. Wie auch immer sie es geschafft hatte, das Atelier ausfindig zu machen, sie war wieder schneller gewesen. Mindestens einen Tag schneller, denn ihr T-Shirt hatte sich offensichtlich schon vor dem nächtlichen Brand im Gartenhaus befunden. Und vor allem, während das Feuer dort wütete. Rupert hielt den Brandexperten am Ärmel fest. »Bitte, ich muss das wissen: Sind da drin Menschen umgekommen?«

Der Mann blickte ihn an, schien mit sich zu kämpfen, ob er solch eine Information einem beliebigen Passanten anvertrauen sollte. Dann sagte er: »Nein, sieht nicht so aus.«

»Sind Sie sicher?«

»Ja, und jetzt schauen Sie, dass Sie weiterkommen!« Der Mann schüttelte Ruperts Hand ab und folgte seinen Kollegen.

Dem Himmel sei Dank, Lisa lag nicht verkohlt unter den Balken. Bloß, was hatte ihr T-Shirt dann hier zu suchen? Sie machte doch nicht Raithmaier ausfindig, um bei ihm ihre Klamotten auszuziehen, sich zu verabschieden und dann nackt durch München zu spazieren! Selbst einer wie Lisa war das nicht zuzutrauen.

»Das muss doch nicht Lisas T-Shirt gewesen sein. Einen schlechten Geschmack haben auch viele andere«, sagte Klara. Sie zückte ihr Smartphone. »Soll ich dir mal fünfzig Firmen heraussuchen, die so etwas anbieten?«

»Komm, hör auf! Das weiß ich doch selbst.« Ein paar versengte Fetzen bewiesen genauso wenig wie ein zerstörtes Atelier, und dass Lisa nicht mehr erreichbar war, konnte zig harmlose Gründe haben. Rupert durfte sich nicht verrückt machen, nur weil sich die paar Fakten problemlos zu einem Katastrophenszenario verbinden ließen: Lisa war Raithmaier auf der Spur gewesen, sie hatte ihn in seinem Atelier gefunden und idiotischerweise allein gestellt. Raithmaier hatte die drei Millionen Euro und sein neues Leben schneller verblassen sehen, als man einen Klecks auf eine Leinwand setzen kann. Ein Anruf Lisas bei der Polizei, und er hätte seine Träume auf die Wände einer Haftzelle malen müssen. Also hatte er sie nicht anrufen lassen. Er hatte sie auch nicht gehen lassen. Ein schwerkrankes und von einer Chemotherapie geschwächtes Mädchen zu überwältigen war kein großes Kunststück. Und dann brachte er sie einfach um und verbrannte die Leiche?

Klara schüttelte dazu nur den Kopf. »Kunst zu fälschen und einen Menschen umzubringen, da liegt doch viel dazwischen, oder?«

»Absolut«, sagte Rupert. Nichts schien domestizierter als der Kunstbetrieb mit seinen Sektempfängen und Sprechblasen. Nichts war weiter von der rohen Gewalt entfernt. Normalerweise. Aber sobald Millionenbeträge auf dem Spiel standen, änderte sich das vielleicht. Sobald es um Lebensträume und Leidenschaften, um Haben und Sein ging, mochte sich so mancher plötzlich auf einem schmalen Steg über dem Abgrund wandeln sehen. Wenn einem da einer entgegenkam und den Weg versperrte … Einer oder eine.

»Das sind haltlose Spekulationen«, sagte Klara.

»Wahrscheinlich«, gab Rupert zu. »Außerdem ist Lisa clever. Die hätte ihn doch nie so unter Druck gesetzt, dass er keinen anderen Ausweg sah, als …«

»Jetzt Schluss mit dem Quatsch! Es gibt keine Leiche, das hast du doch gehört.«

Klara hatte Recht. Es gab keine Leiche, und damit kein Indiz, dass Lisa tot sein könnte. Außer einem T-Shirt, wie es zu Tausenden verkauft wurde. Rupert kontrollierte sein Smartphone. Immer noch nichts von Lisa. Und seine eigenen WhatsApp-Nachrichten an sie waren ebenfalls nicht abgerufen worden. Schon seit Berchtesgaden nicht mehr. Rupert sagte: »Sie ist erwachsen, kann tun und lassen, was sie will. Sie muss sich ja nicht melden, schon gar nicht bei mir.«

»Die hat dich sitzen lassen«, sagte Klara. »Und glaub mir, Rupert, darüber kannst du wirklich froh sein.«

»Verantwortlich bin ich jedenfalls nicht für sie«, sagte Rupert. Außer eventuell dafür, dass er Lisa in diese Geschichte mit hineingezogen hatte. Oder zumindest zugelassen hatte, dass sie sich hineindrängte. Was hatte auch dagegen gesprochen? Sie war clever, unkonventionell und eigeninitiativ, alles Eigenschaften, die Rupert in jeder Stellenausschreibung für die Detektei gefordert hätte. Na gut, attraktiv war sie auf ihre Art auch. Dass es zwischen ihnen geprickelt hatte, mein Gott, das Leben war langweilig genug! Kein Grund, sich Vorwürfe zu machen. Schließlich hatte er sie nicht in einen Krieg geschickt, sondern bloß ins beschauliche Berchtesgaden mitgenommen, um ein paar Informationen zu beschaffen.

Rupert tippte ins Smartphone: *Ich will gar nicht wissen, wo du bist. Nur, ob es dir gut geht. Es reicht, wenn du »ja« zurückschreibst. Aber schreib sofort!!!* Drei Ausrufezeichen, kein Gruß, keine Unterschrift, keine Emojis. Rupert tippte auf Senden und steckte das Smartphone ein. Dann wies er auf die verkohlten Trümmer des Ateliers und sagte: »Nicht sehr wahrscheinlich, dass Raithmaier noch einmal zurückkommt.«

»Aber den *Turm der blauen Pferde* hat er hier gefälscht.«

Das gottverdammte Franz-Marc-Gemälde. Rupert fragte sich, welchen Einfluss es auf Raithmaier gehabt haben könnte. Hatte er in diesen idiotischen blauen Pferden eine Offenbarung und in ihrem Schöpfer ein Vorbild gesehen? Künstler und Kriminelle waren nicht unbedingt das Gleiche. Doch der Kult ums Einzigartige, die Lust am Brechen von Konventionen, das kompromisslose Streben nach dem, was man für die letzte Wahrheit hielt, all das konnte einen labilen Menschen durchaus auf verbrecherische Gedanken bringen. Angesichts des Gemäldes mochte sich Raithmaier gefragt haben, wieso er nicht auch selbst ein ganz anderes Leben anstreben sollte. Unter großzügiger Missachtung von Regeln und Gesetzen, vor allem aber ohne Rücksicht auf Verluste.

Rupert blickte noch einmal ins Handy. Keine neuen Nachrichten.

HUBER-HOF, BERCHTESGADEN 26. Dezember 1995

In der Nacht hatte es gut dreißig Zentimeter hergeschneit, und immer noch war kein Ende abzusehen. Schwere Flocken fielen unerbittlich aus einem farblosen Himmel. Alle waren sie unterschiedlich, und doch trug eine wie die andere gleichermaßen dazu bei, die Welt unkenntlich zu machen. Man konnte wahnsinnig werden, wenn man versuchte, den Weg einer einzelnen zu verfolgen, bis sie sich auf den weißen Teppich ihrer Artgenossen stürzte und darin verschwand. Noch schlimmer war, die Augen nach oben zu richten. Der Blick verlor sich in einem Strudel aus taumelnden, wirbelnden Fetzen, die aus dem Nichts geboren schienen. Aus einem unaufhörlich tätigen, sinnlos schöpferischen, überschäumenden Loch.

Ludwig trat vom Fenster zurück. Die Beine taten ihm weh, und die Bandscheiben auch. In der Stube war es warm, doch Ludwig setzte sich trotzdem auf die Ofenbank. Er lehnte den Rücken gegen die Kacheln, schloss die Augen und wartete darauf, dass die Hitze durch seine Joppe drang. Ludwigs Stammplatz befand sich seinem Bild genau gegenüber, obwohl er eigentlich gar nicht mehr hinschauen musste, um es zu sehen. Über die Jahrzehnte hinweg hatte er sich jede Farbschattierung und jeden Strich so eingeprägt, dass es keinen Unterschied machte, ob er die Lider geschlossen hatte oder nicht. So müsste man die ganze Welt kennen, so müsste man in ihr aufgehoben sein, dachte er manchmal. Und auch wenn er nicht genau wusste, warum, glaubte er fest, dass dann der Tod seinen Schrecken verlieren würde.

Mehr als fünfzig Jahre war es nun her, dass er und das Bild sich gefunden hatten. Ein Tag war auf den anderen gefolgt, und plötzlich war ein halbes Jahrhundert vorbei. Ludwig hatte viel vergessen, aber an seine erste Zwiesprache mit dem Bild erinnerte er sich, als hätte sie gestern stattgefunden. Nichts weniger als ein anderes Leben hatte es ihm versprochen. Ein echtes, wahres, einzigartiges Leben. Nun war der Großteil davon vorüber, und obwohl sein Weg wirklich nicht spektakulär verlaufen war, fühlte sich Ludwig keineswegs betrogen. Reichtum, Erfolg, Abenteuer, all das hatte ihn sowieso nie interessiert. Sich etwas Bestimmtes zu wünschen wäre ihm so lächerlich vorgekommen, wie dem Christkind einen Brief zu schreiben. Anfangs hatte er zwar neugierig abgewartet, was die *Blauen Pferde* ihm bescheren würden und welche Bestimmung sie ihm zugedacht hatten, aber als dann gar nichts geschah, hatte ihn das überhaupt nicht gestört. Er hatte sich selbst gewundert, wie leicht er über seine vage Erwartungshaltung lächeln konnte. Irgendwann, viel später, hatte er begriffen, dass das Bild ihm Tag für Tag alles gab, was es hatte, nämlich sich selbst. Und dass genau dadurch das große Versprechen eingelöst wurde. Das Bild war still, heimlich und unversehens Ludwigs Leben geworden. Er hatte kein anderes, er würde nie ein anderes haben und er brauchte auch keins, denn dieses war wahr und einzigartig genug.

»Ich glaub, es wird weniger draußen«, sagte Franz. »Ich geh mal mit der Schaufel raus. Kommst mit, Ludwig?«

»Was?« Ludwig schlug die Augen auf.

»Du doch nicht, Opa!« Franz lachte. »Ich red mit deinem Enkel.«

Der kleine Ludwig saß auf der Eckbank, den Kopf tief über einen Zeichenblock gebeugt. Auf dem Tisch verstreut lagen die Wachsmalkreiden, die er zu Weihnachten geschenkt bekommen hatte.

»Hilfst mir, die Einfahrt freizuräumen?«, fragte Franz.

Der kleine Ludwig schüttelte den Kopf.

»Komm schon, malen kannst du nachher immer noch!«

Der kleine Ludwig legte die Kreide, die er in der Hand hatte, auf den Tisch und nahm eine andere auf. Er hielt sie nicht zwischen Daumen und Zeigefinger, sondern umschloss sie mit der ganzen Faust. Trotzdem wirkte es keineswegs unbeholfen, als er die Spitze auf dem Papier aufsetzte und konzentriert einen Halbkreis beschrieb.

»Dann geh ich halt allein.« Franz knöpfte die Jacke zu, zog sich die Pudelmütze über die Ohren und verschwand nach draußen. Obwohl die Tür zur Diele nur einen Moment offen stand, schwappte mit einem Schwall eisiger Luft der Geruch von Schnee herein. Die blauen Pferde witterten misstrauisch aus dem Bild. Als ob ein unsichtbares Wolfsrudel durch die Stube streifte, um nach Beute Ausschau zu halten. Ludwig legte die Hände über dem Schoß zusammen und drückte die Schultern gegen die warmen Kacheln.

Sein Enkel hatte nichts bemerkt. Es schien, als könne die Welt um ihn herum versinken. Wenn Block und Malkreiden verschont blieben, würde er das gar nicht bemerken. Aus seinem Gesicht sprach ein heiliger Ernst, wie ihn nur Kinder zustande bringen, die sich völlig selbstvergessen einer Aufgabe widmen. Dass er sich anstrengte, verriet allein seine Zunge. Langsam strich sie an der Oberlippe entlang.

Ludwig lächelte. Dann fragte er: »Was malst du gerade?«

Von draußen war das Schaben der Schneeschaufel auf dem Asphalt der Hofeinfahrt zu hören. Ein hässliches Kratzen, dann Stille, dann erneutes Kratzen. Bald würden sich beiderseits der Einfahrt die weißen Mauern auftürmen, und der Weg in die Welt hinaus wäre wieder passierbar. Man könnte losziehen, wenn es einen Grund dafür gäbe.

»Ludwig, was malst du?«

Der Kleine sah auf. »Ein Pferd, Opa.«

»Wie heißt es denn?«

»Pferde haben eigentlich keine Namen. Die werden ihnen nur von Menschen gegeben«, erklärte der Kleine.

Ludwig stand auf und ging zum Tisch hinüber. Er sagte: »Das ist ja ganz blau.«

»Wie die auf dem Bild da.« Der Kleine legte den Kopf schief und blickte auf das Gemälde an der Wand.

»Das sind verzauberte Pferde«, sagte Ludwig.

»Weiß ich schon«, sagte der Kleine.

»Du weißt aber auch, dass es in Wirklichkeit gar keine blauen Pferde gibt?«

»Doch, Opa.«

»Doch?«

»Ich hab schon welche gesehen«, sagte der kleine Ludwig.

BERCHTESGADEN Sommer 2017

Max hatte sich voller Elan in die Recherchen gestürzt und verfügte inzwischen über eine Liste mit fünfzehn Namen. Fünfzehn Personen, die auf die eine oder andere Weise mit dem seit über zehn Jahren verstorbenen Ludwig Raithmaier in Verbindung gestanden hatten. Fünfzehn mögliche Zeugen für den vertuschten Mord am Journalisten Thorsten Schmelzer. Fünfzehn mögliche Mitwisser, die zur Wahrheitsfindung beitragen konnten.

Freilich, das Verbrechen war 1962 verübt worden, und die Zeit hatte ihre Opfer gefordert. Die meisten Namen auf Max' Liste fanden sich nun auf Grabsteinen im Berchtesgadener Friedhof wieder. Doch selbst wer noch lebte und einigermaßen zurechnungsfähig wirkte, sah Max nur verständnislos an, wenn er nach einem Ewigkeiten zurückliegenden Aufeinandertreffen von Schmelzer und Raithmaier fragte. An den Journalisten konnte sich gar niemand mehr erinnern, obwohl der angebliche Bergunfall damals sicher Tagesgespräch gewesen war. Auch die dürren Erzählungen über Ludwig Raithmaier gaben nichts her, was Max' Verdacht hätte stützen können.

Der Mann hatte anscheinend ziemlich zurückgezogen gelebt. Sicher, der eine oder andere hatte ihn mal in der Kirche, mal auf dem Markt gesehen, hatte hier und da mit ihm ein Geschäft abgewickelt oder übers Wetter gesprochen, doch enge Freunde schien er nicht gehabt zu haben. Man hatte ihn gekannt, ohne viel über ihn zu wissen. Er war eben sein Leben lang da gewesen, dort oben auf dem Huber-Hof, man war mit ihm älter geworden wie mit den Bergen und den Jahreszeiten, und mehr gab es eigentlich nicht zu sagen.

Max ließ sich damit nicht abspeisen. Er erkundigte sich nach Raithmaiers Charakter, wollte wissen, ob jemand gewalttätige oder hinterhältige Züge an ihm bemerkt habe. Er fragte, woran Raithmaier geglaubt und gezweifelt, was er geliebt und gehasst, erhofft und befürchtet habe. Die Antworten bestanden meist aus einem Achselzucken und wurden keineswegs prägnanter, wenn Max nachbohrte. Im Gegenteil, die hilflosen Vermutungen ließen das Bild, das er sich von Ludwig Raithmaier gemacht hatte, eher verblassen. Es schien, als lösten sich seine Konturen langsam auf. Als wäre da durch die Vergangenheit ein farbloser Schatten gewandelt, den gar kein wirklicher Mensch geworfen hatte.

Jedenfalls fand Max auf seiner Tour durch Austragshäuschen und Altenheime niemanden, der sich an ein verdächtiges Detail, an eine zweideutige Bemerkung, an ein unvorsichtiges Halbgeständnis im Suff erinnern wollte. Ludwig Raithmaier ein Mörder? Völlig undenkbar! Max spürte genau, wie sich die Befragten vor ihm verschlossen, sobald er eine solche Möglichkeit bloß andeutete.

Verdammt, der Mann hatte einen Menschen umgebracht! Die Indizien, die Ungereimtheiten des Obduktionsberichts, die unwiderlegbaren Schlussfolgerungen daraus sprachen doch für sich. Interessierte das denn gar keinen? Was ging eigentlich in den alten Leuten vor? Wieso mussten die auf Teufel komm raus einen Toten schützen, dem sein Ruf wirklich egal sein konnte? Warum leugneten die so störrisch einen dunklen Fleck auf einem längst begrabenen Leben? Nur, weil sie einmal Nachbarn gewesen waren? Zu Raithmaiers Lebzeiten hatte sie doch eh nichts mit ihm verbunden als ein gelegentliches »Grüß Gott«.

»Ganz so war das nicht«, sagte die alte Dame im Lehnstuhl. Sie war die Nummer sieben auf Max' Liste, eine Trudi MacMillan. Ihr weißes Haar war frisch onduliert, die weiße Bluse sorgfältig gebügelt, und der schwarze Rock glänzte wie neu. Wenn ihre Füße nicht in alten Filzpantoffeln gesteckt hätten, hätte Max darauf geschworen, dass sie nur darauf wartete, von einem rüstigen Galan zum Sommerkonzert abgeholt zu werden.

»Sie kannten ihn näher?«, fragte Max.

»Früher«, sagte die alte Dame. »Vor langer Zeit. Er hat mir mal einen Heiratsantrag gemacht.«

»Aber Sie haben ihn abgewiesen«, sagte Max mäßig interessiert.

»Ich mochte ihn schon, den Ludwig, doch ich hab gespürt, dass ich nie ganz an ihn herankommen würde. Da war so etwas Fremdes, Dunkles an ihm, das hat mir auch ein wenig Angst gemacht.«

Etwas Dunkles? Angst gemacht? Wusste die alte Frau vielleicht von Raithmaiers Bluttat? Hatte sie zumindest etwas erahnt? Max fragte: »Wann war das denn?«

»In den Nachkriegsjahren. Im Mai 1948 bin ich mit Clive nach Amerika gegangen. Unsere Ehe hat dann nur ein paar Jahre gehalten, aber an so etwas denkt man ja vorher nie. Und wissen Sie, Amerika war für uns junge Dinger …«

»Klar«, sagte Max. Bei manch anderem hatte er das Gefühl gehabt, belogen zu werden, doch Frau MacMillan wollte nur in Jugenderinnerungen schwelgen. Die wusste gar nichts. Nur zur Sicherheit fragte Max: »Und als Sie nach Berchtesgaden zurückkehrten, haben Sie wieder Kontakt zu ihm aufgenommen?«

»Nein, nie. Das letzte Mal habe ich mit ihm am 2. Januar 1948 gesprochen.«

»Das wissen Sie noch?« Max musste das jetzt langsam zu Ende führen. Er hatte noch ein paar Namen auf seiner Liste abzuarbeiten.

»An dem Tag hat Ludwig mir den Antrag gemacht. Nachdem er mich zu einer Hütte in den Bergen hinaufgeführt hatte.«

»Wie romantisch!«, sagte Max. Er erhob sich.

»Es war eigentlich ein wunderbarer Wintertag. Alles war frisch zugeschneit, der Schnee glitzerte in der Sonne, und Ludwig passte mich ab. Es sei lebenswichtig, dass ich mitkäme ...«

»Vielen Dank für Ihre Mühe, Frau MacMillan.« Max streckte ihr die Hand entgegen, doch das nahm sie gar nicht wahr. Offensichtlich sprach sie mit sich selbst und erzählte sich gerade in eine Vergangenheit zurück, in der Max noch lange nicht existiert hatte.

»Ludwig flog den Berg hinauf, weil er es kaum erwarten konnte, mir sein großes Geheimnis zu zeigen. Er war schon seltsam, der Ludwig, so ganz in seiner eigenen Welt, und als er dann ...«

Max zuckte mit den Achseln, ging zur Tür und drückte die Klinke nach unten. Aus dem Flur des Altenheims schlug ihm der Geruch von Kohl und Krankheit entgegen.

»... und als er dann drohte, mich umzubringen, wenn ich

etwas sagen würde ... es war ihm todernst, das wusste ich sofort, und ich bekam einen solchen Schrecken ...«

»Was?« Max wandte sich wieder um.

»Ich kann mich nicht erinnern, wie ich wieder ins Tal hinabgekommen bin. Irgendwann war ich da, und ich bin sofort zu Clive gegangen und wollte ihm alles sagen, aber ich habe ihm nichts gesagt, nur dass ich mit ihm wegwollte, lieber heute als morgen ...«

»Raithmaier drohte, Sie umzubringen, wenn Sie was sagen?« Max stand nun vor dem Lehnstuhl und beugte sich zu der alten Dame hinab. Was zum Teufel war Raithmaiers großes Geheimnis gewesen?

»Ich habe mein Leben lang nicht verstanden, wie das so schnell gehen kann. Wie kann dir einer sagen, dass er dich mehr als alles andere liebt, und im nächsten Moment ist er fähig, dich umzubringen? Ein und derselbe Mensch?«

Zu zeigen, hatte sie gesagt. Nicht, sein Geheimnis zu verraten, sondern zu zeigen. Es war ein Ding, ein Gegenstand. Etwas, das man betrachten konnte. Max fragte: »Hat er Ihnen ein Bild gezeigt? Ein Gemälde?«

»Auf den ersten Blick war es seltsam. Dann fand ich es ganz schön, aber ...«

»Aber ...?«

»... irgendwie auch unheilvoll. Den Ludwig hatte es vergiftet. Wie besessen war er davon. Er hätte mich tatsächlich umgebracht.«

»Es war *Der Turm der blauen Pferde,* nicht?« Max setzte sich wieder. Raithmaier hatte ihr das Bild gezeigt. Er hatte es schon Anfang 1948! Zehn Jahre, bevor er es angeblich nach einer Postkarte malen hatte lassen.

»Ich habe auch nie jemandem etwas erzählt«, sagte die Alte.

»Das verstehe ich, doch jetzt können Sie ruhig darüber reden«, sagte Max. Das war der Beweis, den er gesucht hatte. Der eine feste Punkt, an dem er ansetzen konnte, um diese gesamte gefälschte Vergangenheit aus den Angeln zu heben. Raithmaier hatte das Gemälde mindestens zehn Jahre früher in Besitz gehabt, als alle Welt wahrhaben wollte. Irgendwann hatte er vom Versteckspiel genug und war auf die Idee gekommen, eine Kopie anfertigen zu lassen. Aber was er in seiner Stube an die Wand hängte, war das Original gewesen. Keiner schöpfte Verdacht, nur Schmelzer ließ sich nicht täuschen. Und deswegen hatte er sterben müssen.

»Es wäre sehr wichtig für mich, wenn Sie mir das alles bestätigen würden.« Max fingerte sein Smartphone hervor und schaltete die Tonaufnahme ein. Dann sagte er ins Mikrofon: »Aussage Trudi McMillan. Frau McMillan, Ludwig Raithmaier hat Ihnen also ein Gemälde gezeigt, das er in einer Berghütte versteckt hatte. Sie erinnern sich genau, dass das am 2. Januar 1948 geschah?«

»Natürlich. Es war ein wunderbar klarer Wintertag. Der Himmel war blau, die Schneedecke glitzerte in der Sonne, man sah die Atemwölkchen vor dem Mund und …«

»Was für ein Bild hat er Ihnen gezeigt?«

»Nun, es wirkte fremd und irgendwie unheimlich, als stamme es aus einer anderen Welt. Ich will gar nicht sagen, dass es nicht schön war, doch …«

»Was war denn darauf zu sehen?«

»Da waren …« Die Alte stockte. »Ich … ich weiß nicht. Ich kann mich nur noch erinnern, wie es auf mich wirkte.«

Jedes Atemwölkchen von damals, jedes Wort Raithmaiers hatte sie im Gedächtnis, nur wie das Bild aussah, wollte sie vergessen haben? Max glaubte ihr kein Wort. Anscheinend fühlte sie sich immer noch an ihr Schweigeversprechen gebunden. Oder ihre Todesangst von damals lebte gerade wieder auf. Leise sagte Max: »Ludwig Raithmaier ist 2006 gestorben.«

»Ich weiß«, sagte die Alte.

»Was war auf dem Gemälde?«, fragte Max so sanft wie möglich.

Die Alte schüttelte den Kopf.

»Sie standen vor dem *Turm der blauen Pferde* von Franz Marc, nicht?«

Ihre Lippen zitterten ein wenig, doch die verdammten Worte wollten einfach nicht aus ihr heraus.

»Sagen Sie's, bitte!«, flehte Max.

»Was für ein herrlicher Wintertag damals! Der unberührte Schnee wirkte so ... unschuldig. Als wäre die Welt frisch erschaffen worden und könnte noch einmal von vorn beginnen. Wissen Sie, in Florida ...«

»Das Bild«, sagte Max. »Was war auf dem Bild zu sehen?«

»Es ist so lange her.«

»Frau MacMillan, bitte!« sagte er.

»Es war sehr nett von Ihnen, mich zu besuchen«, sagte sie, »aber jetzt sollten Sie besser gehen.«

Die Maximilianstraße lief in Ost-West-Richtung. Ungehindert stachen die Strahlen der Abendsonne hindurch, fast, als hätten sie diese Schneise durchs Münchner Weichbild gebrannt. Die Fassaden konnten sich im Stilideal nicht recht zwischen Klassizismus und Neogotik entscheiden. Sie wirkten wie Kulissen, die jemand mit eigenartigem Humor in einer trostlosen Wüste aufgestellt hatte. Sicher lagen die Temperaturen noch weit über dreißig Grad, und es schien von Minute zu Minute heißer zu werden, obwohl das objektiv kaum möglich war. Die Sinnestäuschung ging wahrscheinlich auf die Erwartung zurück, dass es mit dem Sonnenuntergang doch kühler werden müsse. Das war aber nicht unbedingt so, wie Klara aus Erfahrung wusste.

Sie erinnerte sich an ihre ersten Sommerferien bei ihrer Mutter in Urbino. Die gnadenlosen Temperaturen hatten das Altstadthaus in der Nähe des Oratorio di San Giovanni Battista fest im Griff gehabt. Sobald die Sonne verschwunden war, begannen die dicken Mauern die Hitze, unter der sie tagsüber gelitten hatten, nach innen abzustrahlen. Auch wenn man alle Fenster aufriss, wurde es während der Nacht immer unerträglicher. Vom Leintuch bis zum Sirren der Moskitos schien alles aus Glut zu bestehen. Mindestens zweimal pro Nacht stellte sich Klara unter die kalte Dusche und legte sich dann nass aufs Bett. Am Morgen wachte sie trotzdem schweißgebadet auf.

Dennoch war es eine schöne Zeit gewesen. Seit der Trennung hatte Klara zum ersten Mal wieder für ein paar Wochen bei ihrer Mutter gelebt. Die hatte sich offensichtlich vorgenommen, ihrer Tochter ein Kontrastprogramm zum Ivanovic'schen Erziehungsstil zu bieten. Mehr als die Besuche bei der italienischen Verwandtschaft, mehr als die gemeinsamen Mahlzeiten und Unternehmungen genoss Klara das Gefühl, dass sich jemand um sie kümmerte und ihre Meinungen zur Kenntnis nahm. Ihre Mutter hatte damals viel Zeit, sie arbeitete nur gelegentlich als Fremdenführerin, die den Touristen die kulturellen Schätze Urbinos nahezubringen versuchte. Klara begleitete sie manchmal auf ihren Rundgängen durch Mittelalter und Renaissance. Dabei entdeckte sie, dass ihr Blick für Gemälde genauer war als der vieler anderer. Sie begann, sich für Kunstgeschichte zu interessieren. Dass sie das Fach später studieren würde, hatte allerdings Ivanovic zu verantworten. Wenn er ihr nicht dringend von diesem »verzopften Kulturscheiß« abgeraten hätte, hätte sie vielleicht etwas Ordentliches gelernt.

Klara warf einen Blick auf die Theaterbesucher, die den Altstadtring in Richtung Kammerspiele und Nationaltheater überquerten. Männer in schwarzen Anzügen, Frauen in langen Abendkleidern. Genau das richtige Outfit, um sich vorführen zu lassen, wie eine halbnackte Medea ihre Kinder dahinmetzelte. Und beim Pausensekt konnte man sich dann über die intensive Schauspielerleistung enthusiasmieren. Oder stand Shakespeare auf dem Spielplan? *Wie es euch Münchnern gefällt* vielleicht?

Aber war das nicht überall so? Wo war denn Kultur mehr als das Freizeitvergnügen einer um Distinktion bemühten oberen Mittelschicht? Wo ließ denn jemand ein Theaterstück, ein Gedicht, ein Bild, eine Installation ans eigene Leben heran? Wahrscheinlich nirgendwo, doch Klara glaubte, dass München noch einen Tick schlimmer war als der Rest der Republik. Dass der schöne Schein hier noch ein wenig wichtiger war, die Selbstzufriedenheit noch ein wenig satter, die Oberflächlichkeit noch ein wenig ungebrochener. Das mochte am Wohlstand der Stadt liegen oder an der Angewohnheit, alles politisch und sozial Störende unter den Teppich zu kehren, oder auch nur an der Masse der Zugezogenen, deren einziges Ziel es zu sein schien, als echte Münchner zu gelten. Jedenfalls fiel keinem mehr auf, dass Sein und Schein nicht das Gleiche waren. Wie sonst wäre es möglich, die zusammengekaufte internationale Fußballertruppe des FC Bayern alljährlich in Lederhosen zu stecken und aufs Oktoberfest zu schicken, ohne dass irgendwer in schallendes Gelächter ausbrach?

Gut abgeschottet unter dem Mir-san-mir-Getue lag die große Leere verborgen, und vielleicht war das auch gut so.

Denn wenn sie mal aufstünde, wenn sie die Muskeln strecken würde wie eine erwachende Raubkatze und auf Menschenjagd ginge, würde sich keiner mehr retten. Manchmal glaubte Klara zu spüren, dass München auf genau das wartete. Insgeheim sehnte sich diese Stadt nach einer Katastrophe, die den ganzen Plunder beiseitewischen würde, damit aus dem Nichts ein neues, wahres, echtes Leben erwachsen könne. Auch wenn keiner wusste, worauf sich das bitte schön gründen sollte.

Dennoch, der Kitzel der Katastrophe blieb. Wie war das beim Amoklauf am Olympiaeinkaufszentrum gewesen? Als reichten neun Opfer nicht aus, wurde daraus in Windeseile ein Terrorakt gemacht. Aus einem längst toten Täter wurden drei Phantome, die in der ganzen Stadt Schrecken verbreiteten. Siebenhundert Anrufe pro Stunde bei der Polizei, hundertdreizehntausend Tweets, die wilde Schießereien am Stachus, im Hofbräuhaus, am Hauptbahnhof, in der Kaufingerstraße, am Isartor erfanden und panische Evakuierungsaktionen provozierten. Die dabei Verletzten wurden in den Krankenhäusern nicht behandelt, da die Notaufnahmen für die Masse an nicht existierenden Terroropfern frei zu halten waren. Die Polizei forderte dazu auf, die Innenstadt zu meiden, der öffentliche Nahverkehr wurde eingestellt, Social-Media-Nutzer boten Unterschlupf in privaten Wohnungen an, als zögen draußen die apokalyptischen Reiter durch die Fußgängerzonen – eine Millionenstadt legte sich in Angstlust selbst lahm und fühlte sich wahrscheinlich noch nie so bei sich selbst wie an jenem Abend. Am nächsten Morgen war alles vorbei. Man schämte sich ein wenig für die eigene Hysterie, machte ansonsten weiter wie zuvor und dachte sich im Stillen, dass die wirkliche Katastrophe schon noch kommen werde.

Die Autos auf dem Altstadtring warfen überlange Schatten, die Theaterbesucher waren verschwunden. Klara wandte sich dem Eingang der »Galerie der Künstler« zu, in der heute eine Sammelausstellung unter dem Titel *Tiefe nach außen* eröffnet wurde. Klara hoffte, lange genug getrödelt zu haben, und tatsächlich schienen die Begrüßungsansprachen schon vorbei zu sein. Die Gäste standen in kleinen Gruppen zusammen und hielten ihre Gläser in den Händen. Das übliche Publikum. Die paar Leute, die Klara nicht wenigstens vom Sehen kannte, waren an einer Hand abzuzählen. Klara lächelte nach links und rechts, während sie sich zu den Getränken vorarbeitete. Wie es das ungeschriebene Gesetz einer Vernissage verlangte, war der Weißwein schlecht und zu warm.

In der Gruppe bei den Griebenschmalzbroten dozierte jemand über die Notwendigkeit, aus der Zweidimensionalität der Malerei in den Raum auszubrechen, ohne sich dabei der Taschenspielertricks illusionistischer Vortäuschung zu bedienen. Klara ließ ihren Blick über die ausgestellten Werke wandern. Viel mehr, als ein paar Objekte auf die Leinwand zu kleben, war den meisten Künstlern zum Thema der Ausstellung nicht eingefallen.

»Nicht dein Geschmack, was?«, fragte eine Stimme neben Klara.

Der Typ war groß und schlaksig, trug Shorts und ein violettes T-Shirt, über dem ein knalloranges Halstuch prangte. Entweder wollte er damit einen Vampirbiss überdecken oder signalisieren, dass er zu den Künstlern gehörte. Letzteres schien Klara wahrscheinlicher, und deswegen sagte sie vorsichtig: »Ein paar interessante Sachen sind schon dabei.«

»Zum Beispiel die Installation dort!« Der Typ wies zum anderen Ende des Raums. Da wischte sich ein Fettwanst, dem die Wampe schwer über den Hosenbund hing, den Schweiß von der Stirn. »*Tiefe nach außen,* wörtlich genommen. Unglaublich, dass das Objekt den Schwerpunkt halten kann.«

»Deine Arbeit?«, fragte Klara.

»Nö, ich bin mehr so der drahtige Workout-Freak.« Er griff Klara an die Schultern und drehte sie um neunzig Grad. »Voilà, meine Schöne!«

Sein Werk bestand aus einem an der Wand befestigten Rahmen, aus dem ein Metallgestell horizontal herausragte. Darüber waren in kunstvollem Chaos verschiedenfarbige Kabel geschlungen, die sich mal trichterförmig verdichteten, mal in losen Strängen ausfransten. Ganz so, als sei eine Leinwand explodiert und habe die Pinselstriche des darauf befindlichen Gemäldes in den Raum geschleudert.

»Und, was hältst du davon?«, fragte der Künstler.

»Ganz ehrlich?«, fragte Klara zurück, ohne wirklich bei der Sache zu sein. Gerade eben hatte sie den Schraubenkönig Schwarzer und seinen Anwalt entdeckt. Die beiden näherten sich der erstarrten Kabelexplosion.

»So ehrlich wie nötig, so schmeichlerisch wie möglich«, sagte der Künstler.

»Ich könnte jetzt natürlich sagen, dass dein raumgreifender, körperlicher Ansatz absolut erstaunlich ist«, sagte Klara. »Dieses notorische Drängen, in dem die Form umschlägt in richtungsweisende Bedeutung. Dieses Anschwellen, die eher physisch als sonst wie spürbaren Avancen, die deine Arbeit macht, visieren auf die ganz großen Horizonte. Wenn also – metaphorisch gesprochen – die Bildfläche von der Wand weg in den Raum hinein ejakuliert, schwappt da eine sichtlich der Moderne geschuldete Ikonographie samt ihrer skurril zwischen zeittypisch inszenierter Reduktion und echtem Freaktum schrammende Bauweise über in Momente des viril Archaischen.«

»Wow«, sagte der Künstler.

»Vielleicht genügt es aber auch zu sagen, dass sich offensichtlich Egon Schwarzer für dein Werk interessiert.« Klara nickte in dessen Richtung.

»Der dort? Das ist Schwarzer? Derselbe Schwarzer, der kürzlich ein paar Millionen für einen gefälschten Franz Marc in den Sand gesetzt hat?«

Wer auch immer geplaudert haben mochte, das Ergebnis der Materialprüfung hatte sich jedenfalls schnell herumgesprochen. Das wunderte Klara kaum. Als Insider zu gelten und sich interessant zu machen, war schließlich eine Kernkompetenz in der Kunstszene. Und noch unwiderstehlicher wurde die Versuchung, wenn man mit hämischer Schadenfreude über einen Sammler herziehen konnte, der genau das besaß, was man selbst gern hätte. Jede Menge Geld. Klara sagte: »Ein paar Euro, um deine Arbeit anzukaufen, sind ihm wahrscheinlich schon geblieben.«

»Du entschuldigst mich einen Moment?«

Den Nachwuchskünstler zog es unwiderstehlich zu seinem Werk respektive den erhofften Verkaufsverhandlungen. Doch daraus schien nichts zu werden. Noch bevor er in Schlagdistanz war, wandte sich Schwarzer von dem Kabelsalat ab. Er wurde auf Klara aufmerksam, und als sie ihm kurz zuwinkte, steuerte er auf sie zu. Wenn er gemerkt hatte, dass über ihn getuschelt wurde, ließ er sich das nicht anmerken. Er wollte wissen, was Klara von der Ausstellung halte, und sagte, ohne eine Antwort abzuwarten: »Ich frage mich immer, ob irgendeine dieser Arbeiten auch in hundert Jahren noch bestehen oder gar als Ikone für unsere Zeit gelten könnte.«

»Lassen Sie mich raten«, sagte Klara. »Die Antwort ist nein.«

»Richtig«, sagte Schwarzer. »Und dann frage ich mich, ob ich eine Ikone der damaligen Zeit richtig eingeschätzt hätte, wenn ich sie vor hundert Jahren in einer x-beliebigen Ausstellung gesehen hätte.«

»Das ist hypothetisch«, sagte Klara.

»Unsinn«, sagte Schwarzer, »wenn Sie ehrlich sind, sind Sie genau wie jeder andere Experte davon überzeugt, dass Sie ein Meisterwerk sofort erkannt hätten.«

»Mit dem heutigen Wissensstand wohl schon, aber ...«

»Na also.« Schwarzer nickte befriedigt. »Apropos Wissensstand: Von Ihrem Chef höre ich ja gar nichts. Wie weit sind Sie denn, was die Provenienz meines *Turms der blauen Pferde* angeht?«

So eine Frage hatte Klara befürchtet. Aber auch auf die Gefahr hin, dass Schwarzer genauso in die Luft ging wie im Doerner Institut, konnte sie ihm schlecht etwas vorlügen, was dann vom schriftlichen Bericht völlig dementiert würde. Sie begann damit, dass man es ihrer Überzeugung nach mit zwei verschiedenen Bildern zu tun habe. Das habe die Nachforschungen erschwert und leider dazu geführt, dass sich die Detektei erst spät mit dem tatsächlich von Schwarzer erstandenen Gemälde auseinandersetzen konnte. Auch wenn eine lückenlose Beweiskette noch nicht vorliege, spreche doch sehr viel dafür, dass Ludwig Raithmaier, wie der Verkäufer wirklich heiße, den angeblichen Marc selbst gemalt habe. Und zwar im Laufe der letzten beiden Jahre in einem Atelier in Pasing, das er wohl extra für solche Zwecke angemietet habe. Nachweisen könne man ihm bereits den Ankauf von Leinwänden, die sich nach Alter und Ausmaßen perfekt eigneten, um den *Turm der blauen Pferde* zu fälschen.

Schwarzer schüttelte unwillig den Kopf.

»Herr Schwarzer, darf ich mich vorstellen?« Das war der

Kabelkünstler. »Mein Name ist Sascha Meininger und ich habe …«

»Sehen Sie nicht, dass ich mich mit der Dame unterhalte?«, blaffte Schwarzer.

»Entschuldigen Sie, ich dachte …«

Der Junge schlich davon. Ganz schlechtes Timing, zweifellos, dennoch tat er Klara ein wenig leid. Schwarzer schien die kurze Unterbrechung augenblicklich vergessen zu haben. Mit überraschend ruhiger Stimme fragte er: »Sie erwähnten ein zweites Gemälde?«

»Das ist leider auch nicht das Marc'sche Original. Zwar hat es sich seit fast sechzig Jahren ununterbrochen im Besitz der Familie Raithmaier befunden, aber nach unseren Recherchen ist es eben erst 1958 von einem Rosenheimer Maler angefertigt worden. Als Auftragsarbeit für den Großvater Ludwig Raithmaiers. Kostenpunkt fünfundsiebzig D-Mark, die Quittung ist vorhanden.«

»Kein Zweifel möglich?«, fragte Schwarzer.

Klara überlegte, ob sie ihm von den Ungereimtheiten der angeblichen Sichtungen des Marc-Bildes im Nachkriegs-Berlin und von den Zügen mit Görings Schätzen erzählen sollte. Diese Spur hatte sie schließlich nach Berchtesgaden geführt und letztlich den Huber-Hof finden lassen. Als seltsame Koinzidenz könnte man auch diese Geschichte mit dem Journalisten Schmelzer werten, einem der Zeugen dafür, dass *Der Turm der blauen Pferde* den Zweiten Weltkrieg überstanden hatte. Er war ausgerechnet in Berchtesgaden tödlich verunglückt. Und wenn schon! Klara rief sich zur Ordnung. Das klänge ja fast so, als habe sie sich von Max' Verschwörungstheorien anstecken lassen. Sie sagte: »Eigentlich nicht.«

»Sie sollten all das besser nochmal überprüfen«, sagte Schwarzer. »Vielleicht gibt es ein drittes Bild, vielleicht haben

Sie einfach nur Mist gebaut. Ich weiß, dass ich den echten *Turm der blauen Pferde* habe, und das hätte ich gern durch Sie bestätigt.«

»Tja«, sagte Klara. Schwarzer machte genauso faktenresistent weiter, wie er sich schon im Doerner Institut präsentiert hatte. Doch nicht immer ging alles so, wie man es gerne hätte.

»Übrigens, für übermorgen sind Sie herzlich eingeladen. Um 19 Uhr präsentiere ich mein Meisterwerk der Öffentlichkeit«, sagte Schwarzer. Er lächelte, wandte sich ab und ging auf seinen Anwalt zu, der gerade auf eine blonde Galeristin einredete.

Klara ließ sich noch ein Glas Weißwein geben. Hatte Schwarzer ernstlich vor, seine amtlich bestätigte Fälschung als Franz Marcs Originalwerk zu feiern? Und sich damit vor aller Welt zu blamieren?

»So ein Arschloch!«, flüsterte der Kabelkünstler Klara zu. Sascha Weininger oder so ähnlich hieß er. Aus rein künstlerischer Sicht musste man sich den Namen wohl nicht unbedingt merken. »Diesem Schwarzer würde ich nicht einmal etwas verkaufen, wenn er mich auf Knien anbetteln würde.«

»Man hat ja auch so etwas wie Selbstachtung«, sagte Klara.

»Eben!« Sascha ließ sein Glas sacht gegen Klaras stoßen. Ein dumpfes Klacken war zu hören, doch da klang nichts nach, da geriet nichts ins Schwingen. Vielleicht waren die Gläser zu voll, vielleicht aus zu schlechtem Material. Sascha nahm einen Schluck und sagte: »Aber vergessen wir den Wicht. Du wolltest noch etwas zu meiner Arbeit sagen?«

»Ein kleiner Tipp, wenn du das nächste Mal eine Frau anbaggerst: Tu so, als ob du dich für sie interessierst! Das mögen wir Frauen. In der Hinsicht sind wir wirklich seltsam.«

»Wenn ich das vorher gewusst hätte!« Sascha machte auf zerknirscht. »Gibst du mir eine zweite Chance?«

»Nein«, sagte Klara.

»Okay«, sagte Sascha, »dann erzähl mir doch was von dir! Mich würde zum Beispiel brennend interessieren, wieso du so viel über Kunst weißt.«

»Ehrlich?«, fragte Klara.

»Ich schwöre. Bei Dürer, Gauguin und Baselitz!«

»Na gut.« Unbarmherzig begann Klara von ihrem Großvater väterlicherseits zu erzählen, der als Schriftsetzer und kommunistischer Gewerkschafter 1933 in die Tschechoslowakei geflohen war und sich dort mit dem Malen von Postkarten – Hradschin, Karlsbrücke, Altstädter Ring – mehr schlecht als recht über Wasser hielt. Als die Nazis einmarschierten, gelang es ihm, sich mit selbst angefertigten Schweizer Personaldokumenten über die Balkanroute abzusetzen. Auf abenteuerlichen Wegen erreichte er Ägypten, wo er mit dem Handel gefälschter Hieroglyphentafeln zu einigem Wohlstand gelangte. Er heiratete eine koptische Christin und zeugte drei Söhne, von denen sich der mittlere, Klaras Vater, als der künstlerisch Begabteste herausstellte. Als die Familie nach der Suezkrise in die USA auswanderte, wurde der damals Zwölfjährige von Comics allgemein und dem Disney-Universum im Speziellen auf eine fast manische Art in den Bann gezogen. Er begann, einzelne Szenenbilder samt Sprechblasen großformatig nachzumalen, und zwar in einem punktierenden Stil, der die industrielle Drucktechnik imitierte.

»Wie Roy Lichtenstein?«, fragte Sascha.

»Roy Lichtenstein probierte damals völlig ziel- und stillos alles aus, was anderen einigermaßen Erfolg beschert hatte«, sagte Klara. »Er wusste nicht, was er wollte, bis er bei einer Schulausstellung zwei Werke meines Vaters sah. Einen Donald Duck und ein läutendes Telefon in wenigen kräftigen Farben. Dass Lichtenstein ihm nicht nur die Idee, sondern auch die gesamte Palette der Darstellungsmittel geklaut hat, hat mein Vater nie überwunden. Lichtenstein schaffte den Durchbruch, und meinem Vater wollte keiner glauben, dass er die Pop Art erfunden hatte. Am Tag, als er volljährig wurde, kehrte er den USA den Rücken und machte sich in Bayern als Lebensmitteldesigner selbstständig. Er hat als Erster Cola und Orangenlimonade gemixt, und da er so schlau war, sich eine prozentuale Beteiligung zu sichern, als er die Rezeptur seines ›Spezi‹ an eine Brauerei verkaufte, musste er sich um Geld keine Sorgen machen. Gemalt hat er allerdings nie mehr. Dafür hat er mich von klein auf in alle erreichbaren Ausstellungen, Museen und Galerien geschleppt, aber nur, um mir an Tausenden von Werken zu beweisen, dass mindestens seit Giotto alles nur geklauter Mist wäre. Die heutigen Künstler seien Zwerge auf den Schultern von früheren Zwergen, die wiederum auf Zwergen ruhten. Und eine Zwergenpyramide mache ihre Bestandteile nicht dadurch bedeutend, dass sie sehr hoch geraten sei.«

»Wow«, sagte Sascha, und dann fragte er: »Gehen wir zu dir oder zu mir?«

»Beides«, sagte Klara. »Du zu dir, und ich zu mir.«

HUBER-HOF, BERCHTESGADEN 5. April 2005

Seit Wochen war Ludwig Raithmaier nicht mehr draußen gewesen. Nicht einmal bis zum Fenster hatte er es geschafft. Nur das trübe Tageslicht, das bis zu seinem Bett vordrang, verriet ihm, dass der Winter genauso müde und hinfällig wie er selbst war. Welchen Anblick die Natur bot, konnte er sich leicht vorstellen. Sicher hielten sich noch abgezehrte Schneefelder in den geschützteren Lagen, doch das einst strahlende Weiß war nun stumpf, verharscht und verdreckt. Es wartete nur darauf, dass endlich die Sonne durchbräche und es mit Gewalt von seinem Dasein erlöste. Alles hatte seine Zeit, und deren Ende war immer jämmerlich.

Als Ludwig begriffen hatte, dass er das Bett nur für den Weg zum Friedhof verlassen würde, hatte er sein Bild in die Schlafkammer bringen lassen. Sein Sohn Franz war eh froh gewesen, dass er es aus der Stube verbannen konnte. Hier war allerdings noch weniger Platz. Damit es überhaupt ging, mussten der Kleiderschrank und das Kruzifix hinausgeräumt werden. Und wenn schon, Ludwig brauchte den ganzen Plunder nicht. Jetzt stand das Gemälde auf den Holzdielen. Der rote Sumpf, in dem das vorderste Pferd watete, wurde durch das Fußende des Betts verdeckt, aber das machte nichts. Ludwig brauchte nur die Augen zu schließen, um sich jeden Farbton zu vergegenwärtigen.

Freilich, auch das Bild war gealtert. Über die Jahrzehnte hatten die Ausdünstungen der Menschen, der aufgewirbelte Staub, die Dämpfe aus Suppenschüsseln, Tabakspfeifen und Kachelofen seine Oberfläche verdunkelt. Man hätte es säubern lassen können, doch dazu hätte man es Fremden anvertrauen müssen. Und im Grunde gefiel Ludwig dieser Firnis der Zeit sogar. Es war ihre gemeinsame Zeit gewesen, ihr gemeinsames Leben. Die Ablagerungen bewiesen, dass er und die Pferde zusammengehörten. Und darunter blieb das Bild so frisch und ungeheuerlich, wie es ihm als Buben im Schein der Taschenlampe entgegengeleuchtet hatte. So sollte es auch sein, wenn seine Knochen längst verrottet waren.

Soweit die Schmerzen es ihm erlaubten, spitzte Ludwig manchmal die Lippen und blies in Richtung der blauen Pferde. Dann stellte er sich vor, dass ein wenig von seinem Leben durch deren Haut drang. Hinein ins Innere, wo sich die Farbschichten in die Seele des Bilds verwandelten. Die blauen Pferde hatten ihn verändert und geprägt. Warum sollte das nicht umgekehrt genauso möglich sein? Vielleicht würde das, was von ihm bleiben würde, in Zukunft aus dem Bild sprechen. Wenigstens zu denen, die es verstanden, einem wahren Kunstwerk zuzuhören. Es war ein schöner Gedanke, obwohl Ludwig klar war, dass er damit nur eine unscheinbare und sehr verletzliche Unsterblichkeit gewonnen hätte. Denn eine Leinwand war schnell zerstört, so stark die Pferde auch wirkten. Wer würde sie hüten, wenn er nicht mehr wäre?

Sein Sohn Franz jedenfalls nicht. Der war vollkommen ungeeignet. Von Kindesbeinen an hatte er sich als einzige Enttäuschung erwiesen. Als einer, der schaute, ohne zu sehen. Als einer, der nicht einmal ahnte, dass es Geheimnisse gab, die größer waren als das Gewöhnliche. Geschweige denn, dass er etwas davon zu greifen vermochte. Der niemals. Ludwig blickte zum Fenster hin. Was er vom Himmel erkennen konnte, war ein wässriges Grau. Vielleicht würde die Sonne für ihn gar nicht mehr scheinen. Er legte die Hände über die brennenden Eingeweide.

Das Klopfen klang zaghaft. Nicht unbedingt so, wie sich der Tod ankündigen würde. Aber vielleicht machte sich Ludwig ja auch falsche Vorstellungen. Vielleicht gab sich der Tod gern sanft und schüchtern. Die Tür schwang langsam auf, Franz streckte den Kopf herein und sagte, dass Besuch gekommen sei. Ludwig versuchte den Oberkörper aufzurichten. Es ging nicht.

»Bleib liegen, Vater!«, sagte Franz. Er trat ans Bett heran und legte seine Hand auf Ludwigs Schulter. »Bitte, Hochwürden!«

Der Pfarrer stellte seine Tasche ab und blieb so am Fußende des Betts stehen, dass er die blauen Pferde größtenteils verdeckte. Ohne sie wirkten die Farbflächen links plötzlich falsch. Selbst der Regenbogen ließ nun an das höhnische Zerrbild eines Heiligenscheins denken, der dem Pfarrer aus dem schütteren grauen Haar gerutscht war. Der Mann trug eine schwarze Jacke über einem ebenfalls schwarzen Pullover. Aus ihm stand ein enger weißer Hemdkragen hervor. Ludwig dachte, dass niemand wissen konnte, wie sich der Tod zu kleiden beliebte.

Franz nahm die Hand von Ludwigs Schulter und sagte: »Hochwürden ist gekommen, um dir die Letzte Ölung …«

»Die Krankensalbung«, verbesserte der Pfarrer. »Wir wollen Gott gemeinsam um Beistand bitten.«

Nein, das war nicht der Tod. Nicht Ludwigs Tod. Der hätte keine schnapsrote Nase und keinen eingeschnürten Hals. Der würde anders aussehen, ganz anders. Und er würde wissen, was er Ludwig in seinen letzten Minuten schuldig war.

»Wenn Sie möchten, können wir zum Herrn auch um die Vergebung Ihrer Sünden beten.«

Trotz seiner Schmerzen hob Ludwig die Hand und bewegte die Finger schwach zur Seite. Der Pfarrer sollte den Blick auf das Bild freigeben. Er hatte dort nichts zu suchen. Merkte er nicht, dass er die Harmonie der Komposition zerstörte und die Farben verdarb? Ludwig sagte: »Gehen Sie!«

»Vater!«, sagte Franz.

»Du kannst es wohl gar nicht erwarten, was?«, sagte Ludwig.

Der Pfarrer sagte: »Unser gütiger Herr und Gott …«

»Raus!«, zischte Ludwig. »Alle beide!«

»Vater, ich bitte dich …«

»Haut ab!«

Der Pfarrer griff nach seiner Tasche. Einen Moment schien er zu überlegen, ob er noch etwas sagen sollte. Dann wandte er sich mit einem gequälten Lächeln zur Tür. Franz lief ihm nach. Wahrscheinlich, um sich wortreich für seinen Vater zu entschuldigen. Und Hochwürden würde so tun, als wäre er nicht gekränkt. Er würde der Familie viel Kraft in diesen schweren Stunden wünschen und schauen, dass er aus dem Haus kam. Dann würde Franz sich auf die Eckbank setzen, den Kopf schütteln und sagen, dass er langsam nicht mehr wisse, was er mit dem Vater anfangen solle. Marie würde dazu nicken und sich bekreuzigen, und irgendwann würden sie auf die Idee kommen, ihren Sohn vorzuschicken. An Ludwig habe der Großvater doch einen Narren gefressen. Vielleicht könne der ihn zur Vernunft bringen. Um Vernunft ging es aber nicht. Es ging darum, jemanden zu finden, der die blauen Pferde hüten würde. Jemanden, der sehen konnte.

Als sein Enkel endlich auftauchte, hieß Ludwig ihn, sich auf die Bettkante zu setzen. »Nein, andersrum. So, dass du auf das Bild schaust.«

»Ich kenn es doch, Opa. Und ich versprech dir, ich werde darauf aufpassen.«

»Du weißt, was es ist?«

Der Junge nickte. Er war erst sechzehn, aber er hatte Augen. Ludwig selbst war noch jünger gewesen, damals am Ende des Kriegs. Er hatte ihm nie erzählt, wie er das Bild gefunden hatte. Er hatte ihm auch nie gesagt, dass es das Original von Franz Marc war. Wenn er es hätte sagen müssen, dann wäre sowieso alles vergebens gewesen.

»Du musst vorsichtig sein, Junge. Wenn du es den falschen Leuten zeigst, werden sie es dir wegnehmen. Mit Paragraphen oder mit Gewalt.«

»Ich werde vorsichtig sein, Opa.«

»Oder sie werden dir Geld anbieten. Sehr viel Geld. Mehr, als du in einem ganzen Leben verdienen könntest.«

»Und was sollte ich damit anstellen?«, fragte der Junge. »Es wär auf jeden Fall zu wenig, um mir das Bild wieder kaufen zu können.«

Ludwig verzog die Mundwinkel und hoffte, dass es wie ein Lächeln aussah. Der Junge war in Ordnung. Er war wie sein Großvater.

»Nur eins würde ich gern wissen, Opa …«

»Was?«

»Es ändert nichts, ich würde es nur gern wissen: Klebt Blut dran?«

Ludwig sah Xavers leblosen Körper am Boden des Eisenbahnwaggons liegen. Er sah den Journalisten unter seinem Hieb zusammenbrechen. Doch selbst wenn er die halbe Menschheit abgeschlachtet hätte, bliebe das Bild nicht so unschuldig wie der Tau der Nacht? Schönheit und Wahrheit konnten nicht besudelt werden. Und genauso wenig derjenige, der dafür lebte. Ludwig sagte: »Nein.«

Der Junge schwieg, und Ludwig sagte: »Wenn ich tot bin, ist es deins. Aber wirklich gehören wird es dir erst, wenn auch du ihm gehörst. Verstehst du das?«

Der Junge nickte.

»Gut«, sagte Ludwig, »dann steh jetzt auf und heb es noch einmal hoch für mich.«

Der Junge tat, wie ihm aufgetragen wurde. Ludwig schloss die Augen und öffnete sie wieder. Er versuchte, das Gemälde so zu betrachten, als sähe er es das erste Mal. Natürlich entdeckte er nichts Neues, das wäre nach all den Jahrzehnten wohl auch zu viel verlangt. Und doch berührte ihn das Bild anders als jemals zuvor. Das verschwommene Rot am unteren Ende wirkte so unwirklich, als käme es aus einer anderen Welt. Die stilisierte Landschaft links geriet in ungeahnte Bewegung und tanzte hinter den Kruppen der Pferde in eine geheimnisvolle Ferne. Die Teile, aus denen der mächtige Turm der Pferde gebaut war, schienen fast ungelenk zusammengefügt zu sein. Kein Wunder, dass er ins Schwanken geriet. Selbst das einst so dominante Blau blätterte unter roten Blitzen und blassgelben Krallenfingern ab.

Ludwig zwang sich, auf nichts Bestimmtes zu achten. Er wollte sehen, wohin das Bild ihn führen würde. Zuerst zog es ihn zum Kreuz auf dem Bauch des vordersten Pferds, dann den blauen Halbmond auf der Brust entlang, die umgekehrt gebogenen blasseren Linien über den Hals hinauf nach rechts. Die dunkelbraune Mähne lenkte seine Augen vom Bildrand zurück, ließ ihn am wachsam aufgestellten Ohr kurz innehalten und dann den Kopf des Pferdes hinabgleiten. Über die weit offenen Nüstern, das fast grimmig wirkende Pferdemaul landete Ludwigs Blick im Zentrum des Gemäldes, auf einem unscheinbaren Dreieck mit leicht gerundeten Seiten. Ob es zum Körper des zweiten Pferds gehörte oder über die Kruppe des ersten hinweg in die Tiefe der Landschaft schauen ließ, war schwer zu entscheiden. Es wäre die einzige Stelle, in der sich der Turm aus geballten Leibern zum Hintergrund öffnete.

Das Dreieck war in einem violett-bräunlichen Ton gehalten, durch den an manchen Stellen ein hellerer Untergrund zu schimmern schien. Auf den ersten Blick diente die Farbgebung einfach dazu, die Umrisse von Pferdekopf, Hals und Rücken deutlich abzuheben. Seltsam war nur, dass Ludwig seine Augen nicht davon abzuwenden vermochte. Diese kleine Fläche zwischen den Pferdeleibern hielt ihn gefangen. Als läge in ihr ein Geheimnis verborgen, das er in all den Jahrzehnten immer übersehen hatte. Nicht umsonst lag sie genau in der Mitte der Komposition. Verbarg sich hier das Kraftzentrum, aus dem die Pferde ihre Energie schöpften?

Und nun begann das kleine Dreieck zu leben. Violette Nebelschwaden schienen darüber hinwegzuziehen und an den weniger dichten Stellen einen kalten, weit entfernten Sternenhimmel durchschimmern zu lassen. Dann hörte die Bewegung auf. Nein, sie änderte nur die Richtung, drängte aus der gemalten Fläche heraus in die dritte Dimension. Das Braunviolett pulsierte, dehnte sich und zog sich zusammen wie ein schlagendes Herz, das man aus dem Gefängnis des Brustkorbs befreit hatte. Auch die Farbe wandelte sich im Rhythmus des Herzschlags, von körnigem Rosa bis zu Tiefschwarz und wieder zurück.

In den dunklen Phasen wallte der pulsierende Fleck nun

immer weiter in den Raum heraus, auf Ludwig zu. Statt an ein schlagendes Herz musste er jetzt an Meereswellen denken, die sich am Strand totliefen und langsam wieder zurückflossen. Er glaubte, das Schwarz in einer fremden Sprache flüstern zu hören und den Sog zu spüren, mit dem es sich – heller werdend – zurückzog. Immer näher kam es und leckte den Sand unter Ludwigs Füßen weg. Unaufhörlich ging das so, hin und her, vor und zurück, hinauf und hinab. Bis zum Ende der Zeiten würde das so weitergehen und, ja, warum nicht? Warum sollte Ludwig nicht loslassen? Wirklich loslassen.

Er ließ los. Sanft nahm ihn der Strom mit. Sog ihn in das Zentrum des *Turms der blauen Pferde.* In ein unscheinbares braunviolettes Dreieck mit leicht gerundeten Seiten.

MÜNCHEN Sommer 2017

Rupert hatte jede Menge Lebenszeit am Telefon vergeudet. Einen Anhaltspunkt, der ihn auf die Spur Ludwig Raithmaiers zurückführen konnte, hatte er nicht gefunden. Entweder gelang es ihm nicht, die richtigen Fragen zu stellen, oder Raithmaier hatte sich jahrelang praktisch unsichtbar durch die Welt bewegt. Es war erstaunlich, wie wenig selbst seine Eltern über ihn wussten. Ach, er habe seine Stelle auf dem Reiterhof gekündigt? Nein, von einem Atelier in München wisse man nichts. Ja, doch, als Kind habe er gern gemalt, er sei halt eher ein Stubenhocker gewesen. Dass er sich ernsthaft für Kunst interessiert hätte, sei niemandem aufgefallen. Zu Besuch sei er schon länger nicht gewesen, aber das sei doch ganz normal bei jungen Leuten, die mitten im Leben stünden. Zum Geburtstag seiner Mutter im Oktober rufe er dann sicher an. Darauf könne man sich verlassen.

Mit wem Rupert auch sprach, Raithmaier blieb ein Schatten. Die einzigen wirklichen Farbkleckse in seinem Leben hatte er anscheinend gesetzt, als er den *Turm der blauen Pferde* fälschte. Und selbst das konnte man nicht mit Sicherheit sagen, denn handfeste Beweise oder gar Zeugen existierten nicht. Die gab es höchstens für den Verkauf der Fälschung an Schwarzer. In Hüttenbrechtshofen zum Beispiel. Im Wirtshaus »Zum Hirschen«. Vielleicht sollte Rupert dort noch einmal nachfragen. Herrgott, er wusste nicht einmal, wie Lisas Vater mit Nachnamen hieß. Rupert suchte die Telefonnummer des »Hirschen« im Internet heraus, doch dann entschied er sich um und machte sich selbst auf den Weg nach Hüttenbrechtshofen.

Lisa hatte nichts von sich hören lassen. Klara gegenüber brauchte er das gar nicht zu erwähnen. Die hätte nur gesagt, dass er sich wahrlich nicht wundern müsse, wenn ein junges Mädchen von den Nachstellungen eines fast doppelt so alten Knackers die Nase voll habe. Da hätte Rupert noch so sehr betonen können, dass überhaupt nichts zwischen ihnen gewesen war. Er fuhr ja auch nur nach Hüttenbrechtshofen, um sich schnell zu erkundigen. Wenn sich Lisa in den letzten Tagen zu Hause gemeldet hatte, würde ihr Vater ihm das bestätigen, Rupert würde abziehen, und die Sache wäre erledigt. Ob er das halb verbrannte T-Shirt überhaupt ansprechen sollte?

Der Fahrtwind auf der Autobahn hatte einigermaßen gekühlt, doch als Rupert am Ortseingang abbremste, spürte er sofort die Hitze drücken. Haustüren und Garagen waren geschlossen, die Fassaden mit den trüben Glasbausteinen litten stumm unter ihrer Hässlichkeit. Langsam fuhr Rupert auf die Kirche zu. Dass aus Hüttenbrechtshofen seit seinem ersten Besuch nicht New York geworden war, verwunderte ihn wenig. Das Leben tobte anderswo. Dennoch wäre es tröstlich gewesen, irgendetwas Neues zu entdecken, und sei es nur eine Oma, die ihren Enkel im Kinderwagen die Hauptstraße auf und ab schob. Aber nichts dergleichen, alles wirkte so verlassen, als sei das gesamte Dorf nur Kulisse und die Zeit vor Langeweile stehen geblieben.

Rupert parkte auf demselben Stellplatz wie vor ein paar Tagen. Er strich die Haare zurück, stieß die Tür zum »Hirschen« auf, sah im Halbdunkel den antiken Kicker in seinem Dornröschenschlaf vor sich hin dämmern und betrat die Gaststube. Am Stammtisch saßen neben dem Wirt dieselben beiden Männer wie neulich vor ihren Weißbiergläsern, auf genau denselben Plätzen. Wie auf Kommando wandten sie ihre Köpfe Rupert zu. Sie schwiegen, und selbst ihre Mienen gaben nicht zu erkennen, dass sie Rupert schon einmal gesehen hatten. Er blickte zur Theke und erwartete fast, dass in der Schwingtür zur Küche Lisa auftauchte. Lisa mit ihrem kahlrasierten Kopf und dem Piercing und den verführerischen Augen, mit ihrem wachen Verstand und dem unbedingten Willen, aus ihrem Leben etwas zu machen. Etwas, das ihrer wert war. Die Schwingtür bewegte sich nicht. Rupert ging zum Stammtisch, legte die Hand auf die Lehne eines freien Stuhls und fragte: »Darf ich?«

Der Wirt nickte. Rupert setzte sich und sagte: »Es geht um Folgendes, Herr … Wie war doch gleich Ihr Name?«

»Roth«, sagte der Wirt. Er griff nach seinem Glas und trank. Auf dem Bierdeckel war ein Pferdekopf abgebildet. Bevor Rupert den Schriftzug der Brauerei lesen konnte, stellte der Wirt das Glas wieder ab. Die beiden anderen starrten Rupert an.

»Ja, Herr Roth«, sagte er, »es geht um Ihre Tochter. Um Lisa.«

Der Wirt zupfte am Rand des Bierdeckels herum. Er hatte dicke, schweißige Finger.

»Da gibt es noch ein paar Unklarheiten. Ich müsste Lisa mal sprechen, weil …« Rupert stockte.

»Was soll das?«, fragte der Wirt.

»Ich will eigentlich nur wissen, ob sich Lisa bei Ihnen gemeldet hat. In den letzten zwei, drei Tagen.«

»Meine Tochter Lisa?« Der Wirt riss ein Stück Pappe aus dem Bierdeckel.

Verdammt, er brauchte doch einfach nur ja oder nein zu sagen. Rupert versuchte, ruhig zu bleiben. »Ehrlich gesagt, mache ich mir etwas Sorgen um sie.«

»Du willst mich verarschen, oder?«

»Sie meldet sich nicht, ist nicht erreichbar. Zuletzt war sie wohl in einem Münchner Atelier, das bis aufs Fundament niedergebrannt ist.«

»Raus hier!«, zischte der Wirt. »Hau ab, bevor ich dir Beine mache!«

»Das muss gar nichts heißen«, sagte Rupert. »Ich will nur sichergehen, dass …«

»Meine Tochter ist tot«, sagte der Wirt mühsam beherrscht. Er zerrieb das Stück Bierdeckelpappe zwischen den Fingern. Die grauen Fasern lagen wie Würmer auf der Tischplatte.

»Tot? Auf keinen Fall. Die Polizei hat die Trümmer durchsucht. Es gab keine Opfer, nicht mal Verletzte.«

»Meine Tochter Lisa ist am 14. Oktober letzten Jahres gestorben«, sagte der Wirt.

»Was?«, fragte Rupert. Drehte der Mann nun ganz durch?

»Und jetzt schau bloß, dass du verschwindest!«

»Aber …«, sagte Rupert und deutete Richtung Theke. »Aber ich habe doch vor ein paar Tagen hier mit ihr gesprochen!«

»Nein!« Der Wirt fuhr hoch, beugte sich über Rupert und packte ihn mit beiden Pranken an den Schultern. Eine Bierfahne strömte auf ihn ein.

Rupert hob beschwichtigend die Hände und sagte: »Natürlich habe ich …«

»Nein, das hast du nicht!« Das Gesicht des Wirts war zornesrot. Rupert wehrte sich nicht, als er bei jedem herausgebellten Satz hart gegen die Stuhllehne gestoßen wurde. »Du hast nie mit ihr gesprochen. Du hast keine Ahnung von ihr. Du hast sie nie gesehen.«

»Dann war da eine andere junge Frau, die …«

»Da war niemand, du Spinner! Schon gar keine andere junge Frau! Da kommt mir auch keine rein. Nicht, solange ich lebe.«

»Sie selbst haben sie doch gerufen«, sagte Rupert. »Lisa, haben Sie gerufen, und dann ist sie da aus der Küche …«

»Jetzt reicht's!« Der Wirt zerrte Rupert aus dem Stuhl hoch. Dann wandte er den Kopf zu den beiden anderen. »War da vielleicht jemand, hä? Sagt es ihm, los!«

»Da war niemand«, sagte der eine Stammtischbruder.

»Wer könnte schon Lisa ersetzen?«, sagte der andere.

»Hast du's jetzt endlich kapiert, du Depp?«, brüllte der Wirt. Rupert taumelte vor seinen Stößen her, stolperte über die Schwelle in den Vorraum hinaus. Krachend schlug die Tür hinter ihm zu.

Der Kicker stand an derselben Stelle wie zuvor, wie vor ein paar Tagen, wie wohl schon vor Jahrzehnten. Mit vier Beinen stand er fest auf dem Boden. Er war da. Rupert trat heran, umfasste den Griff der Stürmerreihe, drehte das Handgelenk und sah zu, wie sich die drei roten Figuren im Gleichklang beugten und wieder hoben. Er wusste doch, was er gesehen und erlebt hatte. Wollten die ihm einreden, dass er verrückt geworden war? Aber wieso? Warum leugnete der Mann offensichtliche Tatsachen? Weil er die Hiobsbotschaft vom Verschwinden seiner Tochter nicht ertrug? Aber dann erklärte man sie doch nicht seit einem Dreivierteljahr für tot.

Rupert langte an seinem Wagen an, sperrte auf, stieg aber nicht ein. Sollte er zurückgehen und noch einmal nachfragen, auch auf die Gefahr hin, Prügel zu kassieren? Er blickte zu den Fenstern der Gaststube zurück. Nichts regte sich. Die

Kirche gegenüber lag auf einer kleinen Anhöhe. Die Zwiebel auf dem gedrungenen Kirchturm war überdimensioniert, die Schindeln der Dachschräge glänzten in der Sonne. Das Haus rechts unterhalb wirkte so, als gehöre es irgendwie dazu. Der Pfarrhof wahrscheinlich. Rupert überquerte die Straße und klingelte. Es dauerte eine ganze Weile, bis eine ältere Frau in Kittelschürze öffnete. Rupert entschuldigte sich für die Störung und sagte: »Ich glaube, ich habe da drüben beim Wirt gerade etwas Falsches gesagt. Wissen Sie vielleicht, was mit seiner Tochter Lisa los ist?«

Die Frau bekreuzigte sich mit einer automatisierten Bewegung und sagte: »Das arme Ding. Fast drei Jahre hat sie gegen den Krebs gekämpft. Operationen, Chemotherapien, Bestrahlungen, alles hat sie tapfer mitgemacht. Die Haare sind ihr ausgegangen, Gesicht und Körper sind eingefallen wie bei den Hungerkindern in Afrika, aber sie hat sich bis zum Schluss nicht unterkriegen lassen. Wir haben für sie gebetet, doch Gottes Ratschluss ist unergründlich.«

»Sie ist gestorben?«, fragte Rupert.

»Letzten Herbst«, sagte die Frau. »Es war eine schöne Beerdigung.«

»Wie geht's meinen drei Frauen?« Max lag auf seinem Hotelbett und versuchte, locker zu klingen. Miriam und seine Töchter hatten sich auf einem Campingplatz an der Adria einquartiert. In Lido di Spina, wo immer das auch sein mochte. Spina, hieß das nicht Dorn? Max würde das bei Gelegenheit mal googeln. Jedenfalls sagte Miriam, dass alles bestens sei, außer vielleicht die Hitze und der überfüllte Strand. Monique sei viel verträglicher, fast so wie früher.

»Schön«, sagte Max. Seltsam war nur, dass er sie nicht zu sprechen bekam. Wenn er mit Miriam telefonierte, war

Monique garantiert gerade beim Schwimmen oder Volleyball, und auf ihrem eigenen Handy war sie nie erreichbar. Zumindest für ihn.

»Kommst du bald nach?«, fragte Miriam.

Wieso eigentlich? Es schien doch ganz gut zu laufen, ohne ihn. Keine Streitereien, kein Türenknallen, kein Geheule, keine spitzen Bemerkungen. Max ahnte, dass all das sofort wieder losgehen würde, sobald er dort auftauchte. Er begriff einfach nicht, was in seiner ältesten Tochter vorging. Ihr Sudelbuch mit diesen fürchterlichen Zitaten hatte sie ihm vor der Abreise vor die Füße gepfeffert. So, als hätte er gedroht, sie sonst nicht fahren zu lassen. Oder als ob er es irgendwie entweiht hätte.

»Max?«, fragte Miriam.

»Ich kann hier noch nicht weg«, sagte er und wünschte viel Spaß am Strand. Er starrte die Reproduktion des *Turms der blauen Pferde* an, die er vor dem Fernseher aufgestellt hatte. Seit er mit diesem verdammten Gemälde beschäftigt war, lief alles aus dem Ruder. Als hinge ein Fluch daran. Das hatte nichts mit Aberglauben zu tun, es war einfach so.

Diese Trudi MacMillan ging ihm auch nicht aus dem Sinn. Die alte Dame musste so um die neunzig sein, war aber im Kopf noch völlig fit. Was das betraf, gäbe es nicht den geringsten Grund, an ihrer Aussage zu zweifeln. Wenn sie denn eine gemacht hätte. Wenn sie nur bestätigt hätte, dass Raithmaier das Bild schon zehn Jahre besessen hatte, bevor er es angeblich malen ließ.

Max spielte die Tonaufnahme auf seinem Smartphone ab. »Frau McMillan, Ludwig Raithmaier hat Ihnen also ein Gemälde gezeigt, das er in einer Berghütte versteckt hatte. Sie erinnern sich genau, dass das am 2. Januar 1948 geschah?«

Seine Stimme klang Max fremd in den Ohren. Irgendwie

falsch. Er starrte auf das Handy und hörte mit wachsender Verbitterung zu, wie sich die Alte auf Ausflüchte und angebliche Erinnerungslücken verlegte, sobald es spannend wurde. Max' Stimme begann zu drängen und zu flehen: »Sie standen vor dem *Turm der blauen Pferde* von Franz Marc, nicht? … Sagen Sie's, bitte!«

»Was für ein herrlicher Wintertag damals! Der unberührte Schnee wirkte so … unschuldig. Als wäre die Welt frisch erschaffen worden und könnte noch einmal von vorn beginnen. Wissen Sie, in Florida …«

»Das Bild. Was war auf dem Bild zu sehen?«

»Es ist so lange her.«

»Frau MacMillan, bitte!«

»Es war sehr nett von Ihnen, mich zu besuchen, aber jetzt sollten Sie besser gehen.«

Max schaltete aus. Das war alles andere als aussagekräftig. Das war gar nichts. Und jetzt? Sollte er aufgeben? Sollte er doch nach Italien fahren? Nach Lido di Spina? Nein, noch war er nicht am Ende. Er konnte sich die Leute, die er schon interviewt hatte, ein zweites Mal vornehmen. Nur würde er sich nun nicht nach einem Mord im Jahr 1962 erkundigen, sondern nach den dreizehn Jahren zwischen Kriegsende und der angeblichen Entstehung von Raithmaiers Bild. Trudi MacMillan musste ja nicht die Einzige sein, die den originalen Marc zu Gesicht bekommen hatte. Und auf dem Huber-Hof würde er sich ebenfalls umhören. Irgendetwas Brauchbares würde Raithmaiers Sohn doch von seinem Vater zu erzählen wissen. Der Huber-Hof, ja. Vermieteten die dort oben nicht auch Gästezimmer?

Die Reproduktion des *Turms der blauen Pferde* lehnte am Fernsehbildschirm. Die Klimaanlage summte leise. Max stand auf, packte seine Sachen zusammen und verließ das Zimmer.

Klara war allein an den Starnberger See gefahren. Sie hatte versucht, den anderen Bescheid zu geben, doch Rupert und Max gingen weder an ihre Handys noch antworteten sie auf WhatsApp-Nachrichten. Außer ihnen wollte sich anscheinend kaum jemand das bevorstehende Spektakel entgehen lassen. Der Rasen vor dem Schwarzer'schen Anwesen war vollgeparkt, die Luxuslimousinen waren dabei eindeutig in der Überzahl. Der Hausherr hatte wohl alles eingeladen, was Geld und Namen besaß. Das würde den Abend nicht unbedingt unterhaltsamer machen.

Klara folgte dem Bediensteten, der sie um die Villa herum zu der großen Terrasse über dem See geleitete. Wahrscheinlich war er genauso ein Angestellter der für den Abend verpflichteten Cateringfirma wie der Typ, der die Gästeliste am Tor abgehakt hatte. Schwarzer hatte die Leute in weinroten Phantasielivrees antreten lassen. Wenn Klara ihm auch nur einen Hauch von Selbstironie zutrauen würde, hätte sie diese lächerliche Ausstaffierung als zarte Anspielung auf das Schmierentheater gedeutet, das später auf dem Spielplan stand. Leider stand zu befürchten, dass Schwarzer sich allen Ernstes als legitimer Nachfolger kunstsinniger Renaissancefürsten sah, und das machte die ganze Show dann nur noch geschmacklos.

Die Stehtische auf der Terrasse waren mit bodenlangen weißen Tüchern bedeckt. Zwischen den Tischen trugen die weiblichen Pendants der livrierten Diener Tabletts umher. Sie lächelten unter ihren weißen Häubchen hervor, wann immer eine mindestens doppelt so alte, gesichtsgestraffte und mit Juwelen behängte Dame der Gesellschaft nach einem Glas Sekt oder Orangensaft griff. An der Terrassenbrüstung wurden gerade Fackeln angesteckt, obwohl das Licht der Abendsonne noch rotgolden über dem See lag. Weiter hinten, zum

Haus hin, kämpfte ein Streichquartett gegen das Stimmengemurmel an. Die Fenstertüren des Salons, in dem Schwarzer die Meisterwerke seiner Sammlung aufbewahrte, waren geschlossen. Der Gastgeber selbst war nirgends zu entdecken.

»Champagner für die Dame?«, fragte eines der Häubchenmädchen.

Natürlich, normaler Sekt war nicht gut genug. Zu einem falschen Franz Marc musste man wenigstens an einem echten Pommery nippen. Klara nahm sich ein Glas und ließ den Blick durch die Menge schweifen. Ach, sieh mal einer an, Dr. Anian Baumgartner war trotz seines zuletzt etwas getrübten Verhältnisses zu Schwarzer eingeladen worden und sogar erschienen. Auch er hatte Klara gesehen und kam sofort zu ihr her.

»Erzählen Sie mir nicht, dass Sie die Laudatio auf das gefälschte Bild halten«, sagte Klara.

»Sie werden lachen, Schwarzer hat mich tatsächlich darum gebeten. Ich müsse mich zur Frage der Echtheit ja nicht äußern. Ich solle einfach die Bedeutung Franz Marcs und speziell die des *Turms der blauen Pferde* herausarbeiten.«

»Und?«

»Ich habe natürlich abgelehnt. Bin gespannt, ob er einen Ersatz gefunden hat.«

»Vielleicht jemanden von auswärts, der vom Ergebnis der Materialprüfung nichts mitbekommen hat?«, fragte Klara.

»Wer zu Marc etwas zu sagen weiß, hat das hundertprozentig mitbekommen. Zumindest, wenn er eine Mail lesen oder einen Telefonhörer ans Ohr halten kann.« Baumgartner lachte und fuhr etwas gedämpfter fort: »Selbst die Kunstbanausen hier wissen alle Bescheid. Merken Sie nicht, wie die Stimmung ist?«

Die Stimmung war etwa so, wie man sie bei einem hauptsächlich aus reichen Sammlern bestehenden Publikum erwarten konnte. Vielleicht etwas aufgekratzter, etwas erwartungsvoller. Als ob man nicht auf die Präsentation eines Gemäldes, sondern auf die Vorführung eines weltberühmten Zauberkünstlers warten würde. Man konnte fast darauf wetten, getäuscht zu werden, obwohl völlig klar war, dass ein solcher Magier nur mit Illusionen arbeitete. Oder würde man sie doch durchschauen, wenn man nur ganz genau hinsah? Jedenfalls würde kein Kunstwerk je so intensiv von einem Vernissagenpublikum unter die Lupe genommen werden wie nachher *Der Turm der blauen Pferde*. Die Frage war, ob die Enttäuschung größer wäre, wenn man die Fälschung erkannte oder wenn man sie trotz des eigenen Vorwissens nicht als solche identifizieren konnte.

»Ob es einen Skandal geben wird?«, fragte Klara.

»Da traut sich doch keiner, den Mund aufzumachen«, sagte Baumgartner. Er angelte sich noch ein Glas Champagner. »Ich selbst werde es auch sein lassen.«

Die Streicher beendeten ihr Stück, und vor der mittleren Terrassentür schlug einer der livrierten Angestellten mit einem Löffel gegen ein leeres Glas. Der Ton schwang leise durch die Dämmerung, genügte aber, um die Gespräche ersterben zu lassen. Plötzlich stand Schwarzer neben dem Diener. Er trug einen schwarzen Frack und forderte mit den offenen Handflächen eine Ruhe ein, die bereits herrschte. Dann begrüßte er die werten Gäste. Er sei froh und glücklich, diesen besonderen, ja, man könne durchaus behaupten, einen historischen Moment mit ihnen teilen zu dürfen. Bevor es aber so weit sei und er die Anwesenden in seine bescheidene Privatgalerie bitte, wolle er gern einen Toast ausbringen. Er ließ sich ein Glas geben, hob es an und sagte: »Auf alles, was wahr ist im Leben!«

Unverständliches Gemurmel antwortete ihm. Die Leute nippten an ihren Gläsern, nur Schwarzer trank noch nicht. Er sagte: »Und auf die, die das zu schätzen wissen!«

»Der zieht die Komödie wirklich durch«, flüsterte Baumgartner Klara zu.

Schwarzer hatte ruhig gesprochen, so selbstsicher wie der Zauberkünstler, der genau wusste, dass er seine Zuschauer im Griff hatte und jeden ihrer Blicke zu steuern vermochte, obwohl oder gerade weil sie mit aller Macht zu erkennen versuchten, wie er sie in die Irre führte. Fast ein wenig verächtlich hatte das geklungen. Täuschte sich Klara, oder hatte Schwarzer wirklich nur sich selbst gemeint, als er auf die angestoßen hatte, die das Wahre zu schätzen wussten? Sie sah zu, wie er das volle Glas beiseitestellte und dem Livrierten einen Wink gab. Der nickte und ging auf den schwach beleuchteten Salon der Villa zu.

Es war inzwischen dunkel genug, dass die Gäste im Licht der zuckenden Fackeln bizarre Schatten warfen. Auch wenn sie still standen, schienen die Gruppen sich zitternd zu bewegen. Körper verschmolzen und verschwanden und tauchten wesensverändert wieder auf. Nur rund um Schwarzer blieb es leer, als verhindere ein unsichtbarer Bannkreis, dass ihm jemand zu nahe kam. Vielleicht eine Minute verharrte er so, dann klatschte er in die Hände, und die Flügel der drei Terrassentüren schwangen auf. Das Licht im Salon wurde heller. Schwarzer ging auf die mittlere Tür zu und rief: »Meine Damen und Herren, bitte sehr: *Der Turm der blauen Pferde* von Franz Marc!«

Klara folgte der Menge in den Salon. Schwarzer hatte das Bild nicht aufhängen lassen. Es stand wieder auf der Staffelei, auf der Klara es bei ihrem ersten Besuch vorgefunden hatte. Nur war es jetzt professioneller ausgeleuchtet. Schwarzer baute sich daneben auf und wartete, bis seine Gäste im Halbkreis versammelt waren. Das dauerte, denn in die gespannte Erwartung hatte sich ein seltsames Zögern gemischt. Es schien fast, als wolle jeder vermeiden, in der ersten Reihe zu stehen.

»Vor ziemlich genau achtzig Jahren war dieses Meisterwerk zum letzten Mal in der Öffentlichkeit zu sehen, in den dunklen Zeiten, als unser München sich Hauptstadt der Bewegung schimpfte«, sagte Schwarzer. Er warf einen Blick auf Baumgartner und fuhr fort: »In den dunklen Zeiten, in denen willfährige Professoren jede moderne Kunst, die etwas zu sagen hatte, als entartetes Gekrakel diffamierten. Aber das wissen Sie natürlich. Viel mehr dürfte Sie interessieren, warum *Der Turm der blauen Pferde* so lange verschollen war, wo er die Jahrzehnte überlebt hat und wie er letztlich zu mir gelangt ist.«

Schwarzer hatte also niemanden gefunden, der sich seinen Ruf mit einer Lobeshymne auf eine Fälschung ruinieren wollte. Das hatte er anscheinend selbst vor, und zwar gründlich. Denn sonst hätte er doch ein wenig angelesenes Wissen über Franz Marc zum Besten geben können und sich nicht ausgerechnet auf die Provenienzgeschichte des Bilds versteift. Da konnte letztlich nur herauskommen, wie er sich von einem Fälscher zum Deppen hatte machen lassen. Klara musterte die Leute neben ihr. Bei dem einen oder anderen meinte sie ein spöttisches Lächeln zu erkennen, aber niemand sagte einen Ton.

Schwarzer begann kurz nach Adam und Evas Vertreibung aus dem Paradies. Er ließ sich über Hermann Görings Kunstsammelwut aus, nannte dessen Chefeinkäufer Walter Andreas Hofer und bezifferte die Dumpingpreise, die der Reichsmarschall mit der deutschen Wehrmacht im Rücken heraushandelte, wenn er sich begehrte Werke nicht sowieso von Leuten schenken ließ, die ihrerseits auf einen Gefallen hofften. Entartete Kunst, und sei sie noch so berühmt gewesen, entsprach freilich nicht seinem Geschmack. Meisterwerke der Moderne konnte man allerdings im nicht vom Deutschen Reich besetzten Teil der Welt zu Devisen machen oder gegen irgendwelche spätmittelalterlichen Drachentöterheiligen eintauschen. Genau zu diesem Zweck hatte sich Göring wohl auch den *Turm der blauen Pferde* gesichert. Nur kam es nie zu einem solchen Geschäft, wie die Fischer-Liste bewies. Also müsse man davon ausgehen, so Schwarzer, dass sich das Werk bis Kriegsende in Görings Besitz befunden habe. Wo genau es gelagert worden sei, wisse niemand, doch nach allgemeiner Überzeugung wohl in Berlin, denn dort sei es nach Kriegsende zweimal gesichtet worden. Nach einer kurzen Pause fügte Schwarzer triumphierend hinzu: »Angeblich!«

Klara horchte auf, und dann staunte sie nur noch. Genüsslich breitete Schwarzer die Unstimmigkeiten der angeblichen Sichtungen aus, klärte sein Publikum über Görings Schatzzüge nach Berchtesgaden und über die Plünderungen in den letzten Kriegstagen auf. Er fragte, wieso zum Henker denn gerade das Marc'sche Gemälde in diesen gestrandeten Zügen keinen Platz gefunden haben sollte. Kurz, er argumentierte, als hätte er den Bericht auswendig gelernt, den ihm die Detektei von Schleewitz nie ausgehändigt hatte. Zumindest Klaras Kenntnis nach war das nicht geschehen. Möglicherweise hatte Rupert vergessen, ihr das mitzuteilen.

Eine Garantie gebe es nie, sagte Schwarzer, aber wenn man etwas finden wolle, sei es durchaus von Vorteil, zu wissen, wo man suchen müsse. Berchtesgaden habe sich dabei als Volltreffer erwiesen. Denn dort habe ein Bauernjunge zwischen dem 5. und dem 9. Mai 1945 dieses Bild hier – Schwarzer wies nach rechts – aus einem der Göring'schen Züge entwendet, und dann sei es über drei Generationen nur ein paar Kilometer entfernt in einem Berghof aufbewahrt worden. In der guten Stube gleich neben dem Kruzifix über der Eckbank, das müsse man sich mal vorstellen! Über siebzig Jahre lang! Erst er, Schwarzer, habe den Enkel überreden können, das Werk wieder der Allgemeinheit zurückzugeben.

Den Namen Raithmaier erwähnte Schwarzer ebenso wenig wie die Recherchen der Detektei oder die Summe, die er für den Ankauf bezahlt hatte. Dass Raithmaier an ihn herangetreten war, schien Schwarzer völlig verdrängt zu haben. Obwohl er das nicht explizit behauptete, ließ seine Darstellung eher vermuten, dass er selbst im Berchtesgadener Land von Hütte zu Hütte gepilgert war, um das Bild ausfindig zu machen. War das die Legende, die er zu stricken versuchte? Die Mär vom unbeirrbaren Einzelkämpfer, den seine Beharrlichkeit letztlich zum Erfolg geführt hatte. Und der genauso über die noch verbliebenen Zweifler triumphieren würde.

In den Gesichtern um sich sah Klara die Vorbehalte nicht verschwunden, aber doch zurückgedrängt. Das Gemälde war da, vor den Augen des Publikums. Eine Geschichte dazu war ebenfalls da, sie klang noch in den Ohren nach. Und mochte sie auch unwahrscheinlich wirken, so war sie doch möglich. So unwahrscheinlich und so möglich wie die Vorstellung, dass der echte *Turm der blauen Pferde* nach achtzigjähriger Unauffindbarkeit hier auf einer Staffelei stand. Beides passte zusammen.

Bisher hatte Klara vor allem auf Schwarzer und die Reaktion seiner Gäste geachtet. Nun erst widmete sie ihre Aufmerksamkeit dem Gemälde. Unbestreitbar besaß es eine beeindruckende Präsenz. Nicht nur wegen seiner Dimensionen und der geschickten Beleuchtungsregie stellte es die anderen Werke an den Wänden in den Schatten. Es lag an der Explosion der Farben, an diesen fast gewalttätig zusammengedrängten Pferdeleibern, die jedem überlieferten Kompositionsprinzip widersprachen und doch auch harmonisch und wahr wirkten. Nun gut, eine gelungene Kopie hätte in der Hinsicht das Gleiche zu bieten. Trotzdem, wenn Klara nicht im Doerner Institut dabei gewesen wäre, hätte sie durchaus nicht ausgeschlossen, vor dem Original von Franz Marc zu stehen.

»Soweit ich weiß, gibt es allerdings einige Ungereimtheiten«, sagte Baumgartner in die fast andächtige Stille hinein. Er konnte also doch nicht den Mund halten. Einen solchen Anflug von Zivilcourage hätte Klara ihm nicht zugetraut. Oder sollte man besser von Tollkühnheit sprechen?

»Die Provenienz ist nachgewiesen«, sagte Schwarzer kühl, »und wenn Sie auf gewisse Kunsthistoriker anspielen, die alle naslang ihre Meinung ändern …«

»Ungereimtheiten materialtechnischer Natur«, sagte Baumgartner.

Schwarzer machte ein paar Schritte. Er ging an der Staffelei vorbei, kehrte um und blieb direkt vor dem Bild stehen. Er musterte es, legte die Fingerspitzen der rechten Hand auf die Kruppe des vordersten Pferds und strich langsam an der Kammlinie entlang. Es war eine zärtliche, ja intim anmutende Bewegung, die Klara dem Schraubenkönig vom Starnberger See zuallerletzt zugetraut hätte. Nichts an ihr erinnerte an den großspurigen und besitzergreifenden Gestus, den er bisher an den Tag gelegt hatte. Sein ganzes Ich schien sich in den Fingerkuppen zu konzentrieren und war sich im schüchternen Fühlen genug. Als ob er das blaue Pferd liebkosen wolle, ängstlich gespannt auf jede Reaktion und bereit, seine Hand beim geringsten Erzittern zurückzuziehen. Kein Zweifel, er respektierte das Bild, er sah es nicht bloß als Wertobjekt an. Fast mochte man meinen, er habe sich in es verliebt, vielleicht sogar ernsthafter als je in ein menschliches Wesen.

Eine kleine Handbewegung oder vielmehr die Art, in der sie ausgeführt wurde, und schon schien da ein völlig anderer Mensch in Schwarzers Haut zu stecken. Einer, der sich mit dem protzigen Industriellen und seiner Was-kostet-die-Welt-Attitüde überhaupt nicht vertrug. Nur, wer war der echte und wer der falsche? Konnte es sein, dass vor diesem Bild der Zwang abfiel, dem er sich tagtäglich unterwerfen zu müssen glaubte? Der Zwang, für die Welt den starken Maxen zu markieren? Ein überraschender Moment machte allerdings noch keinen Charakter aus. Er wischte nicht weg, was man jahrelang verbrochen hatte. Nein, echt oder falsch, das war nicht die richtige Frage, weder in Bezug auf Schwarzer noch auf sonst jemanden. Wahrscheinlich steckte jeder Mensch voller Widersprüche. Selbst wenn man ihm auf den Grund sehen könnte, könnte man nicht sagen, wie oder wer er wirklich war.

Leise, als spräche er eigentlich zu sich selbst, sagte Schwarzer: »Kommen Sie, meine Damen und Herren, kommen Sie näher! Sie auch, Baumgartner, Sie ungläubiger Thomas. Kommen Sie und legen Sie Ihre Hand auf das Bild! Fühlen Sie seine Haut und seine Wunden! Sie werden spüren, dass es auferstanden ist.«

»Titanweiß«, sagte Baumgartner. Er rührte sich nicht vom Fleck. Auch sonst bewegte sich niemand.

»Sie tun mir leid«, sagte Schwarzer. »Sie stehen vor dem *Turm der blauen Pferde* von Franz Marc und merken das nicht?«

»Die vorgetäuschte Craquelierung«, sagte Baumgartner.

»Und selbst wenn«, sagte Schwarzer, »selbst wenn es nicht von Marc stammen würde, müssten Sie erkennen, dass es ein echtes Meisterwerk ist. Weil es uns etwas sagt, über die Welt, über das Leben, über uns selbst. Wer es gemalt hat, ist völlig egal. Und weil er das wusste, hat Marc es nicht einmal signiert. Verstehen Sie, wovon ich spreche? Nein, das können Sie nicht verstehen. Sie können ja nicht einmal schauen. Und schreiben stattdessen dreimalkluge Bücher über Sachen, von denen Sie keine Ahnung haben.«

»Lassen wir es dabei. Man muss nicht immer einer Meinung sein.« Baumgartners Antwort klang lahm, aber er brauchte sich auch nicht mehr groß zu bemühen. Fälschung oder nicht, für ein paar Minuten war die Frage auf der Kippe gestanden, aber nun war sie entschieden. Ein kurzer Blick in die Gesichter der Umstehenden bewies, dass Baumgartner gesiegt hatte. Zwei simple Fachbegriffe hatten ausgereicht, um die von Schwarzer beschworene Aura des Gemäldes zu zerstören. Nur er schien das nicht so zu sehen. Wie er so neben seinem Bild stand, wirkte er plötzlich rundum zufrieden. Von seiner emotionalen Anspannung war nur noch ein leicht spöttischer Zug um die Mundwinkel geblieben. Ein amüsiertes Lächeln, als sei endlich bewiesen, was er schon immer vermutet hatte: Der Rest der Menschheit war strohdumm und würde es immer bleiben.

Die anwesende Menschheit bekam davon nichts mit. Sie nippte am Champagner und unterhielt sich. Solange Schwarzer außer Hörweite war, wies man sich gegenseitig auf die Schwächen des gefälschten Marc hin. Wer gerade noch geschwankt hatte, wollte nun schon immer gewusst haben, dass das nie das Originalgemälde sein könne. Es sei zum Beispiel viel zu zögerlich ausgeführt. Schon am Strich könne man erkennen, dass da einer penibel abkopiert habe, statt eine innere Vision kühn umzusetzen. Vergleichbar sei das mit dem Vorgehen eines Schülers, wenn er die Unterschrift seines Vaters zu fälschen versuche. Sorgfältig, um ja keinen Fehler zu machen, male er die Rundungen der Buchstaben nach und verliere dabei den Schwung aus den Augen, der das Ganze erst authentisch erscheinen lasse.

Das Streichquartett auf der Terrasse begann wieder zu spielen. Durch die geöffneten Flügeltüren drangen Melodiefetzen in den Salon. Vivaldi wahrscheinlich. Die Mädchen der Cateringfirma trugen jetzt Tabletts mit Fingerfood durch die Menge. Der Typ neben Klara griff zu, ohne dabei den Blick von ihrem Ausschnitt zu lassen. Anwalt oder Aufsichtsrat? Jedenfalls ein gut Sechzigjähriger, der sich in einer Kontaktanzeige wohl als »jung geblieben« charakterisieren würde und am liebsten über seine Motorradabenteuer sprach. Einmal Nordkap und zurück, auf Du und Du mit Wölfen und Bären. Klara wandte sich ab, bevor er damit beginnen konnte.

Um Baumgartner hatte sich eine Gruppe gesammelt, die sich über die Methoden aufklären ließ, mit denen man ein Bild auf alt trimmen konnte. Baumgartner dozierte über die Wirkung von Trockenöfen und die Unterschiede zwischen verschiedenen Lösungsmitteln. Am wichtigsten seien aber die Sekundärtugenden, die ein Fälscher, wie jeder andere Handwerker auch, benötige: Sorgfalt, Geduld und die Liebe zu seiner Arbeit. Vielleicht liege der Hauptunterschied zwischen Künstler und Fälscher gerade in ihrem Verhältnis zur Perfektion. Ein Künstler könne sich Fehler erlauben, ja müsse sie sogar riskieren, ein Fälscher dürfe das unter keinen Umständen.

Die erste Geige draußen stürzte unvermittelt ab, und gleich darauf schwiegen auch die anderen Instrumente. Baumgartner sagte: »Beltracchi war handwerklich begabt, aber meiner Meinung nach hätte er niemals ...«

»Das ist ein Überfall!«, brüllte jemand.

Klara fuhr herum. In der mittleren Tür stand eine ganz in Schwarz gekleidete Gestalt. Über den Kopf hatte sie eine Sturmhaube gezogen, die nur die Augen frei ließ. Beide Arme waren waagerecht nach vorn gerichtet. Die Hände steckten in schwarzen Handschuhen und umklammerten eine Pistole.

Das war ein Witz, oder? Das konnte nur ein Witz sein.

»Niemand rührt sich, sonst ...«

Da waren noch zwei andere, nein, drei, vier. Wie aus dem Nichts waren sie aufgetaucht und besetzten die Seitenausgänge. Sie waren ebenfalls vermummt, waren ebenfalls bewaffnet, zielten auf die Menschen im Salon. Ein Glas fiel klirrend zu Boden, eine Frau kreischte auf.

»Maul halten!«, schrie der an der Mitteltür. »Keinem passiert was, wenn ihr tut, was wir sagen.«

Zögernd wich die Menge zurück. Ängstlich bedacht, jede schnelle Bewegung zu vermeiden. Auch Klara tappte mit. Automatisch trugen ihre Beine sie nach hinten, während ihr Hirn dachte, dass sie genauso gut stehen bleiben könnte. Als ob ein Meter mehr oder weniger Abstand zu den Schusswaffen irgendetwas änderte. Wo wollte sie denn hin? In der Wand verschwinden? Nein, da gab es noch eine Tür. Links hinten. Die führte wahrscheinlich in die Wohnräume der Villa. Jetzt nichts riskieren, aber falls ein Schuss fiel, würde Klara ohne zu zögern losrennen. Sie musste bloß die verdammte Tür erreichen. Und hoffen, dass sie nicht abgesperrt war.

Zwei der Maskierten rückten an den Seitenwänden des Salons nach vorn, die Waffe im Anschlag. Wer sich außen befand, drängte in die Mitte des Raums. Als ob eine Herde Schafe zusammengetrieben würde, damit man das geeignete

Schlachtopfer heraussuchen konnte. Was wollten die? Wer waren die? Schafhirten, Cowboys, Bandenkriminelle, Terroristen, Spezialagenten? Das war doch alles Schwachsinn. Klara war einfach im falschen Film gelandet.

Einer der Maskierten hatte nun die rückwärtige Tür erreicht und blockierte den letzten Fluchtweg. Reiß dich zusammen, dachte Klara. Bleib ruhig, beobachte, damit du die Täter später beschreiben kannst. Der da an der Tür war ein Meter achtzig groß, schlank, fast hager. Nike-Sneakers, schwarze Hose, schwarzes langärmliges T-Shirt. So eng, wie sich die Maske der Kopfform anpasste, trug er das Haar kurz oder war kahlgeschoren. Und hielt er die Pistole nicht mit der linken Hand? Ja, er war Linkshänder, das konnte wichtig sein.

»Hinlegen, los!«, befahl der Anführer an der Terrassentür. Er sprach Hochdeutsch. Kein erkennbarer Dialekt, kein hörbarer Migrationshintergrund, keine Russenmafia. Hinter Klara schnaufte jemand so schwer, dass sie den Atem im Nacken spürte. Neben ihr stand eines der Serviermädchen. Das Lächeln war ihm aus dem Gesicht gefallen, aber es hielt immer noch ein Tablett mit Fingerfood vor der Brust. Gefüllte Blätterteigteilchen, Spießchen mit Shrimps auf Polenta, rosa leuchtende Lachsröllchen.

»Alle auf den Boden!«

Niemand machte Anstalten, dem Befehl zu gehorchen. Sich Anzug oder Abendkleid zu beschmutzen schien schlimmer zu sein, als erschossen zu werden. War das etwa ein Signal zum Widerstand? Würden Juristen und Industriellengattinnen in Todesverachtung gleich auf die Maskierten losstürmen? Viel wahrscheinlicher war, dass sie die Worte zwar hörten, aber nicht begriffen. Weil sie immer noch nicht glauben konnten, was gerade passierte. Genau wie Klara. Eine Bande Bewaffneter hatte die Party übernommen.

»Wird's bald?« Der Anführer ging auf einen älteren Herrn in der ersten Reihe zu und zielte mit der Pistole zwischen seine Augen. Der Mann ließ sich auf die Knie sinken, stützte sich ab und legte sich flach auf den Bauch. Links und rechts begannen ein paar andere ebenfalls abzutauchen, und dann war kein Halten mehr. Das Serviermädchen neben Klara stellte das Tablett vorsichtig ab und streckte sich daneben aus. Klara tat es den anderen gleich. Der Parkettboden roch nach irgendeinem Pflegemittel, als wäre er kürzlich frisch eingelassen worden. Und ein wenig nach Lachsröllchen.

»Die Arme nach vorn, und der Kopf bleibt unten!«, sagte die Stimme des Anführers. Irgendwer stöhnte, und dann hörte Klara ein paar Schritte auf dem Parkett. Der Anführer rief: »Du brauchst wohl eine Extraeinladung, Arschloch!«

Klara riskierte einen Blick zur Seite. Der Maskierte ging mit der Waffe in der Rechten auf die Staffelei zu. Daneben stand Schwarzer. Er hielt den Oberkörper leicht nach vorn geneigt und hatte die Fäuste geballt, doch er wehrte sich nicht, als ihm der Maskierte einen Stoß gegen die Schulter versetzte. Schwarzer beugte das Knie. Bevor er sich ganz hinlegte, sagte er: »Damit kommt ihr nicht durch, das verspreche ich euch.«

Der Maskierte beachtete ihn nicht mehr. Er sagte: »So, und jetzt machen wir alle die Äuglein zu und ruhen uns ein wenig aus. In ein paar Minuten ist alles vorbei. Dann könnt ihr weiterfeiern.«

Irgendwer wimmerte. Eine Tür öffnete sich und schlug wieder zu. Für einen Moment hoffte Klara, dass die Bewaffneten einfach abgezogen waren. So plötzlich, wie sie aufgetaucht waren. Wenn sie jetzt den Kopf hob, wäre keiner mehr da, und sie würde sich fragen, ob sie nur halluziniert habe. Aber sie wagte es nicht aufzuschauen, und nein, sie waren nicht verschwunden, Klara hörte sie noch. Sie liefen durch den Salon, sie bewegten sich, sie waren mit irgendetwas beschäftigt.

Ein Überfall. An den Wänden des Salons hingen Werke von Kandinsky, Münter, Jawlensky und anderen Künstlern aus dem Umkreis des Blauen Reiters. Nicht unbedingt die Hauptwerke, aber alles gute Qualität. Wenn man die richtigen Verbindungen hatte, war es kein Problem, die Bilder zu einem sehr ordentlichen Preis loszuwerden. Oder es handelte sich um eine Auftragsarbeit, wie so oft bei spektakulären Kunstdiebstählen. Ein anderer Sammler könnte dahinterstecken, ein Konkurrent Schwarzers, der genau wusste, was es hier zu holen gab.

Die Tür ging wieder auf. Irgendwo rumpelte etwas. Was machten die Typen bloß so lange? Die paar Bilder waren doch im Nu von der Wand genommen. Jetzt hörte es sich an, als durchsuchten sie in aller Ruhe auch den Rest der Villa. Um noch ein paar Silberlöffel als Souvenir einzupacken? Und am Schluss würden sie jedem einzelnen von Schwarzers Gästen Brieftasche und Schmuck abnehmen? Das wäre mehr als dreist. Andererseits, ein solcher Überfall war garantiert lange geplant und genau vorbereitet. Die mussten wissen, dass um die siebzig Gäste anwesend sein würden. Plus Servicepersonal und Streichquartett. Die hätten doch einen weniger belebten Abend gewählt, wenn es ihnen nur darum gegangen wäre, die Villa auszuräumen. Also doch keine Auftragsarbeit? Irgendwie passte das alles nicht zusammen.

Ein paar Meter entfernt läutete ein Handy in einem Retroklingelton, der das Scheppern der Festnetzgeräte von vor fünfzig Jahren imitierte. Es klang etwas gedämpft, wie aus dem Inneren einer vollgestopften Handtasche. In einem Konzert würde die Besitzerin jetzt hektisch zu kramen anfangen und versuchen, den entrüsteten Blicken ihrer Nebenleute auszuweichen. Hier war das nicht ratsam, und so klingelte das Telefon immer weiter. Fünfmal, sechsmal, siebenmal. Klara fragte sich, wieso ihr das Gebimmel so unendlich auf die Nerven ging. Achtmal, neunmal. Dann war Schluss. Gott sei Dank.

»Hören Sie …«, sagte eine Frauenstimme.

»Schnauze!«, zischte der Anführer der Gangster.

Dann wieder Stille, gelegentliche Schritte, Stille, ein Husten. Der Boden war hart. Wie lange dauerte das wohl schon? Drei Minuten, zehn, zwanzig? Die Zeit verging, die Zeit verging nicht. Und Klara lag zwischen Schickeria und Lachsröllchen auf einem Eichenparkett ausgestreckt. Es war absurd. Sie gehörte nicht hierher, sie hatte mit dieser ganzen Gesellschaft nichts zu schaffen. Und schon gar nicht mit bewaffneten Gangstern. Der Lachs müffelte. Oder war das Angstschweiß?

Minuten oder Stunden später schlug wieder eine Tür. Ohne die Bewegungen genau unterscheiden zu können, spürte Klara ein Hin und Her im Raum. Endlich sagte eine halblaute Stimme: »Okay.«

»Alles fertig«, sagte eine andere.

»Gut«, sagte der Anführer. »Ihr zwei bleibt da, bis der Hubschrauber gelandet ist. Wer sich rührt oder einen Ton sagt, wird sofort erschossen.«

»Klar, Chef.«

»Ich hoffe, das hat jeder kapiert«, bellte der Anführer durch den Raum. »Ihr habt es fast überstanden. Versucht jetzt nicht, die Helden zu spielen!«

Jemand entfernte sich Richtung Terrasse. Nein, die Schritte klangen nach mehr als einer Person. Wahrscheinlich zogen auch die angeblichen Aufpasser ab. Die Typen hatten, was sie wollten, und schauten, dass sie ihre Beute so schnell wie möglich in Sicherheit brachten. Eine Flucht per Hubschrauber? Lachhaft. Das mochte glauben, wer die James-Bond-Filme für eine Dokumentarserie hielt. Klara sollte sich jetzt aufrichten, ihr Handy herausholen und die Polizei anrufen. Sie blieb liegen. Sie versuchte zu erspüren, ob noch jemand mit gezückter Pistole im Raum stand. Sie horchte, ob sich von fern das Knattern eines Hubschrauberrotors näherte. Da war nichts. Nicht das Geringste. Nur zur Sicherheit würde Klara liegen bleiben. Eine Minute, höchstens zwei.

Und dann begann jemand zu kichern. Ein wenig künstlich, ein wenig gewollt und noch mit dem Nachklang der Angst infiziert, die damit weggewischt werden sollte. Klara hob den Kopf. Kein Maskierter weit und breit. Dafür hockte ein paar Meter weiter Baumgartner auf seinen Fersen und lachte lauthals. Als gäbe er damit das Signal für die Auferstehung der Toten, kam Bewegung in die Liegenden. Beine winkelten sich an, Hände stützten sich ab, die ersten Oberkörper richteten sich auf. Als das Serviermädchen nach dem abgestellten Tablett griff, war Klara schon auf den Beinen. Baumgartner rief: »Die Idioten haben den falschen Marc geklaut!«

Die Staffelei war leer. An den Wänden hingen die anderen Bilder an ihren angestammten Plätzen. Echte Kandinskys, Münters, Jawlenskys. Vollständig und unversehrt.

»Ausgerechnet den falschen Marc!«, rief Baumgartner, und nun fanden auch andere ihre Sprache wieder. Jemand fragte, ob sie weg seien, jemand wollte die Terrassentüren verrammeln, zwei, drei andere schrien nach der Polizei, und dann war im anschwellenden Stimmengewirr kein Wort mehr zu verstehen. Klara suchte Schwarzer auszumachen, konnte ihn aber in der Menge nicht entdecken. Ihr Blick blieb stattdessen an dem Serviermädchen hängen. Mit der einen Hand strich die junge Frau ihren Rock glatt, mit der anderen umklammerte sie das Tablett mit den Spießchen und den Lachsröllchen, als hinge davon das Überleben der Menschheit ab.

Lass doch sein, dachte Klara und schaute völlig verblüfft zu, wie sich im Gesicht des Serviermädchens langsam wieder das Lächeln aufbaute, das es vorher durch den Saal getragen hatte. Haargenau das gleiche professionell eingemeißelte Lächeln. So, als wäre rein gar nichts geschehen.

Wenn Staat und Gesellschaft einigermaßen funktionieren sollen, geht es nicht ohne Polizei. Das zu bestreiten wäre höchstens einem Gefühlsanarchisten wie Klaras Vater eingefallen. Tatsächlich hatte er, solange Klara sich zurückerinnern konnte, von den Ordnungshütern nur als Bütteln des repressiven Systems, als schlagstockgeilen Idioten oder bestenfalls als uniformierten Clowns gesprochen. Klaras Verstand hatte sich von solchen Urteilen längst distanziert, doch vielleicht war ein wenig der darin zum Ausdruck kommenden Verachtung tief drinnen hängen geblieben. Und zeige es sich auch nur darin, dass Klara von der Effektivität der Polizei nicht die allerbeste Meinung hatte.

Insofern war sie nicht wenig überrascht, als keine zehn Minuten nach dem Überfall die beiden ersten Uniformierten auftauchten. Sicher, Schwarzer war nicht irgendwer, da drückte man das Gaspedal des Streifenwagens schon eher bis zum Anschlag durch, als wenn man zu einem belagerten Asylbewerberheim gerufen wurde. Erstaunlicher als die prompte Reaktion war, dass die beiden Polizisten einen der livrierten Diener eskortierten, der ein großes Gemälde durch die Salontür schleppte. Zwei Meter auf ein Meter dreißig, schätzte Klara, noch bevor der Diener sich so drehte, dass die bemalte Seite der Leinwand sichtbar wurde. Es war *Der Turm der blauen Pferde*.

Die beiden Beamten wirkten, als seien sie einer Vorabendserie des Bayerischen Fernsehens entsprungen. Dass sie eine Gruppe Bewaffneter todesmutig gestellt und ihr das Raubgut abgenommen hatten, schien trotz des Augenscheins kaum glaubhaft. Und was hatte der livrierte Diener, hinter dem sie hertrotteten, mit der Sache zu tun? Steckte er mit der Bande unter einer Decke? War er für den Abtransport des gestohlenen Bilds zuständig gewesen? Und die beiden Streifenpolizisten hatten ihn ertappt und mit ausgestrecktem Zeigefinger ermahnt, den Unsinn zu lassen und das Bild schön brav wieder zurückzubringen?

»Wo soll das Ding hin?«, fragte der Livrierte durch das ferne Heulen der Martinshörner. Die Töne näherten sich der Villa von der Landseite her und verhießen einen Großeinsatz, der in groteskem Gegensatz zur verblüfften Ruhe im Salon stand. Schwarzer wies stumm auf die leere Staffelei. Der Livrierte wuchtete das Bild hoch, stellte es ab, rüttelte einmal vorsichtig am Rahmen, trat einen Schritt nach hinten, rieb sich die Hände und sagte: »So, passt, sitzt und hat Luft.«

Schwarzer starrte auf das zurückgekehrte Gemälde. Er fragte: »Woher haben Sie das?«

»Einen schönen Gruß von den Künstlern soll ich ausrichten«, sagte der Livrierte. »Herzlichen Dank, dass Sie alle bei der Aktion mitgemacht haben! Die Dokumentation können Sie sich dann auf Youtube anschauen, unter dem Titel … Warten Sie mal! …«

»Wie bitte?«, fragte jemand. In der Menge begann es zu raunen.

Der Livrierte hielt sich mit weit ausgestreckten Armen einen Zettel in Augenhöhe und trug laut vor: »Das wäre also der Youtube-Kanal von *Kunstguerilla, Brigade Starnberger See.* Und der Titel ist: *Der blaue Reiter reitet wieder.*«

Klara hatte nicht bemerkt, dass einer der Maskierten gefilmt hatte, doch jetzt zweifelte sie keinen Moment daran. Hatte sie sich nicht von Anfang an wie im falschen Film gefühlt? Von wegen Überfall! Ein paar Idioten hatten das nichtsahnende Publikum für eine Performance zwangsrekrutiert.

»Ich finde das überhaupt nicht witzig«, sagte der jung Gebliebene, der sich für Klaras Ausschnitt interessiert hatte, und dann plapperten alle durcheinander.

»Unerhört!«

»Wenn einer ein schwaches Herz hat, dann …«

»… Spielzeugpistolen, das hab ich doch gleich …«

»Als die Wiener Gruppe in den 1960er Jahren …«

»… kann man sich auch nicht erlauben, bloß weil man Schwarzer heißt!«

»Ein Stillleben? Eine Frozen-moment-Installation?«

»Mein Smoking!«

»… soll wahrscheinlich zeigen, dass der ganze Kulturbetrieb aus den Latschen gekippt ist, aber …«

»… nicht alles, was verrückt ist, ist auch Kunst.«

»Ruhe!«, brüllte Schwarzer und fuhr den Diener an, jetzt gefälligst nachvollziehbar zu berichten, was passiert sei. Der war sichtlich eingeschüchtert und stotterte herum. Nur langsam schälte sich der Ablauf der Ereignisse heraus. Der Livrierte hatte am Eingangstor Dienst geschoben, als die Künstlertruppe in einem Lieferwagen vorfuhr und behauptete, von Herrn Schwarzer persönlich für eine Aktion zur Unterhaltung der Gäste angeheuert worden zu sein. Die fünf netten jungen Menschen hatten ganz offen erklärt, dass sie so tun wollten, als ob sie das gefeierte Bild entführten. Sie hatten den Diener sogar vorgewarnt, nicht zu erschrecken, wenn sie nach Abschluss der Vorführung maskiert bei ihm auftauchten. Er beteuerte, dass er bei Schwarzer nachfragen wollte, ob alles seine Richtigkeit habe, aber Schwarzers Handy sei ausgeschaltet gewesen. Das mochte auch stimmen, denn zu diesem Zeitpunkt hatte Schwarzer gerade seine Rede gehalten. Weitere Schritte hatte der Diener nicht unternommen, da er den Gästen die Überraschung nicht verderben wollte.

Die Künstler waren dann zur hinteren Treppe vorgefahren, und er hatte – wie ihm aufgetragen war – seinen Posten nicht verlassen. Das Tor hatte er verschlossen, nicht weil er den Künstlern wirklich misstraut hätte, sondern nur, um ganz sicherzugehen. Aber als sie dann wieder vorfuhren, das Gemälde ausluden und ihm übergaben, hatte er natürlich angenommen, dass alles in Ordnung war. Sie hatten ihm den Zettel mit der Youtube-Adresse überreicht und ihn gebeten, noch ein paar Minuten zu warten, bevor er das Bild zurückbrächte. Gerade als er losmarschieren wollte, war dann der Streifenwagen mit Tatütata angekommen. Der Diener hatte den Beamten die Sachlage kurz erklärt und sich eigenem Bekunden nach noch gefragt, ob sich die jungen Leute da nicht in Schwierigkeiten gebracht hätten. Kunstaktion hin oder her, so ein Polizeieinsatz sei doch eine ernste Sache und koste ja auch eine Menge Geld.

»In der Tat«, sagte einer der inzwischen auf ein halbes Dutzend angewachsenen Polizisten. Ein zweiter wandte sich an den Hausherrn: »Herr Schwarzer, Sie können doch nicht …«

»Ich hatte keine Ahnung«, sagte Schwarzer mit hochrotem Kopf. »Ich habe niemanden beauftragt.«

»Sicher nicht?« Der Polizist schien nicht recht überzeugt zu sein. Offensichtlich traute er einem reichen Villenbesitzer, der noch dazu auf moderne Kunst machte, ein eher problematisches Verhältnis zur Wahrheit zu.

»Halten Sie mich für einen Idioten?«, bellte Schwarzer.

Baumgartner schaltete sich ein. »Die verstehen sich als

Künstler, nicht als Eventagentur. Meinem Dafürhalten nach haben die ihre eigene Aktion realisiert. Sie mussten doch behaupten, im Auftrag des Hausherrn zu handeln, sonst wären sie ja nicht eingelassen worden.«

Der Livrierte nickte eifrig, als wäre damit bewiesen, dass er alles richtig gemacht hatte. Schwarzer wandte sich an ihn. Mit mühsam kontrollierter Stimme fragte er: »Sie können die Kerle sicher beschreiben?«

»Ja, schon«, sagte der Diener. »Das waren halt so junge Männer, im Alter zwischen zwanzig und dreißig, würde ich sagen, unterschiedlich groß und alle schwarz gekleidet. Ja, und sie hatten eher kurze Haare, die meisten jedenfalls, und einer oder zwei waren – glaube ich – blond. Ich meine, ich habe sie nur kurz gesehen, und dann waren es ja auch fünf auf einen Schlag, die muss man erst einmal auseinanderhalten. Besondere Kennzeichen, also Tätowierungen oder eine Narbe quer durchs Gesicht oder so etwas, habe ich nicht bemerkt, da bin ich mir ziemlich sicher.«

»Dann sind sie ja schon so gut wie identifiziert«, ätzte Schwarzer.

»Jedenfalls, gestohlen worden ist also nichts?«, fragte der Polizist.

Schwarzer musterte den *Turm der blauen Pferde* auf der Staffelei. Langsam schüttelte er den Kopf.

»Sie können natürlich Anzeige wegen Hausfriedensbruch erstatten«, sagte der Polizist.

»Wir und die Staatsanwaltschaft werden schauen, was sonst noch zu machen ist«, sagte ein zweiter, »eventuell Nötigung, unerlaubter Waffenbesitz, Vortäuschung einer Straftat …«

»… aber ich fürchte, da wird nicht viel mehr als grober Unfug bleiben«, sagte der erste Polizist.

»Ich verzichte auf eine Anzeige«, sagte Schwarzer und

wirkte dabei plötzlich ganz ruhig. So, als sei das ein Entschluss, der diesen völlig aus dem Ruder gelaufenen Abend wieder ins Lot brächte. Schwarzer ließ den Blick über seine Gäste schweifen. Auf Klara schien er einen Moment länger zu verharren, oder bildete sie sich das nur ein? Dann erklärte der Schraubenkönig vom Starnberger See und glückliche Wiederbesitzer eines gefälschten Meisterwerks in einem Ton, der keine Nachfrage zuließ, dass das Fest zu Ende sei. Er wünsche allen Anwesenden eine gute Heimfahrt.

Max wandte die Strategie an, die sich schon bei der Berchtesgadener Polizei bewährt hatte. Er stellte sich als Biograph des berühmten Journalisten Thorsten Schmelzer vor und berichtete von dessen tragischem Bergunfall. Franz Raithmaier reagierte ziemlich zurückhaltend, als er erfuhr, dass sein Vater diesen Schmelzer wohl als Letzter lebend gesehen hatte. Dass Max seinen Mordverdacht besser für sich behielt, war ihm vom ersten Moment an klar. Er ließ sich jedoch nicht beirren und plapperte mit vorgetäuschtem Enthusiasmus auf Raithmaier ein. Hier, unterhalb des Rauhenkopfs, sei genau der richtige Platz, um sein Buch in Ruhe fertigzustellen. Die inspirierende Nähe des Unglücksorts, der weite Blick, die Ruhe. Kurz, er würde gern ein Gästezimmer mieten und zahle gleich für eine Woche im Voraus. Franz Raithmaier willigte zögernd ein.

Die Idee, als Buchautor aufzutreten, war aus der Not geboren, doch Max fühlte sich fast von der ersten Minute an in seiner Rolle wohl. Aus irgendeinem Grund genoss er es, ein anderer zu sein. Sein Ziel, ein längst vergangenes Verbrechen nachzuweisen, hatte er deswegen keineswegs aufgegeben. Im Gegenteil, ihm schien, als erlaube ihm die Maske der neuen Identität, näher an die Sache heranzutreten, andere Fragen zu stellen, ungewohnte Perspektiven auszuprobieren. Er brachte sein Gepäck in das Gästezimmer im Nebengebäude, packte den Laptop aus, schnupperte kurz dem Duft nach, den die Holzvertäfelung ausströmte, und trat wieder hinaus in die Sonne.

Hier also war jahrzehntelang der *Turm der blauen Pferde* aufbewahrt worden, hier hatte der alte Raithmaier ungestraft gemordet und sein Leben zu Ende gelebt. Max sah sich um. Er musterte die windschiefen Fensterläden des Berghofs, die alten Balken, die Sitzbank neben dem Eingang, den Schuppen, er fragte sich, wann wohl das Dach erneuert und der Anbau fertiggestellt worden war. Er strich am Zaun entlang, der die Pferdeweide abgrenzte, und hielt seine Finger unter das eiskalte Wasser, das aus einem Messingrohr in eine Holzwanne plätscherte. Ob sich Ludwig Raithmaier darin das Blut abgewaschen hatte?

Ohne genau zu wissen, wonach er suchte, ging Max die Runden nach, die Raithmaier mutmaßlich Tag für Tag absolviert hatte. Er zählte die Schritte zwischen Wohnhaus und Schuppentür, zwischen Schuppen und Pferdetränke, zwischen Tränke und Holzlege. Gegen Abend setzte er sich auf die Bank an der Südseite und sah zu, wie sich die Dunkelheit langsam übers Tal legte und die Lichter in den Häusern ansprangen. Auch wenn sich der Verkehr dort unten sicher vervielfacht hatte, wenn einiges neu gebaut worden war, dürfte sich der Blick im Ganzen kaum verändert haben. Zumindest das Weichbild des Tals, die schwarzen Massen der gegenüberliegenden Bergketten und das Blinken der Sterne darüber musste Ludwig Raithmaier schon vor einem halben Jahrhundert so wahrgenommen haben. Max wunderte sich, wie leicht es ihm fiel, sich in den Alten hineinzuversetzen. Er rief nicht mehr bei seiner Familie an und legte sich früh schlafen.

Auch am nächsten Morgen gelang ihm der Zeitsprung mühelos. Die Ereignisse vom 12. Mai 1962 traten Max nun klar vor Augen. Obwohl er wusste, dass es an jenem Tag geregnet hatte, kam es ihm vor, als ob ein Sonnenstrahl die Jahrzehnte aufgebrochen hätte und jedes Detail überscharf herausmodellierte. Plötzlich schien ihm die Kreideinschrift der Dreikönigssänger mit der Jahreszahl 1962 über der Tür des Huber-Hofs aufzuleuchten. Am Türstock waren dunkle Blutspuren zu erkennen, und selbst das Gras, über das Raithmaier den Erschlagenen zum Schuppen geschleppt hatte, hatte sich noch nicht wieder aufgerichtet.

In seiner Vorstellung konnte Max förmlich zusehen, wie der Mörder sein Opfer in eine Plane wickelte und ein altes Seil darumschlang, er konnte ihn keuchen hören, als er das Bündel auf einen Pferderücken wuchtete und den Gaul – einen braunen Kaltblüter – nach einem vorsichtigen Blick durch das Schuppentor hinausführte. Max stieg bergauf Richtung Rauhenkopfgipfel und fühlte dabei das Herz Raithmaiers klopfen, vor Angst, trotz des Nieselregens einem Wanderer zu begegnen. Aber alles ging glatt, er fand eine Stelle, die sich eignete, und als er die Leiche so zwischen die Felsen gelegt hatte, dass es nach einem Absturz aussah, tätschelte er seinem Pferd den Hals und atmete durch. Auf dem Rückweg spürte er den Regen kaum mehr. Mit jedem Schritt breitete sich ein fast irres Hochgefühl in ihm aus. Er hatte es geschafft, keiner konnte ihm was, am liebsten hätte er seine Erleichterung ins Tal hinuntergeschrien.

Aber das hatte Ludwig Raithmaier nicht getan. Und auch später hatte er anscheinend eisern geschwiegen. Klar, wer einen Mord begangen hatte, plapperte nicht in der Gegend herum, und einer wie Raithmaier, der nur für sich und sein Gemälde lebte, schon gleich gar nicht. Trotzdem, könnte er sich nicht irgendwem anvertraut haben? Seiner Frau vielleicht? Einem Pfarrer, der dem Beichtgeheimnis unterworfen war? Nein, der *Turm der blauen Pferde* war der Beweis dafür, dass Raithmaier alles, was ihm wichtig war, vor der Welt verborgen hatte. Seinen Mord hatte er mit sich selbst abzumachen.

Gedanken sind Drachen. Du kannst sie fliegen lassen oder einfangen. Und wenn du ein Ritter bist, kannst du sie töten. Max wusste nicht, wieso ihm gerade jetzt die Sätze aus Moniques Sudelbuch einfielen, doch sie brachten ihn auf eine Idee: Könnte der alte Raithmaier nicht so etwas wie ein Tagebuch geführt haben?

»Was hätte mein Vater da schon reinschreiben können?«, fragte Franz Raithmaier, als er von Max daraufhin angesprochen wurde. Er wirkte belustigt, aber keineswegs abweisend. Anscheinend durfte man als Schriftsteller auf seltsame Ideen kommen und sich ohne wirklichen Anlass für wildfremde Menschen interessieren.

Max ermahnte sich im Stillen, seine Rolle glaubhaft einzuhalten. Er musste daran denken, ab und zu gut sichtbar auf seinen Laptop einzutippen. Laut sagte er: »Jeder Tag ist besonders, wenn man ihn mit wachen Augen betrachtet.«

»Das hätte auch vom Vater kommen können«, sagte Raithmaier. Der Alte habe ihn oft genug zusammengestaucht, weil er das Wesentliche nicht sehe.

Da war wohl etwas Wahres dran. Jahrzehntelang hatte Franz Raithmaier nicht erkannt, dass er mit einem echten Franz-Marc-Meisterwerk aufgewachsen war. Bis heute hatte sich daran anscheinend nichts geändert. Max verzichtete darauf, ihn aufzuklären, er wollte jetzt auf etwas anderes hinaus. Er sagte: »Und ein- oder zweimal im Leben erlebt jeder Mensch etwas Unerhörtes. Etwas, das ihn zumindest denken lässt, dass man es niederschreiben müsste. Das ging Ihrem Vater sicher genauso.«

»Möglich«, sagte Raithmaier, »aber ein Tagebuch hat er trotzdem nicht geführt.«

»Sehr schade. Ich meine, Sie als Sohn müsste es doch interessieren, was die einschneidendsten Erfahrungen seines Lebens waren.«

»Na ja, die Hochzeit mit meiner Mutter, nehme ich an. Meine Geburt und die seines Enkels. Vielleicht auch, als er den Hof überschrieben bekam.«

»Erzählen Sie mir ein wenig mehr?«, fragte Max. Er hörte aufmerksam zu, ließ sich dieses oder jenes präzisieren und lenkte Raithmaier vorsichtig auf die Zeitspanne zwischen 1945 und 1958 hin, ohne der Versuchung zu erliegen, Marcs *Turm der blauen Pferde* zu erwähnen. Raithmaier tat das allerdings genauso wenig. Nichts in seinen Geschichten ließ den Schluss zu, dass sein Vater das Bild aus dem Göring-Zug entwendet haben könnte.

Immerhin kam Raithmaier nun darauf zu sprechen, was sein Vater von den letzten Kriegstagen berichtet hatte. Damals habe ein Mordsdurcheinander geherrscht, auch in den Köpfen. Die einen wollten partout nicht aus ihrer nazibraunen Haut schlüpfen, die anderen waren schon halbe Amerikaner, bevor sie den ersten GI gesehen hatten. Man hatte aber keinem an der Nasenspitze angesehen, zu welcher Gruppe er gehörte. Wenn man auf einen ganz Fanatischen traf, konnte schon der falsche Gruß tödlich enden. Ein einfaches »Grüß Gott« zum Beispiel. Nur deswegen war ein Jugendfreund des Vaters noch im Mai 1945 von einem versprengten SS-Trupp wie ein Hund erschlagen worden. Der fünfzehnjährige Ludwig hatte das aus nächster Nähe miterlebt. Zwei Tage war er schwer traumatisiert durch den Wald geirrt, bevor er den

Mut gefunden hatte, das Verbrechen zu melden. Irgendwie schaffte er es dann doch, selbst damit klarzukommen, denn an psychologische Betreuung war damals natürlich nicht zu denken.

»Natürlich nicht«, sagte Max und dankte Raithmaier, dass er sich so viel Zeit genommen habe. Vielleicht ergebe sich ja die Gelegenheit, die eine oder andere Frage später zu vertiefen. Jetzt rufe die Arbeit. Er, Max, wolle sich ein paar Notizen machen. Ihm sei da gerade eine Idee gekommen, die es wert wäre, festgehalten zu werden.

MÜNCHEN-PASING 12. Oktober 2012

In zwei grundlegenden Punkten stimmte Ludwig mit seinem verstorbenen Großvater überein: Das Bild war ein Meisterwerk, und es barg ein Geheimnis in sich, das einen unrettbar gefangen hielt. Doch dass der Großvater es dabei belassen hatte, dass er sich sein Leben lang damit zufriedengegeben hatte, das Gemälde zu besitzen und immer wieder anzuschauen, das verstand Ludwig nicht. Geheimnisse verlangten danach, aufgedeckt zu werden. Rätsel mussten gelöst werden, besonders, wenn sie sich so besitzergreifend ins eigene Leben drängten. Sonst war das doch gar nicht auszuhalten!

Ludwig hatte damit begonnen, alles zu lesen, was Kunsthistoriker zum *Turm der blauen Pferde* zu sagen hatten. Er hatte Klaus Lankheits Werkmonographie studiert, Peter-Klaus Schusters Aufsatz *Vom Tier zum Tod. Zur Ideologie des Geistigen bei Franz Marc,* Johannes Langners Abhandlung über die Sakralisierung des Tierbilds bei Franz Marc und die von Kai Artinger über die künstlerische Darstellung wilder Tiere im Zeitalter der zoologischen Gärten. Ein studierter Kopf hatte die übereinandergetürmten Pferde als Erlösungshoffnung und Streben nach der Vereinigung mit dem Himmel interpretiert, ein anderer hatte in ihrer stählernen Heroik den entschlossenen Willen zum Geisteskampf entdeckt, ein dritter wollte bei Marc sogar eine »explosive Gärverbindung des spirituellen Faschismus« ausgemacht haben. Der Regenbogen wurde mal als Altarsymbol, mal als apokalyptisches Motiv gedeutet, und so ging es fort.

Es war nicht so, dass Ludwig an der Klugheit dieser Gedanken gezweifelt hätte. Sie brachten ihn nur nicht weiter. Was er brauchte, war nicht Klugheit, sondern Wahrheit. Nicht Interpretationen, sondern eine Erklärung, worin die Wirkung dieses Bilds wurzelte. Wenn ihm die professionellen Kunstbetrachter keine befriedigende Antwort geben konnten, dann vielleicht der Mann, der es geschaffen hatte?

Ludwig hatte sich auf die schriftlichen Hinterlassenschaften von Franz Marc gestürzt, seine Aufzeichnungen, seine Korrespondenz mit August Macke, Wassily Kandinsky und Else Lasker-Schüler, seine Briefe aus dem Feld. Er hatte Marcs Auffassung von der Farbe Blau als Ausdruck des männlichen Prinzips nachzuvollziehen versucht, seine »Sehnsucht nach dem unteilbaren Sein« und sein Bemühen, in der Kunst die »ichsüchtige Enge« zu überwinden. Um dieses Ziel zu erreichen, wollte Marc nur noch »das Allereinfachste« malen, »denn nur in dem liegt die Symbolik, das Pathos und das Geheimnisvolle in der Natur«.

Worte, es blieben Worte. Oft genug klangen sie unscharf, bloß behauptend oder sogar widersprüchlich, und selbst wenn sie Ludwig einleuchteten, nützten sie ihm überhaupt nichts. Er hatte schon geahnt, dass er wieder auf der falschen Spur war, als er in einem Brief Marcs an Delaunay las: »Meine Kunst ist das Einzige, wofür ich weder Worte finde noch Erklärungen … Ich male so, wie ich lebe: instinktiv. Erst wenn eine Arbeit fertig ist, wird mir meine Entwicklung bewusst.«

Und endlich glaubte Ludwig, zu begreifen. Er war nicht gänzlich in die Irre gegangen. Der Schlüssel zum Verständnis des Bilds lag durchaus beim Künstler, nur nicht in seinen nach Begriffen suchenden Ideen, sondern in seinem Tun. Was hatte der Großvater auf dem Totenbett gesagt? Das Bild würde Ludwig erst dann wirklich gehören, wenn auch er dem Bild gehörte. Der Großvater hatte sich getäuscht. Das Bild würde Ludwig gehören, wenn er es malen konnte. Wenn er es genauso malen konnte, wie Marc es gemalt hatte. Dazu musste er kein zweiter Franz Marc werden und schon gar nicht die gleichen halbgaren Gedanken umherwälzen. Schließlich wusste er bereits, wo er ankommen wollte. Er musste es einfach tun. Er würde sich vor eine leere Leinwand stellen, die Grundierung auftragen und loslegen. So lange würde er probieren, bis es sich richtig anfühlte. Bis ihm Augen, Hand und Herz sagten, dass kein Pinselstrich anders sein durfte. Und falls es gelänge, falls er nach Monaten oder Jahren aus sich selbst heraus ein Bild zustande brächte, das vom Original nicht zu unterscheiden war, könnte er dessen Geheimnis vielleicht immer noch nicht mit Worten ausdrücken, aber er hätte es verstanden. Weil er es selbst erschaffen hatte. Weil es seins war.

Und so hatte er sich an die Arbeit gemacht. Er hatte das Atelier angemietet, er hatte sich Leinwände, Farben und Pinsel besorgt, ohne auf besondere Qualität zu achten. Dafür war später noch Zeit, zuerst musste er selbst besser werden. Jede freie Minute hatte er vor der Staffelei gestanden, und anfangs war er immer auf die gleiche Art und Weise vorgegangen. Er hatte ein paar Minuten lang das Originalgemälde von Marc betrachtet und es dann umgedreht gegen die Atelierwand gelehnt. Schließlich ging es nicht darum, das Bild einfach abzumalen, sondern nachzuschaffen.

Obwohl Ludwig das Bild genauestens zu kennen glaubte, waren ihm bei den ersten Versuchen groteske Fehler unterlaufen, die bewiesen, wie sehr ihm seine Alltagswahrnehmung noch im Weg stand. So hatte er einmal vier Pferdeleiber gemalt und erst beim nachträglichen Vergleich festgestellt, dass Marc zwar vier Pferdeköpfe ins obere rechte Viertel der Leinwand gesetzt hatte, aber nur drei davon einen Körper besaßen. Vier Köpfe, drei Körper, es klang verrückt, doch nur das sorgte für die innere Spannung und brachte die monumentale Fragilität der Turmkonstruktion hervor.

Mit der Zeit unterliefen Ludwig solche Fehler nicht mehr. Ganz im Gegenteil, wenn er sich nun an die Form eines Pferdeauges, an eine prismatische Brechung oder eine Farbnuance in der Landschaft links nicht mehr erinnerte, geschah es immer öfter, dass er von sich aus zu Lösungen fand, die denen von Franz Marc weitgehend glichen. Fast übermütig probierte er wider besseres Wissen seine eigenen Varianten aus. Er machte den Hals des ersten Pferds ein wenig schmaler, das rechte Vorderbein muskulöser und mischte einen Hauch Blau in den Regenbogen. Dann trat er zurück und schaute.

Es stimmte nicht. Und das lag keineswegs daran, dass es sich mit seiner Erinnerung an das Originalgemälde nicht völlig deckte. Es stimmte aus sich heraus nicht. Jede kleine Änderung schien die Gesamtwirkung zu beeinträchtigen. Ludwig versuchte, die Unstimmigkeiten zu korrigieren, passte andere Details an, verschlimmerte bloß, verwarf eine Variante nach der anderen, übermalte sie wieder und landete über kurz oder lang bei der Darstellung, die Franz Marc in seinem *Turm der blauen Pferde* realisiert hatte. Ludwig sah es als Beleg dafür, dass er seinem Ziel nahe war.

Als die Sommersaison auf dem Reiterhof vorbei war, hatte er seinen Urlaub genommen. Die letzten zwei Wochen hatte er, aufgeputscht von Cola und Kaffee, praktisch durchgearbeitet. Wenn ihm der Pinsel aus der Hand gefallen war, hatte er sich hingelegt und war sofort in einen tiefen, traumlosen Schlaf gefallen. Nach spätestens fünf Stunden war er wieder vor der Staffelei gestanden, genauer gesagt, vor drei Staffeleien, denn nun malte er gleichzeitig an mehreren Bildern. So blieb er in den nötigen Trocknungsphasen nicht zur Untätigkeit verdammt. Ob es Tag war oder Nacht, er arbeitete wie im Rausch. Auf die Uhr gesehen hatte er in den vergangenen Tagen nie.

Warum er es jetzt tat, am 12. Oktober 2012 um 10 Uhr 23, wusste Ludwig nicht. Er schaute durch die Scheiben der Dachschräge in den grauen Himmel hinauf. Ein paar welke Blätter tanzten auf dem Fenster. Dann wanderte Ludwigs Blick die Wand des Ateliers hinab. Dort stand, schräg und mit der unbemalten Rückseite ihm zugewandt, der originale *Turm der blauen Pferde.* Plötzlich wurde sich Ludwig bewusst, dass er das Bild in den ganzen vierzehn Tagen nicht ein einziges Mal umgedreht hatte. Wieso hätte er das auch tun sollen?

Ludwig musterte die Leinwand, die er soeben fertiggestellt hatte. An manchen Stellen schimmerten die Farben noch nass, doch er wusste genau, wie sie nachtrocknen würden. Es war kein Zweifel möglich, das war er, *Der Turm der blauen Pferde.* Das war er viel eher als das Ding dort an der Wand, das ihm die Rückseite zukehrte. Das war er so, wie er im Mai 1913 auf der Marc'schen Staffelei in Sindelsdorf ausgesehen hatte. Ohne die Schrammen der Zeit, ohne die Verdunkelungen des vergangenen Jahrhunderts. Das Bild war perfekt. Ludwig hätte es gern dem Großvater gezeigt.

Er nippte an seiner Tasse, während er sein Werk betrachtete. Der Kaffee war kalt. Das war nicht weiter schlimm. Ludwig konnte sich neuen machen. Er konnte alles machen.

HÜTTENBRECHTSHOFEN Sommer 2017

Diesmal parkte Rupert nicht vor dem »Hirschen«. Er ließ seinen Wagen neben dem Schuppen der Freiwilligen Feuerwehr stehen und ging zu Fuß in das, was die Hüttenbrechtshofener in Ermangelung von etwas Besserem wohl als Ortskern bezeichneten. Der Friedhof lag hinter der Kirche und war von einer weiß gekalkten Mauer umgeben. Die Tür stand offen. Nach wenigen Minuten entdeckte Rupert das Grab Lisa Roths. Eigentlich konnte er an ihrem Tod im Oktober letzten Jahres kaum mehr zweifeln, seit er mit der Pfarrhaushälterin gesprochen und später im Onlinearchiv der Lokalzeitung die Todesanzeige gefunden hatte. Dem standen jedoch die Bilder der lebendigen Lisa in Ruperts Kopf entgegen. Ihr Geruch, den er immer noch in der Nase hatte. Die Wärme ihrer Hand auf seinem Knie. Fuck you, hatte er gedacht und sich entschlossen, das Grab aufzusuchen.

Es war über und über mit Blumen geschmückt. Statt eines Grabsteins stand ein schmiedeeisernes Kreuz am Kopfende. Auf einer Tafel waren Lisas Name und ihre Lebensdaten eingraviert, sonst nichts. Kein Bibelspruch, kein »Heimgegangen zu Gott«, kein »In untröstlicher Trauer«. In der Mitte des

Kreuzes hing ein Medaillon mit einem Porträtfoto. Das Mädchen darauf war schätzungsweise siebzehn oder achtzehn Jahre alt, hatte lange braune Haare und ein Piercing an der linken Augenbraue. Offensichtlich war das Bild aufgenommen worden, bevor sich die Krebsbehandlung körperlich ausgewirkt hatte.

Rupert trat näher heran. Er war sich nicht sicher. Wenn er sich die Haare wegdachte und ein paar Jahre Lebenszeit hinzuaddierte, hätte sie durchaus Lisa sein können. Die Lisa, die er kennengelernt hatte. Und wenn sie es nicht war, glichen sich die beiden zumindest sehr. Ob es vielleicht eine Zwillingsschwester gab? Und im Eifer des Gefechts hatte der Wirt die Namen seiner Töchter durcheinandergebracht? Nein, das war Schwachsinn. Rupert fotografierte mit seinem Handy das Mädchengesicht auf dem Medaillon ab. Der Augenbrauenring an der gleichen Stelle, die großen dunklen Augen, dieser angedeutete spöttische Zug um den Mund! Das sah verdammt nach der Lisa aus, die auf der Fahrt nach Berchtesgaden neben ihm gesessen hatte!

Aus irgendeinem Grund musste Rupert an das berühmte Bild von M.C. Escher denken, auf dem Treppenstufen über ein paar Absätze nach oben führten, nur um endlich am Fuß der Ausgangstreppe zu landen. Es war schlicht nicht möglich, stetig hochzusteigen und wieder unten anzukommen, auch wenn der Künstler es so aussehen ließ. Genauso wenig war es trotz des Augenscheins möglich, dass eine vor knapp zehn Monaten gestorbene junge Frau wieder lebendig auftauchte. Also war Ruperts Lisa eben nicht diese Lisa Roth. Nur, wer dann? Warum hatte sie sich als die Tochter des Wirts ausgegeben? Und wieso leugnete der, sie je beschäftigt oder auch nur gesehen zu haben?

Rupert verließ den Friedhof an der Kirchenseite. Schräg

unterhalb lag das Gasthaus in der prallen Sonne. Die Parkplätze davor waren leer. Rupert überquerte die Straße und näherte sich einem Fenster links des Eingangs. Die Scheibe spiegelte, aber als er die Hand daran hielt, konnte er den Stammtisch erkennen. Der Wirt und seine beiden Spießgesellen saßen auf ihren angestammten Plätzen und schienen die Biergläser vor sich hypnotisieren zu wollen. Wurden die drei jeden Morgen dort festgenagelt? Und was taten sie dann den lieben langen Tag? Die redeten ja nicht einmal miteinander.

Einen Moment lang erwog Rupert, noch einmal einen Vorstoß in die Gaststube zu wagen. Die Wahrscheinlichkeit, statt einer Antwort ein Weißbierglas samt Inhalt auf die Ohren zu bekommen, schien ihm aber zu groß. Der Wirt hatte deutlich zu verstehen gegeben, dass mit ihm nicht zu reden war. Rupert blickte sich um. Der Kirchplatz war menschenleer, die Hitze ließ die Luft über dem Asphalt flimmern. Rupert steuerte eine Bank im Schatten des Pfarrhauses an und setzte sich. Warten war nicht seine größte Stärke, doch wenn es sein musste, schaffte er das auch.

Die Kirchturmuhr zeigte zwanzig nach acht. Hoppla, in Hüttenbrechtshofen war die Zeit tatsächlich stehen geblieben. Rupert holte sein Handy hervor. Halb zwölf. Bald High Noon. Wenn er Glück hatte, waren die Stammtischbrüder nur zum Saufen im »Hirschen« und wurden von ihren Gattinnen zum Mittagessen erwartet. Dann konnte er einen von ihnen allein abfangen und ausfragen. Doch noch rührte sich im Gasthaus nichts. Dafür watschelten von rechts eine Frau und ihr Dackel im Gleichschritt heran. Wer von beiden wen an der Leine führte, war schwer zu entscheiden. Immerhin, es gab hier lebendige Wesen, die sich auf der Straße zeigten! Rupert schmetterte ihnen ein »Grüß Gott« entgegen.

Der Dackel schielte blöde, die Frau sagte: »Ja, da schau her, der Theo vom Mittermüller!«

»Nein, leider nicht«, sagte Rupert.

»Ja, was machst dann hier?«

»Warten«, sagte Rupert.

»Ach so«, sagte die Frau und zog ihren Hund weiter.

Rupert blickte ihnen nach, bis sie in einer Seitenstraße verschwanden. Es war ja sonst nichts los. Dann googelte er nach dem Escher-Bild, das ihm vorher in den Sinn gekommen war. Es hieß *Treppauf treppab* und zeigte zwei Reihen von kapuzenbewehrten, geklont aussehenden Figuren, die im Gänsemarsch auf derselben physikalisch unmöglichen Treppe unterwegs waren, die einen hinauf, die anderen hinab, ohne irgendwen eines Blicks zu würdigen, ohne je an ein Ende zu gelangen und natürlich ohne zu merken, dass die Treppe, auf die sie ihre Füße setzten, so gar nicht existieren konnte. Das Bild war noch seltsamer, als Rupert es in Erinnerung gehabt hatte. Er starrte darauf, bis sich die Figuren zu bewegen schienen. Dann legte er das Smartphone neben sich auf die Bank.

Irgendeinen Gebrauchswert musste die Beschäftigung mit Kunstwerken wohl haben, sonst würden nicht so viele Leute so viel Zeit damit verbringen. Was genau sie bewegte, hatte Rupert all die Jahre wenig interessiert. Um die Detektei erfolgreich zu führen, hatte er das auch nicht wissen müssen. Jedenfalls gab es eine Menge unterschiedlicher Antworten auf die Frage, und einige davon mochten ziemlich abseitig erscheinen. Ihm selbst diente das Escher-Gemälde im Moment als eine Art Metapher, um sich das Lisa-Paradox bildlich vor Augen zu führen. Und es hoffentlich in den Griff zu bekommen. Offensichtlich war da etwas grundverkehrt, nur, wo lag der Fehler?

Aus einem spontanen Impuls heraus rief Rupert bei Klara

an. Sie war sofort dran. »Rupert! Ich versuche seit Ewigkeiten, dich zu erreichen.«

»Hab wohl auf stumm geschaltet. Du, ich hätte da mal eine fachliche Frage.«

»Ich habe jede Menge Fragen. Und muss noch mehr mit dir besprechen. Weißt du überhaupt, was bei Schwarzers Party passiert ist?«

»Ich war zuerst dran«, sagte Rupert. »Du kennst doch das Bild von Escher mit der Treppe, die kontinuierlich nach oben führt und trotzdem in ihrem Ausgangspunkt endet? Wie funktioniert das?«

Klara schien es kurz die Sprache verschlagen zu haben. Dann fragte sie: »Wie wäre es, wenn du dich mal mit Marcs *Turm der blauen Pferde* beschäftigen würdest?«

»Mir ist klar, dass das ein perspektivischer Trick ist. Ich verstehe bloß nicht, wie der funktionieren kann. Ich meine, wir sehen doch, dass die Treppe aus lauter aufsteigenden Stufen besteht.«

»Komm ins Büro, Rupert! Wir müssen arbeiten.«

»Bin so gut wie da. Sobald ich das hier erledigt habe. Also, wie macht Escher das?«

»Mein Gott.« Klara atmete hörbar durch. »Also gut. Escher betrügt, wie alle anderen illusionistischen Maler auch. Nur dass er dem Betrachter seinen Betrug offenlegt. Was ist eine Treppenstufe? Ein Ding mit soundso viel Zentimetern Länge mal Breite mal Höhe. Drei Dimensionen, verstehst du? Ein Bild auf einer Leinwand ist aber eine Fläche, die hat bloß zwei Dimensionen. Wenn du eine dritte zu sehen meinst, ist das immer nur Schein, künstlich produzierte Illusion. Das ist das Prinzip, der Rest ist Technik. Reicht das?«

Die dritte Dimension? Immer nur Schein? Bei Lisa stimmte die vierte Dimension nicht, die Zeit. Das Mädchen war erst gestorben, und dann lebte es wieder? Nein, es handelte sich um Betrug, um die künstlich produzierte Illusion, dass man den Ablauf der Zeit ungeschehen machen könne.

»Kommst du jetzt?«, fragte Klara.

»Du bist die Beste«, sagte Rupert und beendete das Gespräch. Er wischte seine schweißnasse Hand an der Hose ab. Der vom Haus geworfene Schatten war deutlich zusammengeschmolzen. Bald würden Ruperts Füße in der Sonne braten. Fläche, Raum und Zeit, alles fügte sich ineinander. Lisa war nicht Lisa, und wenn es doch so aussah, dann lag es daran, dass jemand ein entsprechendes Bild produziert hatte. Die beiden Lisas waren damit aus dem Schneider. Sie waren schließlich Teil des Bilds und konnten deswegen schlecht der betrügerische Künstler sein. Es blieb eigentlich nur der Wirt, Herr Roth vom »Hirschen«. Er war kein Künstler, aber er hatte sich Mühe gegeben, und plötzlich verstand Rupert auch, wieso.

Er musste noch eine halbe Stunde warten, bis einer der Stammtischbrüder aus der Tür des Gasthauses trat. Rupert sprang auf. Als er den Mann eingeholt hatte, sagte er: »Sie brauchen mir gar nichts zu erklären, es reicht, wenn Sie am Schluss richtig oder falsch sagen. Ein Wort nur, und schon bin ich weg!«

Dann legte er los. Der Wirt musste seine Tochter über alles geliebt haben. Bis zuletzt hatte er fest geglaubt, dass sie die Krankheit besiegen würde. Als sie starb, war nichts mehr wie zuvor. Die ersten Tage funktionierte er wie eine Marionette, stand während der Beerdigung teilnahmslos am Grab und nahm überhaupt nicht wahr, wer ihm die Hand schüttelte und verkniffen »Beileid« murmelte. Wochenlang sperrte er sich mit dem Unfassbaren ein und verweigerte jeden Kontakt. Irgendwann schien er sich jedoch einigermaßen gefangen zu haben. Er machte das Wirtshaus wieder auf, setzte sich von neuem auf ein Weißbier zu seinen Stammgästen. Dass er ab und zu von seiner Tochter sprach, als wäre sie nur für ein paar Wochen verreist, darüber sah man betreten hinweg. Das würde sich mit der Zeit schon geben.

Es wurde aber täglich schlimmer. Er behauptete, Lisa hätte ihn aus London oder sonst woher angerufen. Ihr ginge es bestens, sie würde in einem bayerischen Restaurant arbeiten und den Ausländern beibringen, wie man »Schweinshax'n« richtig ausspräche. Mehr und mehr abstruse Geschichten erfand er, und bald redete er über nichts anderes als die angeblichen Erlebnisse seiner Lisa, Lisa, Lisa. Wenn die Nachbarn und Gäste ihn erst sanft, dann immer direkter darauf hinwiesen, dass seine Tochter tot sei, lachte er sie nur aus. Wollte ihn jemand zum Grab bringen, sträubte er sich mit Händen und Füßen. Selbst der Pfarrer schaffte es nicht, ihn in die Realität zurückzuführen. Eines Tages verkündete Roth stolz und glücklich, dass Lisa bald nach Hause käme. Und dann war sie da.

Vielleicht hatte er Stellenanzeigen geschaltet, vielleicht höchstpersönlich Schauspielschulen, Arbeitsagenturen, Bordelle und Obdachlosenheime nach geeigneten Kandidatinnen abgeklappert. Jedenfalls fand er eine, die Lisa ähnelte. Er bot ihr Geld, viel Geld, wenn sie sich die Haare abrasieren, die Augenbraue piercen und sich ab sofort Lisa nennen ließe. Und so bezog die Neue das Mädchenzimmer der toten Lisa im Obergeschoss des »Hirschen«. Eine Weile ging alles gut. Die Ersatzlisa musste ihre Vorgängerin nicht perfekt imitieren, denn Roth glaubte, was er glauben wollte. Über charakterliche Unterschiede und untypische Verhaltensweisen sah er großzügig hinweg. Menschen entwickelten sich eben, warum nicht auch seine Tochter? Dem Wirt schien es völlig zu genügen, dass der äußere Schein stimmte. Sei es aus Bequemlichkeit oder weil man fürchtete, dem Mann seinen letzten Halt zu nehmen, spielten die Gäste des »Hirschen« das Spiel mit. »Noch ein Weißbier, Lisa!«, »Zahlen, Lisa!« – mehr war ja gar nicht nötig. Und nach einigen Wochen hatte man schon halb vergessen, dass es sich um eine ganz andere junge Frau handelte.

Nur die neue Lisa, die hatte das nicht vergessen. Mochte sie anfangs den gut dotierten Langzeitjob als Herausforderung angenommen oder das Spiel mit einer anderen Identität sogar genossen haben, so wurde ihr langsam klar, dass sie teuer dafür bezahlte. Der Vater war eine Sache, doch auch für den Rest der Welt wurde sie immer mehr Lisa Roth. Nicht sie spielte die Rolle der verstorbenen Tochter, sondern die Tote übernahm Stück für Stück ihr Leben. Als sie begriffen hatte, dass bald nichts mehr davon übrig sein würde, zog sie die Reißleine. Das geschah vor ein paar Tagen, nach Ruperts erstem Besuch.

Vielleicht verschwand sie klammheimlich. Wahrscheinlicher war, dass sie dem Wirt eine lautstarke Szene machte. Sein Geld könne er sich sonst wohin stecken, man könne eben nicht alles kaufen. Er solle gefälligst mal die Augen aufsperren, sie sei nicht seine Tochter und er nicht ihr Vater. Sie mache bei dem perversen Spiel nicht mehr mit, sonst gehe sie nämlich kaputt und werde von all den Idioten hier am Ende auch in das Grab gelegt, auf dem praktischerweise schon ihr angeblicher Name stehe. Und was dann? Wolle Roth dann wieder eine engagieren, die seine Tochter zu spielen habe? Und so weiter, bis in alle Ewigkeit? Oder zumindest, bis er endlich selbst abtrete?

Für den Wirt starb Lisa in dem Moment zum zweiten Mal. Nur war es diesmal noch schlimmer, weil sie selbst ihren Tod verkündete, und das ließ sich nicht verdrängen. Also verdrängte Roth sie, die Neue, die andere. Sie gab es nicht mehr, sie hatte es nie gegeben, sie würde es nie geben. Und seine Tochter Lisa war tot. Nach tapferem Kampf gestorben am 14. Oktober vergangenen Jahres. Begraben im Friedhof von Hüttenbrechtshofen.

Rupert hatte geredet wie ein Wasserfall. Nun holte er tief Luft und fragte: »Richtig oder falsch?«

»Esther«, sagte der Stammgast aus dem »Hirschen«. »Ihr richtiger Name ist Esther Reichardt.«

»Also stimmt es?«, fragte Rupert. Ha, er hatte es doch gewusst!

»Fast«, sagte der Mann. Er holte seine Brieftasche hervor, kramte ein Stück Papier hervor und entfaltete es umständlich. Es war ein Ausriss aus der *Münchner Abendzeitung*. Eine Seite mit Stellenanzeigen. Der Finger des Manns tippte auf eine der Annoncen, und Rupert las: *Schauspielerisch begabte junge Dame für absolut seriösen, menschlich delikaten Job gesucht. Nähere Auskünfte unter …*

»Sie war die Einzige, die angerufen und sich vorgestellt hat«, sagte der Mann. »Wir haben sie vom Fleck weg engagiert. Wir, seine Freunde. Der Roth wäre uns glatt verreckt, wenn wir gar nichts gemacht hätten. Eine Zeitlang hat's ja auch so ausgesehen, als ob's funktionieren würde.«

Als Klara gegen Mittag die Tür zum Büro aufschloss, schlug ihr ein Schwall abgestandener heißer Luft entgegen, der die morgendliche Dusche augenblicklich zu einer fernen Erinnerung werden ließ. Klara kämpfte sich bis zu ihrem Schreibtisch durch und schaltete den Computer ein. Am wichtigsten war, sich über die Ereignisse in der Starnberger Villa Klarheit zu verschaffen. Im Rückblick muteten sie noch abstruser an als während des gestrigen Abends. Schwarzer, der stolz wie Oskar seine teuer bezahlte Fälschung vorführte, das hämische Grinsen der Gäste, das beim Auftritt der Partycrasher jäh verging. Ein Haufen Bewaffneter, ein Überfall, fünfzehn Minuten Todesangst, und dann – ätsch – war alles bloß Show, eine belämmerte Kunstaktion, an deren Ende das angeblich geklaute Bild wieder an Ort und Stelle zurückgetragen wurde. Mit besten Empfehlungen der selbst ernannten Kunstguerilleros, sich das Spektakel im Netz anzusehen.

Auf Youtube konnte Klara allerdings nichts finden. Wahrscheinlich war es noch zu früh. Die Typen hatten Grund genug gehabt, ihren Coup die Nacht durch zu feiern. Wenn sie wieder nüchtern waren, würden sie ihr Bildmaterial sichten müssen, das Geeignete auswählen und es effektvoll zusammenschneiden. Das konnte eine Weile dauern, aber am Ergebnis würde man dann hoffentlich erkennen können, worum es bei der Aktion eigentlich gegangen war.

Klaras Handy klingelte. Rupert war dran, erkundigte sich zusammenhanglos nach M.C. Eschers optischen Täuschungen und legte wieder auf, bevor Klara ihn daran erinnern konnte, dass er für die Detektei verantwortlich zeichnete und sich durchaus mal um die Aufträge kümmern dürfte, die er angenommen hatte. Auf ihren Rückruf reagierte er nicht. Klara verfluchte ihn und googelte nach der ominösen *Kunstguerilla, Brigade Starnberger See.* Sie fand nicht den geringsten Hinweis. Vielleicht hatte der livrierte Diener den Namen der Gruppe falsch übermittelt. Oder die Leute benannten sich je nach anstehender Aktion neu. Oder sie waren gestern Abend überhaupt zum ersten Mal in Erscheinung getreten. Oder Klara sollte sich an Eschers Illusionismus ein Beispiel nehmen und anerkennen, dass nichts war, wie es schien.

Sie rief diejenigen ihrer Bekannten durch, die in der alternativen Kunstszene Bescheid wussten. Erklären musste sie nichts, denn in den einschlägigen Kreisen hatten sich die Berichte über den fingierten Überfall wie ein Lauffeuer verbreitet. Bald ahnte Klara, dass ihre Erkundigungen ins Leere laufen würden. Zwar mangelte es nicht an den unterschiedlichsten Meinungen zur ästhetischen Qualität der Aktion, aber niemand hatte je von einer Kunstguerillabrigade gehört oder konnte sich auch nur vorstellen, wem eine solche Aktion zuzutrauen wäre. Die herrschende Meinung unterstellte Schwarzer, die Sache selbst inszeniert zu haben, auch wenn er das abstritt. Er habe einfach von der Blamage ablenken wollen, auf eine plumpe Fälschung hereingefallen zu sein. Wie ersticke man peinliches Gerede am besten? Indem man eine Sensation darüberstülpe, die noch mehr Gerede provoziere.

Das mochte so sein. Trotzdem glaubte Klara nicht recht daran. Schwarzer war nicht der Typ, der sich um das Getuschel irgendwelcher Leute scherte. Außerdem hatte er bei dem Überfall genauso überrascht gewirkt wie alle anderen Anwesenden. Klara stand auf, zupfte an ihrem Top, das an der Haut klebte, und schaltete die Kaffeemaschine ein. Auf dem Display leuchtete ein rotes Symbol auf. Kaffeebohnen nachfüllen! Neben der Maschine lag eine leere, zerknüllte Aluhülle. Einmal, nur ein einziges Mal hätte Klara gern erlebt, dass Rupert oder Max rechtzeitig für Nachschub sorgten. Sie ging Kaffee kaufen und ließ sich dafür Zeit. Im Büro war es sowieso nicht auszuhalten.

Als sie zurückkehrte, fläzte Rupert da, die Beine auf der Schreibtischplatte hochgelagert. Mit einem Mousepad fächelte er sich Luft zu und sagte: »Na endlich! Schwarzer hat gerade angerufen. Er will uns sofort sehen.«

»Worum geht es denn?« Klara füllte Kaffeebohnen in die Maschine und schaltete ein.

»Ich dachte, das kannst du mir vielleicht sagen.«

»Ich würde auf den *Turm der blauen Pferde* tippen«, sagte Klara. »Tickt da was bei dir?«

Rupert nahm die Beine vom Schreibtisch. »Ist ja gut, Klara. Aber Schwarzers *Turm* ist halt nur ein plötzlich aufgetauchtes, gefälschtes Bild, während ich nach einem verschwundenen echten Menschen gesucht habe. Und bevor du fragst, nein, ich habe Lisa nicht gefunden.«

»Tut mir leid.«

»Habe nur eine traurige Geschichte ans Licht gezerrt.« Rupert stand auf. »Komm, lass uns zu Schwarzer fahren!«

Klara schaltete die Kaffeemaschine aus. Auf dem Weg nach Starnberg mussten Rupert und sie unbedingt mal reden. Sich austauschen. Oder sich wenigstens gegenseitig auf den Stand der Dinge bringen.

Zum dritten Mal innerhalb weniger Tage stand Klara auf der Terrasse über dem Starnberger See. Inzwischen war ihr der Blick vertraut, die weißen Segel über der Wasserfläche, der querende Dampfer, das dunkle Grün längs der Uferlinie, die rot glänzenden Dächer der Miniaturhäuser und die ferne Alpenkette, die sich heute in leichtem Sfumato präsentierte. Noch immer wirkte das Panorama zu süßlich, um glaubhaft zu sein, aber doch ein bisschen weniger als bei Klaras erstem Besuch. Vielleicht spielten auch die weiß und rosa blühenden Oleander am Rand der Terrasse eine Rolle. Sie wuchsen aus großen Terrakottatöpfen, die Klara sofort an Italien denken ließen. Zwei fast identische hatten in Urbino vor dem Haus gegenüber gestanden, die Oleander darin – eher kleine Bäume als Büsche – waren von der alten Pia aus einer noch älteren Blechkanne gegossen worden, regelmäßig, sorgsam und immer mit den gleichen rituellen Bewegungen.

»Nichts gegen Smartphones und WhatsApp, aber manche Dinge müssen von Angesicht zu Angesicht abgehandelt werden, in Zwiesprache.« Schwarzer lachte kurz und freudlos. »Zwiesprache, ich mag das Wort.«

Anscheinend hatte Rupert gefragt, warum sie hierherzitiert worden waren. Klara wandte sich den beiden zu.

»Ein persönliches Treffen ist vor allem dann nötig, wenn der andere kapieren soll, wie wichtig einem die Angelegenheit ist.« Mit einer Handbewegung bedeutete Schwarzer, ihm zum Haus zu folgen.

»Klar«, sagte Rupert. »Der schriftliche Bericht ist jedenfalls so gut wie unterwegs. Was können wir noch für Sie tun?«

»Ich will mein Bild zurück«, sagte Schwarzer. Er öffnete die Flügeltür und betrat den Salon.

»Wie bitte?«

»Ich will den *Turm der blauen Pferde* zurück. Er ist mir gestern Abend geraubt worden. Frau Ivanovic wird Ihnen berichtet haben. Sie war ja dabei.«

Richtig, Klara war dabei gewesen. Hier auf diesem Parkettboden hatte sie gelegen, hatte den Kopf nicht zu heben gewagt und idiotischerweise einer Geruchsmischung aus Bohnerwachs und Lachsröllchen nachgeschnuppert. Bis alles so plötzlich vorbei war, wie es begonnen hatte, und in einem absurden Nachspiel ein livrierter Diener das angeblich geraubte Gemälde hereingeschleppt hatte. Er hatte es zurück auf die Staffelei gehievt – und da befand es sich auch jetzt. Völlig unversehrt und am selben Platz wie gestern Abend. War Schwarzer verrückt geworden? Wie konnte er von Raub faseln, wenn das Bild hier vor seinen Augen stand? Es sei denn …

»Und das da?«, fragte Rupert und wies zur Staffelei hin.

Es sei denn, es handelte sich nicht um dasselbe Bild! Natürlich, dann machte das alles Sinn. Die Vermummten hatten das Gemälde geklaut, das sich im Salon befand, und durch eine Kopie ersetzt, die sie selbst mitgebracht hatten. Die angebliche Kunstaktion sollte bloß davon ablenken. In der allgemeinen Empörung würde sich keiner das zurückgebrachte Bild genauer anschauen. Niemand würde in Erwägung ziehen, dass überhaupt etwas gestohlen worden war. Wo kein Überfall, da keine Beute! Und die Rechnung war aufgegangen.

»Wertloser Dreck«, sagte Schwarzer. »Ich habe sofort gesehen, dass die es ausgetauscht hatten.«

Dann wäre also die Guerillakunstaktion, die sich als Überfall inszeniert hatte, tatsächlich ein Überfall gewesen. Klara trat an das Bild heran. Möglich, dass es sich um eine Kopie handelte. Auf den ersten Blick war das aber keineswegs zu erkennen. Vielleicht, wenn die beiden Bilder nebeneinander zu sehen wären?

»Ich erteile Ihnen hiermit den Auftrag, mir mein Original wiederzubeschaffen, Herr von Schleewitz.«

Das Original? Genau darin bestand das Problem. Die wissenschaftlichen Untersuchungen hatten nachgewiesen, dass Schwarzers *Turm der blauen Pferde* eine Fälschung war. Der Einzige, der an seine Echtheit glaubte, war er selbst. Wenigstens war Klara bis gerade eben davon ausgegangen, doch anscheinend hatte sie sich geirrt. Einen solch aufwändigen Überfall plante man nicht, nur um eine Kopie durch eine andere zu ersetzen. Also gab es jemanden, der Schwarzers Überzeugung teilte. Jemanden, der sich sehr sicher war, dass sich eine waghalsige Aktion lohnen würde. Aber wer? Außer Schwarzer kannte Klara nur einen, der darauf bestand, dass das Originalgemälde von Franz Marc wieder aufgetaucht sei:

Max. Sollte er etwa auf die verrückte Idee gekommen sein …? Aber Max? Die Büromaus, der Aktenwälzer und Familienmensch, den schon ein Flug nach Berlin aus der Fassung brachte und dessen Ambitionen sich darin erschöpften, seinen zwei Töchtern Beifall zu klatschen. Nein, das war unvorstellbar.

»Ich glaube nicht, dass unsere Detektei für einen solchen Auftrag der richtige Ansprechpartner ist«, sagte Rupert.

»Doch, da bin ich mir sehr sicher«, sagte Schwarzer.

»Wenn Sie Recht haben, handelt es sich um eine generalstabsmäßig geplante Aktion einer Verbrecherbande, um organisierte Kriminalität. Da sollten Sie unbedingt die Polizei …«

»Herr von Schleewitz, stellen Sie sich nicht dümmer, als Sie sind!«

Der Polizei könnte Schwarzer höchstens sagen, dass ein paar Witzbolde eine Fälschung durch eine Kopie ersetzt hatten, aber kaum, dass er den echten *Turm der blauen Pferde* vermisste. Marcs Meisterwerk. Marktwert dreißig Millionen plus x, wenn es denn tatsächlich das Original war. Weder Schwarzer noch die Unbekannten, die ihn bestohlen hatten, zweifelten daran. Was machte sie so sicher? Warum ließen sie sich nicht einmal durch das eindeutige Ergebnis der Materialprüfung beirren?

In Klara stieg ein ungeheuerlicher Verdacht hoch. Was, wenn die Untersuchungen im Doerner Institut gar nichts bedeuteten? Weil sie genau das erwartete Resultat erbracht hatten. Schwarzer hatte ein gefälschtes Bild eingeliefert und das echte derweil im stillen Kämmerlein verwahrt! Es ging ihm nie um die Überprüfung der Echtheit, ganz im Gegenteil. Er wollte sich offiziell bestätigen lassen, dass er eine Fälschung erworben hatte. So konnte er den originalen *Turm der blau-*

en Pferde offen präsentieren, ohne je aufgefordert zu werden, ihn zu restituieren. Wie das Gutachten bewies, hatte er ihn ja gar nicht. Dass die Leute über ihn lächelten, störte ihn keineswegs. Ihm genügte es zu wissen, dass er der Beste war. Das hatte Klara am vergangenen Abend schon gespürt, ohne es richtig einordnen zu können. Jetzt war alles klar. Schwarzer musste eine tiefe Befriedigung verspürt haben, den Rest der Welt an der Nase herumzuführen. Da starrten diese ganzen Banausen und Möchtegern-Experten auf Marcs Meisterwerk und merkten es nicht!

Schwarzer redete auf Rupert ein. Aus welchen Gründen auch immer versuchte er ihm klarzumachen, wie sehr er den *Turm der blauen Pferde* schätzte. Er scheute nicht einmal davor zurück, von einem emotionalen Blitzschlag und Liebe auf den ersten Blick zu sprechen. Klara hörte nur mit halbem Ohr hin. Sie wusste, dass sie ganz nah an den Hintergründen der Geschichte dran war. Es fehlte nur noch ein bisschen.

Schwarzer hatte also zwei Bilder besessen, das echte und ein falsches. Das falsche hatte einen künstlichen Alterungsprozess durchlaufen, doch auch der brauchte Zeit, wenigstens ein halbes Jahr. Die Verkaufsgespräche zwischen Raithmaier und Schwarzer hatten aber erst vor zwei, drei Wochen stattgefunden. Also war die Fälschung schon vorher angefertigt worden. Und zwar nicht im Auftrag von Schwarzer, denn der konnte vor sechs Monaten noch nicht ahnen, dass ihm das Original angeboten werden würde.

Nein, Ludwig Raithmaier junior hatte den *Turm der blauen Pferde* aus eigenem Antrieb vom Original abkopiert, und zwar so, dass die Fälschung bei einer genaueren Untersuchung auffliegen musste. Dann war er mit beiden Bildern bei Schwarzer aufgetaucht, und dazu mit dem fertigen Plan, wie Schwarzer sich das Original dauerhaft sichern konnte. Der hatte sich überzeugen lassen und das gesamte Paket gekauft. Seine Reden von staatsbürgerlicher Verantwortung und dem Anspruch der Öffentlichkeit auf ein herausragendes Kulturgut waren bloßes Geschwätz gewesen. Nie hatte Schwarzer vorgehabt, das echte Bild an den rechtmäßigen Besitzer zurückzuerstatten.

»Das ist ja alles schön und gut …«, sagte Rupert.

»Ich will es zurück«, sagte Schwarzer. »Ich gebe Ihnen achtundvierzig Stunden Zeit.«

Beim Raubüberfall musste er schon geahnt haben, was passiert war. Er hatte seine Gäste umgehend weggeschickt und danach festgestellt, dass er nur noch einen *Turm der blauen Pferde* besaß. Leider den falschen. Sicher war Schwarzer vor Wut fast geplatzt, weil sein Schachzug mit den zwei Bildern den Dieben ihre Arbeit erleichtert hatte. Sie brauchten für ihre Kommandoaktion gar keine Kopie mitzubringen. Sie zwangen die Gäste auf den Boden und durchsuchten einfach die Villa nach dem gefälschten Gemälde. Das übergaben sie dann dem Torwächter und verschwanden mit dem Original. Wenn es so war, hatten die Täter schon vorher gewusst, dass zwei Bilder existierten.

»Achtundvierzig Stunden, das klingt ja nach Ultimatum«, sagte Rupert.

»Es ist ein Auftrag mit klarer Lieferfrist«, sagte Schwarzer. »Drohungen sollten unter zivilisierten Menschen wie uns doch nicht nötig sein.«

»Herr Schwarzer ist überzeugt, dass jemand mit Insiderwissen den Raub organisiert hat«, sagte Klara. Sie selbst hatte ihm vertrauensvoll mitgeteilt, dass es mindestens zwei Bilder gab. Und Rupert hatte offensichtlich einiges über Max' Recherchen verlauten lassen. Klara lächelte Rupert an. »Er verdächtigt uns.«

»Wer behauptet denn so etwas?«, fragte Schwarzer spöttisch. »Ich fordere Sie nur auf, das Bild innerhalb der nächsten zwei Tage wiederzubeschaffen, Herr von Schleewitz.«

Warum schoss sich Schwarzer eigentlich so auf Rupert ein? Klara schien ihn überhaupt nicht zu interessieren. Gut, Rupert war der Chef der Detektei, aber reichte das? Oder gab es konkrete Hinweise, die speziell ihn verdächtig erscheinen ließen? Hatte Rupert für den gestrigen Abend eigentlich ein Alibi? Im Rückblick mutete es durchaus seltsam an, dass er sich so gar nicht mehr für Schwarzers Auftrag interessiert hatte. Weil ihm längst klar war, wo sich der echte *Turm der blauen Pferde* befand? Vielleicht hatte er Max' Erkenntnisse viel ernster genommen, als er zugegeben hatte. Und die angebliche Sucherei nach der angeblich verschwundenen Lisa sicherte ihm den Freiraum, seinen Coup zu organisieren.

»Das ist doch Schwachsinn«, sagte Rupert.

Klara durfte sich nicht verrennen. Sie hatte ein paar Gedanken zu einer schlüssigen Theorie zusammengefügt, doch das hieß noch lange nicht, dass daraus wilde Hypothesen wuchern durften. Rupert sollte einen spektakulären Kunstraub begangen haben? Herr Gott, wie lange kannte sie ihn bereits? Wie gut? Gut genug jedenfalls, um zu wissen, dass er trotz seines Angeberautos, seiner dauernden Frauengeschichten und seiner dämlichen Sprüche über Klaras angebliche Verkniffenheit ziemlich in Ordnung war. Einer von den Guten, wie er selbst gesagt hätte. Irgendwie fühlte Klara das Bedürfnis, ihm beizustehen. Wer außer den Mitarbeitern der Detektei kam denn sonst als Täter in Frage?

Klara wandte sich an Schwarzer. »Haben Sie mal an Raithmaier junior gedacht? Vielleicht genügten ihm drei Millionen nicht. Vielleicht hatte er von Beginn an vor, sich sein Familienerbstück zurückzuholen. Das Risiko war überschaubar. Sie konnten der Polizei ja schlecht erläutern, dass Ihnen bei einem Überfall, der keiner war, ein echtes Meisterwerk gestohlen worden war, das Sie eigentlich gar nicht besaßen. Raithmaier tauchte unter, brannte sein Atelier nieder, um alles zu vernichten, was auf seine Spur führen konnte, und führte dann mit ein paar angeheuerten Kriminellen den Überfall durch.«

»Wenn Sie meinen«, sagte Schwarzer. »Ich will jedenfalls mein Bild zurück. Wo und wie Sie es finden, ist mir egal.«

»Wie sollen wir denn auf die Schnelle …?«, fragte Rupert.

»Frau Ivanovic, Herr von Schleewitz, ich würde Sie wirklich gern zum Aperitif einladen, aber ich fürchte, Sie haben noch zu arbeiten.« Schwarzer wies Richtung Terrassentür. Klara und Rupert gingen hinaus. Die Oleander blühten, der Starnberger See lag fett und blau in der Abendsonne.

MÜNCHEN-PASING 2. November 2012

Für Sport hatte sich Ludwig nie sonderlich interessiert. Doch hätte er sich jemandem erklären wollen, würde er sich mit einem Marathonläufer vergleichen. Monate-, ja jahrelang trainierte der auf ein einziges Ziel hin, arbeitete an Technik, Kraft und Ausdauer. Irgendwann war es dann so weit. Man nahm am ersten Wettkampf teil, man lief los, und mochte man am Start noch die Mitbewerber bemerkt haben, so war man doch bald schon allein unterwegs. Nichts zählte als der eigene Rhythmus, nichts war zu sehen als der Asphalt, den die eigenen Schritte verschlangen, nichts zu hören als der eigene Atem. Auch wenn die Beine schwerer wurden und die Lunge schmerzte, kämpfte man sich verbissen voran, Kilometer für Kilometer, bis irgendwann alles ganz leicht wurde. Die Schmerzen waren weggeblasen, Glücksgefühle schossen durchs Hirn. Unaufhörlich und wie in Trance hätte man weiterlaufen können, bis ans Ende der Welt, nicht nur läppische zweiundvierzig Kilometer. Dann überquerte man die Ziellinie, in einem Moment absoluten Triumphs, der sich so unglaublich anfühlte, dass er ewig hätte dauern dürfen. Aber plötzlich merkte man wieder, wie die Beine brannten und die

Lunge nach Luft japste, man sank auf die Knie, hechelte dem Asphalt entgegen, und während von scheinbar fern die Stimme eines Sanitäters irgendetwas fragte, erlosch das Glücksgefühl, um langsam und unerbittlich der Leere Platz zu machen. Ja, es war geschafft, es war vollbracht, und was nun?

Sich etwas erholen, und dann von vorn beginnen, um den magischen Moment zu wiederholen? Sich wieder in die Arbeit stürzen, einen neuen *Turm der blauen Pferde* malen? Warum nicht? Und doch wusste Ludwig, dass es nie mehr so sein würde wie beim ersten Mal. Er hatte bereits demonstriert, dass er das Gemälde nachschaffen konnte. Mehr konnte ihm ein neuer Versuch auch nicht beweisen. Ludwig stellte das Marc'sche Bild und seines nebeneinander an die Atelierwand. Er blickte von einem zum anderen. Er durfte sich nicht so wichtig nehmen. Das war ja schließlich kein Selbstfindungskurs. Ob er die Aufgabe bewältigte oder an ihr scheiterte, darum war es nie gegangen.

Ludwig hatte einfach nur verstehen wollen, worin das Geheimnis des Bilds verborgen lag, und das war ihm gelungen. All die Interpretationen, die er gelesen hatte, mochten sie nun mehr oder weniger stimmig klingen, spielten dafür kaum eine Rolle. Sie waren Gedanken und Worte, die nur an der wahren Substanz herumkratzten. Die Substanz aber, das waren einzig die Farben auf der Leinwand. Und Franz Marcs ziemlich verquaste Ideen über die Wiedererweckung des Geistigen, über die Seele der Natur und das symbolische Geschlecht der Farben? Unwichtig, überflüssig. Sie hatten die Entstehung eines Meisterwerks nicht verhindern können, sie verblassten vor der Evidenz des Gemäldes.

Beim Experimentieren hatte Ludwig begriffen, warum jeder Strich da sein musste, wo er war, warum gerade dieses Blau dominieren und sich zu gedrungenen Pferdeleibern formen musste, die ihrerseits nach rotem Sumpf und gelben Bergspitzen schrien, um die Komposition im fragilen Gleichgewicht zu halten. Pinselführung, Farbe, Kontraste, Abschattierungen, Linie, Fläche, Raumaufteilung, darin lag das ganze Geheimnis. Mehr war da nicht. Und das bedeutete, dass es kein Geheimnis mehr gab. Es aufzudecken und zu zerstören war eins gewesen.

Der Herbstwind rüttelte an der Ateliertür. Es war kalt im Raum. Ludwig schaltete den Heizlüfter ein und machte sich dann Wasser heiß. Er überbrühte einen Teebeutel und wandte sich mit der Tasse in der Hand wieder den beiden Gemälden an der Wand zu. Das doppelte Lottchen, dachte er und musste grinsen, obwohl er sich alles andere als amüsiert fühlte. Mehr als Galgenhumor konnte er seiner Enttäuschung nicht entgegensetzen. Was wohl der Großvater jetzt sagen würde? Ihm war das Bild wie ein Versprechen auf ein authentisches Leben vorgekommen. Die unergründliche Einzigartigkeit des einen hatte ihm die Einzigartigkeit des anderen garantiert. Doch das Bild hatte nicht gehalten, was es versprochen hatte. Es hatte den Großvater ein Leben lang an der Nase herumgeführt.

Ludwig versuchte, sich an dessen Todestag zurückzuversetzen und das Gemälde wie damals anzuschauen. In all seiner Rätselhaftigkeit, mit all seinen Verheißungen und im Wissen um die Verpflichtung, die er dafür übernommen hatte. Es funktionierte nicht. Natürlich funktionierte es nicht. Für ihn würde das Bild nie mehr die Bedeutung gewinnen, die es für den Großvater gehabt hatte, gerade weil er das Vermächtnis ernst genommen hatte. Niemand hätte sich zäher und unbedingter darauf einlassen können als er, doch nun war damit Schluss. In seinem Leben musste anderes wichtig werden.

Ludwig führte die Tasse an die Lippen. Der Tee war zu heiß

und verbrannte ihm die Zunge. Die beiden Bilder lehnten schräg an der Wand. In ihrer Weise mochten sie eins wie das andere perfekt sein, und doch hatten sie ihren Zauber verloren. Wie Weihnachten, wenn einem ein Schulfreund verraten hatte, dass nicht das Christkind, sondern die Eltern den Wunschzettel von der Fensterbank nahmen. Einmal aufgedeckt, konnte das Geheimnis nicht wieder zurückgeholt werden. Oder?

Vielleicht gab es doch eine Möglichkeit. Ludwig hatte den Zauber zerstört, indem er den *Turm der blauen Pferde* nachgeschaffen hatte. Wenn er nun umgekehrt die Bilder zerstörte, seins und das von Marc, würde er dann nicht ein neues Geheimnis um sie schaffen? Eins, das durch den Verlust entstünde und auf die Erinnerung angewiesen wäre? Statt zweier austauschbarer Bilder gäbe es eine Leerstelle, um die sich Mythen ranken konnten. Verlust und Erinnerung, das würde auch dem Großvater gefallen. Mehr war von seinem Leben nicht geblieben, und so wären sie wieder eins, er und sein Bild.

Ludwig setzte die Teetasse ab. Leicht entzündliche Verdünner hatte er genug vorrätig, um das gesamte Atelier niederzubrennen. Nur ein Feuerzeug wollte sich nicht finden, sosehr Ludwig auch in den Tiefen seiner Werkbank stöberte. Er richtete sich auf. Langsam, nichts überstürzen! Er blickte auf die beiden Bilder. Vier blaue Pferdeköpfe links, vier blaue Pferdeköpfe rechts. Die Biester weigerten sich, Ludwig in die Augen zu sehen. Er drehte sie um, mit der Malfläche zur Wand. Dann nahm er einen Schluck Tee, stellte eine neue, leere Leinwand auf die Staffelei und begann zu grundieren.

BERCHTESGADEN Sommer 2017

Mit Ahnenforschung hatte sich Max schon bei früheren Recherchen beschäftigt. So dauerte es nicht allzu lange, bis er die Lebensdaten Xaver Riedenbergers herausgefunden hatte: geboren am 31.1.1930, gestorben am 5.5.1945. Sein Vater hatte ihn um 25 Jahre überlebt, seine Mutter war als Letzte der Familie am 14.9.1986 gestorben. Über irgendwelche noch lebenden Verwandten hatte Max nichts in Erfahrung bringen können, und deswegen hatte er sich zur Friedhofsverwaltung Berchtesgaden begeben.

Nun stand er am Rathausplatz und atmete tief durch. Schon drinnen im Amt hätte er laut aufjubeln können. Dabei war die Information, die er erhalten hatte, nicht unbedingt spektakulär. Das Grab der Familie Riedenberger war 2006 aufgelassen worden, was bedeutete, dass niemand mehr die Grabmiete bezahlt hatte. Wer denn das vorher übernommen habe, hatte Max gefragt und eigentlich nur gehofft, den Namen eines entfernten Verwandten zu erhalten, der vielleicht etwas über die Todesumstände Xaver Riedenbergers zu berichten wüsste.

»Von 1981 an ein gewisser Ludwig Raithmaier«, hatte die

Frau im Amt geantwortet, und Max war fast die Kinnlade herabgefallen. Der Alte hatte sich um das Grab gekümmert, bis er selbst das Zeitliche gesegnet hatte! Jemand anderer würde vielleicht kein Aufhebens darum machen, doch für Max war es genau das Indiz, das er gesucht hatte. Wer Augen im Kopf hatte und einen Schritt zurücktrat, um das ganze entsetzliche Bild zu überblicken, musste jetzt doch erkennen, dass er Recht hatte. Oder etwa nicht?

»Ich weiß nicht«, sagte Klara, als er sie auf dem Handy erreichte und ihr die Sachlage schilderte.

»Was weißt du nicht?«, fragte Max.

»Wie du es darstellst, waren Xaver und Ludwig befreundet, sie besuchten dieselbe Klasse, waren gemeinsam im Jungvolk und in der HJ, sie stromerten in ihrer Freizeit durch die Wälder und ließen sich auch nicht davon abhalten, als der Krieg nah und näher kam. Sie waren zwei Fünfzehnjährige, die glaubten, dass die Welt ihnen gehöre und dass sie unverwundbar seien. Das stellte sich aber als grundverkehrt heraus, als sie am 5. Mai 1945 auf einen versprengten Trupp der SS trafen. Xaver machte wohl eine falsche Bemerkung, und die SS-Männer, fanatisierte, führerlose und zum Untergang verdammte Gespenster, erschossen ihn. Was soll daran nicht stimmen?«

»So war es aber nicht«, sagte Max. »Xaver wurde erschlagen.«

»Dann eben erschlagen. Jedenfalls musste Ludwig zusehen, wie sein bester Freund grausam umgebracht wurde. So etwas vergisst man nicht. Daran erinnert man sich auch Jahrzehnte später, und wenn man dann erfährt, dass die letzten Verwandten des Freunds gestorben sind, kann man doch auf die Idee kommen, sich um dessen Grab zu kümmern.«

»Oder wenn einen das eigene Gewissen plagt«, sagte Max.

»Entschuldige, Max, aber das ist Spekulation«, sagte Klara.

»Die Amerikaner sind bereits am Tag zuvor in Berchtesgaden einmarschiert. Am 5. Mai waren SS und Wehrmachtssoldaten entweder in Gefangenschaft oder längst geflohen«, sagte Max.

»Offensichtlich nicht alle. Außerdem wurde Xaver nicht im Ort ermordet, sondern außerhalb.«

»Ja«, sagte Max, »bei dem Tunnel, in dem einer von Görings Schatzzügen stand.«

»Dann ist es doch sehr wahrscheinlich, dass die SS-Männer diesen Zug bewacht haben.«

»Sie müssen ihn aber ziemlich schlecht bewacht haben«, zischte Max. »Der Zug wurde geplündert, und zwar nicht von der SS. Was von Görings Kunstwerken und Wertgegenständen später sichergestellt wurde, befand sich in Berchtesgadener Privathäusern. Und Xaver und Ludwig waren bei der Plünderung dabei! Sie fanden den *Turm der blauen Pferde* in einem der Waggons, sie stritten sich um ihre Beute, und dann schlug Ludwig seinem Freund den Schädel ein. Er brauchte zwei Tage, bis er das Gemälde in Sicherheit gebracht und sich seine SS-Geschichte ausgedacht hatte. Bei dem damals herrschenden Chaos konnte er sich gute Chancen ausrechnen, damit durchzukommen.«

»Ein Jurist würde einwenden«, sagte Klara, »dass du aus einem unbewiesenen Diebstahl auf einen unbewiesenen Mord schließt. Übrigens ganz ähnlich, wie du im späteren Todesfall Schmelzer argumentierst. Ludwig Raithmaier hat den Journalisten deiner Meinung nach ermordet, um den originalen *Turm der blauen Pferde* für sich zu behalten. Dass er ihn hatte, vermuten wir zwar, aber einen handfesten Beweis dafür …«

»Beweis, Beweis, Herr Gott, Klara, es passt doch alles zusammen!«

»Wenn ich dir etwas raten darf …«

»Danke, nicht nötig.« Max beendete das Gespräch und ließ sich auf einer Bank nieder. Der Rauhenkopf war von hier aus nicht zu sehen. Die Sonne brannte aus einem wolkenlosen Himmel, vor der Eisdiele standen die Touristen Schlange. Passanten zogen ihre gestauchten Schatten an Max vorbei. Darüber nackte Beine in Shorts, kurzärmlige Hemden und Funktionsshirts, Baseballkappen. Tief gebräunte und krebsrote Haut, Sonnenmilchspuren auf den Oberarmen von Kleinkindern. Nichts, was der Rede wert wäre. Geheimnislose Gegenwart, wohin man blickte. Max würde niemanden überzeugen, ja nicht einmal zum Zweifeln bringen können. Dabei sprach die Evidenz doch klar für ihn. Das Gesamtbild war eindeutig, Ludwig Raithmaier hatte zwei Menschen auf dem Gewissen, er hatte beide erschlagen, und in beiden Fällen hatte dieses verdammte Franz-Marc-Gemälde die Tat ausgelöst. Das war die Wahrheit. Wie zum Teufel musste Max sie der Welt vorbuchstabieren, damit sich irgendwer dafür interessierte?

Schwarzer hatte nicht direkt gedroht, aber unmissverständlich ausgedrückt, dass er alles daransetzen würde, sein offensichtlich doch echtes Meisterwerk zurückzubekommen. Ob er den Mitarbeitern der Detektei wirklich den Raub unterstellte oder sie nur unter Druck setzen wollte, damit sie die Drecksarbeit für ihn erledigten, war schwer zu entscheiden. Er mochte sein Vorgehen für einen klugen Schachzug halten, doch Rupert reagierte ziemlich allergisch auf Druck, zumal ja Schwarzers Verdächtigungen lachhaft waren. Ruperts erster Impuls war gewesen, ihm den Mittelfinger zu zeigen und jede weitere Zusammenarbeit kategorisch auszuschließen.

Dann jedoch überlegte er es sich anders, und Klara bestärkte ihn darin. Immerhin ging es um den originalen

Turm der blauen Pferde. Das verschollene Meisterwerk nach Jahrzehnten ausfindig zu machen, wäre ein sensationeller Coup. Er würde der Detektei zu mehr Aufmerksamkeit verhelfen, als es ein millionenschwerer Werbeetat könnte. Natürlich müsste man dazu die Öffentlichkeit suchen. Rupert würde das Bild direkt bei der Staatsanwaltschaft abliefern, den Medien die Hintergründe offenlegen und eine neue materialtechnische Untersuchung anregen. Schwarzer bliebe kaum etwas anderes übrig, als gute Miene zum bösen Spiel zu machen. Innerlich würde er toben, aber so, wie er Rupert behandelt hatte, konnte er wirklich keine Loyalität erwarten.

Jetzt galt es nur noch, das Gemälde sicherzustellen, und die Chancen dafür standen gar nicht so schlecht. Die Spur Ludwig Raithmaiers hatten sie zwar in Pasing verloren, doch Rupert bezweifelte sowieso, dass er den Überfall zu verantworten hatte. Wieso sollte jemand so viel Risiko in Kauf nehmen, wenn er gerade drei Millionen Euro eingestrichen hatte und sich ein schönes Leben machen konnte? Klar war aber, dass nur ein Insider in Frage kam, und davon gab es nicht so viele. Es musste jemand sein, der die ganze Geschichte aus der Nähe verfolgt hatte oder daran beteiligt war. Vielleicht einer von Schwarzers Angestellten?

Weiter oben auf der Liste der Verdächtigen stand jedoch ein anderer, und deswegen klingelte Rupert nun an der Tür einer Schwabinger Altbauwohnung. Dr. Anian Baumgartner schien verwundert über den Besuch, bat Rupert aber dennoch herein. Leicht humpelnd ging er durch den Flur voran. Rupert nahm die Gelegenheit wahr, um gleich aufs Thema zuzusteuern. Er fragte, ob Baumgartner etwa bei dieser wilden Kunstaktion in Schwarzers Villa verletzt worden sei.

»Verletzt? Nein, ich bin ein alter Mann, habe es in den Gelenken. Hinzuknien und auf dem harten Boden herumzuliegen war Gift für mich.«

Schon Klara hatte sich gewundert, dass er bei Schwarzers Party überhaupt erschienen war. Für Rupert machte es allerdings absolut Sinn, wenn man einerseits als Opfer des Überfalls über jeden Verdacht erhaben sein und andererseits dessen Ablauf überwachen wollte. Dass unter den schwarzen Masken lauter Kunsthistoriker steckten, war eher unwahrscheinlich. Um nicht aus Versehen mit dem verkehrten Bild abzuziehen, konnte jemand, der Original und Fälschung voneinander zu unterscheiden vermochte, sehr von Nutzen sein.

Baumgartner öffnete die Tür zur Bibliothek. »Warten Sie einen Moment, ich hole Ihnen einen Stuhl!«

Das Zimmer lag im Halbdunkel, die Vorhänge vor dem Fenster waren zugezogen. Wahrscheinlich als Schutz gegen die Sonne, die sonst durch den Erker auf Baumgartners Ledersessel hereinbrennen würde. Das Rot der Vorhänge schimmerte, als wären unter der Oberfläche ein paar Malschichten Licht aufgetragen worden. Fast lebendig wirkten sie, wie menschliches Gewebe, in dem das Blut pochte. Im Zwielicht kam Rupert die Bibliothek höhlenartiger vor als bei seinem ersten Besuch. Und kleiner. Als seien die vollgestopften Bücherregale in den Raum hineingewachsen.

Platz genug für eine zweite Sitzgelegenheit wäre allerdings allemal gewesen. Doch Baumgartner zog es anscheinend vor, für jeden seiner Besucher einen Klappstuhl aus den Tiefen der Wohnung anzuschleppen. Das war heute nicht anders als neulich. Wollte er damit signalisieren, dass man in seinem Heiligtum höchstens vorübergehend geduldet war? Oder dass nur alle Jubeljahre jemand bei ihm vorbeikam?

Auf jeden Fall kultivierte er das Bild vom einsamen Gelehrten, der sich im innersten Verlies seines Elfenbeintürmchens verschanzt hatte und mit einer dicken Dämmschicht aus Büchern vor dem Geschrei der Welt schützte.

Aber leider hatte er sich in die Welt hinausbegeben. Er hatte sich von Schwarzer anwerben lassen, er hatte mitgemischt, sich eingemischt. Unklar war nur, wie weit er dabei gegangen war. Als Baumgartner endlich in seinem Sessel saß, sagte Rupert: »Ich würde gern noch einmal über Ihre erste Begutachtung des *Turms der blauen Pferde* sprechen. Ehrlich gesagt, haben wir uns damals über den Widerspruch zwischen Ihrer und Schwarzers Darstellung gewundert. Sie sagten, Sie hätten ihn eindringlich gewarnt, er behauptete, Sie hätten die Echtheit des Bilds euphorisch beschworen.«

»Das ist doch müßig, die Frage ist längst geklärt.«

»Es klang fast, als würden Schwarzer und Sie von zwei verschiedenen Bildern sprechen. Und nun haben wir herausgefunden, dass tatsächlich zwei Bilder existieren, das Original und eine Fälschung. Schwarzer hat beide gekauft. War Ihnen das bekannt?«

Baumgartner sagte nichts. Er hatte sich gewunden wie ein Aal, als sie ihn bei ihrem ersten Treffen nach seiner Einschätzung des Schwarzer'schen Schnäppchens befragt hatten. Sie hatten das als Unsicherheit und Angst vor einem Fehlurteil interpretiert. Aber vielleicht hatte er gezögert, weil er von beiden Bildern wusste. Logisch, dass er sich nicht festlegen wollte, solange nicht klar war, welches der Bilder Schwarzer öffentlich zu präsentieren gedachte.

»Natürlich war Ihnen das bekannt. Wieso sollte Schwarzer zwei Bilder kaufen, aber nur eines begutachten lassen? Sie als Experte mussten ihm nicht nur sagen, ob er das Original vor sich hatte, sondern auch, was es im Vergleich zur Fälschung auszeichnete und wie gut die Fälschung gelungen war. So war es doch, oder?«

»Ist das ein Verhör?«, fragte Baumgartner. Er versuchte empört zu klingen, aber das gelang nur oberflächlich. Rupert spürte, dass er richtiglag. Fraglich blieb nur, ob das schon die volle Wahrheit war. Auch wenn Baumgartner nicht in den gesamten Plan eingeweiht war, konnte er sich ausrechnen, wie Schwarzer sich den originalen Marc sichern wollte. Er begriff auch, dass der Mann schlecht zur Polizei gehen konnte, falls ihm das echte Bild irgendwie abhandenkäme. Da konnte man schon in Versuchung geraten, gerade wenn man sein ganzes Berufsleben lang völlig auf Franz Marc fixiert gewesen war.

»Das Bild ist bei der angeblichen Kunstaktion in Schwarzers Villa geraubt worden«, sagte Rupert. »Schwarzer hatte den echten *Turm der blauen Pferde* präsentiert, und er hätte es fast geschafft, seine Gäste auch davon zu überzeugen. Dass er die Wahrheit sagte, konnten allein Sie wissen, Herr Baumgartner. Doch gerade Sie sind eingeschritten und haben die Stimmung gedreht. Warum?«

»Worauf wollen Sie hinaus?«

»Objektiv haben Sie zum Gelingen des Überfalls beigetragen. Sie sorgten dafür, dass niemand den Raub des Originals vermuten konnte. Wussten Sie vielleicht von der bevorstehenden Aktion?«

»Um Gottes willen, was reden Sie da?«

»Schwarzer ist ziemlich übler Laune. Wenn Sie das Bild haben, sollten Sie es besser freiwillig zurückgeben«, sagte Rupert. »Bevor er Sie dazu zwingt.«

Baumgartner stützte die Handflächen auf den Armlehnen ab und stemmte sich vorsichtig hoch. So, als befürchte er, dass bei einer zu schnellen Bewegung seine Knochen durcheinandergeraten könnten. Nun stand er, richtete den Rücken gerade. Seine rechte Hand strich die schlohweißen Haare zurück. Dann blickte er auf Rupert herab. »Herr von Schleewitz, Sie sollten jetzt …«

»Nein«, sagte Rupert, »ich lasse mich nicht hinauswerfen.«

Baumgartner nickte, als habe er genau diese Antwort erwartet. Er wandte sich ab und ging mit kleinen Schritten an der Regalwand entlang. Dabei ließ er die Finger über die Bücherrücken gleiten, sei es, um sich bei seinen Papierkameraden rückzuversichern, oder, um sich bei Sturzgefahr notfalls abstützen zu können. Er humpelte nicht wirklich, schien nur seinem linken Bein nicht ganz zu trauen. Jedenfalls zögerte er immer einen kaum merklichen Moment, bevor er es belastete.

Baumgartner steuerte auf das Ende des Regals zu. Dort war eine Bücherleiter an einer Schiene eingehängt. Er schob die Leiter ein paar Schritte in Richtung Fenster, erstieg die untersten zwei Stufen und zog, ohne suchen zu müssen, ein Buch aus einer oberen Etage des Wandregals. Als er wieder unten stand, wandte er sich Rupert zu und sagte: »Ja, ich war eingeweiht. Ich habe die beiden Bilder begutachtet. Die Fälschung und … Franz Marcs Original.«

Schwarzer hatte ihn gekauft. Und nicht nur, um sich beim Erwerb des Gemäldes abzusichern. Baumgartner hatte auch danach fleißig mitgespielt, indem er alle Welt glauben machte, dass Schwarzer auf eine Fälschung hereingefallen war. Die öffentlichen Auseinandersetzungen, Streitereien, Beschimpfungen waren von A bis Z abgesprochen, sie waren Teil der Show gewesen.

»Das Bild muss wieder nach Berlin ins Museum, keine Frage«, sagte Baumgartner. »Ich hätte schon dafür gesorgt, das versichere ich Ihnen.«

»Sie hätten?«

»Jetzt ist es ja wieder verschwunden.«

»Seit gestern. Und warum haben Sie vorher nichts getan?«

Baumgartner drückte den Rücken gegen die Regalwand. Seine Bücher konnten ihm jetzt auch nicht helfen. Weder die hinter ihm noch das, um das sich seine Finger krallten.

»Wie viel hat Schwarzer Ihnen gezahlt?«, fragte Rupert.

»Geld?« Baumgartner presste das Buch gegen die Brust. »Ich durfte an das Bild ran, an Franz Marcs *Turm der blauen Pferde.* Wann immer ich wollte, hat mir Schwarzer zugesichert. Sie sind Laie, Sie verstehen das wohl nicht, aber man braucht ein paar Wochen, um das richtige Gefühl für ein solches Werk zu entwickeln, um es wirklich ganz zu begreifen. Nur zwei, drei Wochen, habe ich gedacht, nur zwei, drei Wochen mit dem *Turm* verbringen. Über siebzig Jahre war er verschollen, da spielen ein paar Tage mehr doch wirklich keine Rolle, oder? Ich schwöre Ihnen, danach hätte ich Alarm geschlagen.«

Vielleicht war es so, vielleicht log er sich auch selbst etwas vor. Dann wären aus drei Wochen sechs geworden oder zwölf, und irgendwann hätte er nicht mehr erklären können, wieso er Schwarzer so lange gedeckt hatte. Und der Überfall in Schwarzers Villa? Baumgartner hatte gerade eingestanden, wie wichtig es ihm war, das Bild in seiner Nähe zu haben. Da wäre es doch nur konsequent …

»Ich habe mich wohl nicht gerade korrekt verhalten«, sagte Baumgartner. Es klang kläglich, und Rupert kam sein Verdacht plötzlich lächerlich vor. Nein, dieser Mann war höchstens dazu fähig, das eigentlich Gebotene aufzuschieben. Und das mit schlechtem Gewissen.

Baumgartner ließ sich wieder in seinen Sessel sinken. Er schlug das Buch auf und blätterte darin.

»Was suchen Sie da?«, fragte Rupert.

»Ich habe es gleich«, sagte Baumgartner. »Ja, da ist es. *Erkennt, meine Freunde, was Bilder sind: das Auftauchen an einem anderen Ort.*«

»Sagt wer?«

»Dreimal dürfen Sie raten«, sagte Baumgartner.

Auf Klaras To-do-Liste standen der Angestellte, der am Abend des Überfalls am Tor Dienst geleistet hatte, und Schwarzers Nachbarn in Starnberg. Vielleicht war jemandem der Fluchtwagen der Bande aufgefallen, als er mutmaßlich viel zu schnell durch die Tempo-30-Zone gebrettert war. Mit viel Glück hatte sich ein empörter Anwohner sogar das Kennzeichen notiert. Jedenfalls brauchte Klara irgendeinen Hinweis, der sie auf die Spur der angeblichen Kunstguerillabrigade brachte.

Sie hätte also genug zu tun gehabt, doch Agnieszka hatte am Telefon ernstlich empört geklungen. Ivanovic verweigere schon seit ein paar Tagen ihren Tee. Außerdem schicke er sie dauernd unter irgendeinem Vorwand weg. Mal sollte sie Seife kaufen, obwohl noch zwei Stück original verpackt im Badezimmerschrank lagen. Mal sollte sie aus der Stadtbücherei in Bad Aibling Bücher holen, die er dann am nächsten Morgen zurückbringen ließ, weil es angeblich die falschen waren. Agnieszka vermutete, dass er an einem Projekt arbeitete, von dem sie nichts mitkriegen sollte. Irgendeine Schweinerei wahrscheinlich.

»Ich rede bei Gelegenheit mal mit ihm«, hatte Klara gesagt.

»Ich kann auch gehen zurück nach Poznań«, hatte Agnieszka gedroht.

Das meinte sie hoffentlich nicht ernst. In ein Pflegeheim hätten Klaras Vater keine zehn Pferde gebracht, und dass sie selbst ihn rund um die Uhr betreute, kam schon gar nicht in Frage. Das hieße, auf ein eigenes Leben völlig zu verzichten. Mal abgesehen davon, dass sie es auch psychisch nicht durchstehen würde. Klara hatte Agnieszka beschwichtigt und zugesichert, auf der Stelle nach Berbling zu fahren.

Als sie dort ankam, saß ihr Vater im Schatten des Kastanienbaums vor dem alten Atelier und rief ihr schon von weitem entgegen, wie sehr er sich über den Besuch seines Augensterns freue. Er zog Klara neben sich auf die Bank herab und fragte, was es denn Neues gebe. Klara hätte eher interessiert, was er vor Agnieszka zu verbergen trachtete, doch sie wollte nicht mit der Tür ins Haus fallen und begann zu berichten. Ihr neuerlicher Besuch in Schwarzers Villa schien Ivanovic tatsächlich zu interessieren. Auch Klaras Rekonstruktion des Geschäfts mit dem *Turm der blauen Pferde* ließ er sich haarklein schildern. Überhaupt war er für seine Verhältnisse beängstigend gut drauf. Er wies Agnieszkas Kräutertee zurück und verlangte nach einem kalten Weißbier. Agnieszka hielt dagegen, doch nach einer kurzen Diskussion setzte sich Ivanovic mit dem Argument durch, dass er leider nicht mehr lange genug leben würde, um sich eine ordentliche Leberzirrhose zuzulegen, selbst wenn er Tag und Nacht durchsaufen würde.

Letztlich brachte Agnieszka ein Bier, und Ivanovic führte zufrieden zum Thema zurück. »Dass sich der Schwarzer mit allen Mitteln diesen Marc-Schinken krallen will, habe ich mir gleich gedacht. Ich kenne so Typen wie den.«

Klara verzog den Mund. »Wir gingen bis vor kurzem davon aus, dass er bloß eine Fälschung erworben hat.«

»Kindchen, einer wie der gibt keine Millionen aus, ohne sich sicher zu sein.« Ivanovic zitterte das Weißbierglas an seine Lippen und nahm einen tiefen Zug. Seine Augen strahlten, als hätte ihm das Bier sein Leben zurückgegeben. Er verschüttete sogar weniger als gewöhnlich. Dann fragte er: »Und wer zum Teufel hat ihm jetzt das Bild geklaut?«

Klara zuckte mit den Schultern. »Vielleicht einer seiner eigenen Leute, vielleicht der Fälscher, Ludwig Raithmaier junior. Mein Kollege überprüft gerade Doktor Baumgartner.«

»Das ist doch der, den Schwarzer zugezogen hat, als es um die Echtheit des Bilds ging«, sagte Ivanovic. »Der war's, garantiert. Der oder ein anderer sogenannter Kunstexperte. Das sind doch alles frustrierte Bibliotheksolme, die sich für die Größten halten und es als höchst ungerecht empfinden, dass das niemand außer ihnen so sieht. Ich selbst hatte da ein paar kleine Auseinandersetzungen …«

»Ich kann mich so dumpf erinnern«, sagte Klara.

»Und Schwarzer soll sich nicht so haben«, sagte Ivanovic. »Er hat doch Kohle genug, um sich jederzeit einen anderen Scheißschinken zu ersteigern.«

»Aber er hat sich nun mal in den *Turm der blauen Pferde* verliebt.«

»Red nicht von Liebe, Kindchen, davon verstehst du nichts«, sagte Ivanovic. Er griff nach seinem Bierglas, hob es zitternd an und stellte es wieder ab, ohne getrunken zu haben.

»Gut, sprechen wir von dir, Papa. Was machst du so den ganzen Tag?«

»Ich? Gar nichts.«

»Agnieszka sagt …«

»Was soll ich denn schon machen, außer langsam vor mich hin zu sterben?« Ivanovic erhob sich mühsam.

»Ein neues Projekt zum Beispiel?«

»Agnieszka soll sich um ihren verdammten Tee kümmern. Und ich, ich lege mich jetzt mal kurz hin«, sagte Ivanovic. Plötzlich schien er das Interesse an der Unterhaltung verloren zu haben. War da etwas im Busch oder forderte die Krankheit ihren Tribut?

»Alles in Ordnung?«, fragte Klara.

»Bin nur müde.«

»Soll ich dir helfen?«

»Behandle mich nicht wie einen Vierfachamputierten, Klara! So weit ist es noch nicht.« Ivanovic wandte sich ab und steuerte mit unsicheren, kleinen Schritten auf die Haustür zu. Klara lehnte sich zurück und sah nach oben in die Krone des Kastanienbaums. In die Blätterlandschaft, die sich zwischen ihr und der Sonne auftürmte. Eine sanft wogende Welt von flirrenden Grünnuancen, von Viertel- und Halbschatten. Ob ihr Vater die Schönheit des Baums jemals zur Kenntnis genommen hatte? Klara versuchte sich vorzustellen, wie er mit zittriger Hand Aquarellfarben aufs Papier tupfte. Nein, das passte einfach nicht zum großen Ivanovic. Wenn er damit anfing, musste sich Klara ernsthaft Sorgen um ihn machen. Sie lächelte noch, als Agnieszka auftauchte.

»Erst wollen Bier und dann nicht fertig trinken«, sagte Agnieszka tadelnd. Sie räumte Ivanovics halb volles Glas ab und grollte weiter vor sich hin. »Mann Ivanovic übermütig wie junge Hund. Er nicht weiß, was gut für ihn.«

Klara sagte: »Sobald er aufsteht, rede ich ihm ins Gewissen.«

Agnieszka lachte. »Mann Ivanovic nicht im Bett. Arbeitet mit Computer.«

»Meinst du?«

»Ich ihn kennen wie Knopf in Hosentasche.«

Sollte er wirklich ein neues Projekt in Angriff genommen haben, war es sehr seltsam, dass er nicht sofort damit herausgeplatzt war. Halbe Sachen machte er nicht. Wenn er sich einmal für etwas begeistert hatte, dann gab es nichts anderes mehr, und die Welt hatte sich gefälligst dafür zu interessieren. Klara stand auf. »Ich schau mal nach ihm.«

Wie zu erwarten war, hatte Agnieszka Recht. Das Bett im Schlafzimmer war unberührt, Ivanovic saß in seinem Sessel, das aufgeklappte Notebook auf den Knien. Als er Klara in der Tür bemerkte, versuchte er es schnell zu schließen, stieß aber mit seiner zitternden Hand hart gegen den Deckel. Das Gerät rutschte von seinen Knien und fiel auf die Dielen. Ivanovic blaffte: »Kannst du nicht klopfen?«

»Ich wollte dich nicht wecken.«

Unbeholfen beugte sich Ivanovic nach vorn, griff nach unten.

»Warte, ich hebe es dir auf«, sagte Klara.

»Du sollst mich nicht behandeln wie …«, sagte er, doch Klara war schon bei ihm.

Noch bevor sie das Notebook in der Hand hielt, erkannte sie, dass auf dem Bildschirm ein Video lief. Etwas wackelig zoomte die Kamera auf den *Turm der blauen Pferde* zu. Von links und rechts griffen je zwei schwarz behandschuhte Hände nach dem Bild und hoben es von einer Staffelei. Die Kamera folgte den beiden Maskierten auf ihrem Weg zu einer Glastür. Als sie mit dem Gemälde den Raum verließen und in der Dunkelheit verschwanden, blieb die Kamera zurück und schwenkte langsam zur Seite. Ein Kandinsky war an der Wand zu erkennen. Daneben stand ein weiterer Maskierter mit einer Pistole im Anschlag. Seine ausgestreckten Arme wiesen leicht schräg nach unten. Die Kamera folgte der dadurch vorgegebenen Richtung und erfasste die blondierte Dauerwelle einer Dame, die auf dem Bauch lag und das Gesicht gegen den Boden drückte. Obszön langsam strich der Blick über ihre nackten Schultern und das rote Abendkleid hinab.

»Gib her!«, sagte Ivanovic.

Jetzt nahm die Kamera wieder Fahrt auf, glitt wie suchend über Köpfe, Leiber, Arme, Beine der am Boden liegenden Menschen hinweg, verweilte kurz auf einer Handtasche, einem Paar schwarzer Lackschuhe, einem Tablett mit Fingerfood, und da lag Klara selbst! Sie konnte sich nur ein paar Momente sehen, bevor die Kamera über sie hinweggewandert war, doch lang genug, um zu erkennen, wie sich ihre linke Hand in das Parkett zu krallen versuchte. Die Fingerstellung wirkte verkrampft, ja krankhaft, und obwohl sich Klara dieses Details in der Situation gar nicht bewusst geworden war, überwältigte die Erinnerung sie nun fast körperlich. Die Verblüffung, die Angst, die Anspannung, ihr Versuch, jeden Laut zu registrieren und einzuordnen, alles war wieder genauso intensiv da.

»Klara!«, zischte Ivanovic.

Sie starrte auf den Bildschirm. Die Kamera schwang sich über die Liegenden auf, als hätte sie genug von diesem lächerlichen Menschenteppich. Sie drehte zur Seite ab und fixierte von neuem die Staffelei. Mit einer Großaufnahme des leeren Holzgestells fror das Bild ein. Doch der Film war noch nicht zu Ende. Dort, wo *Der Turm der blauen Pferde* gestanden hatte, tauchte jetzt ein ins Bild montierter Schriftzug auf. In einer flimmernden Optik, die an die Texteinblendungen von 1920er-Jahre-Stummfilmen erinnerte, stand da geschrieben:

»Wer fürchtet sich vorm schwarzen Mann?«

»Niemand!«

»Wenn er aber kommt?«

Die Zeilen erloschen und wurden durch neuen Text ersetzt:

Der Blaue Reiter reitet wieder.

Realisiert von: Kunstguerilla, Brigade Starnberger See.

Nun war das angekündigte Video also doch aufgetaucht. Die Täter hatten ihre Aktion nur mit leichter Verspätung im Internet dokumentiert. Das bedeutete, sie wollten weiterhin verschleiern, dass es sich keineswegs um Kunst, sondern um einen Raubüberfall gehandelt hatte. Klara konnten sie damit nicht mehr täuschen.

»Kann ich jetzt mein Notebook wiederhaben?«, fragte ihr Vater.

Klara zögerte. Für ihr Verhalten bei dem Überfall musste sie sich nicht schämen. Wie die anderen Anwesenden war sie völlig überrascht worden und hatte dementsprechend reagiert. Oder eben nicht reagiert. Trotzdem musste ihr Vater nicht sehen, wie sie so verkrampft am Boden lag. Klara wollte es einfach nicht. Sie fragte: »Wieso schaust du dir das an?«

»Na hör mal, du redest ja von nichts anderem.«

»Wie hast du den Clip überhaupt gefunden?« Klara war sich ziemlich sicher, dass sie weder den Namen der angeblichen Kunstguerillagruppe noch den Titel der Aktion erwähnt hatte.

»Youtube, und jetzt gib her!« Ivanovic richtete sich mühsam aus seinem Sessel auf.

Klara wich einen Schritt zurück und warf einen Blick auf die Fußzeile des Monitors. Das Notebook war gar nicht mit dem Internet verbunden, das Video war auf der Festplatte gespeichert. Ihr Vater hatte doch kein Downloadprogramm für Youtube-Videos, oder? Klara öffnete das Programmverzeichnis und fand nichts. Zur Sicherheit ging sie ins Internet und suchte auf Youtube nach dem Film, den sie eben angesehen hatte. Keine Spur davon! Das Machwerk existierte nur auf der Festplatte. Unter *Eigene Dateien, Kunst 2017.* Klara blickte auf. Ihr Vater setzte sich wieder und lehnte sich im Sessel zurück.

»Im Ernst, wie kommst du zu dem Video?«, fragte Klara.

»Ist doch egal.«

»Jetzt sag schon!«

»Klara, du kennst den Sauladen von Kunstbetrieb selbst gut genug. Wenn es mit Stümperei und Angeberei, mit Banausentum und leeren Worthülsen getan wäre, würde ich ja gar nichts sagen. Aber was diese ganze Mischpoke von angeblichen Künstlern, Galeristen, Sammlern, Auktionshäusern, Experten und Kritikern da aufführt, ist bloß noch kriminell. Ein Betrug am naiven Publikum, in Tateinheit mit Geiselnahme und Gehirnwäsche, ein Raubüberfall mit Todesfolge im Haus des guten Geschmacks, ein Terroranschlag auf die Wahrheit und damit ein Verbrechen gegen die Menschlichkeit. Brauchst gar nicht so zu schauen, Kindchen, damit muss man sich als Künstler heutzutage auseinandersetzen. Zumindest als einer, der seinen Job ernst nimmt. Wenn Kunst zum Verbrechen wird, muss das Verbrechen zur Kunst erhoben werden, oder genauer …«

»Du?«, fragte Klara.

»… genauer gesagt, muss sich beides gegenseitig hochschaukeln, bis ihnen der ganze Scheiß mit einem großen Knall um die Ohren fliegt. Tabula rasa. Ist dir überhaupt klar, was in Schwarzers Villa eigentlich passiert ist? Erst sah es nach einem Überfall aus, dann nach einer Kunstaktion, dann nach einem als Kunstaktion getarnten Überfall und jetzt nach einer Kunstaktion, die aus einem Überfall bestand, der sich als Kunstaktion tarnte, die wiederum einen Überfall vorspiegelte. Die Kategorien verschwimmen und heben sich gegenseitig auf, verstehst du? Das muss die Leute aus den Socken hauen. Kein Wunder, dass sie sich andächtig zu Boden geworfen haben.« Ivanovic kicherte. Seine Gesichtszüge machten dabei nicht mit.

»Du hast …? Du steckst hinter dem Ganzen?« So verrückt

konnte doch nicht einmal Klaras Vater sein. Sie sagte: »Dir ist klar, dass ein Raubüberfall kein Kavaliersdelikt ist? Willst du im Knast landen?«

»Tu nicht gleich so moralisch, das steht dir nicht! Außerdem: Wer hat mich denn auf den *Turm der blauen Pferde* gebracht? Auf dieses Verwirrspiel mit Original und Fälschung? Wer hat mich zuverlässig mit den nötigen Informationen versorgt, wenn nicht du?«

»Ich wusste doch selbst nichts von den beiden Bildern.«

»Erst legt Schwarzer drei Millionen für das Original hin, dann lässt er sich den Besitz einer Fälschung bestätigen. Eins plus eins gibt zwei, oder? Und beides musste sich in seiner Reichweite befinden, damit er je nach Bedarf auf das eine oder andere zurückgreifen konnte. Der Rest ist Menschenkenntnis. Ich war mir sicher, dass er den echten Franz Marc stolz zur Schau stellt, während die Kopie in irgendeinem Nebenraum lagerte. Genau so war es auch.«

Klara konnte es immer noch nicht glauben. Sie fragte: »Und die Maskierten in der Villa?«

»Ehemalige Schüler von mir, meine Meisterklasse sozusagen. Ich habe ihnen ein wenig vorgejammert, dass das voraussichtlich mein letztes Projekt wird, aber die waren sowieso begeistert. Kein Wunder, sie haben ja bei mir gelernt, worauf es ankommt. So, und jetzt gib mir das Notebook, ich muss das Video endlich im Internet einstellen.«

Ivanovic fehlte jede Spur von Unrechtsbewusstsein. Weil er den Kopf nicht aus dem Sand seiner Theorien und künstlerischen Weltveränderungsprojekte brachte, ging ihm jede Rücksicht auf die reale Welt ab. Und vor allem auf die Menschen, die in ihr wohl oder übel lebten. Das war früher schon so gewesen und hatte sich bis heute nicht verändert. Nie wäre ihm in den Sinn gekommen, dass bei dem verfluchten Überfall jemand an einem Herzinfarkt sterben konnte. Dass die Polizei seine Meisterschüler wohl mit Waffengewalt gestoppt hätte, wären sie ihr bei der Flucht über den Weg gelaufen. Dass sie zumindest jetzt im Gefängnis säßen. Dass Schwarzer vielleicht über Leichen gehen würde, um sein Original zurückzubekommen.

Ivanovic war ein großes Kind. Er litt an Parkinson, an der schwindenden Zeit, an der Welt und vor allem an sich. Er war Klaras Vater. Sie musste ihn vor sich selbst schützen. Sie fragte: »Wo ist das Gemälde jetzt?«

Ivanovics Hände zitterten nun stärker als zuvor. Er verschränkte die Finger ineinander, doch das half auch nicht.

»Wo ist es, Papa?«

»Ich bin noch nicht fertig damit.« Er blickte Klara nicht in die Augen, starrte nur auf das Notebook, das sie immer noch in den Händen hielt.

Sie klappte den Deckel zu und fragte: »Was hast du vor?«

»Erst dachte ich daran, mit einer Schrotflinte auf die blauen Pferde zu ballern, um neben den Kunstdeppen auch die Tierschützer auf die Palme zu bringen. Das lenkt aber zu sehr vom Thema ab. Eine Messerattacke? Nein, zu pathetisch. Außerdem musst du für eine echte Dekonstruktion am Material ansetzen. Ich glaube, Säure ist genau das Richtige, konzentrierte Schwefelsäure. Die Farbschichten werden aufgelöst und die Leinwand verätzt. Ich werde das Bild waagerecht legen und von oben arbeiten. Bin gespannt, was das ästhetisch hergibt.«

»Du willst beim Diskurs Kunst und Verbrechen bleiben? Die Kategorien verschwimmen lassen?« Klara legte das Notebook auf dem Bett ab, außerhalb von Ivanovics Reichweite.

»Ich wusste doch, dass du es verstehst«, sagte er.

Klara schüttelte den Kopf, griff nach ihrem Handy und rief

Schwarzer an. Sie sprach so laut, dass ihr Vater keine Silbe überhören konnte. »Hier Klara Ivanovic. Herr Schwarzer, ich habe eine gute Nachricht für Sie. Wir haben Ihr Bild gefunden und sichergestellt. Es befindet sich im Bauernhof meines Vaters in Berbling, schräg unterhalb der Kirche. Sie wollen es wahrscheinlich persönlich abholen, oder? Wir erwarten Sie.«

»Ich muss schon sagen, Klara«, sagte Ivanovic, »du schaffst es immer wieder, mich zu enttäuschen.«

So sensationell es wäre, der Welt den echten *Turm der blauen Pferde* zu präsentieren und Schlagzeilen wie Anerkennung zu genießen, unter den gegebenen Umständen war das unmöglich. Man müsste die Vorgeschichte ausbreiten, und wie sollte das gehen, ohne den Raubüberfall zu erwähnen, dessen Drahtzieher Klaras Vater war? Sie konnte ihn doch nicht auf die Anklagebank bringen. Nein, das Bild musste Schwarzer übergeben werden. Der würde schon aus Eigeninteresse schweigen. Für die Öffentlichkeit bliebe der Überfall eine Kunstaktion und das echte Marc-Gemälde so verschollen wie die letzten siebzig Jahre.

Klara sagte: »Schwarzer wird ungefähr eine Stunde brauchen, vielleicht eineinhalb. So lange hast du Zeit, den *Turm der blauen Pferde* herzuschaffen. Wenn er dann nicht da ist, wirst du wirklich Tabula rasa erleben. Schwarzers Leute werden dein Haus dekonstruieren und die Kunst des Verbrechens an uns ausprobieren, an dir, an mir, an Agnieszka und an jedem, der ihnen sonst in die Quere kommt. Also überlege es dir!«

Rupert war sofort ins Auto gesprungen, als Klara ihn informiert hatte. Während der Fahrt überlegte er hin und her, ob es doch eine Möglichkeit gab, Klaras Vater herauszuhalten, ohne Schwarzer als Sieger davonkommen zu lassen. Rupert fiel nichts ein. Es war so bitter. Sie hatten den echten *Turm der blauen Pferde* tatsächlich aufgespürt, doch was der größte Erfolg der Detektei hätte sein können, erwies sich als krachende Niederlage.

Rupert war noch keine fünf Minuten angekommen, als auch Schwarzer in Berbling auftauchte. Er hatte zwei Bodybuildertypen mitgebracht, die sofort die Hecktür des Lieferwagens öffneten und dann im Schatten des Kastanienbaums auf weitere Anweisungen warteten. Schwarzer grüßte jovial und fuhr ohne Punkt und Komma fort, wie urig der Ivanovic'sche Hof wirke, wie idyllisch dieses pittoreske Dorf in der großartigen Voralpenlandschaft liege, dazu die Ruhe, die gute Luft und eine friedvolle Dorfgemeinschaft mit intakten Wertmaßstäben. Da käme gar kein Gedanke an Lug, Betrug, organisierte Kriminalität oder sonst irgendein Problem auf.

Klara lächelte schwach. Ihr Vater saß auf der Bank und schaute zu Schwarzers Begleitern hoch. Agnieszka bot sich an, Wasser für den Tee aufzusetzen. Ein heißer Kräutertee sei das Beste bei so einer Hitze, und gesund sei er sowieso. Schwarzer lehnte dankend ab. Ein andermal gern, aber heute hätten sie es ziemlich eilig. Er blickte erst Rupert an, dann Klara und fragte: »Also?«

Rupert betrachtete sich als nicht zuständig. Irgendwie war die Luft raus. Er wollte sich nicht mehr über die verpasste Chance ärgern. Er würde sich nicht einmal über das feixende Triumphieren aufregen, das Schwarzer wohl gleich zur Schau stellen würde.

Klara gab Schwarzers Frage an ihren Vater weiter. »Also?«

Ivanovic saß im Schatten und hatte nur Augen für die beiden Muskelmänner, die sich in ihrer ganzen Pracht zur Schau stellten. »Irgendwie erinnern mich die Kerle an die Jahrmärkte meiner Kindheit. Da gab es doch immer einen stärksten Mann der Welt, der Eisenstangen verbog und zu hübschen Schleifen verknotete. Können die das auch?«

»Papa!«, sagte Klara.

»Manchmal konnte man diesen Zampano auch zu einem Boxkampf herausfordern. Unter der männlichen Dorfjugend waren verlässlich eine oder zwei Adrenalinbomben, die sich gern verprügeln ließen. Ich war zwar nie dabei, aber … Vielleicht wäre es jetzt mal an der Zeit.« Ivanovic ballte die zitternden Hände zu Fäusten, die Linke nach vorn gereckt, die Rechte unter dem Kinn. Er duckte den Kopf. Es sah absolut lächerlich aus.

Rupert verstand nicht, was Ivanovic mit dem Theater bezweckte. Wollte er jetzt einen großen Showdown inszenieren? Schwarzer dazu zwingen, Gewalt anzuwenden? Der alte Mann sollte froh sein, dass sie ihn das Bild übergeben ließen und ihm den Knast ersparten.

Schwarzer blickte in die Runde. »Wenn jetzt jemand so freundlich wäre …«

»Versuch einmal, vernünftig zu sein, Papa!«, flehte Klara.

»Hm, was?« Ivanovic ließ die Fäuste sinken. »Ach so, ja, der Marc-Schinken. Da drin im Atelier. Gleich links neben der Tür.«

Schwarzer winkte seinen beiden Leuten. Sie verschwanden in der alten Scheune und kehrten gleich darauf mit dem Gemälde zurück. Schwarzer bedeutete ihnen, es abzustellen, und trat auf Griffweite heran. Er nahm zwei, drei Stellen genau in Augenschein, strich mit der Hand über die Nüstern des vordersten Pferdekopfs, inspizierte auch die Rückseite der Leinwand. Endlich nickte er und sagte: »Ich wusste doch, dass ich mich auf Ihre Detektei verlassen kann, Herr von Schleewitz.«

Da stand *Der Turm der blauen Pferde* nun in der Sonne zwischen Geranientöpfen und einer ausgedienten Metallbadewanne, und alle außer Ivanovic starrten das Gemälde an. Das Original, Franz Marcs lange verschollen geglaubtes Meisterwerk mit einem Mindestwert von dreißig Millionen. Ein Bild, das in Sindelsdorf gemalt, in der Berliner Nationalgalerie ausgestellt, von den Nazis verspottet, in Görings Schatzzug nach Berchtesgaden gebracht, von einem Jungen entwendet und in einer Bauernstube aufgehängt worden war. Das Bild, das in jüngerer Vergangenheit verkauft, gefälscht und geraubt worden war, um das sich Intrigen gesponnen hatten, die lange undurchschaubar geblieben waren.

Und nun war das Gemälde aufgefunden, seine Geschichte geklärt, die Jagd vorbei. Friede, Freude, Eierkuchen. Genugtuung wollte sich bei Rupert trotzdem nicht einstellen. Ganz im Gegenteil, zurück blieb ein ziemlich schaler Nachgeschmack. Schwarzer würde mit seiner krummen Tour wohl durchkommen. Er würde den Marc in seinem Privatsalon aufhängen, ihn täglich bewundern und sich diebisch freuen, dass ihm keiner am Zeug flicken konnte. Und wenn schon! Im Grunde war selbst das Rupert egal.

»Ist es nicht wunderschön?«, fragte Schwarzer versonnen.

Als hätte diese Bemerkung einen verborgenen Schalter umgelegt, musste Rupert plötzlich an Lisa denken. Lisa, die eigentlich Esther hieß, für ihn aber Lisa bleiben würde. Die Lisa, die wochenlang an die Stelle einer Toten getreten war. Die Lisa, mit der er auf der Fahrt nach Berchtesgaden ganz hier in der Nähe vorbeigekommen war. Lisa, mit der er sich einig war, dass sie eine rein geschäftliche Beziehung hatten. Lisa, die verschwunden war, ohne dass er wusste, wieso. Und noch weniger, was sie jetzt gerade tat und ob sie dabei glücklich war. Vielleicht hatte sie ja jemanden kennen gelernt, arbeitete in einem Reisebüro und probierte in ihrer Freizeit Brautkleider an. Wieso auch nicht?

Schwarzer ließ den *Turm der blauen Pferde* in den Lieferwagen einladen. Mit halbem Ohr hörte Rupert zu, wie Klaras Vater sich für eine neue Kunstaktion begeisterte, mit der er die Szene definitiv in die Luft jagen würde. In einem Glaskäfig wollte er einen Boxring aufbauen. In zwei gegenüberliegenden Ecken sollten Hocker stehen wie während der Rundenpausen eines Boxkampfs, und auf diesen Hockern würden zwei Männer Platz nehmen, er und einer dieser Zampanos. Beide mit nacktem Oberkörper, der eine in roten, der andere in blauen Shorts. Dort würden sie stumm und starr sitzen bleiben, solange sie es eben aushielten. Erst wenn einer von ihnen umfiele, dürfe das Publikum mit extra dafür bereitgestellten Vorschlaghämmern den Glaskäfig zerstören und somit die Aktion beenden.

Rupert starrte dem abfahrenden Lieferwagen nach. Klara trat neben ihn und sagte: »Das war es dann wohl.«

Vielleicht endeten Geschichten öfter mal so banal. Mit einem abfahrenden Wagen, einem »Das war es dann wohl«. Nur war für Rupert die Geschichte noch nicht ganz zu Ende. Zumindest das hatte er gerade begriffen.

MÜNCHEN Herbst 2017

Schwarzer hatte das vereinbarte Honorar bezahlt und – als wäre das selbstverständlich – noch eine Erfolgsprämie daraufgelegt. Ob er auch Baumgartner einen Scheck hatte zukommen lassen, wusste Klara nicht. Jedenfalls hatte der ehrenwerte Kunsthistoriker schnell vergessen, dass er eigentlich die Öffentlichkeit über den Verbleib des originalen *Turms der blauen Pferde* informieren wollte. Vielleicht saßen die beiden gerade zusammen vor dem Bild und schwärmten sich gegenseitig vor, wie gut sie das alles hinbekommen hatten.

Überraschenderweise wollte sich Rupert mit diesem Ergebnis nicht abfinden. Er lasse sich doch nicht von so einem Schraubenkönig verarschen. Nein, er würde nicht ruhen, bis das echte Gemälde wieder im Museum hinge. Dass er nichts in der Hand hatte, womit er irgendeine Behörde in Bewegung setzen konnte, focht ihn nicht an. Das könne sich schnell ändern, sagte er, zum Beispiel, wenn man Ludwig Raithmaier fände.

»Dass der aussagen würde, bezweifle ich«, sagte Klara. »Außerdem sind wir ihm schon eine ganze Weile vergeblich hinterhergelaufen.«

»Warte nur ab!«, sagte Rupert und erklärte die Suche nach Raithmaier zur Chefsache. Klara verbiss es sich, ihn darauf hinzuweisen, dass niemand anders als er selbst bisher daran gescheitert war. Niederlagen zu akzeptieren war nicht Ruperts größte Stärke, vor allem, wenn er seine Berufsehre gefährdet sah. Schließlich war er darauf spezialisiert, Herkunft und Geschichte von Kunstwerken zu ermitteln, und das oft unter schwierigsten Umständen. Da konnte es doch nicht sein, dass er von einem Fälscher, der ihm quasi unter den Fingern weggetaucht war, keine Spur fand. Letztlich ging es Rupert wohl um eine Schönheitsreparatur seines eigenen Egos. Insofern war es nur konsequent, dass er Klaras Hilfsangebote strikt ablehnte.

Mehr noch, er deckte sie und Max mit Arbeit ein, obwohl die Detektei aktuell gar keinen Auftrag hatte. Genau das sei das Problem, meinte Rupert, man müsse Aufträge aquirieren. Deswegen sollten Max und Klara die Cornelius-Gurlitt-Sammlung auf NS-Raubkunst abklopfen und mögliche Restitutionsberechtigte ausfindig machen, die als Mandanten in Frage kämen. Max wies darauf hin, dass es sich um fünfzehnhundert Kunstwerke handle. Klara wandte ein, dass doch längst ein Projektteam aus über zwanzig Wissenschaftlern im Auftrag des *Deutschen Zentrums Kulturgutverluste* mit dieser Aufgabe befasst sei.

»Na, dann nichts wie los!«, sagte Rupert. »Wer zu spät kommt, den bestraft das Leben.«

Und so sichteten Max und Klara im Internet die Ergebnisse des Gurlitt-Projektteams, um eventuelle Lücken und Fehler aufzuspüren, während Rupert wochenlang kaum im Büro gesehen ward. Bei Nachfragen gab er sich wortkarg. Er habe ehemalige Schulkameraden Raithmaiers ausfindig gemacht, dessen Eltern auf dem Huber-Hof noch einmal besucht oder den Reiterhof samt der gesamten Einwohnerschaft Sindelsdorfs unter die Lupe genommen. So mürrisch, wie er davon berichtete, brauchte Klara sich gar nicht zu erkundigen, ob er auf eine viel versprechende Spur gestoßen sei. Mit der Zeit begann Klara sich um ihn Sorgen zu machen. Er wäre nicht der Erste, der sich über einer fixen Idee zugrunde richtete.

Nur einmal kam Rupert mit einer wirklichen Neuigkeit zurück, und zwar aus Pasing. Zwar hatten die Nachbarn rund um Raithmaiers abgebranntes Atelier auch keine Ahnung, wo er sich aufhalten könnte, doch sie klärten Rupert über das Ergebnis der polizeilichen Ermittlungen auf. Zwei Dreizehnjährige aus dem Viertel waren abends in das Gartenhaus eingedrungen. Die Tür sei nicht abgesperrt gewesen, hatten sie beteuert und unter Tränen zugegeben, dass sie dort nur so zum Spaß eine Gartenfackel entzündet hätten. Plötzlich seien Flammen aus einem Kanister hochgeschossen. Sie hätten noch versucht, das Feuer mit einer Decke zu ersticken, aber vergeblich. Da hätten sie Panik bekommen und seien abgehauen.

»Ein Unfall«, sagte Klara. »Raithmaier wollte also gar keine Spuren beseitigen.«

»Verschwunden bleibt er trotzdem«, sagte Rupert.

»Aber was kümmert dich das?«, fragte Klara. Rupert antwortete nicht, und plötzlich kam Klara der Verdacht, dass alles ganz anders war. Nein, nicht alles, nur ein Personalpronomen musste ausgetauscht werden, und schon wurde Ruperts Verhalten nachvollziehbar. *Sie* statt *er*. Verschwunden bleibt *sie* trotzdem. Klara sagte: »Du bist gar nicht hinter Raithmaier her. Du suchst Lisa.«

»Quatsch! Und außerdem heißt sie Esther Reichardt.«

»Hast du dich in sie verliebt?«

»Klara, Schätzchen, du weißt doch, für mich bist du die Einzige.« Rupert lachte, und für einen Moment schien er fast so zu sein wie früher. Ironisch, oberflächlich und doch irgendwie liebenswert. Aber mehr als ein kurzes Aufflackern war das nicht. »Ich finde den Kerl, darauf kannst du Gift nehmen.«

Klara glaubte Rupert kein Wort. Er lief seiner verschollenen Lisa oder Esther oder wie immer sie sonst heißen mochte, hinterher. Ihn auszuspionieren war vielleicht nicht ganz in Ordnung, doch er hätte ja auch Klara nicht anlügen müssen. So fuhr sie eines Vormittags nach Hüttenbrechtshofen, um sich umzuhören, und es bestätigte sich genau das, was sie vermutet hatte. Rupert hatte die Hüttenbrechtshofener tagelang mit Fragen nach Lisa/Esther gelöchert. Ob sie mal von einer bestimmten Schule gesprochen habe, von einem See, in dem sie als Kind am liebsten gebadet hatte, von einer Kirche, einem Sportverein, einem Club. Er hatte wissen wollen, wo es ihrer Aussage nach die besten Brezen gab, das beste Erdbeereis, die günstigsten Secondhand-Klamotten. Ob sie irgendwann vielleicht mal genickt habe, wenn jemand diesen oder jenen Ort im Oberland, das Lehel oder sonst ein Münchner Stadtviertel erwähnte.

Anscheinend hatte Rupert nichts herausbekommen. Das leuchtete Klara auch ein, denn für Esther Reichardt hatten sich die Hüttenbrechtshofener nicht im Geringsten interessiert. Sie war als Lisa engagiert worden, sie trat als Lisa auf und wurde so behandelt. Wie und wo Lisa aufgewachsen war, brauchte man nicht zu erfragen, das wusste man ja. Hier im Dorf nämlich. Man musste sie höchstens mal daran erinnern, dass ihr erstes Fahrrad blau gewesen war und ihre Grundschullehrerin Frau Staupe geheißen hatte. Dem hatte sie natürlich gleich zugestimmt und ansonsten wenig über die Vergangenheit geredet. Sie hatte überhaupt wenig geredet. So war sie eben gewesen, die Lisa.

KHOMAS-HOCHLAND, NAMIBIA

12. Januar 2018

Die Maschine landete im Morgengrauen am Hosea-Kutako-Flughafen. Zwischen quengelnden Kleinkindern und besoffenen russischen Jagdtouristen hatte Klara die ganze Nacht über kein Auge zugetan. Sie tappte die Gangway hinab, blieb kurz stehen und atmete tief durch. Eine angenehme Brise erzählte flüsternd von der vergangenen kühlen Wüstennacht. Tagsüber würde es glühend heiß werden. Klara folgte dem Rest der Passagiere übers Rollfeld zum Terminal. Sie fragte sich nicht zum ersten Mal, warum Rupert sie unbedingt dabeihaben wollte. Und warum sie zugestimmt hatte. Vielleicht nur, weil sie ihm Unrecht getan hatte. Er hatte anscheinend nicht nur nach seiner Lisa gesucht, sondern auch nach Ludwig Raithmaier.

Der entscheidende Hinweis auf Namibia war auf einer simplen Ansichtskarte zu finden gewesen. Die Vorderseite zeigte grasende Zebras im goldenen Licht der Abendsonne, und der Poststempel auf der Rückseite belegte, dass die Karte in Windhoek aufgegeben worden war. Der knappe Text war mit blauem Kugelschreiber geschrieben: *Afrika wie gemalt. Mach's gut in deiner Höhle! Ludwig.*

Warum Raithmaier so unvorsichtig war, dem Toni von der Au eine Postkarte zu schicken, war schwer zu erklären. Vielleicht war es ein Anflug von Heimweh, vielleicht konnte er sich einfach nicht vorstellen, dass jemand den Lieferanten seiner Leinwände ausfindig gemacht hatte. Genauso wenig, wie der Toni von der Au einen Grund sah, die erhaltene Ansichtskarte vor Rupert zu verbergen, als der sich noch einmal nach dem Verbleib von Ludwig Raithmaier erkundigt hatte. Der Toni hatte nur ziemlich bekifft gekichert und darüber philosophiert, wieso die Zebrastreifen auf Deutschlands Straßen aus aufgemalten weißen Streifen bestünden, während bei den echten Zebras doch schwarze Streifen auf der Grundfarbe Weiß prangten.

Rupert war endlich auf Raithmaiers Spur gestoßen und überraschenderweise diesmal mit Bedacht vorgegangen. Er hatte ein namibisches Detektivbüro mit Nachforschungen beauftragt, dessen Chefin, eine gewisse Clemencia Garises, anscheinend nicht nur ziemlich fähig war, sondern auch gute Verbindungen besaß. Sie hatte herausgefunden, dass Raithmaier vom namibischen Innenministerium eine permanente Aufenthaltserlaubnis erhalten hatte. Dies sei erstaunlich schnell geschehen, was sicher auf Raithmaiers Bereitschaft zurückgehe, eine beträchtliche Summe im Land zu investieren. In der Tat habe er sich in eine Farm im Khomas-Hochland eingekauft und damit begonnen, eine Pferdezucht samt Reiterhof aufzubauen.

Frau Garises hatte sich angeboten, dort Weiteres herauszufinden, doch Rupert wollte nicht riskieren, dass Raithmaier vorgewarnt würde. Er war wild entschlossen, ihn an seinem Zufluchtsort persönlich aufzusuchen und ihn eine eidesstattliche Erklärung unterschreiben zu lassen, die Schwarzer ernstlich in Bedrängnis bringen konnte. Rupert sah keinen

Grund, warum Raithmaier das verweigern sollte. Seine drei Millionen hatte er am anderen Ende der Welt in Sicherheit gebracht, und strafrechtlich war ihm kaum etwas vorzuwerfen, was einen Auslieferungsantrag begründet hätte. Schließlich hatte er ja Schwarzer gegenüber mit offenen Karten gespielt.

Rupert hatte zwei Tickets für den nächsten verfügbaren Flug gekauft, und nun waren sie hier. Es dauerte knapp zwei Stunden, bis sie die Passkontrolle passiert und die Formalitäten für den Mietwagen erledigt hatten. Dann fuhren sie auf einer gut ausgebauten Straße Richtung Windhoek, an endlosen Wildzäunen entlang, hinter denen sich weite Flächen verdorrten Grases mit Inseln von Dornbüschen erstreckten. Auf ein paar zerklüfteten Felsen direkt neben der Fahrbahn hockte eine Gruppe Paviane, als würde das Tourismusministerium sie dafür bezahlen, den Neuankömmlingen einen exotischen Eindruck zu vermitteln.

»Afrika wie gemalt«, sagte Klara. Rupert hatte die Affen wohl gar nicht bemerkt. Er antwortete nicht, schien in Gedanken zum wer weiß wievielten Mal das bevorstehende Gespräch mit Raithmaier durchzugehen.

Sie durchquerten Windhoek, ohne sich aufzuhalten, und fuhren westlich der Stadt auf der C 28 weiter. Nach dem Abzweig zum Daan-Viljoen-Park endete die Asphaltstrecke. Die staubige Piste stieg nun an ins Khomas-Hochland. Wie Klara gelesen hatte, war dort schon zu Zeiten der deutschen Schutztruppe eine Pferdestation eingerichtet worden, die wegen ihrer Lage auf zweitausend Metern Höhe den Tieren besseren Schutz vor Krankheitsüberträgern geboten hatte. Das Gelände war bergig und sonnenverbrannt, die Betten kleinerer Flussläufe knistertrocken. Menschen konnte Klara nirgends entdecken. Sie hatten etwa vierzig Kilometer zurückgelegt, ohne einem anderen Auto zu begegnen, als ein Schild die Farm *Blue Horses* ankündigte. Klara stieg aus, öffnete das Farmtor und schloss es hinter dem Wagen wieder. Sie folgten dem holprigen Weg weitere drei Kilometer, bis sie das Farmhaus erreichten.

Es schmiegte sich an den Fuß eines Felsabbruchs, halb versteckt in einer Oase aus Palmen, Obst- und Schattenbäumen, deren frisches Grün nach all den ausgelaugten Erd- und Steintönen fast unwirklich wirkte. Zwischen den Bäumen blühten Bougainvilleenbüsche in Farbschattierungen von Zartrosa über Feuerrot bis Dunkelviolett. Glanzstare mit ihrem blau schimmernden Federkleid suchten am Boden nach Futter, eine Taube flatterte keckernd auf, und ein Pfau stolzierte mit wippendem Schwanz einen Kiesweg entlang, als sei der ausschließlich für ihn angelegt worden.

Weiter rechts lagen verschiedene Nebengebäude, die von einem runden Wasserturm überragt wurden. Auf der gegenüberliegenden Seite, wo sich der Blick auf ein weites Tal öffnete, schloss sich an die Stallungen eine große Pferdekoppel an. Eine Rappenstute hob den Kopf von der Tränke und ging gemächlichen Schritts ihren Artgenossen entgegen. Die Pferde hatten sich in den Schatten zweier Schirmakazien zurückgezogen. Selbst die Fohlen standen bewegungslos, nur der eine oder andere Schweif schlug nach unsichtbaren Mücken.

»Farm *Blue Horses.* Er weiß schon, wem er das kleine Paradies hier zu verdanken hat«, sagte Klara. Sie war ausgestiegen und wartete, während Rupert noch hinter dem Steuer saß. Sie fragte: »Was ist?«

»Nichts.« Rupert öffnete die Wagentür, murmelte etwas Unverständliches und ging voran. Der Pfau verschwand im Unterholz, Rupert und Klara folgten dem Kiespfad bis zu einer überdachten Veranda, die sich über die ganze Länge des Farmhauses erstreckte. Eine schwarze Frau mit Kopftuch und knielangem hellen Kleid fegte den Staub über die drei Stufen hinab. Rupert grüßte und fragte nach dem Hausherrn. Die Frau stellte ihren Besen an eine der Säulen, lud Rupert und Klara ein, Platz zu nehmen, und verschwand im Haus. Rupert blieb stehen, Klara setzte sich in den Schatten. Vor ihr lag der Garten, fast eine Studie zu den möglichen Abschattierungen der Farbe Grün. Nach rechts blickte sie ungehindert über das Tal bis zu den bläulich schimmernden Bergketten.

Rupert machte drei Schritte, drehte um, machte drei Schritte zurück und lehnte sich an eine Säule. »Ob er abhauen will?«

Klara verneinte. Raithmaier wusste nicht, dass sie kommen würden, und selbst wenn, wohin hätte er gehen sollen? In dieser Farm steckte sein ganzes Geld, hier hatte er sich ein neues Zuhause erschaffen. Trotzdem wurde auch Klara ein wenig unruhig, bis sich endlich die Tür öffnete. Ein Mann trat auf die Terrasse, gefolgt von der schwarzen Frau von vorhin. Sie trug ein Tablett mit Gläsern und einem Tonkrug heraus und stellte es auf dem Tisch vor Klara ab.

»Eisgekühltes Farmwasser«, sagte der Mann auf Englisch und schenkte ein. »Willkommen auf Farm *Blue Horses.*«

Er war braungebrannt und wirkte mit seinen etwas abgestoßenen Shorts und dem Khakihemd wie einer, der im afrikanischen Busch aufgewachsen war, doch es war ohne Zweifel Ludwig Raithmaier. Circa ein Meter fünfundsiebzig groß, blond und Gesichtszüge, die sich gegenüber denen auf den jüngsten Bildern des Raithmaier'schen Familienalbums kaum verändert hatten. Wenn man genau hinblickte, meinte man noch den kleinen Bergbauernbuben zu erkennen, der staunend vor dem *Turm der blauen Pferde* gestanden hatte. Und irgendwann hatte er beschlossen, die Pferde zu satteln, und war losgaloppiert, bis hierher ans Ende der Welt.

Rupert machte keine Anstalten, das ihm angebotene Glas anzunehmen. Raithmaier stellte es auf dem Tisch ab, schenkte sich selbst ein und prostete Klara zu. Er fragte: »Sind Sie Deutsche?«

»Aus München.« Klara nahm einen Schluck Wasser und sagte: »Das tut gut.«

»Beste Trinkwasserqualität«, sagte Raithmaier, »ich habe es untersuchen lassen.«

»Ist hier sicher Gold wert«, sagte Klara.

Auch Rupert griff jetzt nach seinem Glas. Noch hatte er keinen Ton gesagt. Worauf wartete er eigentlich? Die Hausangestellte hatte wieder zum Besen gegriffen. In regelmäßigen Intervallen war das fegende Geräusch auf den Holzplanken zu hören. Allmählich wurde das allseitige Schweigen unangenehm. Raithmaiers Blick wanderte zwischen Rupert und Klara hin und her. Endlich fragte er: »Sie sind nicht wegen eines Ausritts hier, oder?«

»Nein«, sagte Rupert.

»Sondern, Herr …?«

»Wegen …« Rupert hielt inne, weil sich die Tür des Farmhauses erneut öffnete.

»Lisa!«, rief Rupert. Es klang alles andere als verwundert, es klang eher nach »Na endlich!«, nach »Wie schön!«. Klara hatte es doch geahnt. Von wegen *Turm der blauen Pferde*, von wegen Kronzeuge Raithmaier. Rupert hatte immer nur nach dieser Frau gesucht. Er war bloß nach Namibia geflogen, weil er gewusst oder zumindest gehofft hatte, dass er sie hier antreffen würde. Sein Blick glitt an ihr hinab, und erst jetzt brach in seiner Stimme die Überraschung durch, die schon ein paar Zehntelsekunden vorher zu erwarten gewesen wäre. »Du … du bist …«

Ihre Haare waren gewachsen, ihr Gesicht war breiter geworden, sie hatte zugelegt. Vor allem aber trug sie einen kugelrunden Bauch vor sich her. Sie war schwanger, mindestens im siebten Monat.

»Meine Frau Carolin«, sagte Raithmaier.

Sie hatte kaum merklich gestutzt, als sie Rupert erkannt hatte. Jetzt begrüßte sie ihn so beiläufig, als träfe sie ihn jeden Tag im Treppenhaus. »Hallo Rupert.«

Klara rechnete schnell zurück. Die angebliche Lisa musste schon schwanger gewesen sein, bevor sie Rupert zum ersten Mal gesehen hatte. Und es sah ganz so aus, als sei Raithmaier der zukünftige Vater. Die beiden hatten sich lange gekannt, sie hatten sogar im wörtlichen Sinn unter einer Decke gesteckt, und nun lebten sie hier ihrem Familienglück entgegen. Es war schwer zu glauben, dass sie nicht auch beim Verkauf des *Turms der blauen Pferde* zusammengearbeitet hatten. Das beantwortete eine Menge offener Fragen. Zum Beispiel, wieso das Bild ausgerechnet in Hüttenbrechtshofen übergeben wurde. Raithmaier hatte die Wirtschaft ausgesucht, weil Lisa dort arbeitete. Sie sollte ihn absichern, hätte ihn zum Beispiel warnen können, wenn Schwarzer und Baumgartner von einer Hundertschaft Polizei begleitet worden wären.

Raithmaier und Lisa beziehungsweise Carolin waren ein Team. Das erklärte, wieso sie immer vor den Mitarbeitern der Detektei wusste, wo sie Raithmaier finden konnte. Und natürlich auch, wieso sie darüber nichts verlauten ließ und sich schließlich gar nicht mehr meldete. An Rupert hatte sie sich nach seinem ersten Besuch in Hüttenbrechtshofen nur herangemacht, um zu erfahren, wie weit die Recherchen gediehen waren. Und Rupert? Klara hatte ihm gleich gesagt, dass er besser Abstand halten solle. Aber jetzt war nicht der Moment für billige Triumphe. Rupert tat ihr aufrichtig leid.

»Du kennst ihn?«, fragte Raithmaier.

»Das ist Rupert von Schleewitz«, sagte Carolin. »Ich habe dir von ihm erzählt.«

»Ach ja.« Raithmaier lächelte. Die zukünftige Mutter lächelte auch. Der Fälscher und das Biest, sie passten ausgesprochen gut zusammen. Klara war sich nun sicher, dass die beiden während der Suche nach Raithmaier in Kontakt gestanden hatten. Die angebliche Lisa hatte ihn gar nicht aufzuspüren brauchen. Mit ihren Auftritten auf dem Huber-Hof und in Sindelsdorf hatte sie nur in Erfahrung bringen wollen, ob die Gefahr bestand, dass ihr Mann und Komplize ausfindig gemacht würde, bevor sie sich nach Afrika absetzen konnten. Bei der Gelegenheit ließen sich auch ein paar falsche Informationen streuen, um Rupert vom geraden Weg abzulenken. Die angebliche Krebserkrankung samt Chemotherapie zum Beispiel. Was Rupert betraf, hatte das ja auch gut funktioniert. Vor lauter Lisa hier, Lisa da hatte er den *Turm der blauen Pferde* ziemlich aus den Augen verloren. Trotzdem, irgendwann musste er kapiert haben, dass sie ihn zum Idioten gemacht hatte. Und doch …

Raithmaier sagte: »Sie sind uns also bis ins südliche Afrika nachgefahren, Herr von Schleewitz, um …«

»Wegen des *Turms der blauen Pferde* natürlich. Was sonst?«

Rupert hatte sich ganz erstaunlich in der Gewalt. Klara fiel ein, dass er sie mal ekelhaft vernünftig genannt hatte. Einen ganzen Abend hatte sie daran zu schlucken gehabt. Und nun? Rupert war bis über beide Ohren in Lisa verknallt, er war nur wegen ihr hierhergereist, obwohl ihm wohl klar gewesen sein musste, dass er sie an Raithmaiers Seite finden würde. War das selbstquälerisch, romantisch oder einfach nur idiotisch? Himmel, Rupert war wirklich nicht der Typ für eine tragische Liebe, die umso mehr wuchs, je unerfüllbarer sie schien. Oder hatte er sich doch Hoffnungen gemacht? Vielleicht hatte er alles auf eine Karte setzen wollen, hatte monatelang an Formulierungen gefeilt und die alles entscheidende Ansprache immer wieder geprobt. Doch jetzt blieben ihm die Worte im Hals stecken, weil er Lisa in völlig anderen Umständen antraf, als er sich das ausgemalt hatte. Stattdessen kam nur ein cooles, scheinbar abgeklärtes »Wegen des *Turms der blauen Pferde* natürlich. Was sonst?«.

»Sie haben eine Kopie angefertigt«, sagte Rupert. »Sie sind mit zwei Exemplaren bei Schwarzer aufgetaucht und haben ihm so ermöglicht, das Original der Öffentlichkeit vorzuenthalten. Genau das würden wir gern rückgängig machen.«

»Was habe ich damit zu tun?«, fragte Raithmaier.

»*Der Turm der blauen Pferde* soll dorthin, wo er hingehört«, sagte Rupert. »Wir kümmern uns darum, aber wir brauchen Beweise oder zumindest die Aussage eines direkt Beteiligten. Im Grunde müssen Sie nur bestätigen, dass Sie Schwarzer Original und Kopie verkauft haben.«

Raithmaier setzte den Becher an und trank. Er schien zu überlegen.

»Nur eine Unterschrift«, sagte Rupert. »Wir haben eine Erklärung vorbereitet …«

»Das ist alles rein geschäftlich?«, fragte Carolin.

»Was hast du denn gedacht?«, fragte Rupert zurück.

Carolin strich über ihren Bauch, blickte zu ihrem Mann hin und sagte: »Erkläre ihnen die Sache mit dem Bild, Ludwig!«

Raithmaier schüttelte den Kopf. »Der Typ will doch nur …«

»Komm schon!«, sagte Carolin.

»Wir können Ihnen ewig auf die Nerven gehen«, sagte Rupert, »und wir können Ihnen ernsthafte Schwierigkeiten bereiten.«

Das entsprach keineswegs der Wahrheit, und Raithmaier wusste das genauso gut wie alle anderen Anwesenden. Dass er Rupert nicht einfach unverrichteter Dinge zurückschickte, lag einzig an den Bitten seiner Frau. Vielleicht spürte sie, dass Rupert nur ihretwegen gekommen war. Vielleicht hatte sie ihm gegenüber doch ein etwas schlechtes Gewissen und wollte es dadurch beruhigen, dass sie das falsche Spiel mitspielte. Auch sie tat so, als drehte sich alles um den *Turm der blauen Pferde*. Wenn sie Rupert in dieser Hinsicht entgegenkam, brauchte sie nicht auf seine unausgesprochenen Fragen und Vorwürfe zu reagieren. Instinkt hatte sie, das musste Klara zugeben.

»Na gut«, sagte Raithmaier. Er wandte sich um und ging voran. Klara folgte den anderen ins Farmhaus, dessen Eingangsraum gleichzeitig als Büro, Souvenirladen und Empfangshalle diente. Ein Schreibtisch mit Computer stand einem Regal mit geflochtenen Körben, Batiktüchern mit afrikanischen Mustern und in Plastik abgepacktem Trockenfleisch gegenüber. Auf einem kniehohen Tisch, um den sich fellbezogene Sessel gruppierten, lagen Bildbände und Bestimmungsbücher. An den Wänden hingen großformatige Fotos von Ausritten in das umliegende Bergland. Raithmaier durchquerte den Raum, bog nach rechts in einen schmalen Flur, ging an zwei geschlossenen Türen vorbei und öffnete eine dritte.

Drinnen war es dunkel und kühl. Eine Klimaanlage brummte leise. Raithmaier tastete sich zum Fenster vor und zog einen schweren Vorhang zur Seite. Das Sonnenlicht flutete in den Raum. Er war völlig unmöbliert, wenn man von dem Hygrometer absah, das die Luftfeuchtigkeit kontrollierte.

Boden und Mauern waren im selben unscheinbaren Grau gestrichen. Nur an den beiden Längswänden explodierten die Farben. Einen Moment lang fühlte sich Klara in ein Spiegelkabinett versetzt, doch das war natürlich Unsinn. Hier hingen Bilder. Sechs Gemälde, drei links, drei rechts. Auch ohne nachzumessen wusste sie, dass alle das gleiche Format von zwei Metern auf einen Meter dreißig aufwiesen. Das Format von Franz Marcs Meisterwerk. Und sie zeigten auch alle dasselbe Motiv. Dieser leere Raum auf einer abgelegenen Farm in Namibia beherbergte sechs Fassungen des *Turms der blauen Pferde*.

»Nennen Sie es Obsession, nennen Sie es, wie Sie wollen, ich habe nie etwas anderes gemalt«, sagte Raithmaier. »Es hat Hunderte von Versuchen gebraucht, bis ich es hinbekommen habe. Irgendwann konnte ich es, und zwar so gut, dass Franz Marc geschworen hätte, vor seinem Original zu stehen. Ja, ich würde behaupten, ich habe besser als er selbst begriffen, was in dem Bild steckt und was nicht. Ich hätte mich damit zufriedengeben können, aber dann ist etwas Seltsames geschehen: Mir wurde bewusst, dass das Bild mit seiner Unergründlichkeit auch seinen Zauber verloren hatte. Ich begann, es zu hassen. Ich konnte es nicht mehr sehen, es sollte verschwinden, aus meiner Welt, aus der Welt überhaupt.«

»Deshalb haben Sie es zusammen mit einer Ihrer Fälschungen an Schwarzer abgestoßen«, sagte Klara.

»Und drei Millionen dafür kassiert.« Rupert lachte auf. Klara glaubte nicht, dass seine Bitterkeit auf Raithmaiers Geschäftssinn zielte. Das hörte sich nach persönlicher Enttäuschung an. So ganz abgeklärt war er dann doch nicht. Klara hätte ihn jetzt gern in den Arm genommen.

»Wir mussten an unsere Zukunft denken«, sagte Carolin. Es klang fast entschuldigend.

»Ja, wir sind bald zu dritt«, sagte Raithmaier, »aber das hat nichts mit dem *Turm der blauen Pferde* zu tun. Ich konnte leicht auf ihn verzichten, denn ohne sein Geheimnis war er für mich nichts mehr wert.«

»Sieht nicht so aus, als ob Sie ganz damit abgeschlossen hätten.« Rupert zeigte auf die Bilder an den Wänden. Auch Klara fragte sich, wie Raithmaiers angebliche Geringschätzung des Gemäldes zu dieser Privatsammlung passte.

»Zuerst wollte ich es vernichten, doch dann fiel mir eine bessere Lösung ein«, sagte Raithmaier. »Ich habe sechs perfekte Fassungen des *Turms* gemalt. Bei jeder davon würde jeder Experte der Welt schwören, das Original vor sich zu haben. Kein Labor würde auch nur den geringsten Makel feststellen können, was Leinwand, Farben und Alterung angeht.«

Wenn das stimmte, und Klara traute das Raithmaier durchaus zu, gab es eine ganz banale Erklärung für die hier aufbewahrten Fälschungen. Möglicherweise reichten drei Millionen nicht für eine sorgenfreie Zukunft. Vielleicht würde *Der Turm der blauen Pferde* in ein paar Jahren anderen reichen Sammlern angeboten werden. Dass sich das Original in einer Villa am Starnberger See befand, wusste ja niemand. Falls Raithmaier überhaupt ... Verdammt, das war der Punkt! Klara sagte: »Sie haben Schwarzer zwei Fälschungen angedreht, eine offensichtliche und eine, die er und Baumgartner nicht als solche erkennen konnten.«

»Nein.« Raithmaier lächelte.

Natürlich war es so gewesen, genau so. Schwarzer ahnte sicher nicht, dass man mit den existierenden Fassungen des *Turms der blauen Pferde* eine ganze Galerie bestücken konnte, aber er war von Natur aus misstrauisch. Wer einmal fälschte, konnte das auch ein zweites Mal versuchen. Baumgartners

Expertise hatte ihm nicht genügt, und deswegen hatte er die Detektei eingeschaltet. Sie hatten nachgeforscht, hatten Ergebnisse erzielt, aber ebenfalls nicht bedacht, dass es andere Fälschungen als die dann entlarvte geben könnte.

Nun erst stellte sich heraus, dass der echte *Turm der blauen Pferde* höchstwahrscheinlich hier hing. Dass es eines dieser sechs Gemälde war. Unwillkürlich machte Klara ein paar Schritte auf die Wand zu. Eines dieser drei Bilder. Oder von denen in ihrem Rücken. Klara drehte sich um, fixierte das Bild in der Mitte, ließ ihren Blick zu dem völlig identisch wirkenden auf der rechten Seite schweifen.

»Es existiert nicht ein Original, sondern sieben«, sagte Raithmaier. »Sechs sind hier, eins besitzt Schwarzer. Er ist nicht betrogen worden, er hat seinen Franz Marc, der so echt ist, wie man es sich nur vorstellen kann.«

»Sieben ununterscheidbare Werke würden bedeuten, dass es gar kein Original gibt«, sagte Klara. Kein ernsthafter Sammler würde eines davon kaufen, kein Museum der Welt eines ausstellen. Nicht bei einer Sechs-zu-eins-Chance, einer Fälschung aufzusitzen. Schon zwei wären einem seriösen Interessenten eins zu viel. Klara fuhr fort: »Ein *Turm der blauen Pferde* würde bei einer Auktion zig Millionen bringen, gibt es aber sieben davon, sind sie nicht die Leinwand wert, auf die sie gemalt sind. Respekt, Herr Raithmaier, Sie haben Marcs Bild vernichtet, indem Sie es perfekt vervielfältigt haben.«

»Wissen Sie, was mein Großvater gern sagte? Wie ein Mensch hat ein Bild nur dann einen Wert, wenn es keinen Preis hat. Ich habe vielleicht den Preis zerstört, aber Marcs Gemälde gerettet. Denn nun hat es wieder ein Geheimnis. Das Geheimnis seiner siebenfachen Existenz.«

»Tatsache bleibt«, sagte Klara, »sechs sind von Ihnen, eins ist von Franz Marc. Nur das ist das echte, das einzigartige.

Nur in dem stecken seine Pinselstriche, seine Gedanken, seine Invention und seine Intention, seine Auseinandersetzung mit seiner Zeit und seinem Leben. Nur das ist in Sindelsdorf auf dem Dachboden entstanden, nur das war in München und Berlin ausgestellt, nur das hat in Görings Zug den Krieg überstanden.«

»Dann nehmen Sie es sich doch! Los!«

»Das meint er nicht im Ernst, oder?«, fragte Rupert zur falschen Lisa hin. Sie sagte nichts, sie sah ihn nicht an.

Raithmaier lachte. »Natürlich, ich schenke es Ihnen. *Das* Original. Sie müssen es sich nur heraussuchen.«

Klaras Blick irrte über die Gemälde. Die beiden in der Mitte würde sie aus psychologischen Gründen eher ausschließen. Raithmaier war zu eingebildet, um nicht eines von seinen eigenen zentral zu platzieren. Oder schätzte sie ihn da falsch ein? Wie auch immer, sie durfte nicht nur raten. Man musste das Echte, das Wahre doch erspüren können. Die Aura des Authentischen, ein inneres Leuchten, oder wie sonst man das nennen wollte. Klara begann mit dem Bild, das der Eingangstür am nächsten war.

Das vorderste Pferd leuchtete tatsächlich von innen heraus, nicht etwa, weil es von einer Lichtquelle beschienen wurde. Es war groß, stark, Ehrfurcht gebietend und doch durch die kreisenden Umrisse, in denen der Körper ausgeführt war, von einer lebhaften Eleganz. Darüber, dahinter schienen die Köpfe der anderen Pferde auf wie die Häupter und Nimben von Heiligen in gotischen Glasfenstern. Dazu passte die Intensität der Farben, durch die ein quasi göttliches Licht zu fluten schien. So gesehen, war es ein Andachtsbild, das sich auf eine zukünftige Religion berief. Eine, die ohne den Menschen auskam und ihre Erzengel in Naturwesen suchte.

Freilich in solchen, die antinaturalistisch markiert waren,

wie Klara beim zweiten Bild ins Auge sprang. Die Mondsichel, die auf der Brust des zentralen Pferds prangte, die Sterne und runenähnlichen Zeichen verdeutlichten, dass es sich bei der neuen Religion allenfalls um eine ferne, zu beschwörende Utopie handelte. Und die konnte so schnell verblassen wie die blaue Farbe im Hof des Mondes. Durch den Hals des Pferds meinte man wie in einem Röntgenbild gelbliche Rippen durchschimmern zu sehen. Kein Fleisch auf den Knochen der Transzendenz. Hatte etwa das Franz Marc im Geheimen umgetrieben?

Dennoch, das Blau blieb dominant, im dritten Bild genauso wie in den beiden ersten. Hier ließ es Klara eher an die blaue Blume denken, an dieses romantische Symbol der Suche nach dem Wunderbaren und traumhaft Ursprünglichen. Dazu passten auch die durchscheinenden Prismen und der Regenbogen, der zweifellos mehr bedeutete, als ein vorübergehendes physikalisches Phänomen abzubilden. Er schuf eine Brücke zwischen Erde und Kosmos, zeigte einen leuchtenden Pfad auf für all die, die sich nicht darauf beschränken wollten, mit beiden Beinen auf dem Boden der Tatsachen zu verharren.

Klara wandte sich der gegenüberliegenden Seite zu. War im vierten Bild nicht deutlicher herausgearbeitet, dass der Regenbogen über den Köpfen der Pferde zerfaserte und im Nichts endete? Er entsprang hinter einem braunen Klotz, der durch eine Explosion in die Luft geschleudert schien. Noch schlugen Flammen aus ihm, noch war der Lichtblitz nicht verblasst, während unter ihm die Welt bereits in spitz zerrissenen Formen einstürzte. Angstvoll witterten die Pferde der Katastrophe entgegen, im durchbrochenen Blau ihrer Leiber hallte schon deren Echo wider. Sie würden nicht entkommen. Das Rot, in dem das vorderste Pferd unsicher stakte, wirkte nun wie ein blutiger Sumpf, aus dem verfremdete Halme und knickende Agavenblätter wuchsen. Oder waren das blitzende Klingen, sich kreuzende Messerschneiden und Lanzenspitzen? Tatsächlich, in der Mitte schwebte, völlig unverkennbar, eine scharf geschliffene Sense, wie vom Teufel persönlich in das Bild geschleudert.

Als hätte diese Sense den dünnen Stoff der Idylle aufgeschlitzt, quollen Klara jetzt überall die Zeichen des Verderbens entgegen. Die fast schwarze Mondsichel gebar einen flammenden Kometen, dessen Feuerschweif die Brust des vordersten Pferds verzehrte. Der Regenbogen schien wie von Krallen in den giftig gelben Himmel gekratzt, die Wunden füllten sich mit frisch herausschießendem Blut. Genau dasselbe Rot füllte das blinde Auge des Pferds rechts oben, lief an seinen aufgeschlagenen Nüstern hinab. Unter dem Blutregenbogen blitzte silbern ein orientalischer Säbel oder ein Schlachterbeil auf. Die breite Klinge war im Begriff, die Leiber der Pferde von oben bis unten zu spalten. Der Schlächter versteckte sich am linken Bildrand in den zergliederten Farbflächen. Vergeblich. Ganz deutlich sah Klara nun die Silhouette des Mannes, das maskenhafte Gesicht, das blutunterlaufene Auge, über dem als abstoßend braune Masse das Gehirn dargestellt war, in dem all das Unheil ausgebrütet worden war.

Das fünfte Bild, das sechste. Welches war von Franz Marc, welches war 1913 entstanden? Alles bricht in Stücke, das war die Grunderfahrung der Moderne. Das Kaiserreich dem Untergang geweiht, der Weltkrieg vor der Tür, Gesellschaft und Werte im Umsturz, die Religion entzaubert, das Leben entfremdet und atemberaubend beschleunigt, selbst das Ich in Bewusstseinsschichten zerlegt. Und der Wahrnehmung konnte man schon gar nicht trauen. In Klaras Augen sprangen die Details aus den Gemälden, ein Pferdekopf, der rote

Untergrund, die Diagonale nach links oben, ein unerklärlicher weißer Fleck. Sie wirbelten durch den Raum, setzten sich auf einem anderen Bild nieder, waren identisch oder doch nicht. Mal meinte Klara, völlig unterschiedliche Bilder zu sehen, aber sobald sie die Differenz zu bestimmen versuchte, verschwamm wieder alles in eins.

Sie gab auf. Das echte Gemälde öffnete sich ihr nicht. Es wäre auch anmaßend gewesen, das zu erwarten. Wahrscheinlich bräuchte sie viel mehr Zeit, um das richtige Gefühl dafür zu entwickeln. Wochen, Monate, Jahre, vielleicht das ganze Leben. Hielt Raithmaier Wort, durfte sie sich auf gut Glück eins der sechs Bilder aussuchen. Sie konnte ihre halbe Bibliothek aus der Wohnung werfen und es dort aufhängen. Irgendwann würde es schon zu reden beginnen, wenn es denn selber wusste, ob es authentisch war. Und wenn nicht, wären sie zumindest zu zweit und könnten zusammen Geschichten erfinden, die elegant über das hinwegsegelten, was man so Wahrheit nannte.

Klara fragte: »Wissen Sie denn selbst noch, welches von Franz Marc ist?«

»Und wenn?«, fragte Raithmaier zurück.

MÜNCHEN

3. Februar 2018

Durch den Infusionsschlauch perlte eine farblose Flüssigkeit. Es war nur irgendeine Stärkungslösung, die Bluttransfusionen waren schon überstanden. Monique lag auf dem Rücken, hatte den Kopf zur Seite gelegt, so dass sich ihre Wange an das Kissen schmiegte. Sie schlief. Zumindest hielt sie die Augen geschlossen.

Als sie aus der Intensivstation hierherverlegt worden war, hatte Max auf einem Einzelzimmer bestanden, mochte es kosten, was es wollte. In erster Linie sollte sich Monique ungestört von anderen erholen können, aber es ging auch ein wenig um Max selbst. Er hatte nicht das geringste Bedürfnis nach Gesprächen mit anderen Patienten oder deren Angehörigen. Monique würde trotzdem keine Sekunde allein bleiben. Miriam und er hatten vereinbart, sich abzuwechseln und rund um die Uhr an ihrem Krankenbett zu wachen.

Wie hatte das nur geschehen können? Es war ja keineswegs so, dass sie nichts mitbekommen hätten, als es im Oktober wieder angefangen hatte. Zuerst hatte Monique das Glitzerposter mit ihrem Namen abgehängt. An ihrer Zimmertür prangte seitdem ein Spruch von Laotse: *Was die Rau-*

pe Ende der Welt nennt, nennt der Rest der Welt Schmetterling. Danach besorgte sie sich ein altes Antikriegsplakat, das einen fallenden Soldaten unter dem Schriftzug *WHY?* zeigte. Und so ging es weiter. Schritt für Schritt gestaltete Monique ihr ganzes Zimmer zu einem dreidimensionalen Sudelbuch mit morbidem Inhalt um. Fröhliche Farben verschwanden, Glühbirnen wurden abgedunkelt, und dazu kamen die Zitate an den Wänden. *Ich denke einen langen Schlaf zu tun, denn dieser letzten Tage Qual war groß.*

»Was soll das, Monique?«, hatte Max gefragt.

»Das ist von Schiller. Aus dem *Wallenstein.*«

»Deine Mutter und ich machen uns Sorgen.«

»Aber Papa!«, hatte Monique geantwortet. Zwei Tage danach hatte sie sich in die Badewanne gelegt und die Pulsadern aufgeschlitzt.

Die Wahrheit war, dass Max sich eben nicht genug Sorgen gemacht hatte. Dass er die Zeichen nicht richtig zu deuten gewusst und geglaubt hatte, es handle sich um eine vorübergehende Phase, die man aussitzen könne. Oder eher, dass er das glauben wollte, weil er nur mit seinen eigenen Angelegenheiten beschäftigt war. In jeder freien Minute hatte er an seinem Manuskript über Raithmaier und das Bild gearbeitet. Er hatte einfach festhalten wollen, wie es gewesen sein musste. So sehr hatte er sich bemüht, Licht in die Vergangenheit zu bringen, dass er die Schatten der Gegenwart allzu gern übersehen hatte.

Max' Handy vibrierte. Bevor er annahm, stand er auf und ging ans Fenster. Vom zweiten Stock der Klinik aus blickte er auf einen kleinen verschneiten Park hinab. Die Wege waren geräumt. Niemand war unterwegs. »Ja?«

Es war Klara. »Ich wollte mich nur mal erkundigen, wie es deiner Tochter geht.«

»Das ist nett von dir«, sagte Max. »Ich bin gerade bei Monique. Sie ist noch im Krankenhaus, aber es wird schon.«

»Ich wünsche ihr eine ganz schnelle Genesung. Rupert natürlich auch.«

»Danke.«

»Wie ist das eigentlich passiert?«

»Na ja, beim Ballett«, sagte Max. »Sie ist irgendwie ausgerutscht und unglücklich von der Bühne gestürzt. Auf den Kopf. Schwere Gehirnerschütterung.«

»Schrecklich.«

»Ja«, sagte Max, »aber es wird schon wieder.«

»Und du? Brauchst du etwas? Wenn Rupert oder ich dir irgendwie helfen können …?«

»Nein danke. Und es war wirklich nett, dass du angerufen hast.« Max legte auf.

Monique schlief noch. Die Verbände um ihre Handgelenke waren schneeweiß, ihre Haut fahl, die Lippen blass. Max strich ihr eine Haarsträhne aus dem Gesicht und fragte sich, ob das wirklich seine Tochter war. Ihre Züge wirkten vertraut und fremd zugleich. Als würde man ein Bild, das schon immer in der Wohnung gehangen hatte, zum ersten Mal intensiv betrachten. Und Abgründe dabei entdecken.

Max setzte sich wieder neben das Bett, nahm seinen Laptop auf die Knie und klappte ihn auf. Er öffnete die Datei mit dem Namen *Der Turm der blauen Pferde.* Sein Manuskript war eigentlich fertig, doch es konnte nicht schaden, es noch einmal von Anfang an durchzusehen. Max begann zu lesen:

Berchtesgadener Land, 5. Mai 1945

Jemand anderer als er selbst zu sein, hätte Ludwig Raithmaier nicht schlecht gefallen, aber ob er zum Werwolf taugte, wusste er nicht.

»Was sind eigentlich Werwölfe genau?«, fragte er. Xaver hatte ihm nur erzählt, was er im Radio gehört hatte. Dass die Werwölfe mithelfen würden, den Endsieg zu erringen. Dass sie zusammen mit den Wunderwaffen des Führers die Wende erzwingen würden. Auch wenn der Führer in heldenhaftem Kampf gefallen war, würde das deutsche Volk niemals untergehen. Es würde sich in seiner uneinnehmbaren Alpenfestung verschanzen und Widerstand leisten, bis Russen und Amerikaner sich gegenseitig abschlachteten.

Xaver starrte auf das schwarze Loch des Eisenbahntunnels hundert Meter vor ihnen und sagte: »Werwölfe sind Männer, die sich in der Nacht in reißende Wölfe verwandeln.«

Es war noch nicht Nacht, und auch wenn die Sonne schon hinter den Bergen verschwunden war, zerfloss das Tageslicht nur langsam. Ludwig schaute zu den Gipfeln auf, über denen zerfetzte Wolken Richtung Osten jagten, als hätten sie ein Ziel …

Kunstdetektei von Schleewitz ermittelt
Band 2

336 Seiten, 15 € / 15,50 € (A)

Ein Gemälde, zwei Verbrechen – und ein düsterer Schatten aus der Vergangenheit: Ein neuer packender Krimi aus der Kunstwelt von Bernhard Jaumann.

Kunstdetektiv Rupert von Schleewitz ist mit einem alten Schulfreund in der Gemäldegalerie von Schloss Sanssouci, als der plötzlich ein Messer zieht und auf ein Caravaggio-Gemälde einsticht. Was hat es mit dieser Wahnsinnstat auf sich? Von Schleewitz wird mit einem düsteren Geheimnis aus der gemeinsamen Vergangenheit konfrontiert. Ein Krimi um Licht und Schatten, um Wunden und Heilung, um Zweifel und sinnliche Gewissheit.

Galiani Berlin
www.galiani.de